PRÉFECTURE DE LA SEINE
DÉCHARGE
INTERDITE
Sous
de procès verbal

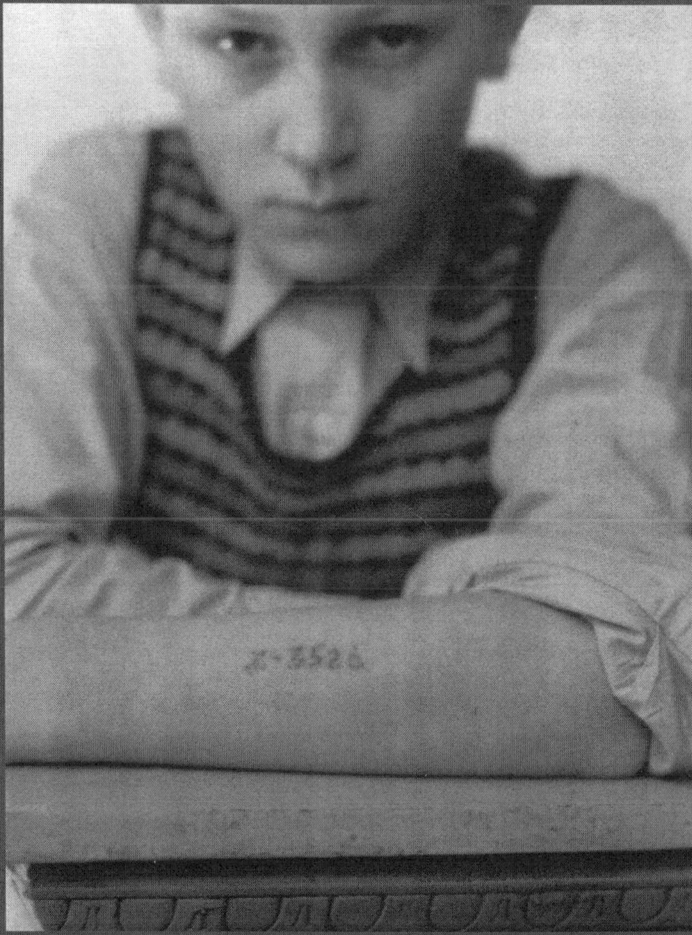

8

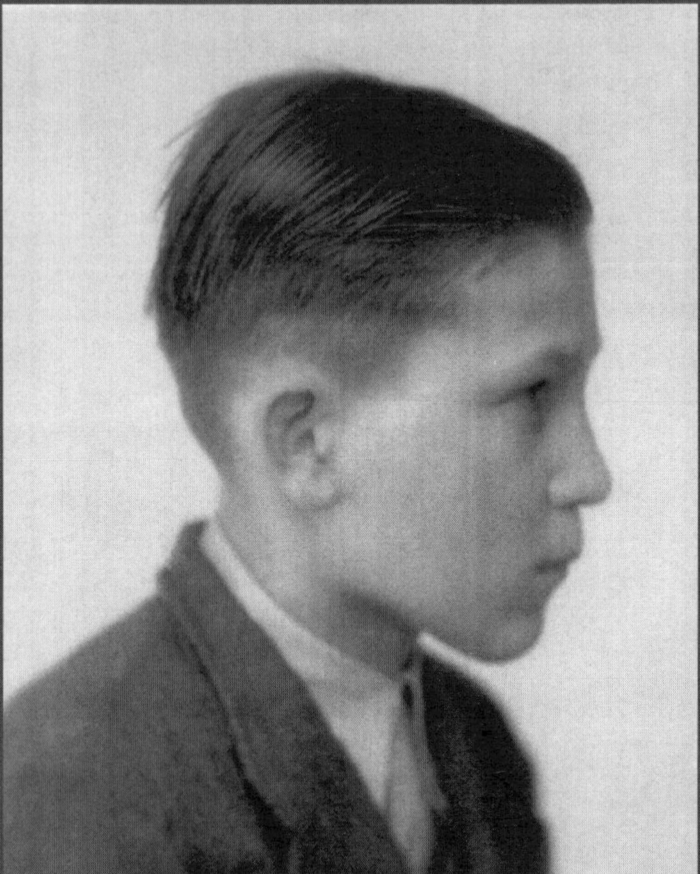

Anja Tuckermann

MANO

Der Junge,
der nicht wusste,
wo er war

KLAK

Es regnete. Die sieben Jungen krochen nach Stunden im Wassergraben auf die Straße, blieben erschöpft, vor Kälte zitternd und mit den Zähnen klappernd, liegen. Die Leichen der SS-Männer lagen auf der Böschung, im Wald dahinter oder im Wasser. Jetzt kamen die russischen Soldaten mit Panzern und zu Fuß die Straße heran. Zwei griffen nach dem Jüngsten und hoben ihn lachend und scherzend auf den ersten Panzer. Die Panzersoldaten zogen ihn auf den Turm, setzten sich wieder auf den Rand der Einstiegsluke, küssten ihn, sprachen laut miteinander und waren fröhlich. Aber der Junge nicht, er hatte Angst. Sie setzten ihn auf den Sitz hinter die Kanone, dann fuhr der Panzer langsam wieder an, die Ketten donnerten über die Pflastersteine. Der Junge schaute sich nach den anderen Jungen um, die sich nur mit Mühe erhoben. Als sie endlich auf den Füßen standen, fingen sie wie mechanisch an zu gehen. Die Soldaten nahmen sie in die Mitte, gingen dem Panzer hinterher, immer wieder schauten sie sich aufmerksam um. Der Panzer fuhr in ein Dorf. An allen Häusern hingen weiße Fahnen, aber es war kein Mensch zu sehen. Mitten im Dorf hielt der Panzer, die Soldaten setzten den barfüßigen Jungen ab und winkten ihm. Da erst lächelte der Junge auch, erleichtert, immer noch frei, und als der Panzer weiterfuhr, winkte er zurück.

Hinter dem nächstgelegenen Haus gruben die Jungen so viele Kartoffeln aus der Kartoffelmiete, wie sie tragen konnten, entzündeten am Waldrand ein Feuer und kochten sich die Kartoffeln in einer Konservenbüchse.

Die Straßen und Wege waren voller ausgemergelter zerlumpter Gestalten, die aus den Wäldern kamen, ausgehungerte Männer und Frauen, viele in grau-blau gestreifter Häftlingskleidung, ein paar wenige Kinder – die Überlebenden. Sie gingen in die Häuser, direkt in die Küchen und Vorratskammern, und nahmen sich zu essen, so viel sie tragen konnten. Niemand hinderte sie daran, die Bewohner sahen zu. Nur die spindeldürren Jungen betraten kein Haus, sie aßen ihre Kartoffeln, und dann kamen die Fragen.

Was nun? Wo sind wir? Wohin gehen wir? Wo lang geht es nach Hause? Die wichtigste Frage, die alle hatten, sprach niemand aus: Lebt noch jemand aus meiner Familie?

Nach Stunden, in denen sie nur dalagen auf der kalten Erde, beschlossen sie, sich zu trennen. Drei wollten nach Westen, in Richtung Mainz, vier nach Süden, nach München.

Wie kommen wir dorthin?

Einer sagte: »Zu Fuß.«

Alle schwiegen, niemand hatte noch die Kraft, sich auch nur aufzurichten. Der Jüngste, Mano, besaß keine Schuhe, hatte geschwollene Beine und Füße und verkrustete Schnittwunden quer über die Schienbeine. Sein Cousin Manfred mit seinen Verletzungen konnte sich sowieso kaum auf den Beinen halten. So blieben sie in ihren nassen Kleidern liegen, wo sie waren.

Erst am nächsten Morgen erhoben sie sich mühsam, gingen doch los, langsam. Sie wussten nicht, wo sie waren, nur dass es sehr weit weg von zu Hause war. An einem Haus standen zwei Fahrräder, die nahmen sie sich. Manfred fuhr anfangs Schlangenlinien. Er konnte nicht gut Fahrrad fahren, trotzdem fiel es ihm leichter als das Laufen. Aber Mano hatte nie Rad fahren gelernt. Die beiden älteren Jungen besorgten noch ein drittes Rad, schlenkernd und schwankend fuhren sie voraus, die sandige Landstraße entlang. Mano sollte abwechselnd auf den Gepäckträgern der beiden

Älteren sitzen, aber mit dem zusätzlichen Gewicht reichte ihre Kraft nicht lange. Da ließen sie ihn absteigen und zu Fuß gehen.
Aprilwetter. Immer wenn die Sonne schien, setzten die vier Jungen, die nach München wollten, sich an den Straßenrand in die Sonne, um sich zu wärmen und ihre Kleider zu trocknen. Zogen dunkle Wolken vor die Sonne, stiegen die Jungen wieder auf die Räder. Immer wieder Wolkenbrüche, immer wieder wurden sie nass bis auf die Haut und froren. Mano taumelte von einem Bein aufs andere, vorwärts, immer nur vorwärts und hinter den drei Radfahrern her.
Plötzlich ein Motorengeräusch. Um die Kurve kam ein Lastwagen, hielt neben ihnen, zwei sowjetische Soldaten stiegen aus, inspizierten die Fahrräder und nahmen sie mit.
Die Jungen schleppten sich weiter bis ins nächste Dorf, dort holten sie sich zu essen und nahmen sich neue Fahrräder. Wieder auf der Landstraße, drei auf Rädern, Mano zu Fuß hinterher. Aber er fiel immer weiter zurück. Wenn sie Motoren hörten, sprangen die Jungen schnell ab und ließen die Luft aus den Reifen. Manfred hatte die Pumpe hinten in den Hosenbund gesteckt und seine Jacke darübergezogen. Jedes Mal wollten ihnen die Soldaten die Räder wegnehmen, aber wenn sie die platten Reifen sahen, verloren sie das Interesse. Sie fuhren weiter, und die Jungen pumpten die Reifen wieder auf. Nach dem dritten Mal ließen sie die Luft nur noch aus dem Hinterrad, das genügte auch.
Der Regen hörte nicht auf, die Jungen bibberten. Als sie ein halb verfallenes, leer stehendes Bauernhaus entdeckten, schoben sie die Räder hinein, legten sich auf den Boden, dicht beieinander, um sich zu wärmen, und schliefen bis zum nächsten Morgen. Als es da immer noch regnete, blieben sie liegen, mal wach, mal schlafend, wieder den ganzen Tag, die ganze Nacht. Irgendwann sahen sie Tageslicht und rafften sich auf. Sie konnten kaum

stehen, aber sie wollten doch weiter, nach Hause, sehen, ob noch jemand … wer noch lebte. Sie sprachen es aus.
Die Landstraße nahm kein Ende, sie wussten nicht, ob die Richtung stimmte, und Manos Abstand zu den anderen wurde immer größer. Immer kleiner wurden sie auf ihren Rädern, manchmal verschwanden sie hinter einer Kurve, und manchmal schauten sie sich nach ihm um, winkten, er solle kommen. Er schleppte sich weiter, schneller konnte er nicht, bewegte mechanisch die schmerzenden Beine, der Wald verschwamm vor seinen Augen, wurde schwarz, alles wurde schwarz und drehte sich …

der Boden bewegt sich   Stimmen   fremde unbekannte Sprache   Pferdehufe   ach mein Fuß tut so weh   Augen auf geht so schwer   Himmel
Himmel und Menschen   Gesichter mit Kopftüchern   eine Frau schaut mich an   sie spricht   was spricht sie?   jetzt schauen alle auf mich   Augen wieder zu   Pferdehufe?   ich liege auf einem Fuhrwerk   wie bin ich hier raufgekommen?   Augen auf liege auf einem langen Heuwagen   wo sind die Wachen?   keine Wachen?   ach ja der Krieg ist aus   bin ich denn frei?   oder wieder gefangen?   ein Wagen einspännig   vorn hält ein Mann eine große Fahne rot weiß und blau   nur Kranke sind hier drauf und schwangere Frauen   alles KZler   kann nicht mehr   bin ein Muselkind geworden   noch mal Augen auf   ist Manfred hier? Manfred?   nein   jetzt bin ich ganz allein   auf der Straße lauter Menschen in Zebrakleidern   hier zehn fünfzehn die nicht mehr laufen können aber noch leben   so wie ich
eine Hand in meinem Gesicht   was ist?   die Frau lächelt und drückt mich wieder auf den Boden des Wagens   nicht weinen sagt sie   du kommst mit mir   jetzt weine ich erst   Mama und Tata sind sie tot?

nicht weinen   sie umarmt mich legt meinen Kopf auf ihr Bein
aber ja dann weine eben   und sie weint auch   bis eine Frau von
der Straße her sie stößt   die Frau ruft und alle lachen   einer
vorn schwenkt eine Fahne und ein paar laufen und rufen im Chor
etwas in einer fremden Sprache   immer das Gleiche   wief de
Gol!   was?   la gär e fini!
wie bin ich hier raufgekommen?   warum bin ich auf dem
Leiterwagen   nein lass mich weg   ein Mann will mich küssen
streichelt mich   ich will das nicht   die Frau sagt etwas in der
fremden Sprache   schiebt ihn weg   die Brieftasche ist noch da
in der Jacke   mit dem Bild   ich bin ganz alleins

»Wo kommst du her?«, fragte sie.
»Aus München.«
Die Frau hieß Élise.
Der Junge öffnete die Augen nicht mehr. Die beiden dünnen Pferde zogen langsam und stetig den Wagen mit den Kranken und den schwangeren Frauen. Manche lagen still da, manche stöhnten oder wimmerten, manchmal schrie jemand vor Schmerzen. Die Menschen, die nicht zu schwach waren, schauten sich um, als hätten sie die Welt noch nie so gesehen, noch nie so schön, ihren Blicken entging nichts. Die braune Erde der noch im Krieg gepflügten Felder, die ersten zarten Halme, die einen hellgrünen Schimmer darüberlegten, die ersten Löwenzahnblüten, der Horizont. Kamen sie durch ein Dorf, beschimpften manche die Leute, die sie auf der Straße sahen, und riefen voller Hass: »Sales Allemands!«
»Sal Allemon!«, hallte es in Manos Ohren. Die Wörter wiederholten sich in seinem Kopf, und er wusste nicht, was sie bedeuteten. »Sal Allemon!«, wie ein Schlaflied, ein falsches, denn es weckte ihn immer wieder auf. Élise nahm behutsam den Kopf des

Jungen von ihrem Bein und legte ihn auf die Planken des Wagens zurück.

Appell aufstellen wir sind den zweiten Tag im KZ-Lager Sachsenhausen   Tata neben mir gibt mir schnell die schwarze Lederbrieftasche   hat sie seit zu Hause noch immer bei sich versteckt   gerettet   wenn was ist mit Soldaten oder mit SS zeig immer das Bild damit ein Deutscher sieht dass ich beim Militär war dass sie sehen du bist Deutscher und dich nicht umbringen schnell die Brieftasche in meine Jacke   kommst du weg?   guck ihn nicht an   immer geradeaus schauen auf die SS   wer beim Appell redet kriegt gleich einen Arschtritt   mein Tata hat eine Uniform an von der Waffen-SS   er muss zur Einheit Dirlewanger wieder Appell   die SS-Männer rufen Nummern auf   folgende Nummern vortreten!   es treten vor Onkel Sepp Onkel Konrad Onkel Thomas mein Tata   noch viel mehr Sinti   jetzt müssen sie noch mal in den Krieg   Tata dreht sich um nach mir   er hat mich schon beim Aufstellen gesehen   und rennt los   aus der Reihe   mir wirds heiß dass sie ihn nicht erschießen   er rennt zu mir   umarmt mich ganz fest   auf Wiedersehen   schon ist der SS-Mann da   Tata stellt sich vor mich und sagt dem ich geh hin wo mein Sohn hingeht   der SS-Mann ohrfeigt ihn dass er wankt Sie können mich erschießen ich lasse meinen Jungen nicht allein und der SS?

los jetzt dem Jungen passiert hier schon nichts du kannst ihn hierlassen   Tata geht   kann ja nichts mehr sagen   geht mit dem SS-Mann zurück zu den anderen   Abmarsch!   er ist fort ich sehe ihn nie wieder   vielleicht   jetzt bin ich ganz alleins alles tut weh   Abtreten!

wenn was ist zeig immer das Bild   ich muss das Bild zeigen dass sie mir nichts tun

»Bist du ein Jude?«, fragte eine Stimme ganz dicht am Ohr des Jungen. Es war der Mann.

dass sie mir nichts tun

Mit Mühe richtete der Junge sich auf, zog die Brieftasche aus der Innentasche seiner Jacke, nahm das Foto heraus und zeigte es. Darauf war das Profil eines Mannes in deutscher Uniform mit Stahlhelm bis über die Augenbrauen zu sehen.
»Das ist mein Vater. Ich bin ein Deutscher.«
Élise und der Mann rissen die Augen auf, schauten sich um, Élise verdeckte das Bild, drückte Manos Hand hinab.
»Sofort kaputt machen!«, sagte der Mann scharf.
»Wir sind Deutsche, mein Vater ist beim Militär.« Aber sie wurden nur nervöser, sprachen in ihrer fremden Sprache miteinander.
»Du musst es kaputt machen«, wiederholte der Mann.
Mano schaute Élise an, sie nickte, wartete. Mit zusammengekniffenen Augen blickte Mano auf das Bild, hielt es in beiden Händen, eine Hand am Kopf, eine am Bauch seines Vaters. Beide warteten, dass er gehorchte. Mano drückte das Bild an seine Brust.
Als der Mann sah, dass der Junge das Bild nicht zerreißen konnte, streckte er seine Hand danach aus, nahm es ihm weg und zerriss es in viele kleine Teile. Mano zuckte zusammen, als würde man ihn mit zerreißen. Die Bescheinigung, dass der Vater beim Militär war, und den Zettel, auf dem die Adresse von zu Hause stand: Sammtstraße in München, alles zerriss der Mann. Nur noch Schnipsel, die vom Wagen auf die Landstraße flogen.
»Du darfst nicht sagen, du bist deutsch«, sagte die Frau. »Du darfst nicht Deutsch sprechen. Sie mögen keine Deutschen. Verstehst du? Nicht Deutsch sprechen. Gar nichts sagen. Sonst kannst du nicht mit. Sonst müssen wir dich hierlassen.«

jetzt ist von meinem Tata nichts mehr übrig   wo ist Mama wo ist Lili   jetzt bin ich ganz alleins   bringen sie mich um wenn ich deutsch rede   jetzt ist alles egal   ich kann nicht abhauen kann nicht mehr

Mano starrte traurig auf die leere Brieftasche in seinem Schoß, dann warf er sie auch fort, vom Wagen hinunter. Er blickte zurück, sah, wie auf die Schnipsel Leute traten. Dann legte er sich wieder hin, schloss die Augen, kniff sie fest zusammen, biss die Zähne aufeinander. Noch immer sah er aus, als würde es ihn zerreißen. Élise bemerkte die Tränen, die unter den Lidern des Jungen hervortraten und die Schläfen hinabliefen. Einmal öffnete er noch die Augen – als er sich nicht wehren konnte gegen die Hände des Mannes auf seinem Körper, doch da griff Élise ein. Sie schimpfte den Mann aus, schubste ihn weg, und er musste am anderen Ende des Wagens sitzen. Fortan ließ sie nicht mehr zu, dass er in Manos Nähe kam, nicht auf dem Wagen, nicht bei Halten, nicht, wenn sie in einer Scheune übernachteten. Und war sie nicht in der Nähe, passte eine andere Frau auf Mano auf. Denn der Mann musste immer wieder verjagt werden.
Tagelang waren sie auf den Landstraßen unterwegs, an Hamburg vorbei immer nach Westen, ab und zu brauchten die Pferde eine Pause und wurden ausgespannt. Die meisten Kranken blieben auf dem Wagen, immer wieder schrien welche vor Schmerzen oder in den Fieberträumen, manche waren verwundet, manche hatten Typhus, manche Tuberkulose, auch Mano war glühend heiß und meistens bewusstlos oder im Schlaf, nur für Momente kam er zu sich. Die Menschen übernachteten am Straßenrand oder bei Bauern, einmal in einer Scheune, einmal in einem Stall. Nachts war es bitterkalt, darum rückten sie wie im Lager eng aneinander, wärmten sich gegenseitig, und trotzdem froren sie. Ihre Kleidung

war immer klamm, die Plane, die sie irgendwann über den Wagen gespannt hatten, hielt zwar Hagel und Regen, aber nicht die Feuchtigkeit ab. Mano fieberte und schwitzte, dann wieder hatte er Schüttelfrost, er stöhnte manchmal leise, sprach aber nicht und war zu schwach, die Augen zu öffnen. Élise tauchte ein paar Stofffetzen in das Wasser, das sich oben auf der Plane sammelte, und machte ihm kalte Wadenumschläge, wenn er schwitzte. Wenn er vor Kälte zitterte, wickelte sie ihn in ihre Decke.
Über Nacht durften sie die Pferde bei Bauern einstellen, wo die Tiere Futter bekamen. Die Menschen auf dem Wagen wurden von Soldaten versorgt, die eine andere fremde Sprache sprachen. Überall waren Soldaten mit Lastwagen und Jeeps unterwegs und verteilten Konserven mit Fleisch oder Bohnen und Brot. In kleinen Dosen gab es eine weiße Paste, die schmeckte süß wie Honig, die mochte Mano. Sie schmeckte wie der Kaugummi, den er auch schon von Soldaten bekommen hatte. Am Straßenrand entzündeten Élise und die anderen kleine Feuer und wärmten den Inhalt der Konservendosen. Manchmal hatten sie auch Kartoffeln, die kochten sie in einem großen Topf und teilten sie. Meistens aber aßen sie Brot, froh, überhaupt jeden Tag zu essen zu haben.
Einmal erwachte Mano aus einem Fiebertraum und lag allein auf dem Wagen. Nur zwei kranke Frauen lagen noch da, still und reglos. Er sah sich um. Er wartete. Wo sind sie? Immer öfter schaute er in alle Richtungen, wollte sich unter dem Wagen verkriechen, dann aber legte er sich flach hin, zog die Decke über den Kopf und schaute durch eine Ritze hinaus. Wartete, keine Bewegung, keine Menschen. Die fahle Sonne sank allmählich, Mano war eingedöst und schreckte mit einem Schrei auf, legte sich wieder hin, die Decke über den Kopf gezogen. Dann endlich kamen Élise und die anderen zurück.

Élise merkte nicht, dass Mano wegen der ausgestandenen Angst zittrig war, sie hatte ihm Holzlatschen mitgebracht und war zufrieden, dass sie ihm passten.
Auf den Straßen gingen dicht an dicht Flüchtlinge, Frauen mit Kindern, KZler, Jungen und fremde Soldaten. Überall am Straßenrand lagen kaputte Fahrzeuge, riesige Metallhaufen. Und tote Menschen. Auch Pferde, manche ganz ohne Fleisch, erschossene Hunde mit offenen Bäuchen. Mano weinte, als er die Hunde sah, und der Mann, der das Bild zerrissen hatte, fragte abfällig, weshalb er weine.
»Die Hunde tun mir so leid.«
»Darum musst du nicht weinen«, sagte er und machte eine Handbewegung, als wollte er sagen, was sind tote Hunde gegen die vielen toten Menschen, die wir gesehen haben.
Aber Mano weinte um die Tiere, nicht um die Menschen. Die Hunde waren hilflos, sie konnten sich nicht wehren.
Irgendwann erreichten sie ein Lager. Jemand hob Mano vom Wagen, er war noch schwach und wacklig auf den Beinen, aber es ging ihm besser als noch vor ein paar Tagen, als er das erste Mal wieder zu sich gekommen war. Élise nahm ihn zur Seite und flüsterte: »Du bist nicht deutsch, du bist jetzt Franzose! Du hast die Sprache vergessen, du hast alles vergessen! Du weißt nur noch deinen Namen und dein Alter.«
An der Hand von Élise ging er humpelnd in eine Baracke.
»Nur das. Du bist Franzose und Jude. Wenn sie noch anderes fragen, nichts sagen, gar nichts sagen, sonst kannst du nicht mit, sonst muss ich dich hierlassen, sie mögen keine Deutschen«, flüsterte sie.
Mano konnte sich kaum auf den Beinen halten, sein Herz klopfte ihm bis zum Hals …

wenn sie merken dass ich Deutscher bin bringen sie mich dann um? welches Lager ist jetzt die anderen sind frei sie gehen nach München ich bin wieder in einem Lager und muss zum Registrieren kriege ich wieder eine neue Nummer? die Frau ist fröhlich vielleicht ist es ein gutes Lager besser als die anderen

»Nicht lang«, sagte Élise. »Wir bleiben nicht lange hier.«
Auf den Gängen saßen Menschen, alle sprachen Élises fremde Sprache, die Tür zu einem Büro stand offen, darin saßen mehrere Uniformierte an Schreibmaschinen. Als Élise an der Reihe war, zog sie Mano mit. Erst wurde ihr Name aufgeschrieben: Élise Carré. Dann zeigte der Mann auf den Jungen, sprach mit ihm, und als er nicht antwortete, sprach der Mann mit Élise, und sie übersetzte.
»Dein Name?«, sagte sie.
»Mano.«
»Dein Vorname?«, fragte sie und sah ihm genau und fast stechend in die Augen.
Mano schwieg, dann zog er die Schultern hoch. Es war, als fiele ihm wirklich nichts mehr ein, als wüsste er gar nichts mehr, er hatte Kopfschmerzen, rasende Kopfschmerzen. Und er wusste wirklich nichts mehr außer dem, was er wissen durfte.
»Dein Alter?«
»Elf.«
»Er will wissen, wo du herkommst? Weißt du nicht?«
Mano presste die Lippen aufeinander. Élise sagte etwas, der Mann und sie sprachen eine Weile, dann hielt er Mano ein beschriebenes Papier hin, aber Mano nahm es nicht. Er war steif vor Angst, etwas falsch zu machen, er starrte nur den Mann an und wartete. Der gab schließlich Élise die Karte für den Jungen, und sie durften gehen. Draußen küsste Élise Mano auf die Stirn.

»Es hat alles gut geklappt. Ich habe gesagt, du kommst aus Marseille. Ich habe gesagt, ich kenne dich. Ich habe gesagt, du hast alles vergessen, du kannst die Sprache nicht mehr. Du weißt nur noch Mano.«

Am nächsten Morgen flogen sie mit vielen anderen in einem kleinen alten Flugzeug, die meisten Leute voller Freude, aber manche waren so erschöpft, schwach und krank, dass sie kaum etwas mitbekamen. Auch der Junge. Nach der Landung stiegen sie in einen Zug, der fuhr nicht lange. Als draußen vor den Fenstern erste Häuser auftauchten, verstummten die eng beieinandersitzenden Menschen, Reisende ohne Gepäck, in abgerissener Kleidung, manche Kleidungsstücke zu groß, manche zu klein. Einige wenige hatten ein kleines Bündel dabei. Manche eine Decke. Zwischen den abgemagerten Erwachsenen der traurige Junge, ebenso mager, ohne Erwartung im Blick.

Der Zug bremste und fuhr in einen Bahnhof ein, fast alle Leute waren aufgestanden, drängten an die Fenster, spähten hinaus, hatten es eilig anzukommen, aber als der Zug hielt, zögerten sie. Und manche saßen noch immer, als fürchteten sie plötzlich die Ankunft und die da draußen.

Auf dem Bahnsteig wurden die Leute traurig und blieben stehen. Der Junge folgte der Frau. Der Bahnsteig voller wartender Menschen, die redeten, riefen, lauter schöne Menschen, Frauen mit Kindern, gewaschen, gekämmt, mit frischer Gesichtsfarbe, Mano fand einen schöner als den anderen, fand sie alle wunderschön gut genährt. Sie reckten sich, sie suchten unter den aussteigenden Menschen, sie fanden nicht, sie erkannten die Angekommenen nicht auf Anhieb, die waren mager, schmutzig, gealtert, mit eingefallenen Wangen und tiefen Augenhöhlen, nicht schön. Wartende und Angekommene fielen sich in die Arme, weinten und lachten. Weinen und Lachen sahen gleich aus auf den verzerrten Gesichtern. Erst jetzt wussten die mageren Traurigen richtig, dass sie nicht mehr gefangen waren. Und sie weinten, weil so viele gestorben waren. Andere standen starr und ließen sich umarmen. Manche wurden nicht abgeholt, und manche Wartende konnten niemanden abholen und blieben allein auf dem Bahnsteig zurück, obwohl der Zug längst leer war.

Élise ging mit dem Jungen in ein Haus, wieder zum Registrieren. »Kein Wort Deutsch«, flüsterte sie, bevor sie hineingingen. »Nichts sagen, gar kein Wort. Du hast alles vergessen.«
Mano nickte, Élise beugte sich zu ihm hinab und wisperte ihm ins Ohr: »Sie suchen Deutsche, die sich hier zwischen uns verstecken. Auch wenn sie mit dir Deutsch sprechen, du sagst nichts. Klar?«
»Ja«, sagte Mano ohne Ton, nur mit den Lippen. Sie stellten sich hinter die vielen mageren Menschen in die lange Schlange. Und Mano zitterte. Élise sprach nur noch die fremde Sprache und hielt fest seine Hand.

> sind immer alle erschossen worden die sich verstecken wollten   gefunden worden und dann abgeknallt   und wenn sie mich hier finden wo ich gar nicht sein darf weil ich ein Deutscher bin

Mano bebte am ganzen Körper. Élise strich ihm über den Kopf und sprach mit einer beruhigenden Stimme. Einmal beugte sie sich noch zu Mano hinab und flüsterte ganz schnell: »Keine Angst!« Und tat so, als hätte sie ihn nur auf die Wange küssen wollen. Als sie an der Reihe waren, vor den Schreibtisch mit der Schreibmaschine, vor den Mann zu treten, gab Élise die Scheine ab, und der Mann tippte, was darauf stand, auf Registrierungskarten. Er sah

Mano scharf an. Fragte etwas in der fremden Sprache, dann auf Deutsch: »Wo kommst du her?«
Mano machte sich starr und steif und schaute an ihm vorbei.

nie ihnen in die Augen sehen sonst werden sie brutal

Der Mann gab Élise die Karten und lächelte sogar, als sie hinausgingen. Sie mussten mit der Bahn fahren, zu einem anderen Bahnhof, östlich von Paris, direkt hinter der Stadtgrenze. Dort schaute Élise sich um, den Jungen an der Hand, hieß ihn schließlich warten und wollte die beiden Frauen mit den Armbinden ansprechen, die auf dem Bahnsteig standen.
Eine der Frauen fragte: »Können wir Ihnen helfen?«
Élise Carré sagte ihren Namen und zeigte auf den Jungen. Sie sei Anfang Mai aus dem KZ Neustadt-Glewe von der russischen Armee befreit worden, den Jungen hätten sie und ihre Kameradinnen bewusstlos auf der Straße nach Hamburg gefunden. Zusammen seien sie zum Stalag VI B in Versen gegangen und von dort zurück nach Frankreich. Er habe sein Gedächtnis verloren, spreche die Sprache nicht mehr, er habe sie verlernt, weil ihm wegen der jüdischen Färbung das Französischsprechen verboten worden sei, um ihn zu schützen. Aber sie kenne ihn von früher und wisse, dass er aus der Nähe von Marseille stamme.
Die Frauen erklärten Élise, dass sie sich bei der Empfangsstation für die Gefangenen und Deportierten im Stadtzentrum neben der Kirche melden sollten. Élise ging mit Mano den langen Weg dorthin, langsam, Manos Holzlatschen klapperten auf dem Pflaster. Im Haus der Empfangsstation bekamen sie zu essen und zu trinken, und Élise erhielt eine Adresse, wo sie übernachten konnte, bis ihre Papiere in Ordnung gebracht waren und sie Fahrgeld bekommen würde, um nach Südfrankreich weiterzufahren.

Aber ein Kind? Die Frauen der Empfangsstation wussten nicht, wohin mit dem Kind. Es war das erste Kind, das überhaupt hier ankam. Élise Carré händigte ihnen die Registrierungskarte aus, die sie für Mano bekommen hatte.
»Warte hier«, sagte sie zu ihm. »Die Frauen kommen zu dir, wenn sie nichts mehr zu tun haben. Auf Wiedersehen, mein Junge. Adieu. Wir sehen uns morgen.«
Und sie ging los, um ihre Übernachtungsadresse zu suchen. Mano schaute ihr hinterher. Élise winkte ihm noch, als sie über den Platz zur Straße ging, und bald darauf war sie weg. Später waren alle weg, und der Platz war leer. Nur der Junge noch. Er setzte sich gegen die Wand des Gebäudes auf den Boden.
Er wartete. Er wusste nicht, wohin. Er wusste auch nicht, wo er sich befand. Und was die Menschen für eine Sprache sprachen ...

jetzt bin ich in einem Ausland wo ich noch nie war   ganz allein ist immerhin besser als ein KZ   haben sie mich hier vergessen? ich kann nicht weglaufen   das ist zu gefährlich   sie wollen keine Deutschen   ich bin versteckt ich darf nicht sagen wer ich bin ich bin in einem Ausland von dem ich nichts weiß und mein Fuß dem geht es nicht gut   im Wald wollte ich immer abhauen   da hatte ich Angst dass ich nie mehr rausfinde   hier finde ich auch nicht mehr raus   ich weiß ja gar nicht wo ich bin

Die Sonne ging unter, und der Junge hatte sich nicht vom Fleck gerührt, er saß immer noch auf dem Platz. Er hatte die Holzklappern von den Füßen gestreift, hielt sich den linken Fuß, stöhnte leise vor Schmerzen.
Die Frauen vom Empfangskomitee für die Verschleppten und Gefangenen legten, wie für alle Zurückgekehrten, die um Hilfe ersuchten, auch für den Jungen ein Blatt an. Denjenigen, die Geld

für eine Fahrkarte in ihre Heimatstadt brauchten wie Élise Carré oder Schuhe oder eine Jacke oder ein Bett für die Nacht, bis sie weiterreisten, konnte hier geholfen werden. Die Frauen ließen sie im Haus übernachten oder schauten auf eine Liste der Haushalte, die sich gemeldet hatten und ein Bett für eine Nacht oder länger zur Verfügung stellten.

Madame Fouquet hatte alles aufgeschrieben, was sie von dem Jungen erfahren hatte.

Name: MANO

Vorname: –

Geburtsdatum: –

Geburtsort: Geboren in der Nähe von Marseille von jüdischen französischen Eltern.

Nun wussten die Frauen nicht, wohin mit dem Jungen. Ihm konnten sie nicht einige Francs aushändigen und ihn zu einer Adresse schicken wie andere Zurückgekehrte. Sie wollten ihn auch nicht allein im Schlafsaal lassen, er war ja ein Kind. Wo er wohl hingehörte? Vielleicht hatte er keinen Menschen mehr? Madame Fouquet sagte schließlich, sie würde ihn mit zu sich nehmen. Erleichtert über diese Lösung verabschiedeten sich die anderen Frauen und gingen müde nach Hause.

Madame Fouquet stand vor dem mageren Jungen mit den dunkelblonden Haaren und den schmalen schwarzen Augen. Seine nackten Füße waren schwarz, die gestreifte Hose hatte Flicken und Löcher, der Pullover war zerrissen, die Jacke viel zu groß für ihn. Der Junge schaute ihr ins Gesicht, und Madame Fouquet bemerkte, dass er Angst hatte, denn er duckte sich. Er hob nicht den Kopf, sondern nur den Blick. Sie sah, dass er gehungert haben musste, denn seine Wangen waren hohl, und die Wangenknochen traten kantig hervor.

»Comment tu t'appelles?«, fragte sie.
Der Junge sagte nichts, schaute nur und ließ die Frau mit den kurz geschnittenen schwarzen, hier und da schon leicht ergrauten Haaren nicht aus den Augen. »Wie heißt du?«, fragte sie auf Deutsch.
»Mano«, sagte der Junge.
»Und wie heißt du noch?«
»Nur Mano«, sagte der Junge wieder.
»Weißt du deinen Vornamen nicht?«
Der Junge stutzte, schüttelte dann den Kopf.
»Wie alt bist du?«
»Elf.«
»Du bist also Deutscher?«
Der Junge kniff die Augen zusammen, presste die Lippen aufeinander und schwieg. Dann schüttelte er wieder den Kopf, heftiger diesmal. Madame Fouquet sah, dass er die Luft anhielt. Sie bückte sich, legte ihre Hand auf seine Schulter und spürte, wie angespannt er war, hörte, wie er ausatmete, sah, wie er zu ihr aufblickte.
»Du kannst mit zu mir nach Hause kommen.«
Sie streckte ihre Hand aus. Der Junge ergriff sie nicht, er klemmte die Hände hinter den Rücken und schüttelte den Kopf.
»Komm doch, du kannst bei mir übernachten.«
»Ich geh nicht weg.«
»Aber du bist allein.«
Der Junge schüttelte den Kopf.
»Meine Eltern holen mich.«
»Wo sind sie denn?«
Der Junge schloss fest den Mund und starrte ins Leere. Fast unmerklich zog er die Schultern hoch.
»Bitte, komm mit.«
Madame Fouquet streckte wieder ihre Hand aus.

»Wenn meine Eltern kommen und mich suchen ...«

»Wenn deine Eltern dich suchen, dann wissen alle hier im Haus, wo du bist.«

Der Junge verschränkte jetzt die Arme und senkte den Kopf.

Madame Fouquet sagte: »Ich verspreche dir, morgen kommen wir wieder hierher und schauen, ob deine Eltern da waren. Aber jetzt sind sie gerade nicht da, und so lange gehen wir nach Hause, da kannst du etwas essen und in einem Bett schlafen.«

Der Junge schaute sich nach allen Richtungen um, dann erhob er sich, langsam wie ein alter Mann. Madame Fouquet nahm seine Hand in ihre, und so gingen sie gemeinsam an der Kirche vorbei in eine Straße hinein bis in die Rue du Pré St. Gervais, die kantige kleine Frau führte den schweigsamen Jungen an seiner heißen trockenen schmutzigen Hand zu sich nach Hause. Er hinkte und balancierte von einem Bein auf das andere, schnell konnte er nicht.

Madame Fouquet betrat mit dem Jungen das Haus Nummer 35, stieg mit ihm in den zweiten Stock, öffnete eine Tür und rief: »Félix? Tu es là? Viens!«

Aus einem Zimmer kam ein Mann mit pechschwarzen Haaren in den Korridor.

»Oui, qu'est-ce qu'il y a, Fifine?«

Da sah er schon den Jungen.

»Il est arrivé tout seul.«

»Alors il restera avec nous?«

Madame Fouquet nickte.

»Oui, au moins pour le moment.«

Der Junge stand im Flur und wartete, ergeben, gehorsam, müde, erschöpft. Aus den Augenwinkeln betrachtete er den Mann, so unauffällig, dass der nichts merkte. Der Mann streckte seine Hand aus, schüttelte die des Jungen.

»Félix«, sagte er. »Bienvenu dans notre famille.«
Madame Fouquet schob den Jungen in die Küche, deutete auf einen Stuhl und setzte sich ihm gegenüber.
»Sag mir noch einmal – wie heißt du?«
»Mano.«
»Das ist dein Name?«
Der Junge nickte.
»Und wie heißt du noch?«
Der Junge zuckte die Achseln.
»Weißt du es nicht?«
Der Junge schüttelte den Kopf.
»Wo kommst du her?«
Der Junge hielt ganz still, zuckte die Achseln. Madame Fouquet legte ihm die Hand auf die Schulter, bis er wieder atmete.
»Vergessen«, sagte der Junge. »Ich weiß nur Mano.«
Ein schwarzhaariger Junge, älter als Mano und einen Kopf größer, betrat die Küche.
»Das ist Paul, mein Sohn.«
Paul reichte dem Jungen die Hand.
»Und ich heiße Joséphine. Nenn mich Fifine, so nennen mich alle. Du kannst erst mal bei uns bleiben.«
Joséphine Fouquet gab dem Jungen ein Glas Wasser, das er sofort leer trank. Sie füllte es ihm nach.
»Il doit avoir faim«, sagte Félix. Er tat, als würde er essen, rieb sich den Bauch und machte Mmh. Der Junge schaute erst prüfend alle der Reihe nach an, dann nickte er.
»Komm, Mano, ich zeig dir, wo du dir die Hände waschen kannst.«
Sie schob den Jungen zum Waschbecken. Er stand davor und rührte sich nicht. Sie öffnete den Wasserhahn, der Junge hielt seine schmutzigen Hände in den Wasserstrahl, dann trank er wieder.

Als Madame Fouquet das sah, legte sie ihm die Seife in die Hände, schloss ihre um seine und wusch sie ihm.
Danach gab sie ihm ein Stück Brot, Weißbrot, er kaute es ganz langsam, kaute wie verzückt, als äße er zum ersten Mal etwas mit diesem herrlichen Geschmack. Inzwischen füllte Madame Fouquet mit einem Topf heißes Wasser vom Wasserhahn in eine Zinkwanne auf dem Boden.
Der Junge genierte sich, aber er gehorchte, zog sich aus und stieg in die volle Wanne, die mitten in der Küche stand. Bei der Berührung mit dem warmen Wasser zuckte er zurück und zögerte. Madame Fouquet hatte schon vorher die Schnittwunden quer über beide Schienbeine bemerkt. Jetzt sah sie, dass beide Beine und besonders der linke Fuß geschwollen waren, sah, wie schwarz seine Füße waren und dass Mano kreisrunde Narben auf dem Rücken hatte. Der Junge verzog das Gesicht, als das Wasser mit den Wunden in Berührung kam, dann ließ er sich vorsichtig in die Wanne sinken, bis das Wasser fast seinen ganzen Körper bedeckte. Er öffnete die Handflächen und hob sie, sodass ihm das Wasser durch die Finger rann. Immer wieder versuchte er, das warme Wasser in die Hände zu nehmen. Er weinte.
»Ich will zu meiner Mama.«
»Weißt du, wo sie ist?«
Mano schüttelte den Kopf und sagte: »Vielleicht im Himmel. Glaube ich.«
Madame Fouquet zögerte, aber was sollte sie einem Kind sagen, das nicht wusste, ob seine Mama noch lebte. Der Junge war wieder ganz still und hatte die Schultern hochgezogen. Sie nahm die Seife und den weichen Schwamm und wusch ihn.
»Was ist das?« Sie zeigte auf seinen Arm.
»Meine Nummer.«
Als sie nichts erwiderte, schaute er sie an und hob den Arm.

»Meine Nummer. Von Auschwitz.«

Madame Fouquet umfasste den Arm des Jungen und las: Z – 35 26

Dann fuhr sie mit dem Schwamm darüber, die Nummer blieb, sie war tätowiert.

»Augen zu!«

Sie schäumte ihm die Haare mit Seife ein.

»Da warst du?«

»Auch in Ravensbrück und Sachsenhausen.«

Ganz vorsichtig spülte sie ihm mithilfe einer Blechtasse die Seife aus den Haaren.

»Armes Kind. Was haben die Deutschen dir getan?«

Mano ließ sich still ein zweites Mal einseifen und abspülen. Das Wasser in der Wanne war trüb, grau, aber als er herausstieg, waren die Füße immer noch fast schwarz. Madame Fouquet wickelte ihn in ein Handtuch, trocknete ihn ab und gab ihm von den Anziehsachen ihres Sohnes Unterwäsche, ein Hemd und kurze Hosen. Als Mano angezogen war, legte sie den Arm um ihn. Das ist jetzt alles vorbei, wollte sie sagen, aber die Worte blieben ihr im Halse stecken. Die Lager gab es nicht mehr, der Krieg war aus, aber wer war der Junge?

»Wo bin ich?«, fragte er.

Madame Fouquet verstand erst nicht, aber Mano wiederholte seine Frage nicht, er wartete auf Antwort.

»In Pantin«, sagte sie schließlich. »Bei Paris.«

Und als er immer noch schaute, sagte sie: »In Frankreich.«

»Wo ist das?«

»Neben Deutschland«, sagte Madame Fouquet.

»Wie heißt die Sprache hier?«

»Französisch.«

»Und welche Farben hat die Fahne?«

»Blau weiß rot.«
Mano schwieg. Madame Fouquet kämmte einen Seitenscheitel in seine feuchten Haare. Dann rief sie Paul, damit er die schwere Zinkwanne ausleeren half.

Am Küchentisch saß die Familie Fouquet schweigend und sah dem Jungen beim Essen zu.
Sie starrten ihn an, voller Mitleid, sie vergaßen darüber fast ihr eigenes Essen. Der Junge hielt den Kopf gesenkt, behielt die anderen aber aus den Augenwinkeln im Blick. Er hatte den Salat mit den Händen gegessen, jetzt schlürfte er die Suppe von seinem Teller wie ein Tier, mit der Zunge, ohne einen Löffel zu benutzen. Dann leckte er den Teller ab, griff mit der Hand nach den Kartoffeln, aß mehrere, so schnell er konnte, dann griff er in die Schüssel mit den Möhren und dem Lauch, stopfte sich das Gemüse in den Mund und leckte sich die Finger ab. Als er wieder hineingreifen wollte, hielt Félix ihn am Handgelenk fest.
Der Junge erschrak, zog seinen Arm zurück, richtete sich auf und schaute zum ersten Mal den anderen am Tisch in die Augen. Erstaunt. Dann leckte er sich wieder die Finger ab, nahm den Teller, sprang auf, spülte ihn am Waschbecken sauber und trank aus dem Wasserhahn. Dann wusste er nicht weiter. Er blieb an der Tür stehen und wartete.
»Komm, Mano. Setz dich wieder«, sagte Madame Fouquet.
Der Junge gehorchte. Die anderen waren noch bei der Suppe.
»Er muss lange gefangen gewesen sein«, sagte Madame Fouquet auf Französisch. Sie fragten sich, ob er wohl noch Verwandte hatte, aus welchem Land er stammte, welche Sprache er noch sprach. Was hatte er durchgemacht, wie hieß er wirklich, wer war er? Was machen wir mit ihm?

»Er wird Papiere brauchen«, sagte Félix.
»Ja«, sagte Madame Fouquet. »Wir müssen ihn registrieren lassen, damit wir Lebensmittelkarten für ihn bekommen.«
»Wo soll er denn heute Nacht schlafen?«, fragte Paul.
Der Junge verstand nichts von alledem. Er rutschte nervös auf seinem Stuhl herum, blickte sich wie gehetzt um, als wollte er wegrennen. Aber wohin?

»Viens!«, sagte später Paul. »Viens.«
Und er winkte den Jungen zu sich, heraus aus der Küche. Der Junge blickte um die Ecke in den dunklen Flur, blieb stehen. Paul knipste das Licht an und winkte dem Jungen wieder.
»Viens!«
Paul führte ihn durch die kleine Zweizimmerwohnung, das kleine schmale Zimmer war das von Paul, im etwas größeren schliefen die Eltern. Und dann gab es noch eine Kammer mit einem Klappbett. Paul öffnete im Elternschlafzimmer einen Schrank, und der Junge duckte sich, bis er sah, dass im Schrank Wäsche aufbewahrt wurde. Einen blau-weiß gestreiften Schlafanzug drückte Paul dem Jungen in die Hände, der hielt ihn, schaute darauf und wartete. Als Paul wieder »Viens!« sagte, folgte Mano ihm in sein Zimmer. Ein Bett, ein Tisch, ein Stuhl, ein kleines Regal. Dann führte Paul den Jungen zur Kammer, zeigte ihm das Bett, das Félix inzwischen bezogen hatte. Paul zeigte auf das Bett, und Mano blieb davor stehen, als hätte er noch nie ein bezogenes Bett gesehen. Er drückte Paul den Schlafanzug in die Hände, stellte die Holzklappern unter das Bett und legte sich schnell hinein.
»Mais il faut mettre le pyjama.«
Mano verstand Paul nicht, und Paul sprach mit seiner Mutter: »Maman, er liegt mit den Anziehsachen im Bett.«

Madame Fouquet kam und setzte sich auf die Bettkante. Sie schlug die Decke zurück und wollte etwas sagen, aber Mano riss mit einem scharfen Ruck die Decke an sich.
»Lass ihn heute so schlafen«, sagte Madame Fouquet zu ihrem Sohn. »Morgen sehen wir weiter.«
Sie strich Mano über den Kopf und löschte das Licht. Mano rollte sich ein, zog sich die Decke über den Kopf und drehte sich um. Aber er konnte nicht still liegen, er begann zu wimmern, und schließlich rief er: »Tante! Tante! Wo bist du?«
Er rief, bis Madame Fouquet, Tante Fifine, in die Kammer trat. Ganz leise sagte er: »Es ist so dunkel.«
Madame Fouquet ließ die Tür ein bisschen weiter offen, sodass Licht in die Kammer fallen konnte. Dann wurde es still in der Wohnung.
Mano konnte nicht schlafen. Er stand auf, öffnete die Tür weit und schaute lange, ob draußen jemand stand, dann schlich er in Pauls Zimmer und schlüpfte zu ihm ins Bett. Mit dem Rücken drängte sich der Junge an Paul, als wollte er sich an ihm wärmen, als würde ihn die Nähe vor etwas schützen. Dabei hielt er die Decke so fest, dass Paul sie keinen Millimeter zu sich ziehen konnte.
Als Paul am Morgen aufwachte, lag Mano ohne Decke auf dem Boden, auf dem kleinen Teppich vor dem Bett, und schlief. Er schlief bis zum Mittag.

Wie sie versprochen hatte, brachte Fifine Fouquet den Jungen an ihrer Hand zur Empfangsstation in die Rue Jules Auffret. Dort schaute er allen Leuten genau ins Gesicht, studierte ihre Erscheinung von oben bis unten. Beim Anblick der abgerissenen mageren Menschen lockerte er sich, dann entdeckte er Élise. Er stellte sich dicht neben sie, als sie mit Fifine Fouquet sprach, und wollte mit ihr gehen, als sie gehen wollte.

»Ich habe in einem richtigen Bett geschlafen«, sagte er zu ihr.
»Ich auch«, erwiderte sie, und sie lächelten beide. »Schön, nicht? Aber zu weich, oder?«
Der Junge nickte, lächelte verschmitzt.
»Ich hab dann auf dem Boden geschlafen.«
»Ich auch.«
»Mano«, sagte sie. »Ich kann nicht bleiben, ich muss weiter.«
»Gehst du weg?«
»Ja, und du kannst bei Madame bleiben. Sie sind gut für dich.«
»Wo gehst du hin?«
»Nach Marseille. Meine Familie suchen.«
Mano wollte ihre Hand nehmen, bei ihr bleiben, aber sie trat einen Schritt zurück.
»Auf Wiedersehen, mein Junge. Adieu.«
Mano verstummte, er schaute ihr hinterher, und Élise winkte ihm ein letztes Mal, als sie um die Ecke bog. Da hatte Tante Fifine seine Hand schon wieder fest in ihrer.
»Sie fährt nach Marseille. Vielleicht hat sie dort noch Familie. Wo hast du denn früher gewohnt?«
Mano schaute sich nervös um.
»Ich habe alles vergessen. Ich weiß nur Mano«, sagte er.

Fifine | Schade, dass mein Paul nicht Deutsch spricht. Aber als er in der Schule die Fremdsprache wählen sollte, waren wir von den Deutschen besetzt. Da entschied er sich für Englisch. Mano – das Kind hat durchgemacht, was die Erwachsenen durchgemacht haben. Mein Neffe André war bei seiner Rückkehr in einem viel schlimmeren Zustand als der Junge, er war zu einem Skelett abgemagert und zu schwach zum Stehen, als er aus Buchenwald befreit wurde. Nachdem er sich das erste Mal zum Ausruhen zu Hause bei seiner Mutter hinlegte, konnte er vier Wochen überhaupt nicht mehr aufstehen, und wir mussten ihn mit Brei füttern, weil er sonst praktisch kein Essen bei sich behalten konnte. Und wir mussten ihn auf die Toilette tragen, weil er sich nicht auf den Beinen halten konnte. Er war leicht wie ein Kind. Zwei Sachen hatte er bei seiner Rückkehr dabei: eine halbe Kerze und ein kleines Heft, vollgeschrieben mit Kochrezepten. Kochrezepte, die sich die Männer in Gefangenschaft gegenseitig erzählt haben. Sie haben vom Essen geträumt.
Dieser Junge hatte gar nichts dabei. Er ist ein Kind, allein, ohne Eltern.
Ich bin in Ingersheim im Elsass geboren und aufgewachsen und war als Kind in den Sommerferien zu Besuch in Paris bei meiner großen Schwester. Ich wollte drei Wochen bleiben und dann wieder nach Hause fahren. Aber inzwischen waren die Deutschen ins Elsass einmarschiert, und ich konnte nicht zurück. Dies war der Beginn des Ersten Weltkriegs. Lange wusste ich nichts von meinen Eltern, Schwestern und meinem Bruder. Es gab keine Post und kein Telefon, es war Krieg. Wir haben damals nie gedacht, dass nach dem großen Krieg noch einmal ein Krieg kommen würde und die Deutschen wieder unser Land besetzen und beherrschen wollten. Ich war damals so alt wie der Junge jetzt und musste vier Jahre ohne meine Eltern in Paris bleiben. Als ich das erste Mal meine

Eltern wiedersah, war ich schon fünfzehn. Ich musste Französisch lernen. |

Fifine Fouquet brachte den Jungen zu Docteur Outzeko, einem freundlichen dunkelhaarigen kleinen Herrn.
Mano sollte sich entkleiden. Ängstlich, mit gesenktem Blick stand er vor dem Arzt, der Fifine zuhörte, ihn anlächelte und ihm vorsichtig die Hand auf den Arm legte, damit er nicht die Luft anhielt. Dann legte er seine andere Hand auf Manos Schulter und untersuchte ihn genau, seine Füße, den Rücken, die Beine, die Narben und Wunden überall am Körper, die Schnittwunden an den Schienbeinen.
»Wie ist das passiert?«
Fifine übersetzte die Frage des Arztes. Mano starrte sie ratlos an, die Stirn gerunzelt, das Nachdenken schien ihn anzustrengen. Er blickte auf, und als er merkte, dass sie auf seine Antwort wartete, schüttelte er den Kopf und die Schultern, als wollte er sich entwinden.
»Weiß ich doch nicht«, sagte er heftig und laut. »Ich hab Kopfschmerzen. Ich erinnere mich nicht.«
»Er erinnert sich nicht«, sagte Fifine zum Arzt. Und für Mano übersetzte sie: »Du kannst dich anziehen.«
Dann sprach sie nur noch Französisch. Docteur Outzeko erklärte ihr, dass die Schwellungen an den Waden und Knöcheln Wasseransammlungen, Ödeme, seien, Folgen der Unterernährung. Der Junge müsse sehr lange gehungert haben. Auch die Narben auf dem Rücken stammten von Wunden, die durch den Vitaminmangel entstanden waren.
»Aus welchem Land kommst du?«, fragte Docteur Outzeko mithilfe von Fifine.
»Weiß ich nicht!«, schrie Mano und wollte hinauslaufen, aber schon bei der Berührung der kalten Türklinke hielt er inne und öffnete die Tür nicht.

Docteur Outzeko ging zu ihm, legte ihm den Arm um die Schultern.
»C'est bon«, murmelte er. »C'est bon.«
Er führte ihn zu einem Stuhl und strich vorsichtig eine Salbe über die Schnittwunden auf den Schienbeinen.
»Ich bin Jude«, sagte er auf Deutsch zu Mano, ganz leise, ohne ihn anzuschauen. Mano schwieg.

Als sie nach Hause kamen, legte Mano sich in Pauls Bett und schlief ein. Am Nachmittag erst wachte er auf, legte sich auf den Boden vor das Bett und schlief weiter bis zum Abend. Nur zum Essen stand er auf, danach fielen ihm die Augen wieder zu.
In der Nacht schreckte Fifine durch Manos Schreie auf. Sie fand ihn zusammengerollt unter dem Bett, ohne Decke, schreiend. Sie zog ihn hervor und nahm ihn in die Arme.
»Wach auf, es ist gut, es ist vorbei.«
Mano schlug die Augen auf, starrte sie an und setzte sich auf.
»So viele Tote. Tote, Tote überall«, sagte er und zeigte rings um sich.
»Das ist vorbei«, sagte Fifine und half ihm hoch, ins Bett zurück. Sie deckte ihn bis zum Kinn zu, strich ihrem Sohn über den Kopf und streichelte lange Manos Hand, bis er die Augen wieder schloss. Erst als er gleichmäßig atmete, ging sie selbst wieder schlafen.

Am Morgen sagte Paul: »Er liegt wieder auf dem Boden.«
Als Fifine das Zimmer betrat, erstarrte sie. In Sekundenschnelle war Mano aufgesprungen und stand vor ihr stramm, noch halb im Schlaf. Er schaute sie an, an sich herab, im Zimmer herum, dann legte er sich wieder auf den Boden und schlief weiter. Tagelang, nächtelang schlief Mano, und wenn er wach war, war er immer

müde. Am Tag legte er sich alle paar Stunden auf den Boden und schlief. Aber nur dort, wo er nicht allein war, wo er die Stimmen der anderen hören konnte. Je mehr er schlief, desto schwächer wurde er. Und fast immer wachte er im Bett auf, denn Félix oder Fifine trugen ihn schlafend dorthin. Und trotzdem schreckte er in den Nächten auf, schreiend.
»Überall Tote, so viele Tote«, sagte er dann wieder, wenn Fifine bei ihm war. Trotz der großen Müdigkeit hatte Mano im Dunkeln Angst einzuschlafen. Manchmal wachte Paul auf, und Mano schlief immer noch nicht, drehte sich immer wieder um, verkroch sich unter der Decke, kam wieder hervor. Und Paul schlief wieder ein.

Docteur Outzeko kam fast jeden Tag zu den Fouquets, um Mano zu sehen. Meistens lag er noch im Bett. Oder auf dem Teppich.
»Comment vas-tu?«, fragte der Arzt jedes Mal. Und Mano wusste schon – wie geht es dir?
»Bien«, sagte er. »Gut.«
Docteur Outzeko erklärte Joséphine, was Mano essen sollte, damit er gesund wurde. Wenig Fett, das könne der Körper noch nicht verarbeiten. Er solle häufiger essen, aber immer nur kleine Mengen. Nichts, was Blähungen verursachte, keine Hülsenfrüchte, keinen Kohl.
»Manos Körper muss erst wieder lernen, mit Essen umzugehen. Ganz langsam soll er essen, oft und immer wenig.«

Es gab Gemüsesuppe. Der Junge griff mit den Händen hinein und schlang alles hinunter, so schnell er konnte. Dann leckte er sich die tropfenden Finger ab.
»Doucement«, sagte Onkel Félix streng, und Tante Fifine hielt ihm einen Löffel hin. Er schlug danach und schlürfte die Suppe direkt mit dem Mund aus dem Teller.

»Nimm den Löffel«, sagte Tante Fifine. »Und du musst langsam essen.«
Mano blickte auf, sah die drei am Tisch an, dann wieder auf sein Essen. Er nahm den Löffel nicht. Das Feste hatte er schon aus der Suppe gefischt und hastig hinuntergeschluckt, jetzt schlürfte er den Teller leer, nahm das Brot in die Hand, sprang auf, spülte den Teller ab, steckte den Löffel in die Hosentasche und verließ mit dem Brot die Küche.
»Es wird besser werden mit ihm«, sagte Onkel Félix. »Er wird noch verstehen, dass er immer wieder zu essen bekommt.«
Paul fragte, ob Mano alles essen dürfe. Denn sein Cousin, der vor wenigen Wochen aus Deutschland zurückgekehrt war, vertrug ja überhaupt kein Essen, er musste mit flüssiger Nahrung aufgepäppelt werden.
»Docteur Outzeko hat gesagt, Mano soll vor allem grünes Gemüse essen. Und das Wichtigste ist – langsam soll er essen.«
Mano kam hastig in die Küche zurück. Er sah sich um, kontrollierte: Die Töpfe, die Teller, das Brot waren noch da. Paul erhob sich, das Grüne der Möhren in der Hand, und winkte Mano damit.
»Viens, on va faire manger le lapin!«
Mano folgte ihm. Das Kaninchen lebte im kleinen schmalen Toilettenraum auf dem Boden. In einer Ecke stand ein Schälchen mit Wasser. Rundherum an den Wänden hatte das Kaninchen die Fußleisten und die Kabel angenagt. Als sie eintraten, hoppelte es heran, und als Mano sich auf den Boden hockte und ihm das Grünzeug hinhielt, begann es zu knabbern. Mano gab ihm Stück für Stück, streichelte es und sah ihm beim Knabbern und Kauen zu. Eines Tages würden die Fouquets das Kaninchen essen, nur deshalb fütterten sie es hier, denn Fleisch war knapp und teuer.

»Tante Fifine, war der Doktor auch im Lager?«, fragte Mano.
»Nein. Mit seiner Familie war er fast vier Jahre auf einem Dachboden in Paris versteckt. So hat er überlebt.«
»Woher hatte er denn zu essen?«
»Die Leute, die ihn versteckten, haben ihm was gebracht.«
»Ist er ein Franzose?«
»Ja. Er stammt ursprünglich aus Odessa, aber er lebt schon sehr lange in Frankreich.«
»Odessa? Ist das bei Ungarn?«
»Nein, das ist eine Stadt in Russland.«

Mano legte sich wieder auf den Boden schlafen. Seit zwei Wochen schlief er fast nur. Tante Fifine weckte ihn zum Essen, sonst ließ sie ihn ausruhen. Fast immer erwachte er mit einem Schreck, er zuckte, fuhr zusammen und saß plötzlich aufrecht. Oder er trat aus Versehen gegen die Möbel und wachte davon auf. Manchmal erwachte er mit einem Stöhnen und wusste nicht, wo er war, fasste neben sich, aber da lag niemand. Dann weinte er. Mit dem Schlaf kamen die Albträume, und manchmal schrie er so laut, dass es allen in der Wohnung grauste. Nachts lagen sie dann hellwach, und Tante Fifine ging ihn wecken. Manchmal musste sie lange seinen Namen rufen und ihn schütteln, bis er aufwachte. Dann sprach sie tröstend mit ihm und streichelte seine Hand, bis sein Herz nicht mehr raste.

Mano fest an der Hand ging Fifine mit ihm Verwandte in Pantin besuchen. In einem großen Wohnhaus im dritten Stock stand der Name Knepper an der Tür, und als Fifine klingelte, öffnete eine schmale, schwarzhaarige Frau.
»Das ist Tante Lucienne, sie ist die Zwillingsschwester von Félix«, sagte Fifine und sprach dann mit der Frau Französisch.

Lucienne küsste auch Mano auf beide Wangen.
»Das ist Mano, der Junge, von dem ich dir erzählt habe.«
Mano konnte seinen Blick nicht von ihr wenden.
»Sie sieht sehr schön aus«, sagte er zu Tante Fifine, die es übersetzte und Tante Lucienne damit zum Lachen brachte.
»Sie ist so schön wie meine Mama.«
Als Lucienne erfuhr, dass der Junge ganz allein an der Empfangsstation angekommen war und sein Gedächtnis verloren hatte, schaute sie ihn mitleidig an. Als sie hörte, dass er in Auschwitz gewesen war, wurden ihre Augen immer größer, und sie umarmte ihn. Bei dem Namen Auschwitz horchte Mano erschreckt auf.
»Oh, le pauvre petit!«, rief Lucienne, umarmte Mano und strich ihm sanft über den Kopf. »Mon pauvre chéri.«
Während Lucienne und Fifine in der Küche miteinander sprachen, stand Mano am Fenster und sah den Vögeln nach. Dann ging er durch die Wohnung. Bevor er ein Zimmer verließ, spähte er um die Ecke und betrat erst dann den Flur. Er öffnete die Wohnungstür, schaute ins Treppenhaus und zog die Tür schnell wieder zu. Er setzte sich neben Fifine auf einen Stuhl, doch schon musste er wieder aufspringen und aus dem Fenster schauen. Dann legte er sich in die Zimmerecke auf den Boden und schlief ein.

Ein Mann mit einem Hund kam ihnen entgegen, der Hund ging an der Leine. Tante Fifine wich zur Hauswand aus und zog den Jungen an sich. Mano wollte zu dem Hund hin, aber der Mann zog den Hund fort. Im Vorbeigehen reckte der Hund den Hals und schob die Schnauze vor. Mano streckte die Hand aus, der Hund schnupperte und wurde weitergezogen, sie schauten einander hinterher.

In der Nacht lag Mano neben Paul im Bett und rief: »Tante! Tante!«
Diesmal wachte Paul vor seiner Mutter auf.
»Qu'est-ce qu'il y a?«
Mano deutete mit seinem Blick auf ein dunkles Ungeheuer. Paul kannte das schon, Mano musste von jedem Schatten wissen, woher er stammte. Paul stieg aus dem Bett und nahm die Hose von der Rückenlehne des Stuhls. Der Schatten schrumpfte. Paul hielt die Hose hoch und legte sie wieder über die Lehne, da war der Schatten wieder groß. Paul ließ den Schatten wandern, bis Mano nicht mehr auf die schwarze Fläche starrte.
»C'est bon?«
Mano nickte, und Paul legte sich wieder schlafen.
Jeden Morgen, wenn Paul aufstand und sich für die Schule fertig machte, lag Mano auf dem Teppich vor dem Bett. Dann nahm Paul die Bettdecke und breitete sie über den schlafenden Jungen. Manchmal schlief er noch, wenn Paul wieder aus der Schule kam.
Für den Jungen mussten Papiere ausgestellt werden. Tante Fifine ging mit ihm die lange Rue Hoche entlang über die Brücke des Seine-Kanals zum Rathaus, in ihrer Tasche seine Registrierungskarte. Der Staat zahlte den Zurückgekehrten Geld für den Neuanfang nach dem Krieg. Zwei Formulare musste Fifine für Mano ausfüllen, die meisten Felder blieben leer, weil sie ja nichts über ihn wusste außer, welche Lager er überlebt hatte. Name, derzeitige Adresse, Nummer des Lagers, Rückkehrdatum, Kategorie. Welche Kategorie war er? Es gab drei. Jedem Rückkehrer standen 1000 Francs Empfangsprämie für den Neuanfang zu. Kriegsgefangene und aus politischen Gründen Verschleppte bekamen außerdem 2250 Francs und Zwangsarbeiter 1125 Francs für den Verlust der Freiheit. Nur politische Gefangene bekamen zusätzlich noch 5000 Francs als Entschädigung für die Verschleppung. Und

ein Jude? Oder ein Kind? Diese Menschen hatte die Regierung wohl vergessen? Das fragte Tante Fifine. Mano war kein Kriegsgefangener, kein Zwangsarbeiter, kein politischer Gefangener. Doch ein Zwangsarbeiter?
Fifine fragte eine der Frauen, die den vielen Leuten beim Ausfüllen der Formulare halfen. Sie sagte, da er zu keiner Kategorie gehöre, bekomme er nur die Empfangsprämie. Denn zurückgekehrt sei er ja eindeutig. Mano sollte die Formulare unterschreiben. Er schaute Tante Fifine an, als sie ihm einen Stift hinhielt, nahm ihn unsicher und schrieb ganz langsam die vier Buchstaben seines Vornamens.
An der Kasse blätterte der Mann Mano die Scheine hin, noch einmal musste Mano unterschreiben. Dann trug der Mann die Summe in die Registrierungskarte ein und reichte sie Mano zurück. Der gab sie Tante Fifine. Und auch das Geld. Fifine sprach mit Mano Deutsch und Französisch gemischt, wenn viele Leute um sie waren, und Mano schwieg.
Noch ein Weg zu einem anderen Gebäude in einer anderen Straße. Hier wurden die Karten für Rückkehrer ausgegeben. Eine Lebensmittelkarte, zwei Brotscheine, zwei Scheine für besondere Lebensmittel, zwei Kartoffelscheine, eine Kleiderkarte, ein Schein mit 200 Punkten für Kleidung einschließlich Schuhe und Besohlung, 60 Gramm Tabak und zehn Métro-Fahrscheine. Den Tabak schenkte Mano am Abend Onkel Félix, alles andere hatte er Tante Fifine gegeben.

kriege ja zu essen   brauch den Tabak nicht zum Tauschen
jeden Tag kommt wieder essen   hier bleib ich

»Tante, was heißt Hund auf Französisch?«
»Un chien.«

»Un chien, c'est bon, bonjour, salut, mon pauvre chéri.«
Fifine lachte, und als Mano die Wörter wiederholte, sprach sie mit, die Wörter waren der Takt für ihre Schritte: »Un chien, c'est bon, bonjour, salut, mon pauvre chéri, un chien, c'est bon, bonjour, salut, mon pauvre chéri …«
Mano rief den Rhythmus fröhlich und lauter, ging schneller als sonst und schwankte nicht bei jedem Schritt. Un chien, c'est bon, bonjour, salut, mon pauvre chéri, so kamen sie nach Hause. Un chien, c'est bon, bonjour, salut, mon pauvre chéri, so stiegen sie die Treppen hinauf. Félix war schon von der Arbeit zurück, Mano lief zu ihm und rief: »Onkel Félix! Un chien, c'est bon, bonjour, salut, mon pauvre chéri.«
»Bonjour, mon chéri, salut, c'est bon. T'as vu un chien?«
»Oui«, sagte Mano. »Ja. Ich habe einen Hund gesehen.«
Da küsste ihn Fifine auf die eine und Félix auf die andere Wange. Zum ersten Mal hatte der Junge eine Frage auf Französisch beantwortet. Und zum ersten Mal gelacht.
Mano lernte schnell. Und auch Paul erinnerte sich an die deutschen Wörter, die er von seiner Mutter kannte, und lernte neue dazu. Den ganzen Abend saßen sie in der Küche und wiederholten für Mano die Namen der Dinge. Der Tisch, la table, der Stuhl, la chaise, das Wasser, l'eau, das Glas, le verre. Dann sagte Félix, er wolle un verre de chien trinken.
Mano blickte ihn verwirrt an, bemerkte dann, wie Paul lachte.
»Glas? Hund? Ein Glas Hund trinken?«
Félix blieb ernst, bis Mano verstanden hatte. Dann lachte er. Zusammen bastelten sie immer neue Sätze und waren bald so albern, dass die Gläser im Schrank klirrten, so lachten sie.
»Ich sitze auf dem Hund am Stuhl und esse ein Wasser mit Glas.«
Es kamen neue Wörter hinzu. Un oiseau, ein Vogel.

»Auf dem Vogel steht ein Glas Wasser.«
»Setz dich auf den Vogel und iss einen Stuhl.«
Sie scherzten bis spät in die Nacht. Mano wollte nicht schlafen gehen, aber Onkel Félix fielen fast die Augen zu. Am Morgen musste er wieder in die Fabrik, wo sie aus Stahl Werkzeuge herstellten. Und Paul musste in die Schule.

Wenn er nicht schlief, stand der Junge lange am Fenster und wartete, dass Paul mit der Schultasche um die Ecke bog. Paul ging auf eine technische Schule. Sah Mano ihn endlich kommen, öffnete er schon mal die Wohnungstür, lauschte den Schritten im Treppenhaus und ließ Paul ein. Mano folgte ihm in sein Zimmer, wo er seine Tasche abstellte, folgte ihm zum Händewaschen und in die Küche, wo er ein Glas Wasser trank, setzte sich neben ihn an den Küchentisch. Félix kam bald darauf von der Arbeit und setzte sich dazu.
»Na, petit frère, wie geht's?«, fragte Paul.
»Na, grand frère, wie geht's?«, erwiderte Mano.
Paul zog ein Ding aus seiner Tasche und zeigte es seinen Eltern. Ein Lot. Ein nach unten spitz zulaufendes symmetrisches Metallstück, das exakt ausbalanciert an einer Schnur hing. Paul hatte lange daran gefeilt, bis alle Seiten absolut gleich waren. Félix nickte anerkennend und strich seinem Sohn über die Schulter.
»Gute Arbeit hast du da gemacht, das kannst du dein Leben lang benutzen. Vielleicht baust du ja eines Tages ein Haus, dann brauchst du es.«
Mano wollte auch so etwas lernen. Aber als Onkel Félix sagte, dann müsse er auch in die Schule gehen, da schüttelte er heftig den Kopf, und alle lachten.
Paul nahm Mano überallhin mit. Zum Baguetteholen, zum Herumspazieren und auch ins Schwimmbad, wo Paul im Schwimm-

verein war. An Pauls Seite war Mano draußen etwas weniger nervös als sonst, obwohl er auch in seiner Gegenwart zusammenschrak, wenn er Schritte hinter sich hörte, wenn ein Lastwagen sich näherte, wenn jemand laut rief oder ein Kind schrie. Oft drehte er sich ruckartig um, sah irgendwelchen Leuten hinterher, blickte Leute scharf an, als suchte er bekannte Gesichter. Oder als hätte er in einer Menschenmenge ein bekanntes Gesicht entdeckt. Auch Tante Fifine fiel es auf, wie er sich immer wieder plötzlich umdrehte und Leuten nachschaute. Und manchmal lief er einfach los, ihnen hinterher, bis er sie von Nahem gesehen und gemerkt hatte, dass sie Fremde waren. Danach wusste er manchmal nicht mehr, wo er war. Fifine hielt ihn bei allen Gängen fest an der Hand.
Sie, Félix und Paul hatten beschlossen, alles zu tun, damit Mano auf andere Gedanken kam, ihn abzulenken, ihn nicht an das Vergangene zu erinnern. Wann immer sie konnte, übersetzte Fifine für ihn.

Tante Fifine hatte einen Fotoapparat, den sie auf jeden Spaziergang mitnahm. Ein schwarzes Gerät in einem braunen Lederetui. Man musste auf einen Knopf drücken, dann sprang vorne ein Türchen auf und das Objektiv hervor. Durch ein Fensterchen oben schaute sie, und wenn alle beisammenstanden und stillhielten, drückte sie einen anderen Knopf. Sie machte von allen in der Familie Fotos.
Manchmal saß sie am Küchentisch, schrieb Briefe an ihre Verwandten im Elsass und steckte Fotos mit in den Umschlag. Auch Mano hatte sie schon fotografiert. Am Sonntag beim Spaziergang. Erst hatte Mano nicht gehen wollen, aber allein bleiben wollte er auch nicht. Und Docteur Outzeko hatte gesagt, er müsse viel gehen, damit die gestaute Flüssigkeit in den Beinen besser ab-

fließen könne. Es war warm, Mano trug eine kurze Hose, aber Paul ging im dunklen Anzug mit weißem Hemd und Schlips, mit frisch gekämmten und glatt nach hinten gegelten vollen Haaren mit akkuratem Mittelscheitel.

»Er könnte ja mal von einem Mädchen gesehen werden«, sagte Félix lachend. Mano gefiel es, wie sich Paul den Schlips band, jedes Mal beobachtete er ihn dabei. Am liebsten hätte er sich auch einen Schlips umgebunden, aber Paul sagte immer: »Warte mal, bis du älter bist.«

Doch diesmal ließ Mano nicht locker: »Bitte, ich könnte ja auch mal von einem Mädchen gesehen werden.«

Da schenkte Paul ihm einen Schlips, band ihn für ihn, und so gingen sie los.

Die Luft war mild und strich zart über ihre Gesichter. Bald ließen sie die letzten Häuser von Pantin hinter sich. Mano hatte noch Schmerzen in den Beinen, und vor allem sein linker Fuß war oft dick angeschwollen und tat so weh, dass Mano kaum auftrat, und wenn, dann nur ganz kurz und schnell. Deshalb hinkte er. Zwischen wilden borstigen Wiesen, die von Blumen übersät waren, gingen sie, überall surrten und schwirrten Insekten, schwere Hummeln, kleine Bienen, Fliegen und Käfer jeder Art und Größe. Ein karmesinrot glänzender Käfer versuchte schwerfällig, den Weg in Richtung Wiese zu überwinden. Zitronenfalter flatterten über die Blüten hinweg und setzten sich mal auf die gelben, mal auf die zarten blauen.

Mano schaute auf das Grün, die Farben, Onkel Félix, Tante Fifine, Paul. Tante Fifine hatte seinen Blick bemerkt und nahm seine Hand.

»Wie lange hast du das nicht gesehen?«, fragte sie.

Er schmiegte sein Gesicht an ihre Hand und sagte: »Ich war auch mal ein Kind.«

Fifine starrte ihn an und sprach dann mit Félix. Sie gingen weiter durch dieses alles zum Strahlen bringende Licht, zwischen Wiesen und Himmel hindurch.
»Und früher – warst du da gern draußen?«
»Ja«, sagte Mano lächelnd. »Am liebsten mit den Bauern. Da hab ich ihnen beim Kühetreiben geholfen. Einmal hab ich vor dem Haus einen Bach gestaut und meine Schuhe schwimmen lassen.«
»Daran erinnerst du dich?«
»Ja ... Meine Mama hat geschimpft, weil die Schuhe ganz neu waren.« Als er das gesagt hatte, wurde Mano traurig.
»Wo war das?«, fragte Tante Fifine noch. Mano antwortete nicht.
An einer Wegbiegung machten sie halt. Mano lief in eine Wiese hinein, schaute sich um, dann begann er Blumen zu pflücken, mehr, immer mehr, bis er sie kaum noch tragen konnte. Am Horizont die Stadt. Tante Fifine wollte ein Foto machen, die Jungen sollten sich auf die Granitblöcke setzen, die am Wegrand lagen.
»Nur die Jungen«, sagte Félix. Er hatte überhaupt keine Lust, fotografiert zu werden. So knipste Fifine nur die beiden Jungen in Schlips und Jackett in der Sonne. Mit dem Blumenstrauß. Danach überreichte Mano Tante Fifine die Blumen: »Für dich.«
»Merci, mon chéri. C'est très gentille.«
Sie lächelte und küsste Mano.

dann bleibe ich eben hier wo soll ich sonst hin   muss ich hier bleiben und gut sein mit ihnen dass sie mich nicht wieder wegschicken   mich behalten wollen   aber meine Cousins? wenn überhaupt noch jemand lebt dann sie   ich sehe sie nie wieder wenn ich hier bei Paul bleibe   aber ich muss ja bleiben   hab ja sonst keinen anderen Ort

Noch immer legte er sich nach dem Essen hin und schlief.
Wachte er auf und hörte niemanden in der Wohnung, bekam er Angst, rief nach Paul, nach Tante Fifine.
Einmal war Fifine einkaufen gegangen, während er schlief, und als sie zurückkam, fand sie den Jungen in Tränen aufgelöst:
»Wo warst du?«
Der Junge klammerte sich an ihre Hand und schluchzte.
»Ich gehe nicht mehr ohne dich«, sagte Fifine. »Du bleibst bei uns, wir lassen dich nicht allein.«

Jeden zweiten Tag wusch sie den Jungen. Inzwischen hatte er sich daran gewöhnt, dass er abends den Schlafanzug anziehen und nicht mit Straßenkleidung ins Bett gehen sollte. Seine Fußsohlen blieben schwarz, eine dicke Schicht Hornhaut bedeckte sie. Einmal fragte Fifine nach dem Waschen: »Bist du immer barfuß gegangen?«
»Manchmal hatte ich Schuhe, manchmal nicht. Ich hab die Holzschuhe beim Todesmarsch weggeworfen, weil ich überall Blasen hatte und alles blutig war.«
»Beim Todesmarsch?«
»Ja.«
Als hätte er gesagt, ja, ich heiße Mano. Oder ja, ich bin ein Kind, so sagte er nebenbei Ja und trocknete sich die Füße ab.
Nach einem kurzen Zögern fragte Fifine: »Was ist ein Todesmarsch?«
»So haben die Leute gesagt. Wir mussten jeden Tag zehn oder zwanzig Kilometer laufen. Wer nicht mehr aufgekommen ist, den haben sie erschossen.«
»Wohin seid ihr gelaufen?«
»Weiß nicht.«
Mano zog sich die neuen Strümpfe über die nackten Füße.

Die Sonne schien in die Wohnung, von der Straße drangen Stimmen herauf, Geschrei. Die Tante öffnete die Fenster, sie, Félix, Paul und Mano schauten aus dem zweiten Stockwerk hinab auf einen Zug von schmutzigen, müden, meist jungen Männern, unrasiert, in abgerissenen Wehrmachtsuniformen, die in der Mitte der Straße gingen. Rechts und links von ihnen eine Menschenmenge, die Leute beschimpften die besiegten Soldaten.

»Sales Allemands!«, riefen sie. »Sales cochons!«

Manche bespuckten, schubsten oder schlugen sie. Die Kinder taten es den Erwachsenen nach. An allen Fenstern standen Leute, alle Nachbarn schauten hinaus, die Tante grüßte sie. Und auch Onkel Félix und sie schimpften etwas hinab.

»Das geschieht ihnen recht. Sie sind schuld am ganzen Elend hier«, sagte die Tante.

Mano erwiderte nichts, er schaute rundherum, ihm entging keine Bewegung der Leute auf der Straße und an den anderen Fenstern.

»Sales Allemands!«

»Sales boches!«

Etwas schwappte auf die Männer, die gerade am Haus vorbeigingen. Die Nachbarin hatte ihren Nachttopf aus dem Fenster ausgeleert. Die Fouquets hatten es auch gesehen und lachten mit den Leuten am Straßenrand darüber. Auch andere Bewohner der Vorderhäuser holten jetzt ihre Nachttöpfe und kippten sie über den Gefangenen aus.

»Sale merde! C'est rien que ça que vous êtes.«

Der Junge holte tief Luft, dann rief er aus dem Fenster wie die anderen: »Sales Allemands! Sales cochons!«

Oft hatte der Junge Bauchschmerzen. Nach jedem Essen. Obwohl Fifine achtgab, dass er nicht zu viel aß. Aber wenn er am Esstisch saß, konnte sie ihn unmöglich bremsen. Fifine stellte keine Schüssel, keinen Topf mehr auf den Tisch, sondern füllte die Teller am Herd und reichte sie zum Tisch. Der Junge aß mit gesenktem Kopf, als müsste der Mund so nah wie möglich am Essen sein, als könnte es zwischen Teller und Mund verloren gehen, gestohlen werden. Er wandte nie den Blick vom Essen, er schlang es hinunter und schaute dann auf, nur den Moment eines Atemholens dauerte es, und er hatte gesehen, was noch auf Pauls, Félix' und Fifines Tellern lag. Auch die Tür hatte er immer im Blick, obwohl er sie beim Essen im Rücken hatte, so oft drehte er sich um, es war fast wie ein Zucken. Er musste sehen, was hinter ihm war. Doch nie war da etwas anderes als die offene Tür und der dunkle Flur. Félix hatte diesen unruhigen Blick bald bemerkt und ließ im Flur das Licht brennen. Inzwischen benutzte Mano Gabel und Löffel zum Essen, aber die Suppe wollte er doch am liebsten aus dem Teller trinken.

Sie gingen alle zusammen spazieren, es war ein milder Frühlingsabend, und Mano sollte der Oma vorgestellt werden. Wieder hielt Tante Fifine Mano an der Hand. Er lief schwankend, als hätte er keinen festen Boden unter den Füßen.
»Tante, was heißt sale?«, fragte er.
»Dreckig.«
»Und was heißt Allemands?«
»Deutsche.«
»Und cochon?«
»Schwein.«

so sind sie gut zu mir aber wenn sie erfahren was ich bin werde ich umgebracht   oder mit den Deutschen wieder in ein Lager gesperrt   sie wollen die Deutschen nicht   darf niemals sagen wer ich bin

Paul | Wir kamen vom Garten, 1944, im letzten Sommer, Maman, Papa und ich. Der Garten gehörte einem Freund meiner Eltern, der nach Deutschland verschleppt worden war, wir sollten auf seinen Garten aufpassen, das war gut, wir konnten Gemüse pflanzen und das Essen gut gebrauchen. Wir kamen gerade vom Garten, ich half Maman mit der Schubkarre aus Holz, wir hatten geerntet. Nach Hause ging der Weg ein bisschen bergauf. Die deutschen Soldaten waren alle nervös in dieser Zeit, sie waren auf dem Rückzug. Einer hielt uns an, die Sonne hat geschienen, er hielt alle an, die gerade da auf der Straße waren. Wir würden heimlich gegen sie kämpfen, sagten sie, wir mussten uns an der Mauer aufstellen, Arme hoch, Gesicht zur Wand, abgetastet wurden wir, während der die Maschinenpistole auf uns richtete, ganz nervös, als würden wir gleich eine Waffe ziehen. Und ich dachte, jetzt sind wir so gut wie tot. Ihr seid Spione, sagte der Soldat. Ihr seid Feinde. Er hob seine Maschinenpistole, er ließ niemanden aus den Augen, er war nervös, schreckhaft. Ich habe ihn angesehen, er war so alt wie ich. Ganz jung. Wie ich. Ich gehe zur Schule und lerne einen Beruf, warum er nicht. Maman, weil sie Deutsch spricht, sagte, wir sind keine Spione, wir kommen gerade vom Garten und haben Gemüse zum Essen geholt. Der junge Soldat hatte einen Tick, sein Augenlid zuckte die ganze Zeit über. Er sagte, heute Morgen hätten sie in so einer Schubkarre unter dem Gemüse Waffen gefunden. Maman sagte, das sieht man doch, dass da keine Waffen drin sind. Er ließ die Waffe sinken, trat mit dem schwarzen Stiefel die Schubkarre um. Alles fiel heraus, und die Tomaten rollten die Straße hinab. Die Soldaten gingen weiter, als seien wir gar nicht da, als hätten sie uns nicht an die Wand gestellt, als seien sie nie stehen geblieben. Lastwagen und Panzer kamen in langen Kolonnen aus Paris, sie zogen alle ab. Und alle durch Pantin, alle nervös, die Amerikaner vielleicht hinter ihnen.

Ich war schweißgebadet. Maman hat uns das Leben gerettet, weil sie Deutsch sprechen konnte. Wenn nicht jemand den Soldaten mit dem Gewehr angesprochen hätte, hätte er nur abzudrücken brauchen, und er wäre auch weitergegangen, und wir wären tot gewesen und liegen geblieben. So ist er weiter und wir dann auch. Wir hoben das Gemüse auf, das nicht zertreten war, ich schob die Schubkarre nach Hause, ich mochte die Deutschen nicht. |

Alle Verwandten, die Geschwister von Félix und ihre Familien und seine Mutter, schauten Mano an wie ein Wunder. Was der Junge durchgemacht haben muss. Dass der Junge überhaupt noch lebt. Auch den jungen Mann André, Pauls Cousin, der, bis zum Skelett abgemagert, aus Buchenwald zurückgekommen war, lernte Mano kennen. Der hat überlebt, aber der war schon ein Mann. Dieser Junge ist ein Kind. Oh, le pauvre petit! Immer wieder sprachen sie über Mano, umarmten ihn, schauten ihn fast ehrfürchtig an. Er weiß nichts mehr, es muss so schlimm gewesen sein, dass er alles vergessen hat. Pauls Cousin sagte: »Des morts, des morts, des morts, j'en ai vu des tas des morts.«
Genauso habe es Mano auch gesagt, erwiderte Tante Fifine. Tote, Tote, überall Tote, haufenweise habe er Tote gesehen. Mehr aber berichtete der Cousin nicht. Und auch Mano nicht. Manchmal machte Mano den Mund auf, holte tief Luft, als wollte er einen Satz beginnen, und hielt dann die Luft an. Bis er wieder tief ausatmete und nichts sagte. Und niemand fragte. Alle, und besonders Onkel Félix, versuchten jeden Tag, Mano zum Lachen zu bringen.

Klopfte es an der Tür, rannte Mano in Pauls Zimmer und versteckte sich. Manchmal war es ein Nachbarskind, das für seine Mutter um Salz oder sonst eine Kleinigkeit bat, manchmal war es die Tochter des Blumenhändlers aus dem Nebenhaus, die ausrichten ließ, dass jemand für Fifine oder Félix angerufen habe. Der Florist war der Einzige in den Häusern der Umgebung, der ein Telefon hatte. Selbst telefonieren konnten sie nur von einer Bar oder einem Restaurant.

Nie konnte Mano es am Esstisch aushalten, bis alle aufgegessen hatten. Sobald er selbst mit dem Essen fertig war, sprang er auf, stand dann ratlos herum und wurde zusehends unruhiger, sah

immer wieder aus dem Fenster. Wenn dann Tante Fifine auch aufgegessen hatte, sagte sie: »Mano, komm, gehen wir eine Runde.« Dann zog Mano seine neuen weichen Lederschuhe an. In der Wohnung ging er am liebsten barfuß, immer noch hatte er geschwollene Knöchel und Fußsohlen. Tante Fifine nahm ihn an der Hand und ging mit ihm hinaus auf die Straße.
Unten an der Haustür sagte sie: »Keiner da, siehst du. Niemand kommt, niemand holt dich. Hier bist du sicher.«
Niemand sucht dich, konnte sie nicht sagen, allein bei dem Gedanken bekam sie einen Schreck. Niemand sucht dich, weil du keinen Menschen auf der Welt mehr hast? Das wussten weder sie noch er.
»Mano«, sagte sie. »Es passiert nichts nach dem Essen. Es ist immer gleich. Vorher haben wir Hunger, hinterher den Abwasch.«
Mano lachte. Tante Fifine ließ nie seine Hand los, immer ging er direkt an ihrer Seite, ganz dicht, sie lockerte auch nie ihren Griff. Manchmal drückte sie kurz seine Hand. Und Mano drückte zurück. Sie verzog keine Miene, und wenn Mano nachließ, drückte sie wieder und brachte ihn zum Lachen.
Die Rue du Pré Saint Gervais, die Adresse hatte Mano auswendig lernen müssen, Rue du Pré Saint Gervais Nummer 35 in Pantin, da wohnten sie, und diese Straße gingen sie nun stadtauswärts. Tante Fifine zeigte Mano die Tauben, eine Maus, eine Blume an der Hauswand, einen Schmetterling. Aber fast immer hatte Mano alles zuerst gesehen. Die Sonne, wer den letzten Sonnenstrahl sieht! Tante Fifine rief: »Ich.«
Aber Mano entwand schnell seine Hand, sprang einen Schritt weiter, da war das Haus niedriger als die anderen, und rief: »Nein, ich.« Tante Fifine versuchte ihn zu überholen, aber Mano rannte voraus, lachte und rannte, bis Tante Fifine aufgab und er gewonnen hatte.

Onkel Félix spielte oft mit Mano. Er brachte ihm Mühlespielen bei. Auf das Spielfeld mit Linien, die drei durch Stege verbundene Quadrate formten, setzte man abwechselnd Steine, und waren alle gesetzt, durfte man sie jeweils um einen Schritt verschieben. Wer es schaffte, drei eigene in eine Reihe zu bringen, durfte dem anderen einen Stein wegnehmen. Wer nur noch zwei von seiner Farbe übrig hatte, hatte das Spiel verloren. Mano musste aufpassen, Félix kannte viele Tricks und gewann fast immer. Aber je öfter sie spielten, desto besser wurde Mano. Bald hatte er sich Onkel Félix' Tricks abgeguckt, aber der war trotzdem nur schwer zu besiegen.

Manchmal brachte Tante Fifine den Jungen zu ihrer Schwägerin Lucienne. Denn Fifine arbeitete weiterhin bei der Empfangsstation mit, und immer noch kamen befreite Gefangene zurück, die Hilfe brauchten. Manche Wege, die mit Mano zu tun hatten, wollte sie auch allein machen, das war einfacher, denn Mano hatte vor jedem Büro, jedem Amt, jeder Uniform Angst, versteifte sich, verstummte und war nach jedem Gang zu einer solchen Stelle aufbrausend und aggressiv, sobald man ihn ansprach. Sie brauchten Papiere für Mano. Er gehörte zu keiner Kategorie, er hatte keinen Ausweis, er bekam keine Lebensmittelkarten mehr, weil Pantin nicht sein Heimatort war. Er musste irgendwann in die Schule und konnte nicht richtig Französisch, er war wahrscheinlich nur kurz oder nie in eine Schule gegangen, er war immer noch sehr erschöpft und schlief fast ganze Tage durch. Er war noch nicht gesund, und wenn er wach war, lief er manchmal wie ein gefangenes Tier durch die Wohnung, von der Haustür durch die Küche, in den Flur, in Pauls Zimmer, wieder zur Haustür, so lange, bis jemand zu ihm sagte: »Stop, Mano, stop!«

Dann schaute er überrascht auf und verkroch sich in Pauls Zimmer, legte sich hin und starrte in die Luft.
»Was denkt er? Was sieht er?«, fragte Fifine manchmal nachdenklich ihren Mann.
»Das können wir nicht mal ahnen«, sagte er dann.
Auf der Straße ging Mano oft mit steifem Rücken und hochgezogenen Schultern. Er schaute sich immer wieder nervös um. Sah er spielende Kinder, wurde er noch nervöser und manchmal böse. Man musste achtgeben, dass er sie nicht im Vorbeigehen schubste.
Er lernte schnell, lachte gern und sprach mit allen in der Familie, die zu ihm freundlich waren. Er musste sich immerfort bewegen. Seine Füße waren noch verhornt, und erst allmählich wurden sie heller. Immer, jeden Tag, wartete er auf Paul. Paul war wie eine Medizin für ihn, in seiner Nähe wurde Mano ruhiger.
Fifine fuhr mit der Métro zum Hilfsdienst für Deportierte in Paris und bat um Unterstützung für den Jungen, der sein Gedächtnis verloren hatte. Vielleicht könnten sie helfen und auch nach der Herkunft des Jungen forschen? In Marseille, in Deutschland, in einem anderen Land? Er hatte ja die tätowierte Nummer auf dem Arm. Aber Madame Marcheix-Thoumyre, die Leiterin des Hilfsdienstes, wollte zuerst einmal die praktischen Dinge tun. Jetzt sei der Junge hier in Frankreich, jetzt müssten erst mal Gesundheit und ein geregeltes Leben her, alles Weitere könne man anschließend unternehmen. Die Erfahrung mit Menschen, die nach solch fürchterlichen Erlebnissen das Gedächtnis verloren hatten, habe gezeigt, dass sie sich nach einer gewissen Zeit der Erholung wieder erinnerten, vielleicht dann, wenn der erste Schock abklang und auch der Körper wieder etwas kräftiger wurde. Sobald der Junge so weit sei, könne er sicher mehr über sich sagen. Wenn sie dann wirklich Informationen zu seiner Herkunft hätten, werde

sie nach eventuell noch lebenden Verwandten suchen. Fifine gab Madame Marcheix-Thoumyre recht. Erst musste der Junge ganz gesund werden. Es waren noch nicht einmal die körperlichen Wunden vernarbt.
»So wie er manchmal im Schlaf schreit, da kriege ich eine Gänsehaut«, sagte Fifine.
Madame Marcheix-Thoumyre versprach, eine Schule für den Jungen zu suchen, wo man sich speziell um ihn kümmern und er das Verpasste aufholen könne. Es wäre aber sicher gut, ihn jetzt im Sommer für ein paar Wochen zur Erholung aufs Land in ein Ferienlager zu schicken, zusammen mit anderen Kindern, die Ähnliches durchgemacht hatten wie er. Dort könne er ein paar Wochen ausruhen und von den anderen Kindern Französisch lernen. Fifine stimmte zu.

Mano lag auf dem Boden, trat gegen das Bett, schrie und weinte, schlug um sich und schien nicht zu spüren, dass er sich dabei an den harten Kanten stieß.
»Wach auf!«, sagte Fifine.
»Ich schlafe gar nicht«, murmelte Mano. »Ich hab gar nicht geträumt.«
Und er schubste sie weg, warf die Decke auf den Boden, schlug die Tür hinter ihr zu, trat dagegen. Lauschte. Stille. Lauschte weiter. Trat wieder gegen die Tür, bis sie in der Fassung knirschte.
»Ich hab gar nicht geträumt!«
Er öffnete vorsichtig die Tür und schlich in die Küche. Da saß Fifine. Er stand vor ihr, das Kinn hochgezogen, die Hände in den Hosentaschen, und schaute Fifine böse an, aus schmalen Augen, die Lippen fest aufeinander, die Nase gerümpft.
»Hast du Hunger?«, fragte Fifine.
Der Junge wollte mit dem Fuß aufstampfen, aber schüttelte nur

den Kopf, zuckte die Schultern und nahm das Stück Brot, das sie ihm hinhielt. Dann glitt er still auf den Stuhl neben ihr.
»Du darfst nicht gegen die Tür treten«, sagte sie streng. »Ich will das nicht. Ich will auch nicht, dass du die Tür knallst.«

Eines Abends nach dem Essen sagte Tante Fifine: »Mano, bald sind Sommerferien, und wir haben uns überlegt, dass es gut für dich wäre, wenn du für einen Monat mit anderen Kindern aufs Land fahren und dich ein bisschen erholen würdest.«
Einen Moment starrte der Junge sie an, dann sprang er auf.
»Ich will zu meiner Mama!«, schrie er. Er boxte gegen die Wand, tobte. Félix hielt ihn fest. Er schlug um sich, aber Onkel Félix hielt ihn so fest, dass er sich nicht mehr bewegen konnte. »Doucement … Doucement … ganz ruhig.«
»Ich gehe nirgendswohin! Ich will zu meiner Mama!«
Dann weinte er, und es schüttelte ihn so, dass es Félix mitschüttelte. Erst als Mano nur noch schniefte, lockerte Onkel Félix vorsichtig seine Arme und setzte Mano sanft auf einen Stuhl. Mano war sofort wieder auf den Beinen, aber er wütete nicht mehr.
»Meine Mama ist sowieso tot«, sagte er leise. »Ich habe gesehen, wie sie und meine Schwester zur Gaskammer abgeführt worden sind.«
Tante Fifine und Paul sahen sich entsetzt an. Aber bevor überhaupt nur Zeit für eine Träne war, sagte Onkel Félix: »Da gibt es bestimmt auch Tiere, Pferde. Und vielleicht auch Kühe.«
»Und einen Hund?«, fragte Mano.
»Sicher. Und Katzen, Hühner, Käfer, Ameisen, Fliegen, Vögel, Bäume, Wiesen, Kinder …«
So redete Onkel Félix immer weiter, und sie sahen, wie Mano ruhiger wurde. Wie er nachzudenken schien, als suchte er in seinem Gedächtnis nach irgendeiner fernen Erinnerung.

Madeleine Marcheix-Thoumyre sollte Mano im Auto zu dem Ferienlager bringen. Sie war blond, genauso alt wie Tante Fifine und kaum größer als Mano. Sie gab ihm die Hand und fragte, wie es ihm gehe: »Comment vas-tu?«
Sie redete mit ihm wie mit einem Erwachsenen. Aber Mano schaute an ihrem Gesicht vorbei und antwortete nicht. Neben ihm stand Tante Fifine, sie blickte er an. Vor ihm stand die fremde schlanke Frau mit den leuchtend blauen Augen, die ihn gleich mitnehmen würde, wer weiß, wohin. Eine Mitarbeiterin ihres Hilfsdienstes war auch dabei. »Danach kommst du wieder zu uns«, sagte Tante Fifine.
Jetzt sah Mano sie nicht mehr an.

> sie schickt mich weg   wo komme ich hin?   sie wollen mich nicht mehr   sie gibt mich einem fremden Menschen   wo komme ich hin?

Er winkte ihr nicht. Er schaute auch nicht, als sie zurückblieb.
Ihm gefiel es, hinten auf dem weichen Sitz im Citroën zu sitzen, und draußen zog die Landschaft dahin.
An Versailles vorbei fuhr Madame Marcheix-Thoumyre und unterhielt sich die ganze Fahrt über mit ihrer Begleiterin.

> ihre Stimmen klingen nicht gefährlich

Mano schlief ein. Als er aufwachte, ging es durch einen Wald, dann durch Felder, Wiesen. Und schließlich durch ein Tor, links gluckerte ein Bach, auf Steinhäuser zu, Kinderstimmen waren zu hören, Vogelgezwitscher, die Kronen alter Bäume rauschten. Es war später Nachmittag, die Sonne stand schräg, im Hof spielten Kinder.

Madame Marcheix-Thoumyre sprach mit den Erwachsenen dort. Jemand wollte Mano alles zeigen, die beiden Frauen schlossen sich an und sahen, wo er schlafen würde: im lang gestreckten Wohnhaus am anderen Ende des Hofes in einem Schlafsaal mit zwanzig Betten. Sein Koffer wurde an ein Bett auf der Fensterseite gestellt, vor den Fenstern erstreckte sich eine Weide. Ihm wurde ein Spind für seine Sachen gezeigt, hier sind die Toiletten, dort draußen der Waschraum, man kann vorn oder hinten aus dem Haus gehen.

Wo er essen würde, im rechten Gebäude, das den Innenhof begrenzte, befanden sich im Erdgeschoss Speisesaal, Küche und Vorratskammer. Alle sprachen nur Französisch, Mano beobachtete sie, ging mit, wenn jemand »Viens!« sagte oder ihm gewinkt wurde, dass er mitkommen sollte.

Jemand gab ihm ein Glas Milch, ihm wurden von allen Erwachsenen die Namen gesagt, und er wurde ihnen vorgestellt. Mano erwiderte nichts und verzog keine Miene. Ein junger Mann, François, lächelte ihn an und blieb an seiner Seite, als Madame Marcheix-Thoumyre und ihre Begleiterin sich verabschiedeten. Wenig später durchbrach das Motorengeräusch des Citroën die Stille – Mano blieb an dem fremden Ort zurück.

und ich? will mich niemand? warum soll ich eigentlich leben?

»Soll ich dir die Tiere zeigen?«, fragte François. Das Wort »zeigen« verstand Mano: »montrer«. Er spülte sein Glas am Waschbecken aus und wusste dann nicht, wohin damit. Jemand nahm es ihm ab. François wartete an der Tür, Mano folgte ihm. Mit jedem Kind, das ihnen begegnete, sprach er und stellte Mano vor, dit-lui bonjour. Bis sie zu den Pferden kamen, hatte Mano bestimmt zwanzig Kindern die Hand gegeben und ihre Namen gehört.

Die Pferde. Es waren schwarze und braune schwere Pferde mit kräftigen Beinen, die einen Pflug ziehen konnten. Mano lächelte, als er sie sah, lockte sie, riss saftiges Gras und Kräuter aus und hielt ihnen die Büschel vors Maul. Sie nahmen es ihm mit ihren weichen Lippen vorsichtig aus der Hand.
François beobachtete den Jungen: wie sein Gesicht die harten Züge verlor, wie er ruhig wurde, sich nicht mehr nervös umschaute, wie er angstlos die Pferde berührte und mit ihnen sprach, wie die Zeit für ihn stillstand.

Keines der Kinder sprach Deutsch.
»Viens!«, sagten sie. »On joue.«
»Lasst mich!«, zischte Mano böse. »Haut ab!«
Er trat den Kindern nach. Die schauten, wie er mit verkniffenem Gesicht in die Luft trat, und eines sagte: »C'est un Allemand.«
Sofort sprang dieses Wort auf die anderen Kinder über. Zuerst fragten sie Mano noch, ob er Deutscher sei. Aber als er wieder so gereizt antwortete und »Non!« brüllte, da fingen sie an im Chor zu rufen: »Sale Allemand! Sale cochon!«
Sofort war eine Betreuerin dazwischen, befahl den Kindern zu schweigen und legte die Start- und Ziellinie für ein Wettrennen fest.
Und Mano rannte. Hin, zurück. Jedes Mal gewann ein anderes Kind. Mano lachte, rannte, stolperte, lachte, lernte Namen: Sophie, Ivan, Claude, Mariella.
Beim Essen war er nicht der Einzige, der seinen Teller bewachte, und er entspannte sich. Für den Moment.

Am Abend konnte er nicht einschlafen. Er wälzte sich hin und her, legte sich auf den Boden und wieder ins Bett, es vergingen Stunden, und sein Herz raste. Irgendwann musste er doch eingeschlafen sein, denn mitten in der Nacht erwachte er mit einem Ruck im dunklen Saal mit den schlafenden Kindern. Er stand auf und machte einen Schritt auf den Gang zu, wo sich die Toilette befand, dort brannte ein schwaches Licht. Er wollte weitere Schritte machen, aber erstarrte, wurde unruhig. Immer wieder schaute er zu dem schwach beleuchteten Gang, machte einen Schritt auf sein Bett zu, zögerte, dann ging er lautlos zum letzten Fenster des Raumes schräg hinter seinem Bett, es lag am weitesten vom Gang entfernt. Er öffnete es und pinkelte hinaus. Schweißgebadet lag er danach in seinem Bett, mit offenen Augen ins Dunkel starrend, die Decke über den Mund gezogen, immer wieder zum Gang blickend, wo nichts sich rührte. Alles war so still, dass er seinen eigenen Atem hörte.

Am nächsten Vormittag erkundete er das Gelände. Vom Hof aus ging es rechts zu den Pferde- und Kuhställen. Links stand noch ein altes Steinhaus, dahinter lag ein Obstgarten mit einer kleinen Pforte im hölzernen Lattenzaun und voller Apfel-, Kirsch- und Mirabellenbäume. Mano kletterte auf einen Mirabellenbaum und pflückte gelbe, süße Früchte, die Kerne spuckte er hinunter. In den Kirschbäumen saßen Vögel und pickten die letzten vergessenen Früchte an den dünnen Ästen ganz oben.
François kam mit zwei Kindern in den Garten.
»Mano, wo bist du?«, rief er. »Komm, dort sollt ihr nicht hinein! Wir wollen ein Spiel anfangen, komm!«
Mano ließ sich vom untersten Ast auf den Boden fallen. Sie nahmen den Jungen in ihre Mitte und begannen mit dem Spiel, Völkerball.

Ein paar Tage und Nächte später nahm ihn François zur Seite.
»Warum tust du das?«

»Was?«
»Nachts ans Fenster gehen.«
»Mach ich gar nicht.«
»Doch, Mano. Ich habe es letzte Nacht gesehen. Warum tust du das?«
»Hab Angst.«
»Wovor?«
»Da steht jemand in der Nacht …«
Mano konnte in der fremden Sprache nicht sagen, wovor er sich fürchtete.
»Nein, Mano«, sagte François, »hier sind immer nur wir, niemals ein Fremder.«
An der Hand führte François ihn in den Gang, zeigte ihm genau, da geht es lang, da ist die Toilette, niemand steht hier nachts, alles ist nachts so wie jetzt. Mano starrte ins Leere. Er sah, da war die Toilette, niemand stand im Weg, da hing die Lampe, die nachts brannte. Aber es war Tag.

jemand passt auf dass niemand rausgeht   wer rausgeht wird erschossen   das Licht brennt damit sie jeden sehen der rausgeht

Mano versuchte jede Nacht, es bis zum Morgen auszuhalten. Wenn er wusste, er würde es nicht schaffen, ging er wieder ans Fenster. Immer wieder ging er, denn die Nächte waren so elend lang, so lange dunkel, und Mano lag Stunden wach, und manchmal hielt er sich den Kopf, als wollte er die Gedanken anhalten und die Bilder vertreiben.

wenn ich die Augen zumache   ich will die Augen nicht zumachen   wenn ich sie zumache sehe ich die Toten   einen Berg von Toten   so hoch fast wie ich   dann sehe ich dicke Ratten und Läuse und ich will die Augen nicht zumachen sonst sehe ich den Vater und den Sohn wie sie beim Todesmarsch beide erschossen wurden zwei Kugeln sind zu schade für euch sagte der SS   der Sohn musste sich vor den Vater stellen   im Wald den Mund aufmachen neben mir   zwei sind zu schade für euch da reicht eine   der Sohn musste den Mund aufmachen dass der SS ein junger Mann seine Pistole dem Sohn in den Mund   und hinter dem Jungen stand dicht der Vater   ich stehe daneben   der SS erschießt durch den Kopf vom Sohn den Vater mit   ich mach die Augen nicht zu   ich will das ganze Blut nicht sehen   es ist so dunkel in der Nacht   da kommt alles in meinen Kopf   da hinten ist Licht aber bestimmt ist es gefährlich hinzugehen   bei Paul in Pantin war es nicht gefährlich   sie haben mich weggeschickt

Auf der Eingangsseite des Hofes stand ein kleines Häuschen, das Waschhaus, davor befand sich ein mit Wasser gefülltes Steinbecken, das Bad. Da durften die Kinder an heißen Tagen unter Aufsicht hineinspringen, plantschen und sich abkühlen. In dem Häuschen wurde die Wäsche gewaschen, dort wuschen sich auch die Kinder, Mädchen und Jungen getrennt. Zwischen der hölzernen Außentreppe des Wohnhauses der Mädchen und dem Waschhaus ging Mano den schmalen Trampelpfad entlang hinter die Gebäude. Dort öffnete sich eine kleine Wiese, und dahinter begann ein Erlenwäldchen. Die Stimmen der spielenden Kinder waren hier gedämpft, die Mauern des Wohnhauses trennten Mano von ihnen. Er setzte sich ins trockene, raschelnde Laub. Saß lange still da, so lange, bis jemand nach ihm suchte und ihn fand.

Mano stand oft vor dem Frühstück im Kuhstall und schaute Camille, der Köchin, beim Melken zu. Sie war eine kleine ältere, kräftige Frau mit lauter Stimme und breiten Händen. Sobald

Mano hörte, wie der Milchstrahl auf das Metall des Eimers traf, dieses vertraute Geräusch, stand er dabei und schaute. Alle hatten es bemerkt – wenn Mano bei den Tieren war, legte sich seine Nervosität. Sein Gesicht entspannte sich, er biss nicht mehr die Zähne aufeinander, das Kinn war nicht gekräuselt, er senkte die Schultern, sprach mit den Tieren, streichelte sie. Was er aber mit den Tieren sprach, verstand niemand.
»Bis auf die Tiere«, sagte Camille zu François. Die Kühe, Pferde, Katzen schienen ihm zuzuhören. Kreuzte eine Katze seinen Weg, streckte er die Hand aus, die Katze schnupperte daran, Mano streichelte sie und nahm sie in den Arm, auf den Schoß und sprach. Manchmal saß er eine Stunde ganz ruhig im lauen Schatten zwischen den blauen Hortensien, an die Hauswand gelehnt, die orangerote Katze mit dem weißen Gesicht lag auf seinen Beinen zusammengerollt, und er störte ihren Schlaf nicht, durch keine Bewegung. Sahen François und die anderen Betreuer ihn so, sagten sie: »Seht mal, der arme Junge ist ganz still. Schon eine halbe Stunde sitzt er da.«
Sie bemerkten es immer, denn sonst gelang es dem Jungen nirgendwo, länger still zu sitzen. Das Essen schlang er noch immer hastig hinunter, und wenn er fertig war, stand er auf und war nicht dazu zu bewegen, sich noch einmal hinzusetzen. Wie ein wildes Tier an der Wasserstelle. Die Artgenossen müssen aufpassen, ob Gefahr droht, während es trinkt. Ist es allein, dreht es sich nach allen paar Schlucken sichernd um. Und hat es seinen Durst gestillt, verlässt es schnell den unsicheren Ort, es könnten Feinde lauern. Zu Manos Feinden zählten die Kinder. Er hatte Angst vor ihnen, diesen Kindern, die zusammengehörten und die Deutschen hassten, die sich zusammenrotteten und die Deutschen hänselten. Und die spielten, als sei es normal, dass Kinder spielen, als sei die Welt so, dass Kinder spielen können. Spielte jemand

nicht mit, was alle spielten, dann war er verdächtig, anders, dann wurde er herausgefordert oder beschimpft. Manche Kinder machten sich über Mano lustig, weil er mit den Tieren Deutsch sprach. Was sprichst du? Was sagst du denen? Ist es Kuhisch? Kätzisch? Oder Viehisch, was du redest?

»Mano spricht Viehisch«, riefen sie und wollten sich vor Lachen ausschütten. Mano verstand sie nicht, aber er verstand sehr wohl, dass sie nicht einfach über etwas Witziges lachten, sondern über ihn. Wenn er eines von ihnen erwischte, gab es eine Rauferei. Bald fürchteten die Kinder seine Faustschläge, immer mitten ins Gesicht, auf die Schläfe, das Auge oder die Nase. Und seine Tritte, wenn ein Kind am Boden lag. Sie mieden ihn. Und Mano fürchtete sie und mied sie auch. Der Boche, nannten ihn manche nur noch. Bis es François hörte und drohte: »Wer hier noch einmal Boche sagt, dem wird der Nachtisch gestrichen.«

Es wirkte erst, als die Kinder merkten, dass er Ernst machte. Auf den süßen Pudding oder das Stückchen Kuchen nach dem Mittagessen wollte kein Kind verzichten.

Claude hatte sich schon zweimal mit Mano geprügelt, und keiner hatte den anderen niederzwingen können. Jedes Mal war François dazwischengegangen, und es hatte keine Entscheidung gegeben. Beim zweiten Mal sagte Claude: »Der dreckige Boche hat angefangen.« Kein Nachtisch.

Da saß Claude im Speisesaal, es gab Karamellcreme mit dunkler Haut, und er durfte nicht aufstehen und hinausgehen, sondern musste zusehen, wie sie alle löffelten und schmatzten und ihn aus den Augenwinkeln beobachteten. Auch Mano. Claudes Blick traf den Manos, der den Kopf leicht gesenkt hielt, nur so eben unter den Augenbrauen hervorschaute, während er die Karamellcreme löffelte. Mano betrachtete Claude vollkommen gleichgültig, kein bisschen hämisch, ohne Schadenfreude. Das war Claude unheimlich. Kein Kind benahm sich wie der Junge, der sich abseits hielt, als ginge ihn nichts etwas an, der sich nicht freute. Kein anderes Kind war so eigenartig wie der Junge, der nur immer vor sich hin schaute, vollkommen desinteressiert, wenn andere Kinder lachten. Wenn etwas lustig war, wollte er es nicht wissen, wenn es Streit gab, auch nicht. Zum Spielen mussten ihn die Erwachsenen hinbefehlen. Von sich aus machte er nie mit.

Nach dem Essen lungerte Claude in Manos Nähe herum. Er folgte ihm nicht unauffällig, er ging einfach hinterher, einen Sicherheitsabstand lassend, damit er noch weglaufen konnte, falls Mano ihn angriff. Mano ging am Waschhäuschen und dem Wasserbecken vorbei über die große schattige Wiese mit den alten Bäumen, die höher waren als die Häuser. Er passierte das Eingangstor, Claude immer hinterher, bis zum Bach. Als Mano kleine Steine ins Wasser warf, machte es Claude nach. Er hielt gerade noch zwei Meter Abstand zu Mano, der ihn keinen Moment aus den Augen ließ.
»Los«, sagte Claude, »bauen wir einen Staudamm!«
Mano zeigte keine Regung, und Claude wiederholte seinen Vorschlag. Als er merkte, dass Mano ihn nicht verstand, zog er sich Schuhe und Strümpfe aus, stieg ins Wasser und zog Äste vom Ufer hinein. Sofort tat Mano es ihm nach. Mit Ästen, Steinen und Erde stauten sie das Wasser, aber immer wieder entstand ein Rinnsal im kleinen Damm, und der Bach bahnte sich seinen Weg.

Auch bei Tag traute sich Mano nicht auf die Toilette neben dem Schlafsaal. Er schlich durch die kleine Pforte in den Garten. Da konnte ihn niemand sehen. Und in der Nacht, wenn er nicht bis zum Morgen einhalten konnte? Zitternd vor Angst, stieg er einmal aus dem Fenster auf die taufeuchte Wiese. Es war stockfinster draußen.

die Scheinwerfer sind aus   niemand da?   aber hier gibts doch keine Scheinwerfer?   vom Wachturm   welcher Wachturm?   ich bin doch nicht im Lager   aber es ist verboten und lebensgefährlich nachts rauszugehen   ich bin doch nicht im Lager   hier ist niemand   hier kann es nicht gefährlich sein

Trotzdem hatte er Angst. Kletterte schnell wieder hinein und legte sich hin.

ich will heute Nacht nicht aufwachen   ich muss jetzt einschlafen   nachts sind viele gestorben   nicht wieder aufgewacht

Und wieder schreckte er mitten in der Nacht aus dem Schlaf hoch. Manchmal schüttelte ihn auch jemand, um ihn zu wecken und zu beruhigen, weil er im Schlaf geschrien hatte.

Es kam eine ältere Frau, die Deutsch sprach, der Junge wurde zu ihr gebracht.
»Wie geht es dir hier?«
Mano zuckte die Schultern.
»Was spielst du denn am liebsten?«
»Gar nichts.«
»Hast du schon Freunde gefunden?«
Viele Fragen stellte sie, und Mano antwortete nicht.
»Warum gehst du in der Nacht aus dem Fenster?«
Mano sah in ihr freundliches Gesicht, die braunen Haare hatte sie fest nach hinten gebunden und hochgesteckt.

in der Nacht passt ein SS-Mann auf   wer austritt da vorn wird erschossen   niemand darf in der Nacht die Baracke verlassen

»Ich hab Angst, dass da ein SS-Mann steht.«
»Da ist kein Mensch in der Nacht. Es gibt keine SS mehr. Die Deutschen haben den Krieg verloren.«
»Aber das Licht? Dann sieht der mich.«
Die Frau schwieg, wartete, was er noch sagen würde. Mano sprang auf und lief hinaus.

Oft schlief Mano auf dem geschützten Platz, den er hinter dem Haus mit den Holztreppen entdeckt hatte, im Laub unter den alten Erlen. Manchmal saß er dort ganz still und beobachtete die Insekten, das Licht in den Wipfeln. Die Nachmittagssonne sprenkelte die Rückwand des Hauses.

ich bin hier ganz fremd   ich will hier nicht sein   ich will heim zu meinen Eltern

Erst liefen ihm still die Tränen aus den Augen. Dann schluchzte er laut auf und warf sich ins Laub, drückte sein Gesicht hinein.
»Mama!«, rief er. »Mama!«
»Wo ist die Mama?«, rief er und schluchzte lange und stieß Töne aus, die wie Schmerzensschreie klangen.
Stoßweise holte er Atem, und irgendwann, ganz allmählich, verebbten die Tränen, und Mano lag auf dem Rücken, wischte sich die Nase ab, schaute in die Wipfel, erschöpft. Auf seiner Hand krabbelte etwas. Eine Ameise. Er hielt still, bis sie den Boden wieder erreicht hatte, und folgte ihr mit dem Blick.
»Da ist dein Zuhause. Da sind deine Brüder und Cousins und Schwestern.«
Ganz sachte sprach er mit dem schwarzen Wesen, bis es in einem kleinen Loch in der Erde verschwand, dann begann er wieder, laut zu weinen.

»Mama. Meine Mama. Ich will zu meiner Mama.«
Auch nach seiner Schwester rief er.

Mama mit Stoppelhaaren   Lili an der Hand   klein und dünn
beide in Lumpen   müssen wegmarschieren   einmal hat Mama
sich nach mir umgedreht   wie sieht sie eigentlich genau aus?

Mano schlug auf die Erde, trampelte mit den Füßen und weinte.

Irgendwann hörte er François seinen Namen rufen.
»Komm, Mano!« François war schon bei ihm. »Komm!«
Er reichte ihm die Hand und ging mit ihm zum Tor hinaus auf die Straße. Gegenüber glitzerte ein See. François ging mit Mano zu den Pferdeweiden und lockte die Pferde mit schnalzender Zunge, bis sie neugierig näher kamen. Mano streichelte eines nach dem anderen, fünf gutmütige Kaltblüter, Bauernpferde.
François wartete, bis Mano ruhig wurde, dann sagte er: »Un cheval.«
Mano wiederholte. Un cheval, ein Pferd.
»Tu sais faire du cheval?«
Er stand breitbeinig, tat, als hielte er Zügel und würde reiten. Mano nickte wie selbstverständlich und wandte den Blick kaum von den Pferden, die, ihre Ohren auf ihn gerichtet, die Köpfe über den Zaun streckten.
»Freilich kann ich reiten«, sagte er leise auf Deutsch.
Vom Hof hörten sie die Glocke zum Abendessen läuten. Vorsichtig nahm François Manos Hand in seine, sagte den Pferden Au revoir und führte den Jungen sanft zurück zu den anderen Kindern.

Manchmal machten sie Ausflüge. An einem Sonntagmorgen wanderten alle Kinder mit den jungen Frauen und Männern, die sie betreuten, los, die Straße entlang, die Vögel sangen, wie sie es nur morgens tun, wenn das Licht neu ist und die Hitze erst noch kommt. Die Mädchen alle in Kleidern, die Jungen in kurzen Hosen und kurzärmeligen Hemden. Claude an Manos Seite, die Straße immer an der Klostermauer der Abtei von Vaux-de-Cernay entlang, sie gingen und gingen, nie bogen sie ab, und nie endete die Mauer. Gegenüber der aus unbehauenen Steinen gemauerten Eingangspforte des ehemaligen Klosters machten sie Rast, durch das Tor konnte man die Brücke über den Graben sehen wie bei einer alten Burg. Die Kinder saßen im Gras, jedes bekam einen Apfel, und François freute sich, dass sein Rucksack leichter wurde.

> beim Todesmarsch hab ich meine Holzpantinen weggeworfen
> meine Füße waren aufgescheuert und bluteten   hatte keine
> Strümpfe keine Fußlappen   bin barfuß weiter   Hauptsache
> weiter   nicht stehen bleiben sonst werd ich erschossen
> wie die die nicht mehr können und zurückfallen   alle haben
> zurückgelassen was sie nicht tragen konnten weggeschmissen
> alles war zu schwer aber ich hab nie den Mantel weggeworfen
> so schwer war er so schwer   aber ich wusste in der Nacht
> wird es Frost geben   lag ja Schnee   alle haben ihre Decken
> ihre Mäntel weggeworfen   war alles viel zu schwer und wir so
> schwach und ich hatte meinen Mantel noch

Und weiter. Durch den Wald, an Feldern entlang, bald wurden die ersten Kinder langsamer und wollten wieder eine Pause.
»Noch ein bisschen«, sagten die Erwachsenen, »es ist nicht mehr weit.«
Und sie begannen ein Lied: »Un éléphant ça use, ça use, un éléphant ça use énormement. – Zwei Elefanten, die plagen, die plagen, zwei Elefanten plagen sich fürchterlich. Drei Elefanten,

die plagen ...«
Und immer so weiter, es wurden mehr und mehr Elefanten. Mano sang auch mit, und noch immer kamen sie nicht an. Bei einunddreißig Elefanten sahen sie einen Kirchturm, hoch, vierkant, mit Fenstern wie Schießscharten, wie der massive Wehrturm einer befestigten Burg.
Bei vierzig Elefanten läuteten die Glocken. Mit fünfundvierzig Elefanten erreichten sie die wuchtige Kirche von Cernay-la-Ville. Vor dem Haupteingang neben dem Turm befand sich ein überdachter Vorbau mit hölzernen Bänken rundherum, da ruhten die Kinder sich aus. Die Bewohner des Städtchens und die Bauernfamilien der Umgebung mussten durch den kleinen Vorbau in die Kirche, alle sagten Bonjour und betrachteten die Kinder neugierig. Immer zwei Kinder zusammen durften zum Brunnen und Wasser trinken. Erst als alle sich erfrischt hatten, gingen sie zur Messe in die Kirche. Auf der linken Seite waren hinten vier Reihen für sie frei gehalten. Es gab Orgelmusik, gemeinsam gesungene Kirchenlieder, Weihrauch, einen Priester im Ornat, gemeinsame Gebete, manchmal standen die Leute auf, dann setzten sie sich wieder, Mano machte alles nach. Er legte seine Handflächen aneinander wie die Erwachsenen, und als alles vorbei war, hatten die Kinder wieder Hunger.
Im Kirchgarten durften sie picknicken, hart gekochte Eier, Baguette mit Schinken und Salatblättern, Pflaumen. Die Rucksäcke der Erwachsenen wurden noch leichter.
Eine Runde spazierten sie über den Marktplatz, dann ging die ganze Wanderung zurück, diesmal mit einem Abzweig zu den Wasserfällen, noch vor der endlosen Klostermauer. Überall in der Schlucht saßen Leute in Gaststätten und unterhielten sich, das aufstiebende Wasser sprühte feine Tropfen in die Luft und kühlte sie. Die Sonne schien durch die Wipfel, und alles wuchs so dicht

und dunkelgrün, dass die Kinder zwischen Gesträuch und Bäumen fast wie in einer Höhle spielten.
Sie aßen alles auf, was noch in den Rucksäcken war, dann wanderten sie zurück zum weißen Bauernhof, wie ihr Zuhause hier in der Gegend genannt wurde.
Wieder lag Mano im Laub und schaute in den Himmel. In den Himmel, an dem eine kleine Wolke über ihm schwebte.
»Ist da meine Mama?«
Und schon hatte er die Augen voller Tränen, weinte, bis er erschöpft war, die Augen rot und geschwollen. Er drehte sich zur Seite und sagte zu den Ameisen: »Ihr habt ein Zuhause. Wo krabbelt ihr denn hin? Könnt ihr mal ausschlafen? Oder müsst ihr immer zum Arbeitskommando?«
Er versperrte ihnen mit einem Stückchen Rinde die Straße, und sie krabbelten einfach darüber hinweg. Er legte seinen Kopf auf den Arm und folgte den kleinen Wesen mit dem Blick. Bis er einen Vogel singen hörte. Über ihm auf einem Ast saß eine junge schwarze Amsel.
»Bist du auch allein?«
Die Amsel hielt inne, drehte den Kopf und beobachtete den Jungen. Dann sang sie wieder. Die Wolke war fort, der Vogel sang. Mano lag jetzt ganz ruhig, die letzten Tränen liefen ihm die Schläfen hinab.
»Meine Mama und Lili haben sie abgeführt in die Gaskammer. In Ravensbrück. Und mein Tata musste noch mal in den Krieg.«
Die Amsel machte einen Satz, saß nun einen Ast tiefer und sang.
»Ich weiß jetzt alles wieder, ich hab gar nichts vergessen, aber ich hab so Angst, wenn sie wissen, dass ich Deutscher bin, dass ich dann auch sterben muss.«
Die Amsel blieb still, dann flog sie fort.
»Kommst du wieder? Flieg in den Himmel und sag ihnen, ich lebe

noch. Aber ganz weit weg in einem fremden Land, wo sie Deutsche nicht wollen.«
Die Amsel sang wieder, weiter entfernt, und Mano setzte sich auf. Er suchte mit dem Blick die Bäume ab und entdeckte die Amsel auf dem Dachfirst des Holztreppenhauses.

ich bin Deutscher
ich wohne in der Sammtstraße 4
meine Onkel und Cousins wohnen in der Deisenhofener Straße in München
ich bin kein Jude
ich bin kein Franzose
ich weiß alles wieder
ich habe gar nichts vergessen
wenn ich es sage sind sie schlecht zu mir
ich lebe ja noch
meinen Tata haben die Deutschen noch mal in den Krieg geschickt
das Schwein hat sein Bild zerrissen
ich will nach Hause
ich darf nichts sagen
ich will nach Hause
ich weiß gar nicht wo Frankreich ist
ich darf nichts sagen
ich weiß ja hier ist kein Lager
aber es ist als wäre ich wieder gefangen
wenn meine Eltern auch leben ich sehe sie nie wieder
nie wieder komme ich hier raus
ich bin befreit aber für immer hier
gefangen?
Élise hat gesagt sie mögen keine Deutschen
die Deutschen mögen keine Juden

uns mögen sie auch nicht
Tata wollte dass ich wenn ich in Gefahr bin sage ich bin Deutscher
jetzt ist es anders da wo ich bin
jetzt darf ich nicht sagen dass ich Deutscher bin
Élise hat mich gewarnt
sie mögen keine Deutschen
wenn ich sage wer ich bin bringen sie mich um
wenn ich nicht sage wer ich bin muss ich für immer hierbleiben
ich darf nichts sagen
bleibe ich hier
wo soll ich hin?

Mano hörte die Schritte von rennenden Kindern. Er sprang auf, bereit, sich zu verteidigen.
»Ach, da bist du ja«, rief Claude. »Komm!«
Als Mano sich erhob, wichen die Kinder mit scheuen Blicken zurück.
»Er weint, er hat geweint.«
Sophie strich ihm schüchtern über die Schulter, Claude stupste ihn am Arm: »Viens, Mano, on joue au foot.«
Mano stieß ihre Hände grob von sich, aber er ging doch mit ihnen auf der Wiese neben dem Obstgarten Fußball spielen. Nicht lange spielte er, dann setzte er sich an den Rand und sah zu, versank wieder in seinen Gedanken.

Es war ein Festtag, an allen Wänden flatterten Fahnen, bleu blanc rouge, die Fahne, die Mano zum ersten Mal auf dem Heuwagen gesehen hatte, als er aus der Bewusstlosigkeit erwacht war.
»Liberté, Égalité, Fraternité« stand auf einer Stoffbahn an der Wand des Speisesaals. Das erste Mal nach der Besetzung und dem Kriegsende konnte man wieder den Nationaltag feiern. Es

gab Madeleines, Schokolade, Kakao, Limonade. Pfandspiele, Wettläufe, Geschicklichkeitsspiele.
Mit zwei geschmückten Kutschen fuhren die Kinder am Nachmittag in die Stadt. Auf dem Marktplatz war eine Bühne aufgebaut, da spielte eine Kapelle alte französische Tanzmusik, Bourrées, mit Drehleier, Hackbrett, Akkordeon und Geige. Und vor der Bühne tanzten die Leute, manche in Trachten mit Westen, die Frauen mit Schürzen über den weiten Röcken und Hauben auf den Köpfen, die Männer in Bundhosen, Kniestrümpfen und mit Hüten. Sie drehten sich paarweise zur schnellen Musik, und die meisten von ihnen trugen Holzschuhe. Nicht aus rohem Holz, sondern schön lackiert mit einem Lederstreifen am oberen Rand. Mano musste immer wieder auf die Holzschuhe starren. Er zeigte sie François: »Schau mal, die tanzen damit, mit so einem Mist.«
Und François wusste gar nicht, was Mano meinte.
Auf der Wiese nahe der Kirche fand das Fußballspiel statt. Elf Kinder vom weißen Hof gegen elf Kinder aus Cernay-la-Ville. Alle in kurzen Hosen und mit ihren Straßenschuhen. Der Lederball war abgeschabt, die Tore bestanden aus in die Erde gerammten Latten. Mano spielte mit, er rannte hin und her wie alle anderen Kinder, zwei standen in den Toren, die anderen zwanzig waren meistens im Pulk hinter dem Ball her. Einmal erwischte ihn auch Mano und schoss ihn sofort in Richtung Tor, der Ball rollte hinein. »BUT!«, riefen die Kinder vom weißen Hof. Sie jubelten und umarmten Mano. Unbedingt wollten sie gewinnen gegen die Kinder aus der Stadt, und es gelang – 9:8.
»Natürlich haben wir gewonnen«, sagte jedes Kind, das ein Tor geschossen hatte. »Ich hab ja auch ein Tor geschossen.«

Immer wenn niemand auf ihn achtete, ging Mano fort. Legte sich auf seinen Platz im Laub unter den Bäumen hinter dem Haus.
Dort war er weit weg von den vielen Stimmen, den Menschen, der

Angst, die er vor allen und allem hatte. Dort, an dem Ort, der ihm gehörte, weinte Mano wieder. Er rief nach seinen Eltern, nach seiner Mama, seinem Tata, seiner Schwester Lili. Bis er wieder den Vogel singen hörte – die Amsel war da. Mano erzählte dem Vogel alles: »Ich hab eine große Angst. Ich war gefangen für das, was ich bin. Und hier bin ich wieder falsch. Und ich kann niemals wieder nach Hause, weil man sterben kann, wenn man falsch ist. Und ich weiß wieder, wer ich bin, ich erinnere mich. Aber ich weiß nicht, ob meine Eltern wirklich tot sind. Wahrscheinlich, die meisten Menschen sind doch gestorben. Ich weiß gar nicht, warum ich noch lebe.«

Mano hatte Angst, wenn plötzlich jemand hinter ihm war, wenn ihn jemand ansprach und er nichts verstand, wenn plötzlich alle zu rennen oder zu schreien anfingen, auch wenn es im Spiel war. Er hatte auch Angst, wenn er gar nichts tat. Wenn er einfach nur still dasaß, konnte es geschehen, dass er plötzlich sein Herz bis in den Kopf pochen spürte und eine rasende Angst ihn in Unruhe versetzte. Dann musste er aufspringen, jedes Geräusch überprüfen, jedes Knacken im Gebüsch, das Knarren eines Holzfußbodens, und jeder Schatten, den er aus den Augenwinkeln wahrnahm, ließ ihn zusammenfahren.

jetzt holt mich jemand   jetzt greift mich jemand an   jetzt kommen sie um mich umzubringen

Sein Atem wurde schneller, und manchmal schrie er auf vor Angst – und wenn dann nichts geschah, niemand kam, niemand ihn holte, dann schlug oder trat er irgendwo dagegen. Dann wurde er böse und wollte jemanden schlagen oder etwas kaputt machen. Oder gar nicht mehr da sein. Oder er weinte.

Immer wieder kam die Angst auch in der Nacht. Und nur der

Amsel sagte er den Grund: »Wenn ich aufwache, dann mach ich keinen Mucks, das darf ich nicht, sonst kommt ein SS-Mann, wenn ich da austrete, da vorn, dann erschießt er mich, ich darf den Raum nicht verlassen, verstehst du. Sie sagen immer, da ist nichts, zeigen mir den Gang und nehmen mich an der Hand. Aber in der Nacht – ich kann doch nicht sagen, dass ich ihn schon spüre, den SS-Mann, er ist da irgendwo, und es ist verboten, die Baracke zu verlassen, nachts darf niemand raus und … Auch wenn da keiner ist, ich hab Angst, dass einer da sein könnte, und nachts sind die Betreuer ja nicht da, um mit mir zu gehen, und die anderen schlafen, und ich habe Angst.«
Die Amsel mit ihrem leuchtend gelben Schnabel saß still auf dem Ast über ihm und beäugte ihn, während er sprach. Als er schwieg, begann sie ihren Gesang in hellen Tönen, langsam, wie um Mano mit ihrer Melodie und Stimme zu streicheln. Sie schien ihn trösten zu wollen, und Mano lag sehr still. Er hörte ihr zu und fühlte sich sicher.
»Soll ich ihnen sagen, wie ich heiße und wo ich wohne?«
Die Amsel hörte ihm zu, dann sang sie wieder.
Mano holte tief Luft und stand auf. »Jetzt gehe ich und sag ihnen, dass ich ein Deutscher aus München bin.«
Wieder sang die Amsel.
»Jetzt sag ich's ihnen wirklich, wer ich bin. Dass ich nach Hause will.«
Mano drehte sich noch nach der Amsel um, aber da war sie schon verschwunden. Er ging mit entschlossenen Schritten zwischen Bade- und Wohnhaus nach vorn in den Hof zu den anderen, wurde langsamer, zögerlicher, bis er schließlich vor François stehen blieb. Der sprach gerade mit Sophie und Mariella, bemerkte jedoch, dass Mano neben ihm wartete, und wandte sich ihm zu. Aber Mano sagte nichts, kein Wort. François betrachtete ihn auf-

merksam, wie er den Mund öffnete, die Lippen ein Wort zu formen schienen.
»Was möchtest du mir sagen?«
»Rien. Nichts.«
Mano setzte sich neben ihn und schwieg. Lange.

> was werden sie mit mir tun wenn sie es wissen   vielleicht tun sie gar nichts   ich merke ja selbst dass kein Krieg mehr ist   ich bin nicht mehr gefangen   dann könnte ich doch einfach weglaufen   aber wohin wo lang   und wenn sie doch alle tot sind wenn ich ganz allein auf der Welt bin wozu dann   wozu etwas sagen   aber ich muss es sagen   ich will dass sie nach meinen Leuten suchen können   jetzt   ich kanns nicht   hab Angst   Angst

Dann kam Claude, und bevor er auch nur ein Wort sagen konnte, schubste Mano ihn von sich, dass er strauchelte und fast auf den Rücken fiel.
»Salaud!«, rief Claude. »Con! Salaud pour toujours!«
Er ging fort, aber Mano folgte ihm. Claude rannte, Mano hinterher. Erwischen konnte er ihn nicht, denn noch immer waren seine Beine nicht gesund. Aber als Claude nicht mehr rannte, holte Mano ihn ein.
»Va t'en, salaud!«, sagte er. »Hau ab, du Idiot!«
Aber Mano ließ sich nicht vertreiben. Er pikste Claude, erschreckte ihn, kniff ihn, zog Fratzen, bis Claude schließlich lachen musste.
Sie spielten miteinander bis zum Abendessen. Bis zum Sonnenuntergang.
»Wo ist deine Mutter?«, fragte Mano. Das konnte er auf Französisch, er war es selbst schon gefragt worden.
»In Paris.«

»Wo ist dein Vater?«
Claude zuckte die Schultern. »Vielleicht kommt er noch wieder.«
»Warum?«
»Aus Deutschland. Vielleicht.«

Manchmal ließ Mano die anderen mitten im Spiel stehen, ging weg und war verschwunden, lag hinter dem Haus auf der Wiese und schlief. Oder sie fanden ihn schlafend, unter der Holztreppe versteckt. Manchmal stand er an der Stalltür und sah dem Bauern, Camilles Mann, bei der Arbeit zu. Wie er ausmistete, fütterte, Heu brachte.
»Möchtest du mitkommen?«, fragte der Bauer einmal, während er sich seinen Hut aufsetzte. »Ich muss Kartoffeln holen.«
Mano freute sich. Er durfte helfen, zwei der starken rotbraunen Pferde vor die Kutsche zu spannen. Die beiden himmelblau gestrichenen Holzräder der Kutsche waren mit Metallreifen beschlagen und so hoch, dass sie Mano bis an die Schultern reichten. Die ganze Kutsche war in der Farbe des Morgenhimmels gestrichen. Camilles Mann passte ein Sitzbrett ein, stellte Manos Fuß zum Aufsteigen auf die Achse, half ihm hoch und gab ihm die Zügel in die Hand. Als er neben ihm saß, nahm er ihm die Zügel wieder ab und setzte die Pferde in Trab. Mano schaute auf die Rücken der Pferde, dann auf die Räder, die auf dem Pflaster knirschten.
»Willst du mal?«, fragte der Bauer und hielt ihm die Zügel hin.
Mano strahlte, nahm die Zügel und lenkte die Pferde. Der Bauer sagte »à droite« oder »à gauche«, und Mano lenkte rechts oder links. Es war ein ziemlich weiter Weg zu einem anderen, einsam gelegenen Bauernhof, ein Weg mit vielen Kurven. Kurz vor den Ställen übernahm der Bauer die Zügel und führte die Pferde in den Hof. Ein Hund kläffte, die Hühner stoben auseinander, die Katzen verzogen sich, und der Bauer hob Mano mit Schwung

von der Kutsche. Aus dem Haus kam eine kleine alte Frau und begrüßte sie. Die beiden sprachen eine Weile miteinander, und Mano verstand kein Wort. Schließlich winkte ihm der Bauer, und sie gingen in den Keller unter dem Haus, wo die Kartoffeln, der Wein und das Eingemachte lagerten. Drei Säcke Kartoffeln luden sie auf die Kutsche. Die Pferde tranken aus Eimern, die der Bauer ihnen vor das Maul hielt, damit er sie nicht auszuspannen brauchte. Dann folgten sie der Bäuerin ins Haus. Die Wände drinnen waren schwarz, die eine Wand wurde ganz eingenommen von einem großen offenen Kamin. Ein kleines Feuer brannte darin, darüber hing ein Eisentopf, in dem Essen dampfte. Mitten in dem Raum stand ein langer Holztisch mit zehn niedrigen geflochtenen Stühlen, dahinter standen im Dämmerlicht zwei Betten mit den Kopfenden zueinander. Der Bauer und Mano setzten sich an den Tisch, und die Alte brachte Wein und kleine Gläser.
»Will der Junge auch?«
Ohne die Antwort abzuwarten, stellte sie ein halb gefülltes Glas Rotwein vor Mano. Der kostete, schüttelte sich und stellte das Glas gleich wieder ab. Die Frau lachte, und ihr Mund war eine dunkle Höhle. Wenig später stiegen der Bauer und Mano wieder auf die Kutsche und machten sich auf den Rückweg. Mano durfte wieder die Zügel halten.
»Pas mal que tu fais ça. – Das machst du nicht schlecht. Als hättest du es immer schon gemacht.«
Der Bauer lächelte, und Mano lächelte zurück. Er saß stolz und gerade auf der hohen Kutsche. Aber dann versank jeder in seinen eigenen Gedanken.

soll ich es ihm sagen?   ich sags ihm dass wir Pferde hatten mein Tata und die Onkel   mein Papo auch   ach er könnte noch leben   ach könnt ich ihn wiedersehen   wenn ein Pferd sich verletzt muss man aus Baumharz und Schmalz und Kräutern eine Salbe anrühren und sie auf die Wunde streichen   Papo hats mir gezeigt   er hat die Pferde ganz allein gesund gepflegt   er hat mir auch gezeigt wie man Meerrettich findet

Zurück auf dem weißen Hof, half Mano beim Ausspannen, trocknete den Pferden die Flanken, putzte und striegelte sie, und nachdem sie getrunken hatten, führte er sie auf die Weide, so wie Camilles Mann es ihm gesagt hatte. Zur Belohnung bekam er ein Croissant. Er stand beim Bauern herum, während er es aß, sah zu, wie der die blaue Kutsche in die Scheune schob.

ich erinnere mich   ich weiß ja doch wer ich bin   ich sag es ihm jetzt   und was passiert dann?   komme ich dann wieder woanders hin?   und nie weiß ich wo ich bin   so werde ich nie nach Hause finden   und fragen wo München ist geht ja nicht sonst erfahren sie dass ich ein Deutscher bin

Mano wurde geholt, in den Garten gebracht und geschimpft.
»Warst du das wieder? Du weißt doch, wo die Toilette ist. Du darfst das nicht mehr tun. Nicht mehr aus dem Fenster und nicht mehr im Garten!«
Mano starrte stumm in die Ferne, ließ die laute Stimme über sich ergehen. Und hinterher verprügelte er ein Kind, das gelacht hatte, weil er auf Französisch etwas falsch gesagt hatte. Er wurde wieder ausgeschimpft, und sobald er weg durfte, verkroch er sich hinters Haus und unter die Bäume. Er spürte einen Flügelschlag und schaute auf – still saß die Amsel über ihm und sah ihn an. Da liefen ihm schon die Tränen.
Manchmal erwachte er aus einem tiefen Schlaf, schlug die Augen auf und schaute in die Bäume, da landete schon die Amsel

über ihm. Aber wenn die anderen Kinder ihn suchten und um die Ecke rannten, flog der Vogel davon. Noch nie hatte jemand anders die Amsel bemerkt. Manchmal flog sie auf, wenn Mano noch gar nichts hörte, dann wusste er trotzdem, dass jemand kam.

Ein bisschen ruhiger machte es Mano, dass er der Amsel etwas erzählen konnte.
»Amsel, wenn ich bloß wüsste, wo ich bin. Wo Frankreich ist. Wie weit weg von zu Hause. Und ob's zu Hause noch gibt. Ob die beiden Cousins angekommen sind. Wer noch lebt. Vielleicht niemand mehr außer den beiden. Es ist hier wie Frieden, und der Krieg ist ja auch aus, das sagen sie alle, und es gibt ja auch kein Schießen, keine Bomben und keine Soldaten mehr. Aber ich bin nicht frei. Ich hab schreckliche Angst, Amsel. Ich hab Angst, wenn die Kinder sagen, der Allemand, der Deutsche. Ich will nie was sagen, aber manchmal muss ich was sagen, und ich kann es nicht auf Französisch, dann rutscht es auf Deutsch raus, aber ich darf nichts sagen, gar nichts darf ich sagen. Ich will nicht sterben. Und wenn sie wissen, dass es stimmt, wenn sie wissen, dass ich ein Deutscher bin, muss ich sterben. Weil man sterben muss, wenn man in ein Lager kommt.«
Die Amsel unterbrach Mano mit ihrem Gesang, und in der Ferne antwortete eine andere.
»Erst wollten die Deutschen, dass wir alle sterben, aber ich lebe noch.«
Er wischte sich die Augen.
»Ich lebe ja noch. Aber meine Mama.«
Er rief nach seiner Familie. Und dann weinte er über die vielen Toten.
»Jetzt bin ich wieder falsch. Die Franzosen wollen die Deutschen

nicht, und wenn man nicht gewollt wird, muss man sterben. Ich will mal richtig sein, irgendwo, aber nicht allein, Amsel. Dass die Leute uns haben wollen. Früher hat mein Tata immer gesagt, wenn wer gefragt hat, wir sind von Ungarn, damit keiner was denkt von Zigeuner und schlecht zu uns ist. Wir sind Ungarn und arbeiten für den Zirkus. So hat es Tata immer gesagt, damit die Leute nicht fragen, wo wir herstammen, und auch nicht, wieso wir von Ungarn hergekommen sind.«

Hin und her ging der Gesang der beiden Amseln, die entferntere war irgendwo hinter dem Bach im Wald. Dann schaute der schwarze Vogel mit dem gelben Schnabel von der Erle auf den Jungen hinab, hüpfte einen Ast tiefer und flatterte plötzlich kaum zwei Meter von Mano entfernt auf die Erde. Er suchte unter dem Laub nach Insekten.

»Im Lager hätten sie versucht, dich zu fangen und zu essen«, sagte Mano leise und freundlich. »Aber ich hätte dich beschützt. Wenigstens hätte ich es versucht. Da war der kleine Hund, weißt du, der ist durch Auschwitz gelaufen und hat nach seinem Herrchen oder Frauchen gesucht. Den haben sie auch gegessen. Wenn man hungert, isst man alles, sogar Ratten. Als wir in Sachsenhausen im Käfig waren, da hat ein großer Junge, der war vielleicht sechzehn, eine Ratte gefangen. Hat sie grad gehabt und will sie kochen, da kommt der SS-Mann. Sagt der: Festhalten! Reinbeißen! Der Junge musste die Ratte in den Mund … Bevor er den ersten Bissen tun kann, beißt ihm die Ratte in die Lippe, reißt alles runter, da hat er sie fallen lassen. Zieht der SS-Mann die Pistole auf und bumbumbum. Dann geht er weg, und der Junge liegt tot da, und wir mussten alle zuschauen.«

Die Amsel raschelte im Laub, Mano hielt ganz still und sah ihr zu.

Mano stand am Kuhstall und sah zu, wie die Hühner Körner pickten. Den schwarzen Hahn machte schon Manos Anwesenheit nervös, er stolzierte vor ihm auf und ab, mit ruckendem Kopf und geschwollenem Kamm. Mano lächelte. Erst stand er regungslos, bis der Hahn näher kam, dann machte er einen Satz, dass das Tier flatternd zurückfuhr. Aber nach dem ersten Schreck nahm der Hahn den Kampf an. Kaum stand Mano still, blieb er auch stehen, dann stakste er wieder auf Mano zu und ließ ihn dabei nicht aus den Augen. Er hielt den Kopf leicht vorgereckt, bereit, seinen spitzen Schnabel einzusetzen.
»Na, komm schon, wir kämpfen, und am Ende drehe ich dir den Hals um!«, rief Mano lachend. Dann duckte er sich, breitete die Arme aus und rannte schreiend auf den Hahn zu. Der flatterte hoch, machte den Hals lang und versuchte vergeblich, auf Manos Kopf zu hacken. Er fiel, rappelte sich auf und floh. Mano konnte sich kaum aufrecht halten vor Lachen.
Im selben Augenblick hörte er Fahrradklingeln, und als er zur Straße blickte, entdeckte er Paul und Tante Fifine. Er rannte zu ihnen, erst noch lachend, dann wurde er plötzlich ernst, als fürchtete er schlechte Nachrichten.
»Ist etwas passiert? Wo ist Onkel Félix? Was macht ihr denn hier?«, fragte er auf Deutsch.
Er öffnete ihnen das Tor und ließ sie ein. Sie waren verschwitzt.
»Wir kommen dich besuchen«, sagte Paul. »Ich habe Ferien. Aber Papa muss arbeiten. Er lässt dich grüßen.«
Beide küssten ihn, und Tante Fifine umarmte ihn.
»Seid ihr weit gefahren? Den ganzen Weg von Pantin?«
Nein, sie hatten die Räder mit in den Zug genommen und waren bis Saint-Rémy-lès-Chevreuse gefahren. Von da waren sie die knapp fünfzehn Kilometer geradelt. Sie stellten die Räder an einen Baum, und Tante Fifine legte Mano den Arm um die Schultern.

»Du hast es ja schön hier, zeigst du uns alles?«
Mano stellte ihnen François vor. Zeigte ihnen alles: wo er schlief, das Badehaus, den Bach – fast alles. Dann setzten sie sich an einen kleinen Tisch im Hof. Camille rief Mano und gab ihm Wassergläser, eine Karaffe mit kühlem Wasser und einen Teller mit Madeleines auf einem Tablett.
»Frag sie, ob sie auch Kaffee möchten.«
Als Mano mit dem Tablett durch den Speisesaal ging, fragte Claude, der gerade dort herumsaß: »Wer ist das? Deine Mutter? Dein Bruder?«
Mano blieb nicht stehen. Er ging ohne einen Blick oder ein Wort an ihm vorbei.
»Sag doch!«, rief Claude.
»Hau ab!«, sagte Mano.
Tante Fifine wollte wissen, was der Junge gefragt hatte.
»Hat er gefragt, ob ich deine Mutter bin? Mano.« Sie hielt inne. »Wenn du das möchtest, kannst du Ja sagen.«
»Und warum kann ich dann nicht richtig Französisch?«
Mano hatte es halb französisch, halb deutsch gesagt, und Paul hatte verstanden, lachte. »Sag, du bist als Kind vom Baum gefallen, und jetzt sortierst du immer noch die Wörter.«
Das musste Tante Fifine übersetzen.
»Nein, ich sag, mein großer Bruder hat mich auf den Kopf gehauen, bis alle Wörter rausgefallen sind.«
»Nein, du sagst, du hast spät sprechen gelernt, weil dir das französische Baguette quer im Mund stecken geblieben ist.«
»Lieber sag ich, mein großer Bruder hat mir alles weggegessen, als wir klein waren, da hat es mir die Sprache verschlagen.«
Tante Fifine kam mit dem Übersetzen kaum hinterher. Sie lachten. Die Kinder sahen verstohlen zu ihnen her, niemand hier hatte Mano je so lachen hören. So fröhlich.

Mano servierte seinen Gästen noch Kaffee, dann zeigte er ihnen die Pferde, die Kühe, den Obstgarten und den Hahn. Die kleine Wiese ließ er wieder aus, aber er spähte sehnsüchtig nach der Amsel. Tante Fifine erkundigte sich nach seiner Gesundheit, ob er alles esse und was mit seinen Beinen sei. Die Wunden waren verheilt, aber es blieben lange, schräge Narben zurück. Und immer noch hatte er Schwellungen an den Knöcheln und unter den Fußsohlen, weshalb er auch noch leicht schwankend ging. Sonst war Mano sonnengebräunt, hatte glattes starkes Haar und war nicht mehr so dünn wie bei seiner Ankunft, nicht mehr ganz so nervös. Aber er hatte noch Ringe unter den traurigen braunen, schmalen Augen, und manchmal reckte er auch noch das Kinn und biss die Zähne zusammen.

»Bist du schon mal um den See gegangen?«, fragte Paul. »Kann man darin schwimmen?«

Mano war nie am See gewesen, hatte ihn immer nur von Weitem glitzern sehen. Nun sagten sie François Bescheid und zogen los.

»Lass mal hören, wie viel du gelernt hast. Wir sprechen nur Französisch, bis wir halb um den See gelaufen sind«, sagte Tante Fifine.

»Wer ein Wort auf Deutsch sagt, muss zehn Schritte auf einem Bein hüpfen«, sagte Paul.

»Und ab der anderen Seehälfte dürfen wir nur Deutsch ohne ein Wort Französisch sprechen, nicht wahr Paul?«, sagte Tante Fifine.

Mano und Paul waren einverstanden, und Mano erzählte von Claude und von den Wasserfällen, auch dass sie in der Kirche waren, und er sang das Elefantenlied. Nicht wirklich in Sätzen erzählte er, sondern er sagte all die Wörter, die er jetzt kannte, und irgendwie verstanden sie ihn. Manchmal biss er sich auf die Lippen – fast wäre ihm ein deutsches Wort herausgerutscht. Dann beschrieb er den Hahn, erklärte, dass er der Mann der Hühner sei. Er wusste

das richtige Wort, le coq, aber er wollte, dass Paul oder Tante Fifine etwas auf Deutsch herausrutschte. Sie fielen nicht darauf herein. Er wusste nicht, was ärgern heißt, also spielte er ihnen vor, wie er den Hahn geärgert hatte. Bis zur Hälfte der Seeumrundung musste niemand hüpfen. Dann rasteten sie und gingen ins Wasser. Paul schwamm weit hinaus in die Mitte des Sees, Mano blieb in der Nähe des Ufers. Später saßen sie am Ufer im Halbschatten, und das Licht bewegte sich auf ihnen, weil der Wind die Äste schaukeln ließ. Tante Fifine sollte Mano von Tante Lucienne und Onkel André, von Félix, von der Oma, von allen Onkeln und Tanten, Cousinen und Cousins grüßen.
»Nehmt ihr mich mit nach Hause?«, fragte Mano hoffnungsvoll.
»Nein, du darfst noch hierbleiben.«
Als Tante Fifine Manos enttäuschten Blick sah, fügte sie hinzu: »Wenn ich dich so sehe, dann tut es dir gut, hier zu sein. Du bist nicht allein, du bist an der frischen Luft. Iss dich satt, spiel mit den Kindern, dann lernst du noch viel mehr und schneller Französisch, das brauchst du, denn du musst ja auch mal wieder in die Schule gehen.«
Mano schüttelte den Kopf. »Nicht in die Schule. Was soll ich denn da?«
Paul sagte: »Einen Beruf lernen.«
Er war beeindruckt, dass er mit Mano fast schon sprechen konnte, dass seine Mutter nicht viel zu übersetzen brauchte.
Auf dem Rückweg, der deutschsprachigen Hälfte, stellte Mano Paul viele Fragen: »Was baust du gerade in der Schule? Hast du schon mal eine Medaille gewonnen? Bist du verliebt? Ist ein Mädchen in dich verliebt?«
Paul lachte und sagte alles, was er auf Deutsch sagen konnte: »Ja. Nein. Ich gehe zur Schule. Auf Wiedersehen. Das Schwimmen ist mein Sport. Ich möchte arbeiten und Geld verdienen. Auf

Wiedersehen. Das ist der Sonnenaufgang. Auf Wiederschauen.«
Alle drei lachten, bis Paul sich den Bauch hielt und sagte: »Ai, mon ventre!«
Dafür musste er zehn Schritte auf einem Bein hüpfen, zum großen Vergnügen von Mano, der Paul ein kleines bisschen schubste, sodass er das zweite Bein benutzen musste und noch einmal zehn Schritte hüpfen dazubekam.

Am späten Nachmittag mussten sie wieder fahren, sie brauchten eineinhalb Stunden bis Saint-Rémy-lès-Chevreuse und wollten den letzten Zug nicht verpassen.
Mano küsste sie rechts und links auf die Wangen. Er war wieder ernst.
»Warum kann ich nicht bei euch sein?«
»Mano, mon chéri. Du kommst ja wieder zu uns. Wenn die Zeit hier vorbei ist, holt dich Madame Marcheix ab, und du wohnst wieder bei uns.«
Da Mano schwieg, sagte sie noch: »Wenn irgendetwas ist, sprich mit François. Er hat auch die Telefonnummer vom Blumenladen.«
François stand mit Mano am Tor, um die beiden zu verabschieden. Tante Fifine küsste Mano ein zweites Mal, sie stiegen auf ihre Räder und fuhren los. Mano schloss das Tor hinter ihnen, sie klingelten und winkten, dann waren sie auch schon zwischen den Bäumen verschwunden.
François ging mit Mano, der schweigsam war, ins Haus. Einige Kinder spielten ein Spiel mit Tarot-Karten, andere spielten draußen Verstecken oder Fangen.
»Hilfst du mir?«, fragte François.
Mano nickte und begleitete ihn in den Garten, um für Camille Petersilie, Dill und Majoran zu schneiden.

»Das sind sehr liebenswürdige Leute, die sich da um dich kümmern«, sagte François. »Sie haben dich sehr gern.«
Da warf Mano das Messer ins Beet, trampelte auf den Boden, schrie deutsche Schimpfwörter und trat mit solcher Wucht gegen einen Baum, dass grüne Pflaumen herabfielen.
François schaute erst erschrocken zu, dann legte er seine Hand auf Manos Schulter.
»Merde, cochon, sale Allemand, sale boche, salaud, con!«, schrie Mano, alle Schimpfwörter, die er auf Französisch kannte. Er stieß François gegen die Brust und schlug seine Hände weg, François packte ihn bei den Armen, damit er nicht mehr schlagen konnte, aber Mano riss sich los und rannte weg.

Die Amsel kam so schnell, als hätte sie schon auf ihn gewartet.
Mano weinte, und sie sang.
Lange.

Im August kam Madame Marcheix-Thoumyre mit dem Auto, um Mano wieder abzuholen.
Er verabschiedete sich von François, von Camille und ihrem Mann und sagte »Salut« zu Claude.
Madame Marcheix-Thoumyre trug seinen Koffer ins Auto.
»Un moment!«, rief Mano und rannte hinter das Haus. Er flüsterte: »Meine Amsel, mein Freund, ich komme weg, Abtransport, sie nimmt mich mit … weiß nicht, wohin diesmal.«
Die Amsel erschien nicht. Fast flehte Mano: »Wo bist du?«
Nichts. Er nahm das Stück Brot aus der Hosentasche, zerbröckelte es und streute die Krümel unter dem Baum auf seinem Schlafplatz aus. Noch einmal rief er leise und drängend: »Amselchen, Amsellein!«Nichts. Also ging er fort und drehte sich auch nicht mehr um. Da hörte er die Amsel singen, laut, mit hellen

Tönen, eine lange Melodie. Er blieb stehen und spähte zu den Bäumen – sie saß auf ihrem Ast über seinem Platz und sah dem Jungen nach.

Diesmal durfte Mano vorn sitzen, und Madame Marcheix-Thoumyre fragte ihn aus: wie es ihm auf dem weißen Hof gefallen habe, ob er Freunde gefunden habe, was sie unternommen hätten. Mano redete Französisch und Deutsch durcheinander, und sie verstand.

Dann stellte sie Fragen, die wie Feststellungen klangen, aber gerade die brachten ihn zum Sprechen.

»Und du weißt nichts von deinen Eltern.«

»Non. Rien. Mama und meine Schwester habe ich zum letzten Mal in Ravensbrück gesehen. Meinen Papa in Sachsenhausen. Da kam er dann weg. Und wir später auch.«

»Auf den Todesmarsch« konnte er auf Französisch nicht sagen.

»Die SS wollte uns weghaben«, sagte er.

»Und in Auschwitz warst du auch.«

»Oui.«

»Dein Papa hat sicher eine Arbeit gehabt.«

Mano zuckte die Schultern.

»Und du weißt nicht deinen Nachnamen.«

Mano zögerte und sagte sehr leise: »Non.«

Und dann: »Meine Schwester heißt Lili. Sie hieß Lili.«

Danach fragte sie nichts mehr. Sie schaute auf die Straße, zu Mano hin, wieder auf die Straße.

»On va essayer de trouver quelque chose sur toi«, sagte sie nach einer Weile ins Brummen des Motors hinein. Mano erwiderte nichts.

»Und das Land weißt du auch nicht?«
»Non.«
Mano war glücklich, als er nicht an einen fremden Ort, sondern nach Pantin zurückkam. Alle küssten ihn zur Begrüßung auf die Wangen, und Madame Marcheix küsste ihn zum Abschied.

doch kein anderes Lager ist kein Krieg mehr das merke ich ja die Frau hat nicht gelogen bringt mich wirklich dahin wo sie gesagt hat

Mit Paul wieder in einem Bett, in der Wohnung, die er so gut kannte, bei Tante Fifine und Onkel Félix. Docteur Outzeko kam und freute sich, dass er mit ihm ein bisschen Französisch sprechen konnte. Mano verstand jetzt viel mehr, auch wenn er noch nicht alles ausdrücken konnte, was er wollte.
»Bravo, tu as bien appris.«
An Manos Beinen und Füßen gab es noch immer Schwellungen, aber alle Wunden an seinem Körper waren verheilt und vernarbt. Er vertrug das Essen besser, er schlang es immer noch so schnell hinunter, wie er konnte.

Beim Spaziergang schaute Mano jetzt nach den Vögeln.
»Du guckst den Amseln nach wie andere Jungen den Mädchen«, sagte Onkel Félix und kniff Mano in die Wange.
Alle lachten, Mano lachte mit.
»Die Natur war gut für ihn.«
Das nächste Mal nahm Paul sein Fernglas mit. Mano war begeistert, er studierte jeden Vogel, den Horizont, die Häuser, die Gräser durch das Glas. Zu Hause saß er am Fenster und betrachtete die Fassaden gegenüber, versuchte den Leuten in die Fenster zu sehen, beobachtete die Vögel auf den Dächern, und manchmal

schien er leise mit ihnen zu sprechen.
»Was sagst du?«, fragte Tante Fifine. Aber Mano antwortete nicht.
»Flieg!«, hörte sie ihn einmal murmeln, als er wieder am Fenster saß und hinausschaute. »Sag ihr, dass ich hier bin!«
Weil Mano das Fernglas im Lederetui auf jeden Gang mitnahm, schenkte es ihm Paul. Mano bedankte sich überschwänglich, umarmte ihn und küsste ihn auf beide Wangen. Tagelang beschäftigte er sich damit, alles vergrößert zu betrachten, seine Füße, die Zimmerdecke, die grauen Haare von Tante Fifine, die Zähne von Onkel Félix und sich selbst im Spiegel.
Bis eines Tages Mano wieder ohne Fernglas am Fenster saß.
»Wo ist das Fernglas?«, fragte Tante Fifine.
»Verkauft«, erwiderte Mano. Er zog einen Geldschein aus der Tasche und gab ihn ihr. »Ein großer Junge wollte es unbedingt haben, da hab ich es ihm verkauft.«
Tante Fifine schüttelte den Kopf.
»Warum? Es war ein Geschenk von Paul. Du hast dich doch so gefreut.«
»Aber der Junge wollte es unbedingt. Er wollte mir Geld geben. Und da hab ich es ihm verkauft und dir Geld für Essen gebracht.«
Als Tante Fifine es später Paul erzählte, sagte der gar nichts. Er zog die Schultern hoch und schüttelte den Kopf, aber sagte nichts.

Paul hatte Ferien und ging fast jeden Tag ins Schwimmbad, traf seine Freunde dort und trainierte für einen Wettkampf. Oft nahm er Mano mit. Der scherzte mit Pauls Freunden und sprach über die Mädchen, das gefiel ihnen, sie unterhielten sich immer gern über Mädchen, lachten extra laut dabei und freuten sich, wenn die Mädchen schauten. Alle mochten Mano. Manchmal fuchtelte er zum Spaß mit den Fäusten und sagte: »Je suis Max Schmeling.«

Max Schmeling, der einmal Boxweltmeister gewesen war. Die Freunde lachten, aber boxen wollten sie nicht. Sie waren Schwimmer, die Wettkämpfe gewinnen wollten und keine platte Nase gebrauchen konnten.
»Ich bin Max Schmeling.« Immer wieder tänzelte Mano mit erhobenen Fäusten herum und brachte die anderen zum Lachen.
Paul versuchte ihm Schwimmen beizubringen, erst zeigte er ihm die Bewegungen in der Luft, dann sollte Mano am Beckenrand stehen und Pauls Beine beobachten. Paul schwamm vor ihm auf und ab. Im Wasser dann sollte Mano sich auf Pauls Arme legen, aber er war so kitzlig, dass er die Berührung kaum aushielt. Sie lachten und versuchten es immer wieder, bis Mano schließlich mit dem Bauch auf Pauls Armen im Wasser lag und sich mit einer Hand an Pauls Schulter festhielt. Er sollte die Schwimmbewegungen machen, die Paul ihm gezeigt hatte, aber er traute sich nicht, die Schulter loszulassen. Schließlich paddelte Mano wie ein Hund, und als Paul vorsichtig losließ, ging er unter. Da beschloss Paul, ihn seinem Schwimmlehrer anzuvertrauen. Der gab Mano einen schwarzen Schwimmreifen, zeigte ihm noch einmal die Bewegungen, dann schwamm Mano los. Der Schwimmlehrer hatte einen langen Stock, damit tippte er auf das Bein, das Mano ausstrecken, oder den Arm, den er besser anwinkeln sollte. Wenn er zu weit ins Becken geschwommen war, durfte sich Mano am Stock festhalten, und der Schwimmlehrer zog ihn zurück an den Beckenrand. Ein paar Tage bekam Mano nun Schwimmunterricht.

Weil Mano nicht allein bleiben konnte und Tante Fifine an manchen Tagen vormittags arbeitete, brachte sie ihn stundenweise in den Kinderhort. Dort stand er herum, umringt von Kindern, die

mit ihm redeten, etwas fragten, auf eine Antwort warteten.
»Ich versteh euch nicht«, sagte Mano. »Je ne comprends pas.«
Er verstand inzwischen schon, aber er konnte nicht richtig antworten. Sie blickten ihm prüfend ins Gesicht, ganz leicht schubste ihn ein Junge, wie zur Probe. Mano beachtete ihn gar nicht. Da verloren viele das Interesse an dem fremden dünnen Jungen, aber nicht alle, manche standen, warteten, irgendetwas sollte passieren.
»Sale Allemand«, sagte der Junge, der ihn geschubst hatte, nicht laut, nur so als werfe er einen Ball, um zu sehen, ob jemand spielen wollte. Sale Allemand, das kannten alle Kinder von den Eltern, das hatte die Eltern in gute Laune gebracht, das stachelte sie an, und einige Kinder sagten es lauter, immer mit Blick auf den Jungen – was würde er tun? Er sollte schweigend und mit gesenktem Kopf zwischen ihnen durchgehen, und sie würden ihn anspucken, so war es auf der Straße, das wollten sie jetzt spielen. Und er sollte der Deutsche sein. Alle Kinder standen vor ihm und riefen: »Sale Allemand!«
Erst stand Mano still in ihrem Kreis. Dann plötzlich schubste er die Kinder in seiner Reichweite weg, packte den Jungen, der mit dem Spiel angefangen hatte und schlug ihm mit der Faust ins Gesicht. So ging das Spiel doch nicht, der machte alles falsch, höchstens sollte er sich ärgern und ihnen hinterherrennen, aber sie nicht erwischen. Die Kinder verstummten, und der Junge wehrte sich, aber er hatte keine Chance. Er schrie und haute um sich, doch Mano hörte nicht auf zu schlagen, bis der Junge mit blutender Nase und weinend am Boden lag. Mano hörte nicht auf. Er trat den am Boden Liegenden, bis eine Kindergärtnerin gerannt kam, ihn umklammerte und wegzog. Und immer noch wollte er um sich schlagen, treten. Erst als sie ihn anschrie, hielt er inne und blickte auf den Jungen am Boden, als bemerkte er ihn erst jetzt.

An dem Tag musste er im Büro warten, bis Madame Fouquet herbeitelefoniert war und ihn holen kam.
Von da an wussten die Kinder, wie sie ihn in Wut bringen konnten, sie hielten Abstand und stoben schreiend und kreischend auseinander, wenn Mano wütend wurde und sich eines von ihnen greifen wollte. Trotzdem lag manchmal ein Kind am Boden, und Mano trat nach ihm, dass es sich krümmte. Es geschah jedes Mal so schnell, dass die Kindergärtnerinnen es nicht verhindern konnten. Dann schimpften sie, ein Schwall von Worten ergoss sich über alle Kinder, sie packten Mano, telefonierten nach Madame Fouquet und versorgten das verletzte Kind.
Auch Tante Fifine schimpfte: »Wenn sie dich ärgern, geh zu Madame und sag ihr, sie soll dir helfen. Warum trittst du noch, wenn ein Kind am Boden liegt und sich nicht wehren kann? Willst du es umbringen?«
Mano schwieg.

warum warum warum
jeden Tag warum
so geht raufen
warum
habs doch gesehen
wer nicht mehr aufgekommen ist den haben die SS totgetreten
aber

Zu Hause angekommen, musste er im Zimmer sitzen, Fifine wollte ihn nicht bei sich in der Küche haben. Mano saß eine Weile und blickte auf seine Füße, die noch immer nicht ihre frühere Farbe wiederhatten. Irgendwann hob er den Kopf, sah durch das Fenster zum Haus gegenüber, saß, die Hände im Schoß, hörte Geschirr klappern. Dann wurde es in der Küche leiser. Nach einer Weile

seufzte er, stand auf und ging leise über den Flur. In der Tür zur Küche blieb er stehen, räusperte sich. Fifine schaute kurz auf und fuhr dann fort, das Gemüse zu schneiden.
»Tante?«
Sie schloss fest den Mund.
»Tante?«
Sie schaute.
»Wer nicht mehr aufgekommen ist, den haben sie totgetreten.«
Mit dem Messer zeigte sie auf den freien Stuhl am Küchentisch. Mano setzte sich.
»Entschuldigung«, sagte er.
Sie nickte.

Es war mit Mano wie vor den Wochen, die er auf dem Land verbracht hatte: Wenn er mit Paul oder Tante Fifine auf der Straße ging, versetzten Geräusche hinter ihm ihn in Schrecken. Manchmal schaute er sich gehetzt um, und was ihm solche Angst gemacht hatte, war ein trockenes Blatt, ein vom Wind über die Straße getriebenes trockenes Blatt, das klang, als schleife etwas hinter ihnen, eine Gefahr, ein Geist. Jeder Gang nach draußen in die Stadt kostete Mano Überwindung. In der Natur hatte er sich sicherer gefühlt, die Gefahr ging von den Menschen aus.

Onkel Félix kochte. Es roch in der ganzen Wohnung nach Rosmarin und Knoblauch, und Mano lief immer wieder in die Küche.
»Was gibt es heute?«, fragte er, als alle am Tisch saßen.
»Heute essen wir Katze«, sagte Félix strahlend.
Mano sprang wieder auf.
»Nein, ich nicht!«
Er wollte aus der Küche laufen, blieb dann doch. Hin- und hergerissen war er zwischen dem köstlichen Duft und Abscheu.

Félix zog seelenruhig den Braten aus der Röhre.
»Das wird köstlich schmecken.« Er leckte sich die Lippen und drehte sich nach Mano um, der immer noch in der Tür stand.
»Setz dich, mein Junge, jetzt gibt's Kaninchen.«
So lange war er ernst geblieben, jetzt konnte er sich kaum halten vor Lachen und steckte alle an damit.
»Ich schlachte doch keine Katze.«
Sie aßen das Kaninchen, das immer die Kabel und Fußleisten angenagt hatte und wochenlang im kleinen Bad für diesen Tag herangewachsen war.

Wenn Fifine arbeitete, brachte sie Mano nicht mehr in den Kinderhort, sondern zu Tante Lucienne und Onkel André. Der fand, dass der Junge eine Beschäftigung brauchte, mehr zu tun haben sollte, als den ganzen Tag auf Paul zu warten. Allein ging Mano nicht gern aus dem Haus. Nur manchmal, wenn Tante Fifine oben war, tat er es doch, dann ging er runter auf die Straße oder den Hinterhof und schaute sich um, wer da war. Manchmal kamen dann Kinder aus dem Haus und versuchten mit ihm zu reden. Wenn er allein zu Hause war, öffnete er nicht einmal das Fenster. Er wartete viel, er konnte nicht still sitzen und setzte sich doch immer wieder. Er schaute oft aus dem Fenster, immer den Vögeln nach.
Onkel André schenkte ihm ein Album mit blauem Ledereinband.
»Weißt du, was das ist?«
Die Seiten waren aus Pappe, mit Streifen aus Pergamentpapier darauf.
»Was ist das?«
»Ein Briefmarkenalbum.«
Onkel André zeigte ihm alles. Wie die Briefmarken sein mussten, damit sie Wert hatten, nämlich mit unversehrtem Zackenrand, wie man sie mit der speziellen, vorne abgerundeten Pinzette

nahm und zwischen Pappe und Pergamentstreifen steckte, ohne die Zacken zu beschädigen. Wie zu jeder Briefmarke andere gehörten, die zusammen so etwas wie eine Familie bildeten. Eine Briefmarkenfamilie wurde »Satz« genannt.

»Jetzt kannst du Briefmarken sammeln. Und wenn du viele sammelst und seltene Briefmarken hast, sind sie viel wert. Möchtest du?«

»Ja. Wie viel?«

»Ganz seltene können über eine Million Francs kosten.«

Ein paar Briefmarken schenkte Onkel André ihm.

»Sieh mal, hier steht ganz klein die Jahreszahl. Und wenn nicht, kannst du im Buch nachschlagen, von wann sie ist. Und das Land, kannst du das lesen?«

Mano schaute Onkel André an.

»Nein«, sagte er. »Ich kann es nicht lesen. Ich kann gar nicht lesen. Nur ›Arbeit macht frei‹ kann ich lesen. Und ›Achtung!‹«

Onkel André kratzte sich am Kopf.

»Möchtest du in die Schule gehen?«

»Non«, sagte Mano. »Je ne veux pas.«

»Du willst nicht, aber du musst doch was lernen. Sonst kannst du ja nicht mal Briefe lesen, wenn du mal welche bekommst.«

Mano wurde laut und warf die Pinzette auf den Tisch.

»Ich bekomme keine Briefe. Von wem denn?«

»Vielleicht von mir?«

Bevor Mano etwas erwidern konnte, schob Onkel André ihm noch ein paar Briefmarken zu.

»Die schenk ich dir auch, die kannst du in dein Album stecken. Damit fängt jetzt deine Sammlung an.«

Einmal spielte Mano nachmittags mit den Kindern aus dem Haus auf der Straße. Das heißt, die Kinder spielten, und Mano stand dabei.
Ein älterer, größerer Junge hörte Mano etwas auf Deutsch sagen, stellte sich ihm in den Weg und rief: »Que fait tu ici, sale boche?« Und er schubste ihn.
Doch bevor Mano antworten oder etwas tun konnte, stand Onkel Félix hinter dem Jungen, er war gerade von der Arbeit zurückgekommen. Félix packte den großen Kerl am Arm und zog ihn rückwärts von Mano fort. »Was sagst du da? Er ist kein Boche. Er ist ein Kind, genauso ein Kind wie du … Und er gehört zu uns. Du hast kein Recht, so etwas zu sagen. Ich kenne dich doch, du wohnst da hinten.«
Der Junge brummelte etwas von »Hab ja gar nichts gemacht« und versuchte, an Félix vorbeizukommen. Doch Félix war noch nicht fertig mit ihm.
»C'est clair? – Ist das klar?«
Der Junge musste Ja sagen und sich auch noch bei Mano entschuldigen, sonst wäre er nicht fortgekommen. Onkel Félix sah ihm hinterher.
»Hast du gehört, Mano? Das hat ihn bestimmt mächtig geärgert. Ein Kind so wie du.«
Er lachte, kniff Mano in den Oberarm und ging ins Haus. Die anderen Kinder hatten zugeschaut, jetzt spielten sie weiter.

Mano sprang vor Paul auf und ab. »Ich bin Max Schmeling, der Weltmeister«, rief er. Er boxte Paul gegen die Schulter, versuchte, ihn zu provozieren. Paul lachte und duckte sich weg, ließ Mano luftboxen. Manchmal stand Mano im Flur und trainierte Boxen am Türrahmen, um jede Faust eine Socke, damit er sich nicht verletzte. »Ich bin Max Schmeling«, rief er dem Türrahmen zu.

Die ganze Familie Fouquet, Mano, Tante Lucienne und Onkel André machten manchmal Ausflüge zusammen, in den Bois de Vincennes und einmal auch in den Zoo. Mano blieb lange bei den Elefanten stehen und wurde traurig. Erst die Affen munterten ihn wieder auf. Manchmal übernachtete Mano auch bei Tante Lucienne. Sie hatten keine Kinder und mehr Platz in der Wohnung als die Fouquets. Manchmal gingen sie auch alle zusammen die Oma besuchen. Immer wieder merkte Mano, wie die Erwachsenen ihn ansahen und über ihn sprachen. Tante Fifine und Paul zeigten Mano Paris, den Eiffelturm, den Triumphbogen und die Kathedrale Notre-Dame auf der Seine-Insel. Da hinein wollte Mano immer wieder, und auch Paul und Tante Fifine mochten die Kirche.
»Hier hab ich als Kind manchmal gesessen und an zu Hause gedacht«, sagte sie. »Als ich wegen des Krieges nicht mehr nach Hause zurückkonnte.«
Sie saßen ganz hinten in der Kathedrale nebeneinander auf der Bank, und Mano lehnte sich an sie, den Kopf auf ihrer Schulter.
»Aber deine Eltern waren noch am Leben, oder?«
»Oui.«
Tante Fifine strich ihm über die Wange. Eine ganze Weile blieben sie still im blaugelben Licht der hohen Kirchenfenster und waren wie beglückt, traten sie dann aus der Stille wieder in den Trubel der Straße.

Oft saß Mano herum, vollkommen in sich versunken.

> was wird aus mir
> wenn ich nichts sage muss ich für immer hierbleiben
> für immer   mein ganzes Leben lang   dann werde ich ein Franzose
> wenn ich nichts sage kann ich niemals mein Zuhause wiedersehen

ich muss was sagen   ich will nach Hause
aber wenn niemand mehr lebt wozu dann
ich muss was sagen   ich sage einfach wie ich heiße wo ich
wohne   jetzt sage ich es   jetzt

Er ging oft zu Tante Fifine, rief sie manchmal zu sich, setzte immer wieder an, versuchte es immer wieder: »Tante …«
»Ja, mein Junge?«
Er stand vor ihr und begann zu zittern, am ganzen Körper, mit den Händen, den Knien begann es, ihm wurde heiß, er starrte sie an, dann drehte er sich um und rannte weg. Oder er schrie Schimpfwörter oder schrie einfach so und rannte hin und her. Oder er schlug mit der Faust gegen irgendwas.

wenn ich es sage wollen sie mich nicht mehr
und wenn zu Hause niemand mehr lebt kann ich hier auch nicht
mehr zu Hause sein
wenn sie wissen dass ich ein Deutscher bin schicken sie mich weg
dahin wo ich sterben muss
weil ich da ganz allein bin   allein kann man nicht überleben
sie mögen die Deutschen nicht   sie haben gelacht als die Leute
auf die Soldaten gespuckt haben

Wenn sie spazieren gingen, lief Onkel Félix manchmal vor und versteckte sich. Kam dann Mano vorbei, sprang er aus dem Versteck und erschreckte ihn. Das machte ihm Spaß, selbst war er aber nicht leicht zu erschrecken. Oder er versuchte, Mano zu überlisten, zurückzubleiben, dann hinter ihm zu gehen und ihn zu kitzeln. Manchmal rannte er vor und Mano hinterher, dann liefen sie um die Wette. Onkel Félix war schnell und schwer zu besiegen. Er scherzte viel, aber zum Boxen hatte er auch keine Lust.

Mano war mit Paul unterwegs, da begegnete ihnen eine Frau mit einem kahl rasierten Kopf. Mano stolperte und hielt sich an Paul fest, um nicht zu fallen. Er gaffte die Frau an und drehte sich nach ihr um.
»Paul, pourquoi les cheveux … warum hat sie die Haare weg?«

ein KZ?   es gibt es also doch eins hier?

Paul versuchte Mano zu erklären, dass die Frau während der Besatzung eine Liebschaft mit einem Deutschen gehabt hatte. Und die Franzosen, wahrscheinlich ihre Nachbarn, hatten sie dafür bestraft und ihr die Haare abrasiert. Damit jeder sieht, dass sie eine Verräterin, eine Kollaborateurin ist.
»Weil sie einen Deutschen geliebt hat?«, fragte Mano.

also doch   niemals dürfen sie wissen dass ich deutsch
bin   niemals   sonst passiert mir etwas   sonst komm ich
weg und sie rasieren mir wieder die Haare ab wie in Auschwitz

Mano sah sich panisch nach allen Seiten um, er mochte Pauls Arm gar nicht mehr loslassen.
»Komm, wir gehen nach Hause!«, sagte er drängend.
Paul versuchte ihn zu beruhigen, aber Mano wurde immer nervöser und schreckhafter, also brachte Paul ihn nach Hause.

Sie sprachen beim Essen darüber, was Paul später arbeiten könnte, vielleicht sogar einmal in einem anderen Land, er lernte noch Englisch. In was für einer Fabrik er arbeiten könnte, in welcher Stadt er dann leben würde, ob er wohl mal viel Geld verdienen würde.
»Und ihr beide werdet später jeder mal heiraten und eine Familie gründen, und dann sind wir Oma und Opa«, sagte Onkel Félix.

Alles war wie eine Bewegung. Mano schrie, schrie ohne Worte, sprang auf, fegte mit beiden Armen alles vom Tisch, Gläser, Teller, alles, das Geschirr zersprang in Scherben, das Essen lag verteilt auf dem Boden, alle riefen durcheinander: »Non! Arrête! Mano!«
Aber Mano brüllte und warf seinen Stuhl um, wollte den ganzen Tisch greifen, aber da hielt Fifine ihn fest, hielt beide Arme in ihrem eisernen Griff und schüttelte ihn. »Arrête, Mano! Tais-toi!«
Sie schrie es ihm ins Gesicht. Als sich ihre Blicke trafen, hielt Mano für einen Moment die Luft an, dann ließ er die Schultern sinken und die Arme hängen, schluchzte in Fifines Armen. Später saß er erschöpft auf einem Stuhl, während die anderen die Scherben zusammenfegten, und Fifine schimpfte noch einmal mit ihm.

»Heute gehen wir Madame Marcheix-Thoumyre besuchen«, sagte Tante Fifine. Mit der Métro fuhren sie zur Station George V und gingen zu ihrem Büro im 8. Bezirk. Mano konnte sich ihren Namen nicht merken, so sagte er: »Bonjour, Madame Maxdex.«
Sie lachte. Tante Fifine nannte sie nur Madame Marcheix. Sie trug ein elegantes Kleid und hatte ihr blondes Haar am Hinterkopf hochgesteckt. Alle paar Minuten streichelte sie Mano über den Kopf. Zuerst machte sie Kaffee, dann besprach sie mit Tante Fifine, wie es mit Mano weitergehen sollte. Mano hörte genau zu und verstand doch vieles nicht. Aber dass Tante Fifine sagte, er sei manchmal außer sich, und es werde nicht besser, sondern eher schlimmer, das verstand er.
»Also, Mano«, sagte Madame Marcheix schließlich. »Wir haben überlegt. Du musst ja mal wieder zur Schule.«
Abwechselnd Deutsch und Französisch sprechend, erklärten sie ihm, dass er nach den Sommerferien in die Schule gehen und lesen und schreiben lernen solle, dass er vorher aber untersucht werden solle, seine Nerven seien immer noch sehr angegriffen. Außer-

dem brauche er ein Attest für die Schulanmeldung. Sie wüssten nicht, was mit ihm in den Konzentrationslagern geschehen sei, vielleicht habe er noch eine Folgekrankheit, jedenfalls solle er ins Kinderkrankenhaus, damit alles geklärt werden könne.
»Nein«, sagte Mano.
»Nicht für lange«, sagte Tante Fifine. Sie sprach jetzt nur Deutsch. »Nur bis du untersucht worden bist und wir Bescheid wissen. Es ist ja dir zuliebe, damit es dir besser geht.«
Mano schwieg. Dann sagte er: »Du willst mich nicht mehr. Du willst mich loswerden, weil ich deine Gläser kaputt gemacht habe. Ich kauf dir neue, ich versprech's dir. Aber schick mich nicht weg!«
»Mano, mein Liebling, ich will, dass es dir gut geht.«
»Ich hab Angst«, sagte er, »dass du mich nie mehr holst.«
»Ach nein, mon chéri, denk das nicht. Du kommst wieder zu uns zurück. Es ist wirklich nur für eine Untersuchung.«
Madame Marcheix strich ihm wieder über den Kopf, aber Mano blieb bedrückt. Sie sagte: »Alors, dann melde ich dich also im Krankenhaus an. Unter welchem Namen denn?«
Mano zuckte die Schultern.
»Dem Namen deiner Eltern?«
Mano wurde es heiß, es war, als grübelte er, als wollte er etwas sagen, er öffnete den Mund, aber er schwieg.
»Nehmen wir Mano als Name. Aber es ist besser für dich, wenn du noch einen französischen Vornamen hast. Willst du dir einen aussuchen?«
Mano schaute sie an, dachte nach.
»André«, sagte er dann.
André MANO schrieb Madame Marcheix auf ein Stück Papier. Dazu eine Adresse in Paris. Sie würde ihn anmelden und dann im Blumenladen in der Rue du Pré St. Gervais in Pantin anrufen.

Eines Morgens brachte Tante Fifine Mano zu einem großen alten Gebäude, einem Haus mit vielen Fenstern, vielen Räumen mit vielen Betten und Schwestern in langen schwarzen Gewändern mit schneeweißen Hauben, die um ihre Köpfe standen wie Schmetterlingsflügel.
»Nur zur Untersuchung«, sagte Tante Fifine.
»Warum?«, fragte Mano. »Ich will hier nicht bleiben.«
Die Fenster waren vergittert, das hatte Mano schon von draußen gesehen. An der Pforte füllte eine Schwester ein Formular für ihn aus, die Anmeldung.

das ist eine Registrierung
wo komme ich hier hin?

Name? Manot schrieb sie.
Vorname? »André«, sagte Mano.
Geboren? »1933«, sagte Tante Fifine.
»Wann genau?«
»Das wissen wir nicht.«
Die Schwester schaute auf. »Das wissen Sie nicht?«
»Nein«, sagte Tante Fifine, und die Schwester machte einen Strich in der Spalte.

Der Junge, der jetzt André hieß, weinte bitterlich, als Tante Fifine ihn küsste und sich verabschiedete. Er weinte ohne jeden Trotz, er war nur unglücklich, und Tante Fifine wischte sich selbst die Tränen ab.
»Weine nicht, mon petit chéri, ich komme ja wieder, ich besuche dich bald.«
»Lass mich bitte, bitte nicht allein.«
Und er wollte mitgehen, als sie gehen wollte, aber eine Schwes-

ter hielt ihn an den Schultern fest. Tante Fifine strich ihm über den Kopf.

»Ich kümmere mich um dich, ich lass dich nicht allein, hab keine Sorge«, sagte sie. »Weine nicht.«

Aber er weinte. Und sie ging. Er weinte noch, als sie längst fort war.

Schwester Antonie brachte ihn in den ersten Stock, und Mano zitterte vor Angst, als er im Saal die langen Reihen mit den weißen Betten, die schmutzigen Wände und die großen und kleinen Jungen in ihren Betten sah. Manche guckten apathisch an die Decke, manche saßen im Bett und bewegten ihren Oberkörper hin und her, einer redete immerzu mit sich selbst. Viele schauten Mano an, manche entblößten ihre Zähne dabei. Nur ein Bett war frei, dahin wurde Mano jetzt gebracht, in das sollte er sich legen, Pyjama an und ins Bett. Es war noch Vormittag, und Mano war nicht krank. Schwester Antonie packte seine Tasche aus, es war nicht viel darin, der Schlafanzug, extra Unterwäsche, Strümpfe, Waschsachen. Dann ging sie weg. Mano stand neben dem Bett und schaute sich um. Manche Kinder hatten Gitter an ihren Betten, sodass sie nicht allein herauskonnten. Ein Junge lächelte ihn an, aus seinem Mundwinkel hing ein Spuckefaden, seine Gliedmaßen waren verkrampft.

»Bonjour«, sagte er, und Mano verstand es erst nach dem dritten Mal. »Bonjour«, antwortete er. Dann legte er sich in den Anziehsachen hin und zog sich die Decke übers Gesicht.

zur Untersuchung?   in Ravensbrück haben sie Sterilisation gesagt   etwas wird geschnitten   drei Tage hab ich mich versteckt   lag ich unter der Buchse auf der Erde und in den Nächten auch   ein Junge hat gesagt komm und etwas auf Polnisch und ins Dunkel gezeigt   da runter   hatte solche Angst dass sie mich

aufschneiden   da sind wir unter die letzte Buchse an der Wand gekrochen
Tag und Nacht liegen wir da   still   nichts zu essen   ist so kalt   nichts zu trinken   nicht austreten   die Ratten müssen wir wegjagen   laufen über uns fette Ratten   wir versuchen leise sie zu verjagen   niemand darf uns finden   Herzklopfen Füße erscheinen vor unseren Augen   Stiefel   wir hören die Stimmen die dazugehören   presse die Hand vor den Mund   wie lang   wie lang die Zeit sein kann   bis es heißt die Sterilisationen sind vorbei   komm flüsterte der Junge jetzt gehen wir raus   sind wir raus   ich war noch klein die anderen älter   sind wir raus   wie Geister   drüben in der Baracke lagen sie alle Manfred die Onkel mein Tata   lagen und hatten Schmerzen   mit einem einzigen Messer sind sie geschnitten worden   vorher haben sie unterschreiben müssen   wenn sie das machen lassen hieß es kommen die Kinder frei   das war Lüge da liegen sie   nicht dass sie sterben   muss ihnen etwas zum Essen bringen   nicht dass sie sterben   bin ich in die Küche geschlichen da war ein Kübel mit zwanzig Litern   hab ich den Pudding gestohlen   konnte ich gerade noch tragen grad geschafft in die Baracke   schnell haben sie gegessen hatte ja jeder seinen Löffel dabei   ein SS hat mich doch erwischt   hat mich gesehen oder jemand hat mich verraten   aber der Pudding war schon gegessen   zur Strafe muss ich zwanzigmal über eine Holzbank springen   neun Mal zehn Mal   Zähne zusammenbeißen   drei Tage hab ich nichts gegessen   vierzehn   kann nicht mehr muss zählen   fünfzehn   mit dem Fuß bleib ich an der Bank hängen   mein Tata schaut mich an von wo er liegt   nickt weiter   mein Herz rast   mein Tata schaut   sechzehn   ich falle rüber mit den Beinen in eine kaputte Flasche rein   der SS lässt nicht nach   nicht dass er mich umbringt   noch vier

alles wird rot von Blut   der SS geht weg   ich lass das Bein still liegen bis es zu bluten aufhört   bewege es nicht

Mano weinte unter der Decke und tastete nach den Narben an den Schienbeinen. Es war so dunkel unter der Decke, er schaute durch eine Ritze hinaus. Bis die Bettdecke zurückgeschlagen wurde.
»Bist du der Deutsche?«
Mano erschrak so sehr, dass er tiefer rutschte.
»Je suis André«, sagte er mit einem Zittern in der Stimme.
»Komm essen!«, befahl die Schwester, die er zuvor noch nicht gesehen hatte.
An einer Seite des Saales stand an der Wand entlang ein langer Holztisch mit Bänken rechts und links, wie in Sachsenhausen. Alle setzten sich daran, nicht nur Kinder, auch Halbwüchsige waren dabei. Die Schwestern schöpften Essen in Blechnäpfe, jeder hatte einen Löffel, keine Gabel, kein Messer. Mano aß schnell, die Suppe war nicht wässrig. Manche aßen in ihren Betten, manche mussten anschließend gewaschen werden, weil die Hälfte der Suppe auf ihnen und in den Betten gelandet war. Manche mussten gefüttert werden.
Wie betäubt saß Mano. Wenn er meinte, jemand habe ihn angesprochen, duckte er sich und sagte nichts. Wenn jemand ihn berührte, zuckte er zusammen und schüttelte die Berührung ab, auch wenn er nur gestreift worden war. Manche lachten, als sie es bemerkten, und probierten es gleich noch einmal. Mano sprang auf und lief auf den Gang vor die Tür, nicht weiter. Nicht zum Treppenhaus, nicht in einen anderen Raum. Eine Schwester kam, Geneviève hieß sie, und fragte: »Ça va?«
Mano starrte sie nur an. Sie legte ihm die Hand auf den Rücken und schob ihn in den Saal zurück. Er setzte sich auf das Bett, das seins sein sollte. Saß und wartete. Dann ging er wieder auf

den Gang, alle Wände waren schmutzig, befleckt, Mano schaute aus dem Fenster durch die Eisenstreben in einen Hof. Jedes Mal, wenn er Schritte hörte, fuhr er zusammen. Irgendwann setzte er sich wieder auf das Bett, legte sich hin.

bin ich wieder gefangen   eine Untersuchung   das ist doch etwas wovon man nie zurückkehrt   die zu den Ärzten geholt wurden die haben wir doch nie wiedergesehen

Mano weinte fast den ganzen Tag.
»Der Deutsche weint«, sagte Schwester Geneviève. Eine andere Schwester kam zu ihm mit einer Tablette, die er schlucken sollte. Mano wollte nicht, da versuchte sie ihm die Schwester gewaltsam in den Mund zu stecken. Er wehrte sich und zog den Kopf ein, erwartete die Strafe, die Schläge, und war überrascht, dass sie nicht kamen. Er weinte erst wieder, als die Schwester fort war, versteckt, mit der Decke über dem Kopf. Irgendwann musste er hinaus und fürchtete sich davor, aber die Schwestern beachteten ihn nicht. Irgendwann gab es Abendessen, irgendwann ging die Sonne unter, dann wurde die Nachtruhe angeordnet. Im Dunkeln weinte Mano wieder, im Dunkeln hatte er immer Angst vor dem Tod.

der SS kommt zurück wegen dem gestohlenen Pudding   Nummer 35 26   der SS nimmt mich mit in eine andere Baracke wo nur SS ist   oh was jetzt   jetzt ist das Ende   er schubst mich in den Abstellraum
schwarz   dunkel
kein Fenster
keine Ritze
ich schreie Mama ich will raus   Mama die Beine tun so weh

hin und her bin ich gegangen mit ausgestreckten Armen   im Dunkeln   hab auf dem Boden gelegen und geweint   jetzt muss ich hier sterben   ich will raus   Mama!   ich muss hier warten bis sie mich umbringen   Mama ich seh dich nie wieder   wir mussten Schilf schneiden tagelang daraus mussten die Frauen Matten machen damit wir nicht durch den Zaun zum Frauenlager durchgucken können
Mama!
Stunden bin ich eingesperrt
da reißt plötzlich der SS die Tür auf sagt laut Ab!
ganz vorsichtig drücke ich mich vorbei an ihm   er tritt mir trotzdem in den Arsch   Ab!   durch den Tritt stolpere ich falle   schnell auf und weglaufen zurück in die Baracke wo die Kinder sind   Block 5   unsere Väter sind in Block 4   Manelo nennt mein Tata mich   Manelo   meine Mama auch   alle sagen Manelo   im Block 4 heißt ein Mann Mano ein Jude aus der Slowakei ein Schneider   richtig heißt er Emmanuel   die Männer haben ihm eine Nähmaschine besorgt er hat auch für die Kinder manchmal was genäht   die Männer unsere Väter haben aufgepasst dass er nähen konnte und nicht zum Arbeitskommando musste   sein Sohn war auch bei uns   ach mein Tata wenn er noch lebt   Mama meine Mama

Am übernächsten Tag kam die ganze Familie zu Besuch, Tante Fifine, Onkel Félix und Paul. Tante Fifine hatte einen Kuchen mitgebracht, ein Messer, Servietten, zu trinken. Alle vier saßen und picknickten auf dem Bett, es war Nusskuchen, sie mampften, sie schauten nicht nach den anderen Betten hin, jedenfalls starrten sie nicht. Sie wurden angestarrt von denen, die keinen Besuch hatten. Es war Sonntag, auch manche andere Kinder hatten Besuch, aber nicht die Jungen rechts und links von Mano.

»Wie die Hasen mümmeln wir hier«, sagte Félix. »Und wenn wir dick und rund sind, werden wir gegessen.«
Es gelang ihm nicht, Mano zum Lachen zu bringen. Paul erzählte von der Schule. Wenn der Lehrer reinkam, alle aufspringen, Hände an die Hosennaht.
»Wie im KZ«, sagte Mano. »Wenn SS kam. Aber nie darfst du ihnen ins Gesicht schauen. Sonst bist du dran.«
In der Schule sagten sie im Chor: »Bonjour, Monsieur le Professeur!« Dann mussten sie warten, bis er »Asseyez-vous!« sagte. Hinsetzen, die Hände müssen immer auf den Tischen liegen.
Eine Schwester stand in der Tür des Saales und schlug auf einen Gong, das bedeutete, die Besuchszeit war vorbei.
»Ich geh mit euch«, sagte Mano. »Hier bleib ich nicht.«
»Ein bisschen musst du noch bleiben, nicht lange«, sagte Tante Fifine.
»Bitte, bitte nehmt mich doch mit!«
»Halt noch aus. Wir wollen nur wissen, ob du ganz gesund bist. Nur zum Untersuchen.«
»Ich bin doch gesund, hier ist es ganz schlimm.«
Mano schluchzte, und Onkel Félix drückte ihn an sich. Er sagte: »Du bist doch Max Schmeling. Und wenn du nach Hause kommst, schenke ich dir Boxhandschuhe.«
Da versuchte Mano zu lächeln, schief sah sein Gesicht dabei aus, die Augen waren geschwollen.
»Und wenn du rauskommst, boxen wir«, sagte Paul.
So ließen sie Mano zurück, schweren Herzens. Sie fanden den Ort selbst furchteinflößend. Wegen seiner angegriffenen Nerven sollte er untersucht werden. Ob er bleibende Schäden vom KZ hatte. Nur bis zur ersten Untersuchung, sagten sie sich, dann nehmen wir ihn wieder nach Hause. »Sonst hat er hinterher *davon* angegriffene Nerven«, sagte Félix.

Mano erwachte, weil Unruhe im Saal war. Ein kleiner Mann mit schmalem, kahlem Kopf und einem Höcker auf dem Rücken ging von Bett zu Bett und wusch die Jungen.
»Den Deutschen noch«, sagte Schwester Antonie, und der Bucklige kam mit einer Schüssel Wasser und einem grauen Lappen zu Mano.
»Ah, le cochon … den dreckigen Deutschen kriege ich nicht sauber.«
Mano schaute ihn furchtsam an und wagte nicht, sich zu wehren, als der Bucklige ihn nun auszog und grob mit dem nassen kalten Lappen wusch. Er scheuerte über die Narben und die Schwellungen und warf ihm dann ein Handtuch hin.
»Das kannst du wohl allein, boche!«
Er warf Mano den Pyjama auf die Decke und stapfte wütend aus dem Saal. Er kam jeden Morgen, und jeden Morgen sagte eine Schwester: »Den Deutschen noch.«
Denn der Bucklige selbst ließ Mano immer aus, und Mano hoffte vergebens, dass die Schwestern es nicht merkten. Immer schimpfte der Bucklige, nannte ihn den dreckigen Deutschen, das dreckige Schwein, das er auch noch anfassen müsse.
Manche Jungen im Saal verstanden nichts, sie waren nur in ihrer eigenen Welt. Für manche schien es eine freundliche Welt zu sein, sie lächelten Mano an, wenn er zu ihnen hinschaute. Aber manche nannten ihn nun auch nur noch »sale Allemand« oder »cochon«. In Mano stieg die Wut auf, wenn er das hörte. Gegen den Buckligen konnte er sich nicht wehren, aber gegen Gleichaltrige schon. Standen sie herum oder saßen sie im Bett, schubste Mano sie, dass sie taumelten oder fielen, und schrie: »Tais-toi! Ta geule!« Halt dein Maul!
Er stieß die Jungen, raufte mit ihnen, schlug ihnen ins Gesicht, andere riefen die Schwestern zu Hilfe: »Der Deutsche schlägt schon wieder.«

Und der Bucklige kam und zerrte Mano fort. »Verschwinde in dein Bett, cochon!«

Jeden Abend weinte Mano, jede Nacht schrie er im Schlaf. Dann weckte ihn entweder die Nachtwache, oder er wurde durch seine eigenen Schreie wach. Oder durch seine Träume.
Berge von Toten.
Tote, die anfangen, sich zu bewegen.
Eine Frau in Uniform kommt mit langen scharfen Fingernägeln immer näher, setzt sich auf seine Brust und greift nach seinem Hals.
Drückt zu.
Es schlägt frühmorgens zu Hause an die Tür, bumm-bumm-bumm, und Tata sagt: »Jetzt ist es so weit.«
Die Träume verfolgten ihn. Aber er war nicht der Einzige im Saal, der im Schlaf schrie. Einer schrie auch, wenn er wach war.

Der Chefarzt war im Urlaub, darum kam niemand, um den Jungen zu untersuchen. Zwei Wochen sollte er warten, zwei Wochen dauerte der Urlaub noch. Meistens lag Mano im Bett, die Decke über den Kopf gezogen, nur eine Lücke zum Luftholen ließ er, und damit ein bisschen Licht hineinfiel und er hinausschauen konnte. Kamen Schritte an seinem Bett vorbei, schreckte er auf, prüfte, wer kam, wer das war, er musste sehen, ob die Schritte auf ihn zusteuern, anhalten oder vorbeigehen würden. Immer nervöser wurde Mano, manchmal trat er ohne erkennbaren Anlass mit einer Heftigkeit gegen ein Bett, dass der Junge darin fast herausfiel und Mano seinen ratlosen oder wütenden Blick im Rücken spürte.

Alles raustreten!
Ihr kommt woandershin!
wieder in ein anderes Lager vermuten wir   raus aus dem Käfig   auch wir Kinder auf dem Appellplatz aufstellen   die Deutschen verlieren den Krieg sagen manche und sie treiben uns ins Meer   oder auf Schiffe und versenken sie mit uns   so war die Parole   sie wollen uns verschwinden lassen
wir müssen aus dem Lager rausmarschieren   das Marschieren hört gar nicht mehr auf jeden Tag zwanzig Kilometer und nichts zu essen   wir stecken uns Schnee in den Mund   rechts und links SS mit Hunden   wer zurückbleibt wer fällt und nicht wieder aufkommt auf den stößt die Nachhut drei SS mit Waffen und Hund   dann hören wir den Schuss   alle die nicht mehr mithalten können werden erschossen   oder wer zu langsam wird durch die Wälder   tagelang nur Wald   fünfzehn zwanzig Kilometer marschieren dann plötzlich stehen bleiben! ausruhen!   wir fallen alle um am Straßenrand in die Gräben in den Schnee in den Matsch   eine halbe Stunde dann heißt es antreten! weiter!   so schwach sind wir und brauchen zehn fünfzehn Minuten bis wir wieder auf die Füße kommen   diejenigen die liegen bleiben lassen sie erschossen liegen   nichts zu essen nichts zu trinken außer Schnee   und wir weiter bis in den großen Wald   drei Tage lagern wir   die Leute brechen die Löffel ab und kratzen Rinde von den Bäumen und in der bitterkalten Nacht will mir einer den Mantel rauben   ich schreie schlage und halte fest   immer wieder versucht er es   ich halte meinen Mantel im Schlaf und Manfred liegt mit drunter   sterben werden wir alle in dem Wald der ganze Wald ist voll mit Leuten überall liegen sie im ganzen Wald Tausende von uns und drumherum eine Postenkette SS und am Morgen plötzlich ist alles weg   sind wir alle tot?   alles weiß   wir sind unter dem Schnee der Nacht begraben und

allmählich kommen die dunklen dürren Geschöpfe heraus wie Gespenster

Der Junge rechts neben ihm verdrehte meistens die Augen, der Junge im Gitterbett auf der anderen Seite bewegte sich fast ununterbrochen, wenn er nicht schlief, die Hände, die Beine, dann wieder lag er wie ein Baby auf dem Rücken und spielte mit seinen Füßen. Als Mano einmal im Bett saß, sah er es zum ersten Mal: Der sich dauernd bewegte machte ins Bett, nahm den Kot und steckte ihn in den Mund. Mano riss die Augen auf und schrie: »Non!« Schrie: »Sœur Geneviève! Sœur Geneviève!« Schrie: »Venez vite!«
Der Junge hatte ein verschmiertes Gesicht, Mano würgte, sprang auf und rannte aus dem Saal.
»Sœur Geneviève! Il mange son caca!«
Die Schwester eilte zu dem Jungen, Mano konnte nicht schauen, was sie tat. Ihn schauderte, er blieb im Gang, dann rannte er ins Bad und erbrach.
Der Bucklige kam, und als Mano wieder in den Saal lugte, sah er den Jungen sauber und ruhig liegen. Er setzte sich an den Tisch und wartete noch lange. Ein oberes Fenster war gekippt, und Mano spürte den Luftzug, der von oben kam. Die unteren Fenster konnte man nicht öffnen.
Als er wieder in seinem Bett und unter der Decke lag, spürte er den Würgreiz nur noch leicht. Er weinte.

eine Nacht beim Todesmarsch hat die SS uns in einen Schafstall gelassen da lag ein Schafskopf   haben sich von uns welche bald geschlagen drum   es war schon lange tot das Schaf und am Kopf waren noch Haare dran den haben sie gekocht   das Fleisch gegessen   die Haare waren noch drauf   ich hab mich geekelt und die haben sich fast drum geschlagen so einen Hunger hatten wir   ich war so hungrig aber ich konnte nichts davon essen   dann wieder weiter

Mano saß jeden Tag vor dem Blechnapf und aß nichts. Er brachte nichts mehr runter, er wollte hier nicht mehr sein, wozu überhaupt noch sein? Die Schwestern holten ihn aus dem Bett, gaben ihm einen geschützten Platz an der Seite, versuchten ihn von den anderen Jungen fernzuhalten, aber Mano aß trotzdem nicht.
Als Tante Fifine zu Besuch kam, erzählte Mano ihr, was der Junge neben ihm in den Mund gesteckt hatte.
»Tante Fifine, nicht mal im KZ haben wir das gegessen. Bitte hol mich hier raus, bitte!«
Wieder ging die Besuchszeit zu Ende. Mano weinte, aber wieder blieb er da. Mit dem Tim-und-Struppi-Buch, das Fifine ihm mitgebracht hatte und in dem er sich alle Bilder ganz genau anschaute. Lesen konnte er das Buch ja nicht.

Gellend schrie ein Junge: »Mon Dieu! Mon Dieu!«
Er zog die Wörter lang und schrie, als würde man ihn ermorden. Viele hielten sich vor Entsetzen die Ohren zu, obwohl sie es doch schon kannten. Täglich schrie er so, ein paar Minuten manchmal, es konnte aber auch eine Stunde oder länger gehen oder mitten in der Nacht beginnen.
»Mon Dieu! Mon Dieu!«
Das Metall an den Betten vibrierte von seinen Schreien, die immer heiserer wurden und irgendwann verstummten. Dann war der Junge erschöpft in den Schlaf gefallen. Alle, der ganze Saal, selbst die Möbel und die Wände schienen erleichtert aufzuatmen.

wir kommen an immer mehr Toten vorbei die in den Straßengräben liegen   Häftlinge   Wald dann mal Straßen Felder und lang gezogene Dörfer   Leute haben geschaut und Wasser für uns hingestellt
die SS ließen uns nicht trinken sie traten die Eimer um   alles alles hat wehgetan   der Mantel war so schwer aber ich hab ihn behalten   immer   dass ich nicht verfrier wenn die Nacht kommt

Manchmal kam Paul allein zu Besuch. Und jedes Mal brachte er dem Jungen etwas zu essen mit. Das aß Mano.
»Nimm mich mit!«, sagte Mano jedes Mal. »Es ist schrecklich hier. Wann kann ich endlich raus?«
»Nicht mehr lange«, erwiderte Paul. »Du kommst bestimmt bald raus. Maman und Papa sagen es selbst, dass du wieder nach Hause kommen sollst.«
Paul tröstete Mano, malte ihm aus, was sie dann alles zusammen tun würden. Ins Schwimmbad, herumspazieren, bei seinen Freunden Briefmarken tauschen.

Zwei Wochen waren um, und eines Morgens kam die Visite mit dem braun gebrannten Chefarzt, einem anderen Arzt, Schwester Geneviève und dem Buckligen.
»Das ist er?«
Schwester Geneviève nickte, und Docteur Heuyer fragte: »Deutsch? Allemand?« Und als Mano nicht wusste, was er antworten sollte, fragte er: »Alles ist gut, André?«
»Mein Fuß tut weh.« Manos Fuß war so angeschwollen, dass die Knochen nicht mehr zu erkennen waren.
Der Bucklige war dafür zuständig, die Decken aufzuschlagen, die Jungen aufzurichten, sie eventuell festzuhalten, bei Mano stand er nur da und schaute zu.

Der Arzt untersuchte den Fuß, die Beine.
»Mmmh, da müssen wir was machen.«
Dann sprach er auf Französisch mit dem anderen Arzt.
»Wenn dir dein Fuß wehtut, schneiden sie ihn dir ab, weil du ein dreckiger Deutscher bist«, zischte der Bucklige, als die Ärzte schon zum nächsten Bett gingen. »Dann tut dir nichts mehr weh.«
Mano klagte nie mehr über Schmerzen, auch nicht, wenn sie so schlimm waren, dass er nicht auftreten konnte, ohne einen Aufschrei zu unterdrücken, auch nicht, wenn er vor Schmerzen kaum noch denken konnte. Auch nicht, wenn er nach seinem Fuß gefragt wurde.

> sie wollen meinen Fuß abschneiden weil ich ein Deutscher bin   barfuß sind wir durch den Schnee es hat so geschneit   haben uns hingelegt in die Gräben den Schnee   war doch alles nass bis auf die Haut   die SS haben gesoffen   sich auf die Bank gesetzt gefressen und gesoffen   im Gehen hab ich geschlafen ich war schon weg ganz weg und bin immer weiter zurückgefallen   immer wieder aufwachen weil die SS hintendran ist   schlafen und trotzdem gehen   ich seh nichts mehr laufe und schlafe und bin nicht mehr   haben die Cousins mich mitgezogen   weiterlaufen!   du musst weiter   wenn es bald nicht mehr ging hat es geheißen stehen bleiben! ausruhen!   die nichts wussten haben sich hingelegt   es lag hoch Schnee tief im Wald   wer sich ganz hingelegt hat ist nicht mehr aufgekommen   manche sind nur auf die Knie gekommen für weiter reichte die Kraft nicht   sie waren verloren und ich bin jetzt hier gefangen

Am nächsten Morgen, gleich nach den täglichen Beschimpfungen des Buckligen, rannte Mano barfuß los. Er rannte über den Gang

und die Treppe hinab. Die schwere Tür hielt ihn auf und kostete wertvolle Sekunden, aber er konnte sie öffnen und auf die Straße rennen. Weg, nur weg!
Eine Schwester in ihrer langen schwarzen Kutte rannte schreiend hinter ihm her. Sie fasste ihn am Ärmel, er riss sich los, aber er kam nicht weit. Schon war ein Pfleger bei ihm, hatte ihn gepackt, ihm den Arm auf den Rücken gedreht und ihn zu Boden geworfen. Mano schrie. Er konnte nicht um sich schlagen, auch nicht treten, der Pfleger saß schwer auf seinem Bauch, mit seinen Beinen klemmte er Manos Beine fest. Grob stopfte er Manos Arme in eine weiße Jacke mit langen Ärmeln und band die Ärmel auf dem Rücken zusammen. Mano konnte die Arme nicht mehr bewegen, der Pfleger stellte ihn auf die Füße und stieß ihn brutal in das alte Gemäuer zurück, hinauf in den ersten Stock, in sein Bett. Mano wand sich, aber die Ärmel waren zu fest verknotet, er kam nicht frei. Er konnte auch die Decke nicht richten, die verknäult unter ihm lag. Er war gefesselt.

wir lagen im Wald   konnt nicht mehr laufen   jetzt bleib ich zurück im Wald   ewig   kein Dorf keine Straße   wenn ich jetzt abhaue find ich nicht mehr raus dann muss ich sterben   immer wollte ich abhauen aber die Cousins nicht im Stich lassen   die Angst ich find nie mehr raus aus dem Wald   Angst auch vor Geistern   einmal waren sie schon weiter und ich bin doch hinterher   oder haben sie mich geholt die Cousins?   da war ich eingeschlafen   wer eingeschlafen ist ist nie nie wieder aufgewacht

»Na, Junge, genug?«, fragte vielleicht eine halbe Stunde später Schwester Antonie. Sie war die Oberin des Saales und streng, aber immer freundlich. Mano nickte erschöpft. Die Schwester half ihm, sich aufzusetzen, machte die Ärmel los und zog Mano die weiße Jacke aus.

»Das sollst du nicht tun, du musst nicht weglaufen, du bist hier, weil wir dir helfen können. Bis du nicht ganz gesund bist, bleibst du.«

»Jawoll!«, sagte Mano laut, die Antwort kam aus ihm herausgeschossen. Er hielt inne und sagte leiser: »Oui, Sœur Antonie. Ich bin aber ganz gesund.«

Am selben Tag holte ihn eine andere Schwester zur Untersuchung. Sie brachte ihn ins Erdgeschoss, dort wartete in einem kleinen Raum der Arzt. Mano musste sich auf einen Lederstuhl setzen, seine Arme wurden mit einem Riemen um die Handgelenke an den Lehnen festgeschnallt, da wurde Mano nervös und ängstlich. Er schaute sich um, wollte aufstehen, weg, aber das ging schon nicht mehr. Auch um die Knöchel wurden Bänder befestigt, sodass er weder Arme noch Beine bewegen konnte. Sein Kopf wurde fixiert, den konnte er auch nicht mehr bewegen.

Mit Kabeln verbundene Metallplättchen wurden an seinem Kopf festgemacht, Stück für Stück, es dauerte eine Ewigkeit. Zitternd, verkrampft vor Angst, saß Mano auf dem Stuhl, er war sicher, dass sie ihn gleich quälen würden. In Auschwitz und Ravensbrück hatten die Ärzte die Menschen auch gequält. Die Schwester befahl dem Jungen, den Mund zu öffnen. Mit einem flachen Holzstück drückte sie die Zunge nach unten. Mano sollte auf das Holz beißen. Die Kabel führten von den Metallplättchen an seinem Kopf zu einem Gerät mit Schaltern, das schräg hinter Mano stand.

Als der Arzt einen Schalter umlegte und wieder zurückschnellen ließ, bäumte der Junge sich auf und verlor im selben Augenblick das Bewusstsein. Der Holzlöffel wurde ihm aus dem Mund genommen, und er wurde abgeschnallt und seitlich auf eine Liege gelegt. Die Schwester fühlte seinen Puls und blieb neben ihm, bis er aufwachte. Dann brachte sie ihn in den Saal zurück. Sie stützte ihn und half ihm ins Bett, wo er einschlief und erst nach Stunden wieder erwachte.

Nur halb öffnete er die Augen und stöhnte.

»J'ai mal à la tête«, sagte er zu der Schwester, die nach ihm schauen kam. »Oh, j'ai mal à la tête.« Er hielt sich den Kopf, als müsste er zerspringen. Sein Mund war ausgetrocknet, die Zunge klebte am Gaumen. »J'ai soif.«

Der Junge im Gitterbett neben ihm rief: »André. André, tiens!« Er hielt Mano ein Glas Wasser hin. Mano schaute ihn an und schüttelte den Kopf. Lieber trank er nichts, als von diesem Jungen etwas anzunehmen.

mal à la tête   ich lebe noch   ich will nichts mehr wissen

Mano lag den ganzen Tag im Bett. Das Mittagessen verschlief er, zum Abendessen erhob er sich mühsam. Er saß am Tisch, hielt sich den Kopf und aß, ohne irgendjemanden zu beachten, dann legte er sich wieder ins Bett. Nicht mal, als es zwischen zwei Jungen Streit und Geschrei gab, schaute er auf.

wie im Käfig   Schlägereien und Streit   gab nichts anderes zu tun
Läuse absammeln Kleiderfalten durchsuchen nach den dicken
roten Läusen mit dem schwarzen Punkt   die übertragen Typhus

Mano hatte am ganzen Körper Muskelkater und wusste nicht, woher. Manchmal war ihm schwindlig und gleichzeitig schlecht. Ihm war jetzt alles egal. Dann sterbe ich eben hier.

»Ich kann hier nicht bleiben, ich sterbe«, sagte Mano zu Paul. »Die

Schwestern sagen immer der Deutsche. Und der andere, der Bucklige, nennt mich Schwein und Scheiße.«
Paul konnte es kaum glauben. Und als Tante Fifine davon hörte, versprach sie Mano, sich sofort darum zu kümmern. Am nächsten Tag schon nannten ihn die Schwestern beim Namen: André. Und der Bucklige wusch ihn nicht mehr so grob, dass ihm die Haut wehtat. Nicht einmal Schimpfwörter sagte er mehr.
»So«, murmelte er nur. »Du warst also im Lager. Wer hätte das gedacht.«
Mano antwortete nicht, und mehr sagte der Bucklige nicht, aber da wusste Mano, dass Tante Fifine mit allen gesprochen hatte.

Jedes Mal, wenn der Junge neben Mano mit seinen Exkrementen spielte und sie in den Mund steckte, schrie Mano nach den Schwestern, schrie und schlug die Hände vor das Gesicht, er wollte nie mehr essen. Von da an brachten Tante Fifine und Tante Lucienne ihm bei jedem Besuch etwas von zu Hause mit, sie gingen mit ihm aus dem Saal, holten ihm einen Stuhl und gaben ihm das Essen auf dem Gang. Dort nahm er es, aus ihren Händen, von ihrem Geschirr, in Pantin gekocht.
Aber wenn er im Bett unter der Decke lag und den Jungen nebenan sich bewegen hörte, ekelte ihn vor allem.

> ich hab sogar das Fressen von den Hunden gegessen und es hat mir nichts ausgemacht   mit dem Stecken habe ich durchs Gitter in das harte Brot gestochen und es rausgeholt   einmal haben wir Schilf schneiden müssen die anderen gehen schon vor da seh ich das Futter im Zwinger   aber im Haus wohnt SS   im Vorbeigehen hab ich da reingeschaut und seh dem Hund sein Essen   ich von oben in den Zwinger ganz ruhig guckt der Hund schaut mich an   er hat eine große Portion vor sich und ich esse

aus seiner Schüssel ganz schnell   Haferflocken waren es   erst
wie ich rauswill brummt der Hund   kommt ein SS-Mann raus
schaut mich an und schimpft   ich schnell raus   hau ab! lauf!
mach dass du wegkommst!   dass er mich nicht erschossen hat ist
ein Wunder   seine zwei kleinen Kinder waren bei ihm die haben
auch geschaut auf mich in dem Zwinger   und seine Frau   hat
sie zu ihm gesagt lass ihn gehen?   furchtbar reingehauen hat er
in dem Hund seine Schüssel und reingetreten   ich hab gegessen
was der Hund gefressen hat der Hund hat mich gelassen   erst
zugeguckt und dann gebrummt   wollt er mich warnen vielleicht?

Mano wollte zur Toilette und hörte schon beim Näherkommen einen Knall. Dann noch einen. Er blieb stehen. Und hörte wieder einen Knall. Er schlich um die Ecke, da stand ein Junge vor der Toilettentür und schlug seinen blutigen Kopf dagegen. An der Tür war ein großer Blutfleck. Mano rannte ins Schwesternzimmer und zeigte nach draußen.
»Schwester Antonie, der Junge tut sich weh, er macht seinen Kopf kaputt.«
»Ach, das ist wieder Luc.« Sie ging mit Mano hinaus, nahm Luc, der es sich widerstandslos gefallen ließ, am Arm und zog ihn beiseite.
»Jetzt kannst du hinein, André.«
Mano zögerte, dann öffnete er die blutverschmierte Tür und ging hinein. Nachher aber wagte er sich nicht mehr hinaus. Er lauschte, und erst als er nichts hörte, schob er langsam und vorsichtig die Tür auf. Luc war fort, aber der Blutfleck war noch da.

Manche Schwestern nahmen Mano jetzt beim Essen beiseite, damit er nicht von anderen belästigt wurde. Trotzdem saß er nur vor seinem Essen und rührte fast nichts an. Eine Schwester holte ihn

zweimal am Tag und begleitete ihn bis zur Toilettentür, weil sie gemerkt hatte, wie zaghaft und ängstlich Mano dorthin ging. Er hatte Angst, dass Luc wieder seinen Kopf blutig schlug. War Luc dort, brachte die Schwester ihn weg.
Manchmal ging Mano im Gang hin und her, auf und ab. Oder er stand vor dem kleinen Regal mit den Kinderbüchern. Dann blätterte er in den Büchern und schaute sich die Bilder an. Bären, Füchse, Hasen, Wald, einen Bauernhof und Tiere.

früher hab ich mich bei den Bauern im Stall versteckt damit ich nicht zur Schule musste   oder in der Kirche   wollte Messdiener werden und den Weihrauchbehälter schwenken den Duft verteilen früher gibts nicht mehr   ist alles vorbei

Am geschlossenen Fenster stehen und hinausschauen, stundenlang, durch die Eisenstreben, die davor waren, wie in einem Gefängnis.
Immer häufiger lag Mano auch den ganzen Tag im Bett. Seine Beine waren wieder angeschwollen, und besonders der linke Fuß schmerzte ihn so sehr, dass er manchmal vor Schmerzen stöhnte. Die Schwestern kippten die Oberlichter einmal am Tag. Die Wolken am Himmel. Vögel. Viele gab es nicht. Mano sehnte sich nach dem Wind.

Wind im Gesicht ach Amsel   meine Amsel gibts dich noch?   ich wollte da nicht sein auf dem weißen Hof ich habe so viel geweint aber da war es schön   jetzt wär ich lieber dort

Diesmal ging Mano langsam, als wollte er zur Toilette, den Gang entlang, er hatte mit Mühe seine Schuhe über die dicken Füße gezogen. Er huschte blitzschnell zur Treppe, spähte hinab, wer sich im Erdgeschoss aufhielt, schlich ein paar Stufen hinunter, und als

er niemanden bemerkte, rannte er los. Auf die Straße. Diesmal kam er ein bisschen weiter. Als der Pfleger ihn eingefangen hatte, schrie Mano und schlug um sich.
»Ihr Nazis, ihr Schweine!« Schrie auf Deutsch und Französisch.
»Je ne veux pas rester ici. Ihr Verbrecher!«
Der Pfleger überwältigte ihn schnell, und wieder endete der Fluchtversuch in der weißen Zwangsjacke.

Später holte der Bucklige Mano zur Behandlung.
»Ich will nicht«, sagte Mano.
»Du musst. Der Professor hat es angeordnet.«
Mano wagte nicht zu widersprechen, und der Bucklige führte ihn am Oberarm ins Behandlungszimmer im Erdgeschoss. Er wurde angeschnallt, dann kam der Stromstoß, wieder wurde er bewusstlos und schlief anschließend stundenlang. Jedes Mal, wenn jemand kam und »André« sagte, bekam Mano vor Angst einen Schweißausbruch.
Beim nächsten Mal holte ihn eine junge Schwester. Sie nahm ihn an der Hand, aber bevor sie ihn in das Zimmer mit dem Lederstuhl führen konnte, riss er sich los und wollte rennen, doch der Gang war eng, die Schwester hatte ihn schnell gepackt.
»Lauf nicht weg, André.«
»Ich hab Angst.«
»Die brauchst du nicht zu haben. Der Professor tut etwas Gutes für dich. Er will dir helfen.«
»Ich will nicht, ich weiß nicht, was er mit mir macht.«
Manos Stimme war belegt, wie gehetzt sah er sich um.
»Es ist nur Strom. Nur Sekunden. Komm. Hab keine Angst. Hinterher wirst du wieder ruhiger sein.«
Sie hielt fest seine Hand und zog ihn ins Zimmer, wo Docteur Heuyer schon wartete. Mano wurde in den Stuhl gedrückt, er

zitterte vor Angst, hatte wieder den Blick wie am ersten Tag in Frankreich, bevor Tante Fifine ihn mit nach Hause nahm. Den Blick von unten herauf, den Kopf halb gesenkt, als wollte er ihn zwischen den Schultern verschwinden lassen. Von unten herauf beobachtete er sie alle, und sein ganzer Körper schien zu fragen: Welche Gefahr kommt jetzt, was tun sie nun mit mir?
Er wurde festgeschnallt.

Mano sagte überhaupt nichts mehr. Nur mit den Fouquets sprach er. Und mit Madame Marcheix-Thoumyre, als sie ihn besuchte und wieder wie einen Erwachsenen fragte: »Wie geht es dir?«
Da sagte er nichts von seinem Fuß, aber er bettelte, dass sie ihn mitnehmen solle.
»Der Arzt macht was mit mir, ich weiß nicht, was, wie im KZ. Ich habe Angst.«
Wie den Fouquets versuchte Mano auch ihr zu berichten, dass er festgeschnallt wurde und Metallplättchen an seinem Kopf befestigt wurden. Dass er nicht wusste, was da geschah und was danach mit ihm war. Dass es hinterher war, als hätte er alles vergessen. Dass er dann rasende Kopfschmerzen hatte und beim Aufwachen nicht wusste, wo er sich befand.
Niemand hatte so viel Besuch wie Mano, aber niemand nahm ihn mit hinaus.

Madame Marcheix-Thoumyre besuchte Fifine und Félix, Lucienne und ihr Mann André kamen dazu, sie wollten über den Jungen sprechen.
»Er bekommt Elektroschocks und ist tief verstört. Wenn er noch länger dort bleibt, fängt er auch bald an, auf dem Bett hin- und herzuschaukeln. Und sein Französisch hat sich wieder verschlechtert. Als würde er es vergessen.«

Sie überlegten, was sie tun sollten, tun könnten, sie berieten sich. Mano war nervös, aggressiv, verängstigt, er war vollkommen verstört. Sie wollten Beratung, sie brauchten Hilfe für den Jungen.
»Ich dachte, die Ärzte könnten uns sagen, wie wir mit ihm umgehen sollen … «, sagte Tante Fifine. »Wir müssen ihn schnell rausholen.«

Madame Marcheix-Thoumyre bat dringend um ein Gespräch mit Docteur Heuyer. »Ich weiß, dass Sie ein erfahrener Arzt sind, und ich entschuldige mich, wenn ich meine Kompetenzen überschreite, aber unser Schützling André leidet doch sehr unter der Elektroschocktherapie.«
Der Arzt erklärte ihr, André sei noch nicht geheilt, die Behandlung noch nicht abgeschlossen, sie helfe ihm zu vergessen und mache ihn ruhiger.
»Er soll nicht vergessen«, sagte Madame Marcheix-Thoumyre vorsichtig. »Er soll sein Gedächtnis wiedererlangen.«
»Er ist sehr leicht erregbar und neigt zur Aggression, aber er ist im Stadium der Besserung. Da wir die Erfahrung haben, dass es nach der ersten Behandlungsserie leicht einen Rückfall gibt, muss ich darauf bestehen, dass wir fortfahren.«
Als Madame Marcheix-Thoumyre nicht lockerließ, wurde der Arzt ein wenig ungehalten, aber er hörte ihr höflich zu. Dennoch war er nicht umzustimmen. Entlassen wollte er den Jungen auf keinen Fall. Man müsse die Behandlung fortsetzen, alles andere sei unverantwortlich.
Madame Marcheix-Thoumyre konnte dem Arzt die Zusage abringen, die Elektroschocks für ein paar Tage auszusetzen. Noch am selben Tag sprach sie mit ihrem Schwiegersohn, der Arzt war, und mit ihrer Freundin vom Hilfsdienst für Verschleppte, Paulette Chassagny. Alle waren sich einig, dass nur ein Arzt, der

mehr zu sagen hatte als Docteur Heuyer, ihnen helfen konnte. Docteur Lallemant war ein Spezialist, der oft von Kollegen zu Rate gezogen wurde. Madame Marcheix-Thoumyre suchte ihn in seiner Praxis auf und erzählte ihm Manos Geschichte: wie er nach Frankreich gekommen war, was er durchgemacht haben musste und dass es ihm nun vorkommen müsse, als sei er wieder gefangen. Dass er ihrer Meinung nach nicht Elektroschocks, sondern Ruhe und Sicherheit brauche, um wieder Vertrauen zu sich und anderen aufbauen zu können. Docteur Lallemant hörte ihr aufmerksam zu, dann versprach er, so schnell wie möglich mit Docteur Heuyer zu sprechen und Mano persönlich zu untersuchen.

Visite, anders diesmal, mehrere Ärzte waren dabei und ein glatzköpfiger Fremder. Der fiel Mano auf. Er hatte dichte schwarze Augenbrauen über sanften braunen Augen, eine von Falten gefurchte Stirn, einen Schnurrbart über dem herzförmigen Mund, ein Grübchen im Kinn und ein so freundliches Lächeln, dass Mano Hoffnung schöpfte. Die Ärzte gingen diesmal nicht von Bett zu Bett, sondern kamen direkt zu Mano.
»André Manot?«, fragte der fremde Arzt.
»Oui, c'est moi.«
Docteur Lallemant hieß er, und der Junge war einen Moment verwirrt. Er, Mano oder André, war doch l'Allemand in diesem Saal. Aber jetzt war es der Name des Arztes.
»Steh bitte auf, André.«
Das sagte er auf Deutsch und lächelte dabei. Mano glitt aus dem Bett und stellte sich gerade hin, dann sollte er sich ausziehen. Docteur Lallemant untersuchte ihn in Ruhe, besah die Narben auf dem Rücken und den Beinen, hörte die Lunge ab und prüfte mit einem Hämmerchen Manos Reflexe.
»Wo kommst du her?«

»Auschwitz. Ravensbrück. Am Ende Sachsenhausen.«
»Und deine Familie?«
»Die auch.«
»Wo bist du zu Hause?«
»In Pantin.«
»Und wo *warst* du zu Hause?«
Docteur Lallemant wartete, ob der Junge noch etwas sagen würde, aber er zuckte nur hilflos die Schultern. Dann, plötzlich nicht mehr zaghaft, zeigte er ihm die Nummer auf seinem Arm.
»Ich bin nicht krank«, sagte Mano. »Ich will hier nicht bleiben.«
Der Arzt nickte freundlich, dann sagte er: »Folge bitte mit den Augen meinem Finger!«
Er hob den Zeigefinger, bewegte ihn nach rechts, nach links, nach oben, nach unten, und Mano folgte dem Finger mit dem Blick.
Der Arzt sah in die Runde der Ärzte und sagte: »Der Junge muss sofort entlassen werden. Er ist nicht krank, aber er hat wahrscheinlich viel Schlimmes durchgemacht, wie Sie sich denken können. Man muss alles vermeiden, was ihm Angst macht und ihn an die Gefangenschaft erinnert. Er braucht Ruhe, damit er wieder ins Leben zurückfinden kann. Vor allem ab sofort keine Elektroschocktherapie mehr.«
Die Ärzte sprachen noch weiter miteinander, Mano verstand nicht viel, aber das Wichtigste hatte er verstanden: Sofort entlassen – er ist gesund – keine Elektroschocks. Mano wollte vor Freude lachen, aber er verkniff es sich. Als er wieder ins Bett und unter die Decke kroch, weinte er vor Freude.
Einen Tag musste Mano noch bleiben, jede Minute wartete er, dass ihn jemand holte. Er dachte schon, es sei alles umsonst gewesen mit dem fremden Arzt, sie hätten ihn für immer vergessen, da kamen endlich Tante Fifine und Onkel Félix, Tante Lucienne und Madame Maxdex, alle zusammen, und nahmen ihn mit.

Draußen war es herbstlich. Den größten Teil des Sommers hatte Mano zwischen den dreckigen Wänden hinter den vergitterten Fenstern verbracht. Als er nun auf die Straße in die noch wärmende Sonne trat, war er geblendet. Ein leichter Wind wehte und spielte mit Manos Haar.
Madame Marcheix-Thoumyre lud alle zum Essen in ein Restaurant ein. Dann fuhren die Fouquets und Mano mit der Métro nach Pantin, Station Hoche.
Paul war noch nicht von der Schule zurück, und Félix musste noch mal zur Arbeit. Tante Fifine nahm Mano in den Garten mit, um das letzte Gemüse zu ernten. Die letzten nachgereiften Tomaten pflückte Mano, er genoss es, die Erde, die Tomaten, die Salatblätter anzufassen, Fliegen, Schnaken und Ameisen zu sehen, Vögel zwitschern zu hören, den Wind und die Sonne auf der Haut zu spüren, draußen zu sein. Er half ein Beet umgraben und Knoblauch für das nächste Jahr setzen.
»Für unseren Freund«, sagte Tante Fifine. »Er ist glücklicherweise aus Deutschland zurückgekehrt und kann sich wieder um seinen Garten kümmern.«
Was Tante Fifine gepflanzt und gepflegt hatte, durfte sie aber noch ernten.
Am Abend küsste ihn Paul zur Begrüßung und umarmte ihn fest.
»Haben wir dich endlich wieder, kleiner Bruder.«
Mano war hundemüde, neununddreißig lange Tage war er nicht an der frischen Luft gewesen.

Die Wohnungstür öffnete sich, schlug zu, plötzlich spürte er etwas Kühles, Weiches auf den Ohren. Mano sah Tante Fifine lächeln und drehte sich um. Er sah echte lederne Boxhandschuhe, die Onkel Félix ihm lächelnd hinhielt.

»Pour toi, Max Schmeling, le champion.«
Mano sprang auf, lachte, küsste Onkel Félix.
»Merci beaucoup!«
Mano war überhaupt nicht mehr müde und wollte gleich boxen. Er zog die Handschuhe an, beim zweiten half ihm Onkel Félix, und er boxte auch zum Spaß mit ihm. Dann boxte Mano die Luft in allen Zimmern, tänzelte durch die ganze Wohnung, boxte vor dem Spiegel im Flur und bettelte so lange, bis Paul mit ihm boxte. Jeder zog einen Lederhandschuh an, dann begann der Kampf. Paul war größer und stärker als Mano und boxte vorsichtig, wie um Mano nicht wehzutun. Mano aber wurde immer übermütiger, seine Schläge prasselten auf Pauls Arme und Schultern, und plötzlich ging ein Schlag durch Pauls Deckung genau ins Gesicht. Mano hatte nicht vorsichtig geschlagen, sondern mit voller Kraft, so fest er konnte. Paul taumelte zurück, und Mano fing ihn auf, damit er nicht stürzte. Paul hielt sich die Nase. Mano nahm Pauls Hand weg, schaute und war erleichtert, dass kein Blut zu sehen war und die Nase noch gerade. Er schrie: »Gewonnen!«, und fand, dass Paul auf dem Boden liegen könne, bis er bis zehn gezählt hätte, aber das fand Paul nicht lustig.
Danach musste Mano wieder luftboxen. Er war richtig guter Laune. Als später alle in der Küche zusammensaßen und Mano Deutsch sprechen konnte, weil Fifine übersetzte, sagte er fröhlich: »Ist ja zum Glück nichts passiert, die Nase ist ja nicht gebrochen so wie meine.«
Er bewegte seine Nasenspitze hin und her, kein Knochen hielt sie mehr.
»In Auschwitz, da bin ich oben zwischen den Buchsen rumgeturnt wie an einem Reck und bin die paar Meter runtergestürzt, genau aufs Gesicht, auf die Nase. Ich war bewusstlos, und meine Mama hat mich drei Tage lang jeden Morgen zum Appell getragen und

neben sich hingestellt und festgehalten, damit ich nicht zusammensacke, es durfte beim Zählen ja keiner fehlen. Drei Tage war ich bewusstlos, dann bin ich wieder aufgewacht. Die Lebenden und die Toten haben sie gezählt, und ich war ja nicht tot.«
»Na, zum Glück, sonst hättest du Paul nicht auf die Nase boxen können«, sagte Onkel Félix.
Es war das erste Mal, dass Mano etwas von früher, von vorher, erzählt hatte.

Wenige Tage später besuchte Madame Marcheix-Thoumyre Lucienne und ihren Mann André, und die Fouquets kamen auch. Mano hatte bei Tante Lucienne übernachtet, sie hatten mehr Platz als die Fouquets und ein Wohnzimmer, dort hatte Lucienne für Mano das Bett gemacht. In der Nacht ließ sie eine kleine Lampe für ihn brennen. Tante Lucienne und Onkel André überlegten, ob sie Mano adoptieren sollten, sie hatten ja keine eigenen Kinder.
Die Erwachsenen hatten etwas zu besprechen, und Mano gefiel nicht, dass es um ihn ging. Jedes Mal, wenn sie etwas besprochen hatten, war er hinterher weggeschickt worden, weil sie dachten, es sei gut für ihn. Er strich um sie herum, fragte immer wieder dazwischen, ob sie noch Kaffee möchten, goss nach – noch ein Stück Kuchen? Er schnitt ab, legte auf, holte einen fehlenden Löffel aus der Küche.
»Ihr seid jetzt meine Familie«, sagte er, als er zurückkam. »Und ich will mit den dreckigen Deutschen nichts zu tun haben.«
Für einen Augenblick stockte das Gespräch, alle sahen ihn an, als verstünden sie nicht, dann sprachen sie weiter.
»Ich geh auch in die Schule, wenn ihr es unbedingt wollt.«
Jetzt wandten sie sich an den Jungen, als hätte er selbst das Stichwort gegeben. Der Plan sei folgendermaßen: Er sollte erst mal nicht weiter bei den Fouquets in Pantin wohnen, sondern zur Erholung

fahren, das hatte Docteur Lallemant empfohlen – der Junge brauche Erholung und professionelle Betreuung. Mano erstarrte. Madame Marcheix-Thoumyre hatte auch schon ein Haus gefunden, in St. Maur, nicht weit von Paris, gar nicht weit von Pantin, wo man Mano gern aufnehmen und sich um ihn kümmern würde.
»Du kannst wieder mit Kindern zusammen sein«, sagte Tante Lucienne.
»Ich mag überhaupt keine Kinder. Die nennen mich sale boche. Die spielen blöde Spiele.«
»Écoute, Mano«, sagte Madame Marcheix-Thoumyre. »Wir wissen ja noch nichts von dir. Wo du herkommst, wie dein Familienname ist, ob du noch irgendwo Verwandte hast. Und in welchem Land möglicherweise. Irgendwann wirst du dich erinnern und es uns sagen, und erst dann können wir suchen. Aber inzwischen vergeht die Zeit – deine Zeit –, du wirst älter, du musst etwas lernen, damit du später einen Beruf ergreifen und dein eigenes Geld verdienen kannst. Auch wenn du dann vielleicht sogar in das Land deiner Herkunft zurückkehren wirst.«
Das übersetzte Tante Fifine für Mano und bemerkte, dass der Junge blass wurde. Tante Lucienne und Onkel Félix stimmten Madame Marcheix zu. Mano sah sich fünf Erwachsenen gegenüber, die alle einer Meinung waren. Die etwas anderes wollten als er. Aber die sich um ihn kümmerten.

dann sage ich jetzt alles   dann gehe ich von ihnen weg   weil ich woanders ein Zuhause habe   sie wollen mich loswerden   aber sie kümmern sich um mich   sonst habe ich niemanden   nie darf ich sagen wer ich bin   dann wollen sie mich auch nicht mehr   zu Hause gibts nicht mehr   sind sowieso alle tot   ich sollte auch tot sein

Schließlich nickte Mano, er wagte keinen Widerspruch mehr. Seine Stimme war belegt, als er fragte: »Und wann?«
»Übermorgen bringen wir dich hin«, sagte Félix.
Mano nickte wieder, gefasst.
»Und wenn es dir da nicht gut geht, holen wir dich sofort zurück. Versprochen.«
»Und für wie lange?«
Da schwiegen die Erwachsenen erst, dann kam heraus: Die Zeit war nicht festgelegt. Es konnte für einen Monat, aber auch für ein Jahr sein.
Mano fragte nichts mehr.

Nach Saint-Maur-des-Fossés östlich von Paris fuhren mit einem kleinen Bus Tante Fifine, Mano und Onkel Félix. Ihr Ziel war eine Villa außerhalb der kleinen Stadt, für Mano sah sie aus wie ein kleines Schloss inmitten von Wiesen. Es war ein Haus für Kinder wie Mano, die keine Eltern mehr hatten. Die, in Frankreich versteckt, die deutsche Besatzung überlebt hatten, ihre Eltern aber nicht. Oder die aus Ländern wie Polen und Russland stammten und ganz allein in Frankreich waren. Manche der Waisenkinder hatten ihre Eltern durch Bomben im Krieg verloren oder weil deutsche Soldaten sie erschossen hatten.
Monsieur Maret, ein großer, schlanker Mann mit ebenmäßigem Gesicht und vollen grauen Haaren, führte die drei in einen kleinen Raum mit Sesseln und bot ihnen Limonade an. Er kannte Madame Marcheix-Thoumyre und hatte schon viel über Mano gehört, trotzdem ließ er sich alles noch einmal erzählen. Wie Fifine den Jungen von der Empfangsstation mit nach Hause genommen, dass er die ersten drei, vier Wochen fast nur geschlafen, dass ein Arzt seine Wunden versorgt und sie beraten hatte, wie Manos Körper langsam wieder lernen musste, Essen zu verkraften. Dass

der Junge zwei bis drei Jahre in Konzentrationslagern gewesen sein musste und wahrscheinlich durch die Schrecken dort sein Gedächtnis verloren hatte. Und dass er sehr schreckhaft, ängstlich und nervös, manchmal auch aggressiv und nicht gern mit anderen Kindern zusammen sei. Er spreche gut deutsch, habe schon viel Französisch gelernt, und wahrscheinlich beherrsche er noch eine andere Sprache. Dass Paul, ihr Sohn, wie sein großer Bruder sei, erzählten sie, und dass die ganze Familie samt aller Onkel, Tanten und der Oma ihn als Familienmitglied aufgenommen habe, Félix' Zwillingsschwester Lucienne und ihr Mann überlegten, den Jungen zu adoptieren, denn sie seien kinderlos. Bei ihnen, Fifine und Félix, sei es auf die Dauer schwierig, sie hätten nur zwei Zimmer und nicht mal ein eigenes Bett für den Jungen und keine Lebensmittelkarten für ihn. Fifine habe zwar endlich Arbeit gefunden und verdiene etwas dazu, aber sie könne den Jungen nicht allein lassen, er bekomme Angstzustände, wenn er allein sei. Er habe große Angst in der Dunkelheit.
Monsieur Maret konnte ein bisschen Deutsch und fragte Mano immer mal wieder: »Verstehst du?«
Jedes Mal nickte Mano, aber er beteiligte sich nicht am Gespräch. Er saß bei den Erwachsenen, als wäre er gar nicht da. Immer wieder sprang er auf und blickte aus dem Fenster, setzte sich dann wieder hin und wartete, bis die Erwachsenen ausgeredet hatten.
Dann kam der Moment, da Tante Fifine und Onkel Félix ohne den Jungen fortgehen wollten. Er weinte wieder und bettelte, sie sollten ihn mitnehmen. Fifine sprach lange und ruhig mit ihm. Dies sei ein guter Ort, kein Krankenhaus, Monsieur Maret sei ein Bekannter von Madame Marcheix-Thoumyre und ein guter Mensch, der sich speziell um Kinder wie Mano kümmere. Tante Fifine sprach so lange sanft mit Mano, bis er nicht mehr weinte und sie und Onkel Félix zum Abschied auf die Wangen küsste.

Als die beiden fort waren, nahm Monsieur Maret die Hand des Jungen und sprach weiter mit ihm, damit keine Pause im Gespräch entstand und der Junge gar nicht erst zum Traurigwerden kam.
Nun sollte Mano also in dem großen Haus leben. Von der Eingangshalle mit den eisernen Säulen führte eine breite, geschwungene Treppe nach oben. Monsieur Maret trug Manos Koffer in den zweiten Stock und zeigte Mano den Schlafsaal mit zehn Betten auf jeder Seite. Und wieder war da so ein schmaler Gang zur Toilette. Schon bei dem Anblick wurde Mano unruhig und zitterten ihm die Lippen, aber Monsieur Maret ließ seine Hand nicht los. Er ließ Mano nicht allein, und Mano weinte nicht. Zusammen stiegen sie die Treppe wieder hinab und gingen in den Garten hinterm Haus, wo die meisten Kinder sich aufhielten. Monsieur Maret stellte sie ihm vor, und Mano sagte brav Bonjour, aber nicht mehr. Manche, die auf der Wiese Ball spielten, waren keine Kinder mehr. Monsieur Maret stellte ihm auch den Betreuer Monsieur Gallois und die Lehrerin Madame Peyraud vor. Hier hieß Mano wieder André.

Er nahm sich vor den anderen Kindern in Acht, besonders vor den halbwüchsigen Jungen, von denen viele schon fünfzehn oder sechzehn Jahre alt und gefährlich waren. Mano sah, wie sie sich gegenseitig schubsten, wie sie rangelten und rauften, weil jeder der Stärkste sein wollte, und er fürchtete sich vor ihnen. Er zog sich zurück und versteckte sich, wann immer möglich, im Bett, auf dem Speicher oder unter der Treppe zum Speicher, manchmal auch unter dem Fenster zu Monsieur Marets Büro. Oft schlief er in seinen Verstecken ein, aber immer kam irgendwann Monsieur Maret, er hatte ihn gesucht und brachte ihn behutsam zu den anderen Kindern zurück.

Abends um Viertel nach acht mussten alle ins Bett, um halb neun war Nachtruhe, da war es draußen schon eine Weile dunkel. Oft wachte Mano nachts nicht mehr auf, aber wenn es doch geschah, wurde ihm vor Angst wieder heiß. Dann lag er schweißgebadet und spähte nach dem Gang hin. Hielt sich die Augen zu, hörte Stiefelschritte und spürte den Schatten des Mannes mit Waffe und in Uniform. Mano tat, was er im Sommer im Ferienlager getan hatte. Er öffnete leise das Fenster und pinkelte hinaus.
Auf Dauer blieb das nicht unbemerkt, und Mano wurde zur Zielscheibe von Hohn und Spott der älteren Jungen. Als Monsieur Maret den Grund erfuhr, holte er Mano, bevor er selbst schlafen ging und jeden Morgen früh um sechs und brachte ihn zur Toilette. Mano konnte sich überzeugen, dass um die Ecke kein SS-Mann stand und sie beobachtete. Trotzdem blieb die Angst, trotzdem traute er sich nicht, allein zu gehen. Auch Morgens wartete er immer auf Monsieur Maret, es sei denn, die anderen waren schon auf und wuselten herum.

Im Erdgeschoss des Hauses befand sich die Küche neben einem Saal, in dem die Kinder aßen und sich aufhielten, wenn es draußen regnete oder schon dunkel war. Dann wurde gemalt, gebastelt und besprochen, was zu besprechen war. Nach dem Essen mussten die Kinder abräumen und die Tische sauber wischen. Alles andere erledigten die Frauen, die in der Küche arbeiteten.
Nach dem Frühstück bekamen die Kinder von Madame Peyraud kleine Schulaufgaben, etwas rechnen oder Buchstaben schreiben oder Bilder ausmalen. Es gab außer Mano noch andere Kinder, die nicht lesen und schreiben konnten. Mano malte gern, er mochte die Buntstifte, die Farben, den Geruch der Stifte. Nach dem Unterricht ging es in den Garten, auf die Wiese. Madame Peyraud ließ die Kinder turnen, und sie turnte vor. Dann sollten die Kinder um

die Wiese laufen und in jeder Runde einmal über einen Metallbogen mit Leitersprossen klettern. Zu Anfang war Mano schon nach dem Turnen so erschöpft, dass er keine ganze Runde schaffte. Er blieb stehen und hatte Seitenstiche. Schnell rennen konnte er sowieso nicht.

»D'où viens-tu? – Woher kommst du?«, hatte ihn gleich am zweiten Tag ein älterer Junge namens Yves gefragt, ein starker Junge mit zartem Schnurrbartflaum auf der Oberlippe.
Mano kam ins Stottern, fing einen Satz an, schlug dann mit der Hand in die Luft, als wollte er sagen, alles egal, und sagte leise: »Je ne sais pas. – Ich weiß nicht.«
Da fing der Junge höhnisch an zu lachen und rief den anderen älteren Jungen zu:
»André weiß nicht, wo er herkommt. So was gibt's gar nicht, der lügt. Wir wissen, wo der herkommt. Der ist ein dreckiger Deutscher. So ein Nazischwein.«
Mano wollte weggehen, aber das war nicht leicht, denn die Jungen folgten ihm, umkreisten ihn, sie waren älter und viele. Je wütender Mano wurde, desto mehr wuchs ihre Freude. Erst sah es aus, als wollte Mano treten, dann aber spuckte er Yves ins Gesicht und rannte weg. Sofort war ein anderer Junge hinter ihm her und wollte ihn packen. Er rechnete nicht damit, dass Mano schon im Umdrehen zuschlagen würde. Der Junge stolperte, rappelte sich aber wieder auf, und die Rauferei begann.
Die anderen Jungen schubsten Mano, aber sie rauften nicht mit, sie wollten sehen, wie der Ältere den Jüngeren fertigmachte. Von Manos Kräften überrascht, merkten sie schnell, das war keine gewöhnliche Rauferei mit einem Jüngeren, dem man eine Lektion erteilte – hier kämpfte einer wie um sein Leben. Mano schlug und trat, bis der größere Junge am Boden lag. Einmal trat er den

Liegenden noch, dann riss er sich zusammen und ließ von ihm ab. Wäre nicht Monsieur Maret gekommen und hätte alle ausgeschimpft, hätte Mano wohl gegen den nächsten älteren Jungen kämpfen müssen. Und natürlich hieß es, der Deutsche sei frech geworden und schuld gewesen am Streit.

Monsieur Maret hielt ihnen allen eine Standpauke. Dass sie alle den Krieg durchgemacht und alle gelitten hätten, alle hätten ihre Eltern verloren, hier sei keiner für das Leid eines anderen verantwortlich, egal, welche Sprache er spreche, hier seien alle gleich und alle einfach nur Kinder, nicht mehr, nicht weniger. – »Ist das klar?«

Er ließ die Jungen erst gehen, als jeder Einzelne von ihnen »Oui« gesagt hatte. Dann nahm er Mano an der Hand und ging mit ihm ins Haus.

»Écoute, André, wie hat das angefangen?«

Monsieur Maret sprach mit ihm immer halb deutsch, halb französisch. Und das hatten die anderen Kinder natürlich mitbekommen. Sie kannten den Klang der deutschen Sprache sonst nur von Soldaten und hatten sich Wörter, die sie immer wieder hörten, gemerkt. »Schneller! Schneller!«, riefen die Älteren Mano hinterher, wenn sie ihn ärgern wollten. Mano erzählte Monsieur Maret, dass Yves gefragt hatte, wo er herkomme.

»Und wo kommst du her?«

Monsieur Maret lächelte, aber Mano zuckte nur die Schultern und versuchte, Monsieur Marets Blick auszuweichen. Er lief nicht davon, wie er es sonst in solchen Situationen getan hatte. Und plötzlich sprudelte es aus ihm heraus, auf Deutsch.

»Auf dem Todesmarsch, als es hieß Abmarsch! Einer kam nicht so schnell hoch, er war zu schwach, da fuhr der SS-Mann, ein ganz junger, mit dem Panzerspähwagen über seinen Kopf, vorwärts, rückwärts, zweimal hin und her und lachte und sagte,

jetzt brauchst du nie mehr aufzustehen. Streckte seine Schnapsflasche raus und grinste alle an, die drumherum standen und auf die Erde guckten. Vom Kopf war nichts mehr übrig. Nichts mehr zu sehen. Nur Erde, rot und matschig, mit den Fahrspuren, sonst nichts. Ich stand auch daneben. Ich hab mich nie hingelegt, wenn es hieß Rasten! Hinlegen! am Straßenrand im Schnee. Die meisten haben sich nicht mehr hingelegt, weil sie zu schwach waren und dann nicht wieder hochkamen, nicht schnell genug. Es dauert lang, wieder aufzukommen. Ich wär auch nicht mehr aufgekommen. Aber das hat der nicht gewusst. Einmal war ein alter Mann vor dem SS auf den Knien, er hat die Hände zusammengefaltet, hat gebeten: ›Bitte, bitte, nicht schießen.‹ Der SS-Mann hat ihn erschossen. Zwei Meter von mir.«
Mano erschrak, als er Monsieur Marets entsetzten Gesichtsausdruck sah.

weil ich Deutsch gesprochen habe?   oder weil die SS so brutal war?   oder habe ich ihn an Schlimmes erinnert   warum sagt er nichts?

Mano versuchte es auf Französisch und gab nach zwei Worten auf. Un homme, le SS … Weiter konnte er nicht. Schon beim Erzählen war Mano aufgesprungen. Jetzt trat er von einem Bein aufs andere, ging zur Tür, und Monsieur Maret nickte. Erst als Mano im Begriff war, den Raum zu verlassen, rief er ihn zurück: »Du kannst immer mit mir sprechen«, sagte er auf Deutsch. »Toujours.« Mano schaute sich noch einmal um und stürzte ohne ein Wort hinaus.

CENTRAL TRACING BUREAU

UNRRA

Central Headquarters for Germany

APO 757 U.S.Army

Date: 18.10.45

SUBJECT: APPLICATION FORM FOR TRACING DISPLACED PERSONS

A. 1. NAME HOELLENREINER FRANZ (MANNO)

Birth date	Birth place	Nationality
19.10.1933	Hagen	Germ. jew

2. LAST KNOWN ADDRESS
3. DATE OF LAST COMMUNICATION 1944
4. ANY OTHER INFORMATION was deported to C.C. Auschwitz until March 1945 went to C.C. Sachsenhausen Berlin - no news since that date maybe possible that he is in Neustadt-Glewe (Mecklenburg) has concentration mark 35 26 - M 52/J5Y U.S.S.R.

B. 1. NAME OF PERSONS MAKING REQUEST
Hoellenreiner Joh. 36 yrs. Germ. jew
2. ADDRESS MUNCHEN - Deisenhofenerstr. 48
3. RELATIONSHIP OR OTHER REASON FOR MAKING ENQUIRY son

C. 1. REPORT TO BE SENT TO ab./address

signed: Hoellenreiner

if possible broadcast, parents very anxious to get news, because only child left.

Blue card made

Form No. 3 (English)

Als Einziges unter allen Kindern durfte Mano sich tagsüber ins Bett legen. Er war immer wieder sterbensmüde, konnte kaum die Augen offen halten, und nachdem Monsieur Maret ihn ein paarmal hinter oder unter irgendwelchen Möbeln schlafend gefunden hatte, hatten sie verabredet, dass Mano sich bei ihm oder Madame Peyraud oder Monsieur Gallois abmelden musste, dann durfte er sich ins Bett legen und schlafen.

Nach dem Unterricht, nach dem Turnen – nach jeder Anstrengung war Mano müde. Nach ein paar Stunden Bewegung, nach dem Essen oder einfach zwischendurch legte er sich aufs Bett, schlief gleich ein und wachte nach einer halben, manchmal auch erst nach einer Stunde wieder auf. Abends im Dunkeln aber konnte er noch so müde sein, da wälzte er sich im Bett, verbarg sein Gesicht unter der Decke, rollte sich ganz klein zusammen und streckte sich wieder aus, da fand er keinen Schlaf, da waren die Geister wieder da, die Nachtgespenster und Schatten, die Erinnerungen vom Todesmarsch.

Manchmal erwachte Mano mit einem Zucken der Glieder und einem tiefen Schrecken aus einem Albtraum, und an manchen Tagen fuhr er morgens auf und merkte, dass alle Kinder sich schon gewaschen und angezogen hatten. Sie machten schon die Betten und gingen zum Frühstück hinunter, und er hatte nichts gemerkt.

Die Erlaubnis, als Einziger jederzeit tagsüber in den Schlafsaal zu gehen, rettete ihn vor den älteren Jungen. Dafür nannten sie ihn jetzt Schlafmütze.
Docteur Lallemant, der Arzt, der ihn aus dem Krankenhaus befreit hatte, besuchte Mano.
»Ça va, André?«, fragte er.
Und Mano antwortete zögerlich: »Oui, maintenant ça va. Aber ich wär gern auch nicht hier.«
Da erklärte ihm der Arzt, er solle sich hier erst mal gut erholen, dann würde man weitersehen. Manos Hoffnung, dass der Arzt ihn noch einmal rausholen würde, schwand.
»Du wirst merken, du wirst dich hier gut einleben«, sagte Monsieur Maret.
Mano lag auf einer Liege, und Docteur Lallemant gab ihm eine Spritze ins Bein. Dann drückte er auf verschiedene Stellen am Körper und erklärte Monsieur Maret und Monsieur Gallois, die danebenstanden, weshalb er das tat. Er massierte dem Jungen die Ödeme, die geschwollenen Stellen am Fuß und an den Beinen, und zeigte dem Heimleiter und seinem Angestellten genau, wie sie das auch machen sollten, zweimal wöchentlich, er selbst würde in einem Monat wiederkommen und sich den Fuß ansehen.

in einem Monat?   dann muss ich für immer hierbleiben?   bis ich erwachsen bin?   ganz allein?   ich muss doch heim   vielleicht lebt noch jemand?   aber wenn sie nicht wissen wer ich bin wie soll ich dann heimkommen?   sag ich Monsieur Maret meinen richtigen Namen?   oder Docteur Lallemant?   dass er mir hilft?   sie hassen vielleicht die Deutschen nicht so sehr wenn sie doch selbst ein bisschen Deutsch sprechen?   aber was wenn sie es in einem Lager gelernt haben?   ich hab so Angst

»André braucht viel Bewegung«, sagte Docteur Lallemant.
Die hatte er. Wenn sie nicht turnten, machten sie Ballspiele oder gingen zum Fußballplatz. Dorthin kamen auch die Bauernjungen und schauten zu oder spielten mit. Manchmal wanderten die Heimkinder in die Stadt zur Kirche Saint Nicolas neben dem Schloss Sacré Cœur. Manchmal auch wochentags. Wenn dann auf dem Platz der Bauernmarkt war, hätte Mano ewig stehen und den Leuten an den Ständen mit Gemüse und Salat, Kurz- und Eisenwaren zusehen können.
»Ein Pferdemarkt ist auch sehr schön«, sagte er zu Monsieur Maret. »Wenn ich älter wäre, könnte ich die Pferde am Halfter halten, mitlaufen und sie den Käufern zeigen. Dann würde ich ein bisschen Geld verdienen.«
Monsieur Maret nickte. Ihm fiel gar nicht ein zu fragen, woher Mano das kannte.

Jeder Tag, an dem die älteren Jungen es nicht auf Mano abgesehen hatten, war ein besonderer Tag. Aber erst am Abend im Bett war sich Mano sicher, dass er den Tag ohne Rauferei überstanden hatte. Viel lieber spielte Mano mit den Mädchen, die sagten keine Schimpfwörter, sie schubsten ihn nicht, und sie rauften auch nicht untereinander, wenn sie sich mal stritten. Ballspiele machte er mit ihnen, oder sie spielten Verstecken oder Fünfsteine.
Als Mano wieder einmal unter der Bettdecke weinte, war ihm plötzlich, als hörte er einen anderen leise schniefen. Wer weinte da noch?
War das nicht der andere André, dem er heute ein blaues Auge geschlagen hatte? Den hatte Yves vorgeschickt, denn jeder musste es mal versuchen, und alle besiegte Mano. Nur mit Yves nahm es kein Ende, der ließ nie nach, sogar im Vorbeigehen schubste er Mano noch, stellte ihm ein Bein oder zischte ihm ein Schimpfwort

zu. Mano lächelte. Er war zufrieden, dass André weinte …
Er wartete noch eine Weile, dann schlich er im Dunkeln zu ihm hinüber. Im Mondlicht, das durch die Gardinen schimmerte, konnte man die Umrisse der Betten erkennen. Mano hockte sich auf die Bettkante zu André und schlug die Decke zurück. André, der die Augen aufriss und gerade noch einen Schrei unterdrücken konnte, schlug die Arme vors Gesicht und schnellte hoch. Erst als er aufrecht saß, merkte er, dass Mano ihm nichts tat, ihn nicht bedrohte, ihn nicht hauen wollte.
»Pourquoi pleures-tu?«, flüsterte Mano.
»Ich weine doch gar nicht.«
Ein, zwei Atemzüge lang schauten die beiden sich in die Augen, dann erhob sich Mano und schlich auf Zehenspitzen in sein Bett zurück.

Durch die regelmäßige Behandlung besserten sich Manos Beine. Er mochte die Ballspiele, und wenn es hieß, dass Madame Peyraud mit ihnen zum Fußballplatz wolle, freute er sich.
Sonst versteckte er sich weiter bei jeder sich bietenden Gelegenheit, saß in seinem Versteck und guckte Löcher in die Luft. Oder lag zusammengerollt und schlief. Manchmal, wenn er dort saß, dachte er auch nach.

> ich will nicht immer raufen   ich will nicht mehr gehauen werden   ich will nicht dass mich jemand was fragt weil ich in ihrer Sprache nicht richtig antworten kann   ich will nicht dass mich jemand auslacht weil ich Fehler mache   ich will gar nicht hier sein ich will überhaupt nicht mehr   ich will nicht sein

Oder er sprach leise mit den Insekten: »Ich bin ganz allein auf der Welt. Warum lebe ich überhaupt. Meine Mama, meine Schwester,

bestimmt auch mein Tata sind tot ... Warum lebe ich? Ich hätte auch sterben sollen. Ich möchte bei Paul sein, in Pantin, und nicht an diesem schrecklichen Ort.«
Dann weinte er. Aber nur, wenn er ganz sicher war, dass niemand von den Jungen ihn sehen konnte. Wenn Monsieur Maret ihn fand, brachte er ihn zu den anderen zurück. Monsieur Maret suchte ihn immer wieder. Er wollte nicht, dass Mano zu sehr in seinen Gedanken versank.
»André, warum bleibst du nicht bei den anderen Kindern?«
»Ich mag die Kinder nicht, die wollen immer spielen.«
»Aber spielen macht doch Spaß?«
Mano sah Monsieur Maret an, als hätte er etwas Dummes gesagt.
»Ich mag nicht spielen. Ich mag ihre Spiele nicht. Warum soll ich spielen?«
Monsieur Maret streckte seine Hand nach Mano aus.
»Komm, gehen wir zu den anderen.«
Zögernd ergriff Mano Monsieur Marets Hand und ging mit.
»Was möchtest du denn am liebsten tun?«
»Nichts«, sagte Mano, ohne eine Sekunde zu überlegen. »Ich will zu Paul. Nach Pantin.« Nach einer Weile fügte er hinzu: »Nur mit dem Ball spielen. Nicht Fangen und schon gar nicht die anderen dämlichen Spiele, Familie oder Partisanenfangen.«

Jungen und Mädchen zusammen spielten das Partisanenspiel.
»Wer hat Angst vor den Deutschen?«
»Niemand!«
Eine große Gruppe waren die Franzosen, eine kleinere die Deutschen. Die Gruppen standen sich gegenüber, und die Deutschen riefen, wer ein Partisan ist, wird verhaftet. »Wer ist ein Partisan?«
»Niemand!«

Bei diesem Stichwort rannten die Kinder beider Gruppen aufeinander zu. Ein Kind aus der Gruppe der französischen Kinder hatte einen Zettel bei sich, das sollte ein geheimer Partisanenbrief sein, aber die Deutschen wussten nicht, wer der Überbringer des Briefes war. Wenn das Kind mit dem Brief heil auf der anderen Seite ankam, mussten zwei Deutsche ausscheiden. Wen die Deutschen erwischten, den durchsuchten sie. Fanden sie den Zettel nicht, musste ein Deutscher ausscheiden. Fanden sie ihn, waren alle Deutschen wieder im Spiel, und fünf Partisanen mussten mit dem Kind, das den Zettel bei sich hatte, ins Gefängnis. Das Gefängnis war der Nebenschauplatz des Spiels, es musste bewacht werden, damit es keinem Partisanenkind gelang, die Gefangenen abzuschlagen. Denn dann waren sie befreit.
Mano wollte nicht mitspielen, nie, wollte weder Partisan noch Deutscher sein.
»Warum spielst du nicht mit?«, fragte ihn Madame Peyraud.
Mano schaute nur kurz zu ihr auf und antwortete nicht.
Nach und nach verfeinerten die Kinder das Spiel, und es wurde immer komplizierter. Wenn das Kind mit dem Zettel erwischt wurde, durfte es sich aussuchen, ob es von den Deutschen eine Kopfnuss oder einen Arschtritt wollte, bevor es ins Gefängnis musste. Wenn die Großen als Deutsche mitspielten, wurde es gefährlich, weil sie stärker waren und auch allein ein Kind, das sich wehrte, durchsuchen konnten. Die Franzosen kreischten, wenn sie losrannten, um zur anderen Seite zu gelangen. Wer die Spielfeldgrenze überschritten hatte, war gerettet.

Auch in St. Maur besuchten die Fouquets den Jungen, ihren Jungen. Sie fragten ihn aus, aber Mano war einsilbig.
»Ich mag die Kinder nicht«, sagte er.

Aus der Küche wurden ihnen Kaffee und Kuchen in den kleinen Aufenthaltsraum gebracht. Tante Fifine war zufrieden, dass Mano Monsieur Maret mochte und dass er hier aß. Dass er Bewegung hatte. Sie umarmte ihn, sagte ihm, dass sie ihn lieb habe, aber mitnehmen konnte sie ihn nicht.

> wahrscheinlich wollen sie mich doch nicht haben weil ich Deutscher bin obwohl das kann nicht sein   Tante Fifine ist ja selbst fast wie eine Deutsche   sie spricht Deutsch mit mir und ist immer lieb   warum schicken sie mich dann immer wieder weg?

»Warum?«, wollte Mano von Tante Fifine und Onkel Félix wissen.
»Weil sie sich hier richtig um dich kümmern können. Besser als wir.«
Später, als Mano mit Paul in den Garten ging und ihm das Klettergerüst zeigte, über das sie beim Laufen immer krabbeln mussten, fragte er noch einmal. Sie saßen oben auf dem Gerüst.
»Wir haben dich alle sehr gern, Kleiner, aber vielleicht findet Maman jemand für dich, der ein bisschen reicher ist als wir.«
»Tante Lucienne?«
»Nein, wirklich reicher.«
»Wie reich?«
»Du hast ein eigenes Zimmer, es gibt eine Köchin und ein Dienstmädchen im Haus, und jeden Abend biegt sich der Tisch vor Essen. Wenn du keine Lust hast, in die Schule zu gehen, kommt der Lehrer zu dir nach Hause ...«
»Ich trage jeden Tag ein neues Hemd und einen Schlips. Und werde nur mit dem Auto herumgefahren.«
»Und wir kommen dich besuchen.«
»Ich lasse euch abholen.«

Die anderen Kinder beobachteten Paul und Mano auf dem Klettergerüst, und Mano zeigte Paul Yves, mit dem er nicht fertig wurde.
Fifine und Félix sprachen inzwischen mit Monsieur Maret, wollten wissen, wie der Junge sich einlebte. André sei ein schwieriger Charakter, erklärte Monsieur Maret. Er mache sich keine Freunde, und wenn die Kinder freundlich zu ihm seien, stoße er sie vor den Kopf. Er habe ein tiefes Misstrauen gegen jede Art von Freundlichkeit und lasse sich auf niemanden ein, wohl aus Angst, ein Freund könnte ihm wieder genommen werden. Überdies sei er unberechenbar, was seine Stimmungen betraf.
Mano bot Tante Fifine an, er könne ja etwas arbeiten, etwas verkaufen – eben Geld verdienen und helfen, dann könnten sie ihn für immer behalten. Aber sie schüttelte den Kopf. »Du sollst noch nicht arbeiten, du bist ja noch ein Kind. Ich möchte, dass du etwas lernst, das würde mich sehr freuen. Und dass du glücklich wirst.«
Mano senkte den Blick. Dann lächelte er.
»Ja, ich werde wie Max Schmeling.«
»Oh, bitte nicht!«, rief Paul und hielt sich die Nase.

Einmal wollten die jüngeren Kinder spielen, dass deutsche Gefangene durch die Straße geführt werden. Sie schauten Mano an.
»André, du bist jetzt der Deutsche.«
»Ich spiel gar nicht mit.«
»Du bist doch Deutscher, dann kannst du es jetzt auch sein.«
»Ich bin kein dreckiger Deutscher, und ich spiel nicht mit, hast du das nicht kapiert?«
»Du bist der Deutsche, der von uns ins Kriegsgefangenenlager abgeführt wird.«
»Mit euch spiel ich nicht«, rief Mano und rannte weg.

Das war für die anderen der Anfang des Spiels, und die Älteren kamen und jagten Mano und hatten ihn bald erwischt.
Mano schlug um sich und wand sich immer wieder aus den Griffen der Jungen. Er wurde sie nicht los, aber sie bekamen ihn auch nicht unter Kontrolle. Mano schrie sie an. Er spuckte.
»Cochons! Merde! Arretez! Laissez-moi!«
Yves, der einen ganzen Kopf größer als Mano war, brachte Mano schließlich zu Boden. Er wollte sich auf ihn setzen und seine Schultern auf die Erde drücken, ihn endlich richtig besiegen, doch dann traf ihn ein Stoß, und er fiel hintenüber. Mano hatte gesehen, wer Yves gestoßen hatte. Es war André, der Junge, dem er das Auge blau geschlagen hatte und den er in der Nacht hatte weinen hören. Er hatte ihn gegen Yves verteidigt.
Mano sprang auf, und als hätten André und er sich verabredet, rannten sie beide weg, hinein ins Haus, in Hörweite von Monsieur Maret. So schnell geschah das alles, dass Yves ihnen nur noch etwas hinterherschreien konnte, das Mano bis auf das Wort »salauds« nicht verstand. André grinste. Und Mano dann auch. Es war schön, den Großen, den Stärksten so hilflos schreien zu hören.
Auf der kleinen Treppe zur Straße hin, neben dem Fenster von Monsieur Marets Büro, ließen sie sich nieder und schwiegen. Bis Mano sagte: »Merci, André.«
Nach einer Weile zeigte er auf Andrés Auge.
»Excuse moi.«
Die älteren Jungen aber ließen nicht locker. Immer wieder legten sie sich mit Mano an. Doch jetzt hatten sie es auch mit André zu tun. So wurde es ein bisschen ruhiger für Mano, nur der große Yves rempelte ihn immer wieder an, als wartete er nur auf eine passende Gelegenheit für einen Streit.

Einmal saßen Mano und André zusammen an den Außenzaun gelehnt, durch eine Hecke gegen das Haus und den Garten blickgeschützt. André war auch elf Jahre alt, aber kleiner als Mano. Er sprach langsam und lachte nicht, wenn Mano etwas sagen wollte, aber nicht die Worte fand.
André fragte: »Bist du Deutscher?«
»Nein.«
»Warum bist du hier?«
»Weil ich keine Eltern mehr habe.«
»Ich auch nicht.«
»Schon lange?«
»Weiß nicht. Kommt mir lange vor. Und dir?«
»Mir kommt's auch lange vor.«
»Sehr lange.«
»Ja, sehr lange«, sagte Mano.
»Die Deutschen haben meine Familie erschossen. Auch meine Maman.«
»Warum denn?«
»Weil sie Partisanen waren.«
»Sales Allemands«, sagte Mano.
André zuckte traurig die Schultern. »Wenn du kein Deutscher bist, wo kommst du dann her?«
»Ich war im KZ-Lager.«
André schaute Mano scheu an, dann auf die tätowierte Nummer auf dem linken Arm, den Mano ihm hinstreckte.
»Bist du jetzt ganz allein auf der Welt?«, fragte André.
»Mmh. Du?«
»Mmh.«
»Hast du nicht mal mehr Cousins?«
»Glaub nicht. Und du?«
»Vielleicht. Aber ich weiß nicht, wo sie sind, wenn sie noch leben.«

»Haben sie nach dem Krieg noch gelebt?«
»Mmh. Sie wollten mit Fahrrädern nach Hause fahren.«
»Dann leben sie vielleicht jetzt noch. Du lebst ja auch.«
»Ja, vielleicht.«

»André, vielleicht hast du ja noch Onkel und Tanten«, sagte Mano.
»Die wollen mich nicht.«
»Warum nicht?«
»Weiß nicht.«
»Du weißt es nicht?«
»Ich will auch nicht. Sie haben meinen Eltern im Krieg nicht geholfen.«
»Ich will meinen einen Cousin auch nicht mehr. Er hat versucht, mir meinen Mantel wegzunehmen, als wir im Wald lagen, im Regen und Schnee. Jede Nacht war Frost, und in der Kälte wollte er mir meinen Mantel stehlen. Seinen hat er beim Todesmarsch weggeworfen, weil er ihm zu schwer war.«

Von Madame Peyraud wurden sie die beiden Andrés, von Monsieur Maret »André und André« genannt. Wurden sie einzeln gerufen, dann war Mano der große und der andere der kleine André.

Madame Marcheix-Thoumyre ließ im Radio eine Suchmeldung durchgeben: Ein elfjähriger Junge namens Mano sucht Angehörige in der Gegend von Marseille. Er sei 1 Meter 55 groß, habe dunkelblonde glatte Haare und trage die Nummer Z-3526 vom Konzentrationslager Auschwitz auf dem linken Arm. Hinweise bitte an den Hilfsdienst für Deportierte, Paris. Dann wurde die Adresse genannt.

Die Tage wurden kürzer, irgendwann hieß es, es sei bald Weihnachten. Madame Peyraud studierte mit den Kindern Weihnachtslieder ein, und für die festlichen Tage schmückten sie den Saal. Am Weihnachtsabend stellten sie auf alle Tische Kerzen und für jedes Kind einen Teller mit Nüssen, Obst und Keksen. Es gab Apfelringe und getrocknete Pflaumen und ein Stück Schokolade. Manche Kinder freuten sich auf die Süßigkeiten, andere saßen traurig und schweigsam an den Tischen und schauten zu Monsieur Maret, der eine kurze Ansprache hielt.

»Liebe Kinder, dies ist das erste Weihnachten im Frieden, und wir beten alle dafür, dass ihr im Frieden groß werden könnt. Ihr seid hier ...«

Er stockte.

»... und wir alle zusammen möchten für jeden Einzelnen von euch eure große Familie sein. Ihr könnt ganz sicher sein, dass ihr nicht allein gelassen werdet.«

Da waren viele Kinder erst recht traurig, und Monsieur Maret gab Madame Peyraud schnell ein Zeichen, dass sie mit dem Singen beginnen sollten. Madame Peyraud spielte Akkordeon, und alle zusammen sangen die Weihnachtslieder, die sie tagelang geübt hatten. Dann durften sie naschen, und später las Monsieur Maret im Kerzenlicht noch eine Weihnachtsgeschichte vor. Heute durften sie alle länger aufbleiben als sonst.

Nach Weihnachten begann Yves wieder sein Spiel mit Mano, er stieß und ärgerte ihn, wann immer kein Erwachsener guckte. Irgendwann versuchte Mano ihn zu boxen. Da trat Yves ihm mit aller Kraft zwischen die Beine. Mano schrie auf und krümmte sich vor Schmerzen am Boden. Sofort erschienen Monsieur Maret, Monsieur Gallois und Madame Peyraud, und auch die Kinder kamen und bildeten einen Kreis. Jetzt war Yves dran. Er wurde von den Erwachsenen ausgeschimpft, und Monsieur Maret war dabei so laut und wütend, wie ihn noch nie jemand gesehen hatte. Wenn er noch einmal höre, dass Yves den großen André auch nur berühre, dann könne er sein blaues Wunder erleben.

»Du gehst nicht mal mehr in seine Nähe!«

Mano ließ Yves nicht mehr aus den Augen, und schon am nächsten Tag nutzte er die erste Gelegenheit, um sich zu rächen. Beim Dauerlauf stellte er ihm ein Bein und stürzte sich auf ihn. Mit aller Kraft schlug er auf ihn ein, Yves kam gar nicht dazu, sich zu wehren, so schnell war alles gegangen. Aber genauso schnell packte Monsieur Gallois den tobenden Mano am Kragen und zog ihn weg. Mano schlug auch nach Monsieur Gallois, bis der ihn anbrüllte: »Stop! Arrête!«

Zur Strafe durfte Mano an dem Tag nicht mit zum Fußballplatz, aber da zuckte er nur die Schultern und grinste zufrieden.

Bald darauf wurde Yves von jemandem abgeholt, und Mano war froh. Er wollte nicht wissen, wo er hinkam, in ein anderes Haus oder zu einer Familie, Hauptsache, er war weg.

Yves war nicht der Einzige, der fortgeholt wurde. Ganz allmählich verringerte sich die Zahl der Kinder im Haus. Mal kam eine Mutter und fand hier ihr Kind wieder, mal kam ein Vater oder auch ein Onkel oder eine Tante. Und manchmal kamen fremde Leute und suchten sich ein Kind zum Adoptieren aus. Aufregend war jeder Besuch. Die Kinder sprachen darüber, wer wohl gehen dürfe, welches Kind vielleicht doch noch eine Familie hatte. Sie wurden traurig, wenn sie an ihre eigenen Eltern dachten. Dann überlegten sie, wer wohl als Nächster zur Adoption ausgesucht werden würde. Wenn fremde Leute angekündigt waren, breitete sich eine sirrende Atmosphäre aus: Die Kinder wuschen und kämmten sich und zogen ihre Sonntagskleider an, jedes wollte ausgewählt werden, es war ein Nervenkitzel wie bei einer Gefahr, die nicht wirklich gefährlich war, eine ängstliche Vorfreude wie bei der Geisterbahn auf dem Volksfest – die Kinder flüsterten und stellten Vermutungen an: Wen nehmen sie? Ob ich heute ausgewählt werde? Die meisten Kinder wollten einerseits unbedingt weg, in eine Familie, zu der sie gehören konnten, und andererseits doch in der vertrauten Umgebung bleiben. Nur Mano bereitete sich nicht vor und machte sich nicht schön. Er wollte gar nichts Neues, und auf jeden Fall nicht wieder an einen neuen fremden Ort in diesem fremden Land. Er wollte zu Paul.

Bayerisches Rotes Kreuz
Presse-Stelle
IV C - RJ/sch

Muenchen, den 3.1.1946

AN die UNRRA APO 757
Muenchen

Betrifft: Suchmeldung fuer eine durch die Nuernberger Gesetze geschaedigte Person.

Bezug: Unser Schreiben vom 19.11.1945

Unter Bezugnahme auf die Mitteilung des amerikanischen Generalintendanten von Radio Muenchen, Mr. Horine, vom 5.11. an das Bayerische Rote Kreuz wird mit der Bitte um Veroeffentlichung ueber den Sender Frankfurt folgende Suchmeldung mitgeteilt: Gesucht wird das am 19.10.1933 in Hagen in Westfalen geborene Kind Franz Hoellenreiner. Das Kind, der Abstammung nach Zigeuner, war unter der Nummer: Kz. 3526 im Konzentrationslager Sachsenhausen. Nach der Befreiung durch die alliierten Truppen kam das Kind mit Kameraden bis Neustadt-Gleve (?) in Mecklenburg und wurde dort, da es nicht mehr marschfaehig war, von ehemaligen franzoesischen Kz.-Haeftlingen im Auto mitgenommen. Seit diesem Zeitpunkt fehlt von dem Kind jede Spur. Es wird vermutet, dass es nach Frankreich mitgenommen wurde. Das Kind wird gesucht von den Eltern Johann und Margarete

Hoellenreiner, Muenchen, Deisenhofenerstr. 48/II, ebenfalls ehemalige Kz.-Insassen von Auschwitz.

Der Dezernent: (Dr. Frommel)

Der Referent: (Jungens)

Suchdienst:
EINGANG
10. Jan. 1946

Im hinteren Teil des weitläufigen Gartens gruben die Kinder die Erde um. Sie zupften alle Gräser und Blumen aus, keine Wurzel sollte mehr in der Erde bleiben, so hatte es Madame Peyraud erklärt.

Mano ließ die Erde zwischen seinen Fingern hervorquellen und grub die Hand immer wieder tief in den Teil des Beetes, für den er zuständig war. Als alle Kinder ihren Abschnitt vorbereitet hatten, rechten sie die Erde glatt, und Mano strich über seinen noch einmal mit der Hand. Madame Peyraud gab ihm ein rundes Metallstück, das unten spitz zulief, damit sollte er in einem Abstand von einer Handbreit Löcher in die Erde stechen. Jede Reihe sollte zwei Handbreit Abstand zur nächsten haben. Mano nahm es sehr genau und strich zum wiederholten Male die Erde glatt. Als er mit seinem Abschnitt fertig war, gab er das Werkzeug einem anderen Kind, und Madame Peyraud hieß ihn die Hand öffnen, um ihm aus einem Stoffsäckchen Radieschensamen hineinzuschütten. Andere Kinder bekamen Salat- oder Rettichsamen. In jedes Loch sollten sie zwei Samen legen, dann die Saatlöcher vorsichtig mit der Hand schließen und die Erde leicht festklopfen. Danach das Beet gießen. Das war nicht leicht, denn die volle Gießkanne

war so schwer, dass Mano sie nur mit Andrés Hilfe tragen konnte. Mano lächelte, als sie gemeinsam sein Beet gossen.
»Hast du schon mal was gepflanzt?«, fragte ihn Madame Peyraud.
»Nein, noch nie … Es macht Spaß.«
Madame Peyraud stimmte ihm zu.
»Warte, wie du dich freust, wenn in ungefähr zwei Wochen die ersten Blättchen aus der Erde kommen. Und wenn wir später deine Radieschen essen.«
Mano hockte sich hin und sah sein Beet an, als wollte er warten, bis die Samen aufgingen und das erste grüne Blattpaar aus der Erde wuchs.

Es war wieder einmal so weit: Die Kinder kämmten sich und zupften ihre Kleider zurecht. Besuch war angekündigt, Leute, die ein Kind zum Adoptieren aussuchen wollten. Alle Kinder sollten sich in Reihen aufstellen wie beim Appell. Mano sah gar nicht hin, wer da war, er sah nur die Reihen und verzog sich in die hinterste Ecke. Er stellte sich abseits hin, durch eine Säule verdeckt, und wollte nicht wissen, was gleich geschehen würde.
Vorn erschienen zwei elegante Damen, eine mit ihrem Gatten, in Begleitung von Monsieur Maret. Sie schauten die Kinder an und sprachen miteinander. Sie reckten die Hälse, und Mano drehte sich weg, als sie bis nach hinten sahen, ihn anschauten und dann wieder miteinander redeten.
»André, komm mal bitte her!«, rief Monsieur Maret. »Viens-là!«
Da richtete Mano sich auf und ging an allen Kindern vorbei nach vorn. Erst als er zu den Leuten trat, erkannte Mano eine der Damen und lächelte. Es war Madame Marcheix-Thoumyre.
»Bonjour, Madame Maxdex«, sagte er höflich und benutzte dabei den Spitznamen, den er für sie hatte.

Sie lächelte und küsste ihn.
»Comment vas-tu, mon petit? – Wie geht es dir?«
Sie wandte sich der anderen eleganten Dame und ihrem Mann zu: »Paulette, Pierre, voilà Mano.«
Dann sagte sie zu Mano: »Ich stelle dir Madame und Monsieur Chassagny vor. Sie sind sehr enge Freunde von mir und überlegen, ob sie ein Kind adoptieren möchten.«
Eine Weile sprachen die Erwachsenen miteinander, und alle anderen Kinder durften gehen.
Mano fragte so leise wie möglich, weil es nur Madame Maxdex hören sollte: »Komme ich hier weg?«
»Oui, tu ira avec moi. Monsieur et Madame möchten sich um dich kümmern, sie haben kein eigenes Kind. Aber auf jeden Fall nehme ich dich heute erst mal mit zu mir.«
»Und Tante Fifine? Und Paul?«
»Sie werden sich weiter um dich kümmern, und du kannst sie besuchen, wann du möchtest.«

Mano musste gleich seine Sachen zusammenpacken. Er verabschiedete sich von André, dann von Monsieur Maret und den anderen Erwachsenen, sehr hastig, ganz kurz, dann stieg er schnell ins Auto und schaute nicht mehr zurück. Die beiden Frauen setzten sich rechts und links von ihm auf den Rücksitz, Monsieur Chassagny lenkte.
Eigentlich war Mano zum Weinen zumute, dabei war er froh, aus dem Heim rauszukommen, weg von den Kindern.

mich haben sie ausgesucht   mich von allen 56 Kindern   nicht die französischen Kinder   nein mich das einzige Kind das im Lager war   aber zu den fremden Leuten   wieder andere und nur noch Französisch sprechen   und wenn ich Deutsch verlerne

und wenn meine Eltern doch noch leben?   wenn ich das sage
will mich niemand mehr   dann bin ich noch mehr ganz allein
auf der Welt

Als sie den Place de l'Étoile mit dem Triumphbogen hinter sich gelassen hatten, sagte Madame Marcheix-Thoumyre: »Jetzt sind wir gleich zu Hause.«
Mano hatte keine Vorstellung, wo sie waren, außer dass es hier nach Paris aussah. Und ihr »Zuhause« war ein fremder, nie gesehener Ort. Monsieur Chassagny bog von einer schmalen Straße mit weißen vierstöckigen Wohnhäusern in eine Einfahrt, die durch einen kleinen Park zu einem fünfstöckigen Wohnhaus führte. Manos Blick wanderte vom Haus, dem breiten gläsernen Eingangsportal und den drei Marmorstufen davor zu Monsieur Chassagny, der das Auto vor einem eisernen Rollgitter rechts des Eingangs zum Halten brachte. Die Concièrge öffnete das Gitter für sie, und Monsieur Chassagny fuhr abwärts, in den Keller des Hauses hinein. Mano hatte so etwas noch nie gesehen: dass im Keller eines Hauses eine Garage war. Es standen weitere glänzende Gefährte dort unten, und als sie alle ausgestiegen waren, ging Madame Marcheix-Thoumyre voran, durch eine Tür und einen Gang entlang auf einen Drahtkäfig zu. Auf einen Knopfdruck kam dort ein Kasten herabgeschwebt. Madame Marcheix-Thoumyre öffnete die Tür zu dem kleinen, mit Holz getäfelten Kasten, aber Mano sperrte sich, als sie ihn sanft hineinschieben wollte. »Non!«, rief er und sah sich um, als suchte er nach einer Möglichkeit zur Flucht. Das alles dauerte nur einen Augenblick, doch Madame Marcheix-Thoumyre hatte sofort begriffen.
»Excuse-moi, Mano.«
Sie umarmte und küsste ihn.

»N'aie pas peur. Hab keine Angst. Wir gehen alle da hinein, das ist ein Fahrstuhl, der uns in den ersten Stock bringen wird.«
Monsieur und Madame Chassagny traten hinein, dann Madame Marcheix-Thoumyre, die Manos Hand hielt und nun ihren Arm lang ausstrecken musste, denn Mano stand draußen und wollte nicht da hinein.
»Viens, mon petit. Du wirst sehen …«
Dann sah sie seine Augen und trat wieder hinaus, bat ihre Freunde allein hinaufzufahren, sie würde mit dem Jungen die Treppe nehmen. So könne er von außen sehen, wie der Fahrstuhl hinauffuhr und die beiden wieder ausstiegen.
So geschah es. Mano sah die eisernen Seile, an denen der Fahrstuhl hing, sah von der Treppe, die im Kreis um den Fahrstuhlschacht aus Draht führte, den Kasten mit seiner Fracht und wurde ruhiger. Die Treppenstufen waren mit dickem dunkelgrünen Samt bespannt, das Geländer aus Messing war kühl, und durch ein bemaltes schräges Fenster fiel genug Licht, um das Treppenhaus zu erhellen. Als er und Madame Marcheix-Thoumyre nach oben kamen, warteten die Chassagnys schon auf sie.
Ganz vorsichtig trat Mano auf die orientalischen Teppiche im Wohnzimmer. Die Decke war so hoch wie zwei Stockwerke, und ein prächtiger Kronleuchter hing davon herab. Die Kristalle glitzerten in dem Licht, das durch ein riesiges vierflügeliges, nach außen gewölbtes Fenster einfiel. Es ging auf den kleinen Park vor dem Haus hinaus, zwei große mit lindgrünem Stoff bezogene Sofas auf geschwungenen Holzbeinen standen über Eck davor, dazwischen ein niedriger Tisch. Eine Treppe führte nach oben zu einem Balkon mit Balustrade, von dem man in den Salon herunterschauen konnte. Oben mussten sich mehrere Zimmer befinden, denn Mano sah eine ganze Reihe von Türen. Der Salon selbst ging in das Balkonzimmer über, wo ein ausladender Ess-

tisch mit zehn Stühlen stand, darüber hing ein großes Ölgemälde mit spielenden jungen Katzen. Aus der Tür unterhalb der Treppe kam die Hausangestellte, Antoinette hieß sie, und fragte, was sie den Herrschaften zu trinken bringen solle.
Die Chassagnys beobachteten den Jungen, wollten wissen, was er gern machte: Fußball spielen. Was er gern hatte: Aha, Tiere. Was er gern aß: alles. Über diese Antwort lachten sie mit ihm, dann unterhielten sie sich mit Madame Marcheix-Thoumyre. Antoinette und eine Köchin deckten inzwischen den Tisch. Schließlich setzten sich alle, und die beiden Angestellten brachten das Essen. Es begann mit Salat, dann kamen mehrere Gänge, Pasteten, Gemüse und Fleisch, und zum Schluss gab es Nachtisch.
Nach dem Essen verabschiedeten sich Madame und Monsieur Chassagny und küssten auch Mano auf die Wangen. Als sie gegangen waren, standen Mano und Madame Marcheix-Thoumyre miteinander im Salon, und Mano fragte: »Bringst du mich jetzt zu Paul?«
»Nein, mein Schatz. Du wohnst jetzt erst einmal bei mir. Die Fouquets haben ja keine Lebensmittelkarten für dich, und es ist nicht immer leicht, so viel Essen zu besorgen, wie man braucht. Für mich ist es ein bisschen leichter.«
»Weil du in einem Palast wohnst und reich bist.«
Madame Marcheix-Thoumyre lachte.
»Reich bin ich nicht, aber ich habe alles, was ich brauche. Und hier ist es sehr schön, das stimmt.«
Sie zeigte ihm die Zimmer oben. Eines war ihr Schlafzimmer, andere waren für Gäste, das über der Küche war für die Hausangestellte. Wenn Mano oben an der Balustrade stand, konnte er immer noch aus dem Salonfenster in den Park vor dem Haus schauen, so hoch war es.

»Das ist deins«, sagte Madame Maxdex, als sie ihm das Zimmer zeigte, wo der Balkon um die Ecke zu anderen Türen führte. Von diesem Zimmer konnte er direkt in den Salon sehen.
»Ich hoffe, du wirst dich hier wohlfühlen. Wenn du etwas brauchst, sag es mir immer gleich, du bist jetzt hier zu Hause.«
Zögernd trat Mano ein. Er sah das Bett, den Schrank, den zierlichen Schreibtisch mit dem geschwungenen Stuhl davor, die Tischlampen mit Perlenschnüren an den Schirmen, dann ging er wieder hinaus und nach unten zu Madame Marcheix-Thoumyre. Sie rauchte, telefonierte, schrieb, und Mano saß daneben.
Am Abend, nachdem Madame Marcheix-Thoumyre ihn ins Bett geschickt hatte, entdeckte er, dass es statt eines Kopfkissens eine Nackenrolle für den Kopf und statt einer Bettdecke ein großes, flauschiges, haariges Fell zum Zudecken gab. Auf die Nackenrolle konnte Mano seinen Kopf nicht legen, da stieß sein Kinn ans Brustbein und seitlich stieß er sich fast an seiner Schulter. Die Rolle war zu hoch für ihn und zu hart, er schob sie weg und lag lieber ohne Kissen. Madame Marcheix-Thoumyre kam und wünschte ihm eine gute Nacht, küsste ihn und ging aus dem Zimmer. Die Tür lehnte sie nur an, darum hatte Mano sie gebeten. Nun drang ein fahler Schimmer Licht herein. Mano lag unter dem Fell, die Haare kitzelten ihn am Hals, und immer wieder wischte er mit der Hand darüber. Er konnte nicht schlafen.

mein Herz springt mir raus   sind hier Geister?   im Dunkeln kommen sie heißt es wenn man schläft   ich hatte immer Angst im Wald   sie dachten vielleicht ich bin schon tot und sie sind weiter oder haben sie mich übersehen?   oder doch einfach liegen lassen?   aber ich war nicht tot ich bin wieder aufgewacht   ich wollt immer fort aber ich hatte Angst wegzulaufen   wenn ich nie wieder aus dem Wald rausfinde im Schnee und Matsch und wohin überhaupt   in welcher Richtung ist dieser riesige Wald zu Ende? und wenn sie mich finden?   ich war zu schwach das Aufkommen war das Schwerste   erst auf die Seite dann auf den Bauch auf die Knie dann warten bis die Kraft kommt um die Arme aufzustellen dann den Oberkörper hoch und so bleiben nicht wieder umfallen langsam aufrichten   dann das Schwerste   einen Fuß aufsetzen und das Allerschwerste   den anderen Fuß auf den Boden und langsam hoch   wie mit einem Schlag rasen die Schmerzen in die Beine besonders in die Füße wenn das Blut nach unten sackt   dann wenn alle die noch können auf beiden Füßen stehen erschießen die SS-Männer alle die nicht auf den Beinen sind mit einem Kopfschuss   und Abmarsch! wieder den ganzen Tag ein Bein vor und noch ein Bein wie ein Automat   und manchmal hab ich geschlafen im Gehen   gehen und schlafen   dann schreckt man auf und plötzlich ist man ganz hinten schon fast bei den SS   Augen aufbehalten Schritt um Schritt nicht stehen bleiben   aber die Augen fallen zu   die Beine bewegen sich ich fühl nichts weiß nichts hör nichts   hätten die Cousins mich nicht genommen ich wär tot   Manfred berührt meinen Arm sagt etwas ich seh nur seinen Mund sich bewegen ich höre ihn nicht   sie haken mich unter und ziehen mich mit   die Beine bewegen sich von allein   sind sie überhaupt noch dran?   ich merk sie nicht mehr schau an mir runter da seh ich wie sie sich bewegen

Mano konnte nicht still liegen. Er blickte sich um, der eine Streifen Licht fiel ins Zimmer, aber er fand keine Ruhe. Schließlich stand er auf und schlich hinaus.

Madame Marcheix-Thoumyre saß noch unten im Salon und rauchte eine Zigarette. Als sie die Stufen der Treppe knarren hörte, sah sie sich um. Mano blieb stehen.

»Na, was gibt's?«

Da ging Mano schnell weiter, setzte sich zu ihr aufs Sofa und schwieg.
»Alors, mon petit, sag, was ist? Kannst du nicht schlafen?«
Mano schüttelte den Kopf.
»Ich gehe auch gleich nach oben, so lange kannst du hierbleiben.«
Also saß Mano neben ihr, bis sie aufgeraucht hatte, und folgte ihr dann nach oben. Aber in sein Zimmer wollte er nicht, er blieb davor stehen. Es waren so viele leere Zimmer da, und in einem sollte ein Mann wohnen, der noch nicht von der Arbeit heimgekommen war, in einem anderen wohnte der Freund von Madame Marcheix-Thoumyre, Jean Michel, und irgendeine andere Frau bewohnte ein anderes Zimmer, die war aber auch nicht da. Mano wollte nicht allein sein in diesem Haus, nicht da oben und überhaupt nicht allein. Madame Marcheix-Thoumyre ging voran in sein Zimmer, bedeutete ihm, sich in sein Bett zu legen, und er gehorchte. Sie deckte ihn zu und küsste ihn noch einmal.
Als sie aufstehen und hinausgehen wollte, sagte Mano: »Ich hab Angst.«
»Wovor denn?«
Mano warf das Fell zurück.
»Ich hab eben Angst. Ich will nicht allein sein.«
Er sprang auf.
Madame Marcheix-Thoumyre saß noch auf der Bettkante, schwieg und beobachtete ihn nachdenklich.
»Ich hab Angst allein«, schrie er.
Mit festem Griff zog sie ihn neben sich und legte den Arm um ihn, aber er schüttelte ihn ab, fast stieß er sie von sich. Dann sprang er wieder auf, verließ das Zimmer und setzte sich auf die Treppe. Er kroch in die Ecke, wo die Balustrade zu Ende war, und rollte sich zum Schlafen ein.

Madame Marcheix-Thoumyre zögerte, dann setzte sie sich auf die oberste Stufe, nicht weit von ihm.
»Warst du noch nie allein in der Nacht?«
Mano schwieg, dann sagte er schroff: »Non.« Er presste die Lippen fest aufeinander und schloss die Augen. Er öffnete sie auch nicht, als er sagte: »Geh weg. Ich schlafe hier, nicht da drin.«
Madame Marcheix-Thoumyre blieb still sitzen. Erst nach einer Weile streckte sie die Hand aus und legte sie Mano auf die Schulter. »Viens, mon petit, du kannst heute Nacht bei mir schlafen.«
Da wurde Mano ruhiger, ließ die Schultern sinken und folgte ihr. Aber sie sollte trotzdem nicht die Tür schließen. Madame Marcheix-Thoumyre lehnte sie nur an.
Gleich am nächsten Tag beim Frühstück begann Madame Marcheix-Thoumyre, ihm alles zu erklären. Sie sah, wie er seine Milch trank: Er beugte sich zur Schale hinab, kippte sie leicht und schlürfte die süße Flüssigkeit in den Mund. Von jetzt an sollte er die Ellbogen nicht mehr auf dem Tisch liegen lassen und die Milchschale zum Mund heben. Und langsam sollte er trinken. Langsam sollte er auch sein Baguette essen, nicht jedes Mal das ganze Stück in den Mund schieben, sondern davon abbeißen und richtig kauen. Sie erklärte es ihm geduldig, dann schob sich Mano doch wieder das ganze Stück in den Mund und hielt das nächste schon in der Hand. Er aß, als wollte ihm jemand das Essen nehmen, und schaute erst auf, als er satt war. Er sollte auch seine Hände nicht mehr an der Hose abwischen, sondern an der Serviette, und ebenso den Mund: nicht mit der Hand, mit der Serviette. Als er nach dem Frühstück aufspringen wollte, sagte Madame Marcheix-Thoumyre: »Bleib bitte noch sitzen, bis ich auch aufgegessen habe!«
Das fiel Mano besonders schwer. Er wurde zappelig, schaute sich um, schob die Schale von sich und nahm sie dann doch, sprang

auf und rannte fast damit in die Küche. Dort nahm Antoinette sie ihm ab, bevor er sie selbst ausspülen und für sich zur Seite stellen konnte.

Madame Marcheix-Thoumyre war viel unterwegs, und überallhin fuhr sie mit dem Auto. Manchmal nahm sie Mano mit in ihr Büro, dem von ihr gegründeten Hilfsdienst für Verschleppte. Es war nicht weit, in der Faubourg Saint Honoré 153. Die meisten, die dort um Hilfe baten, waren Frauen, die Ravensbrück, und Männer, die Buchenwald überlebt hatten. Ein Jahr nach Kriegsende fehlte es ihnen immer noch an vielem: an der Bescheinigung irgendeines Amtes, einer Wohnung, an Kleidung oder Arbeit. Oder es fehlte ihnen nichts Bestimmtes, und sie suchten hier die Gesellschaft von anderen, die Ähnliches durchgemacht hatten. Mit denen sie beisammensitzen konnten, Menschen, die wussten. Die wussten, wie es gewesen war und dass das, was darüber erzählt wurde, nicht übertrieben war. Mano war in ihrer Nähe entspannt, und wenn sie auf die Deutschen schimpften, schimpfte er mit.

Manche suchten auch nach Angehörigen, auch nach Kindern, die in der Kriegszeit verloren gegangen waren. Wenn Mano so etwas hörte, spitzte er die Ohren und verfolgte, wie Madame Marcheix-Thoumyre nach Namen, Daten, Anhaltspunkten fragte und auf einem Blatt Papier Namen von Institutionen und Leuten notierte, bei denen sie nachfragen könnte. Mano starrte auf die Liste und rückte immer näher an Madame Marcheix-Thoumyre heran. Sie bemerkte seinen aufmerksamen Blick.

»Man braucht nur eine Kleinigkeit, einen Geburtsort, einen Nachnamen, einen Beruf, dann kann man anfangen zu suchen. Wenn man gar nichts weiß, wird es schwierig, dann kann ich meistens nichts tun.«

Mano bekam einen roten, heißen Kopf und schwieg.

Gern nahm Madame Marcheix-Thoumyre Mano an die Hand und ging mit ihm spazieren, kreuz und quer durch die Straßen von Paris, so schien es Mano, aber immer kamen sie auf die Champs-Élysées. Madame Marcheix-Thoumyre schaute in die Schaufenster, und wenn ihr etwas für Mano gefiel, zog sie ihn ins Geschäft und ließ es ihn anprobieren. Stand ihm etwas gut, kaufte sie es ihm. Mano war bald vollkommen neu eingekleidet, aber die Sachen, die er von Paul geerbt hatte, behielt er trotzdem. Nach dem Spaziergang setzte sie sich mit ihm in ein Café in der Rue Berri, bestellte Milchkaffee und für Mano heiße Schokolade, rauchte eine Zigarette und wechselte ein paar Worte mit dem dicken Wirt mit den roten Ohren. Der scherzte gern mit Mano und kniff ihn manchmal in die Wange. Madame Marcheix-Thoumyre trank ihren Kaffee, dann gingen sie zum Büro zurück.

Bald sagte Mano zu Madame Marcheix-Thoumyre Tantine – Tantchen. Oder er sagte »Tante Maxdex«. Die meisten ihrer Gäste nannten sie bei ihrem Vornamen, Madeleine. Sie hatte oft Besuch, fast täglich kamen ihre Freundinnen. Der kleine Korridor am Eingang quoll über von ihren Pelzmänteln, die sie nachlässig über den einzigen Stuhl dort legten, manche rutschten auf den Boden und blieben liegen. Madame Marcheix-Thoumyre stellte ihnen Mano vor.
»Das ist Mano, er ist elf Jahre alt und wohnt jetzt erst mal bei mir. Er war in Ravensbrück.«
Wenn die Frauen das hörten, riefen sie: »Oh, le pauvre petit!«, und küssten und umarmten ihn. Manchmal nahmen sie ihn auf den Schoß, sie hatten großes Mitgefühl, und Mano erfuhr bald, warum: Sie wussten, wovon die Rede war. Einige von Madame Marcheix-Thoumyres Freundinnen waren auch in Ravensbrück gefangen gewesen, als politische Gefangene mit einem roten Winkel markiert.

Auch Geneviève de Gaulle, die Nichte des berühmten Generals, hatte das KZ überlebt. Sie fragte Mano danach, mit sanfter Stimme, sehr vorsichtig, fragte sie: »Wie lange warst du denn dort?«
»Ich weiß nicht, erst war ich in Auschwitz-Birkenau. Und nachher in Sachsenhausen. Vielleicht alles zusammen zwei Jahre. Oder länger. Es war zweimal Sommer und zweimal Winter.«
»Ein Kind! Und so lange!«
Sie schüttelte den Kopf.
»Warst du allein?«
Mano zog die Mundwinkel hoch und schloss fest die Lippen. Dann sagte er leise: »Ich war im Männerlager mit meinem Papa. Meine Mama und meine Schwester mussten ins Frauenlager.«
Geneviève fragte nichts mehr, aber sie hatte Tränen in den Augen, als sie ihn umarmte. »Mein kleiner Kamerad«, nannte sie ihn.
Wer bist du?, fragte niemand.
Mano sprach alle Freundinnen von Madeleine Marcheix-Thoumyre nur mit Tante an, ohne Vornamen. Und er hörte gern zu, wenn sie sich unterhielten.

Bei schönem Wetter spielte Mano gern allein draußen im kleinen Park, oft ging er auch durch den Keller in die Tiefgarage und betrachtete die Autos dort. Meist standen vier, fünf Wagen da. Der Keller interessierte ihn überhaupt sehr, er erkundete jeden Gang, jeden Raum, der nicht abgeschlossen war. Denn er hatte die Erwachsenen über den Keller sprechen hören. Und ihm fiel auf, dass die Tür von der Garage in den Keller, wenn sie geöffnet war, einen Gang vollständig verdeckte. Wenn während des Krieges Deutsche gekommen waren und man ihnen die Tür aufgehalten hatte, hatten sie den Gang hinter der Tür nicht bemerkt.

Der Unterricht bei Tisch ging weiter, aber Tantine erklärte Mano nur etwas, wenn sie beide allein waren. Oft musste sie Dinge wiederholen. Beim Essen konnte Mano an nichts anderes denken. Gerade sitzen und das Essen mit der Hand zum Mund und nicht den Mund zum Essen bringen – das war schwer, wenn man alles nur schnell hinunterschlingen wollte. Und immer wieder gab sie ihm die Gabel in die rechte Hand.
»Du musst es üben«, sagte sie. »Du bist nicht mehr gefangen, jetzt hast du wieder Besteck.«
Aber das Essen mit der Gabel ging viel langsamer als mit der Hand. Tantine erlaubte ihm auch nicht, seinen Teller vollzuladen. Sie zeigte auf die Schüsseln in der Mitte des Tisches: »Es ist von allem reichlich da, nimm dir erst nur eine kleine Portion. Wenn die alle ist, kannst du dir wieder nehmen.«
Die kleinen Portionen musste Mano umso schneller essen. Denn was in den Schüsseln war, gehörte allen, da wollte er sich als Erster nachnehmen können.
»Mano, iss bitte langsam. Wenn die Schüssel leer ist, kann Antoinette sie in der Küche nachfüllen. Und wenn das Essen alle ist, kannst du noch Käse mit Brot essen. Du wirst immer satt, hörst du?«
Mano schaute verwundert auf, als hätte sie seine Gedanken gelesen.
»Es gibt jeden Tag genug zu essen. Ich habe Lebensmittelkarten und Geld, um Essen zu kaufen. Mach dir keine Gedanken darüber.«
»Aber wozu soll ich das alles lernen?«
»Weil wir nicht nur essen, um satt zu werden, wie im Lager …«
»Wir waren nie satt. Wir waren immer hungrig. Und die Kinder haben vor Hunger geweint.«
Tantine hielt inne.
»Excuse-moi, du hast ja recht. Aber jetzt ist Frieden. Und wir können auch essen, um zu genießen. Dazu gehört Gesellschaft,

gehören die Freunde. Wenn einer schlürft und schmatzt und schlingt, dann ist das unhöflich, weil den anderen am Tisch der Appetit vergeht. Ich will doch, dass meine Gäste sich hier wohlfühlen und gern wiederkommen möchten.«

Oft verkroch sich Mano in sein Zimmer, saß verborgen zwischen Schrank und Wand hinter der Tür und starrte vor sich hin, ganz still, stundenlang manchmal. Bis Tantine nach ihm rief und, wenn er nicht antwortete, ihn suchte und fand.
»Komm, mon chéri, komm nach unten zu mir!«

Abends sagte Tantine irgendwann: »So, Mano, jetzt ist Schlafenszeit. Sag Gute Nacht!«
Dann gab Mano jedem am Tisch die Hand und sagte Gute Nacht. Tantine küsste ihn auf die Stirn, dann ging er nach oben, zog sich den Schlafanzug an und legte sich unter das Fell ins Bett. Immer ließ er die Tür offen. Manchmal schaute er sich noch Bilderbücher oder Tim-und-Struppi-Bände an. Jeden Abend, auch wenn Besuch da war, kam Tantine nach einer halben Stunde noch einmal, um nach ihm zu schauen. Sie küsste ihn, knipste das Licht aus und ging wieder hinunter. Die Tür ließ sie immer angelehnt. Erst wenn Mano morgens aufwachte, war die Tür geschlossen. Sie schloss sie, wenn es ihm nichts mehr ausmachte, wenn er schlief. Morgens durfte Mano so lange schlafen, wie er wollte, und nach dem Aufstehen musste er sich die Zähne putzen, darüber wachte Tantine. Hätte sie es nicht getan, hätte Mano es immer vergessen.
»Wir haben uns über zwei Jahre nicht waschen können«, sagte er einmal zu ihr. »Und nie die Zähne putzen. Manchmal haben wir die Zähne mit den Fingernägeln sauber gekratzt.«
»Hatten die Leute da nicht kaputte Zähne?«

»Doch, die haben vor Schmerzen geheult. Und manchen sind die Zähne sowieso ausgefallen.«

Mano versuchte, alles zu beachten, was Tantine ihm erklärte, aber es machte ihn nervös.

»Sieh mal, Mano, das Messer liegt rechts, die Gabel links. Also hältst du das Stück Gemüse oder Fleisch mit der Gabel in der Linken und schneidest es mit dem Messer in der Rechten. Du isst mit der Linken. Und das Messer kannst du auch verwenden, um das Essen auf die Gabel zu schieben, dazu nimmt man nicht die Finger.«

Nur wenn Besuch da war, schaffte er es, mit Messer und Gabel zu essen. Dann beobachtete er die Gäste – wie sich die Männer und wie sich die Frauen verhielten. Wenn eine Frau sich eine Zigarette nahm, zückte schon ein Mann ein Streichholz oder ein Feuerzeug. Oder der Mann hatte Zigaretten und bot auch der Frau eine an. Das machte Mano alles nach. Wenn Tantines Freundinnen rauchen wollten, schnappte Mano sich das Feuerzeug und hielt ihnen die Flamme hin.

»Oh la la, der kleine Kavalier, merci beaucoup!«

Die Damen waren begeistert, lobten ihn, und Mano lächelte geschmeichelt. Weil er sich so gut benahm, durfte er unten bleiben. Er mochte nicht gern hoch in sein Zimmer geschickt werden. Wenn er nicht verstand, worüber sie sprachen, oder es um Leute ging, von denen er nichts wusste, wanderte er durch die Wohnung, auch hinaus in den Korridor. Einmal lag dort wieder der Haufen Pelzmäntel, und er hängte einen nach dem anderen auf Bügel und an die Garderobe. Das freute die Frauen, und als sie das nächste Mal kamen, nahm er ihnen gleich bei der Tür die Mäntel ab und hängte sie auf.

»Du hast hier ein wahres Schätzchen«, sagten die Freundinnen zu Madeleine Marcheix-Thoumyre. »Il est bon.«
Es waren meistens dieselben vier, fünf Frauen, die kamen, manchmal schon am Morgen. Geneviève de Gaulle war manchmal dabei, Lucie Aubrac war der Name einer anderen. Sie sprachen darüber, wie Madeleine oft deutsche Offiziere eingeladen hatte, wie sie bei ihr speisten, tranken und rauchten. Im Keller sei ein Funkgerät versteckt gewesen, von dort habe man die Informationen nach England zur Exilregierung, zu den Leuten von General Charles de Gaulle gefunkt, die die ganze Kriegszeit über gegen die Deutschen kämpften. Madame Marcheix-Thoumyre hatte die Offiziere immer so eingeladen, dass sie direkt nach dem Dienst zu ihr kommen mussten, dann hatten sie ihre Aktentaschen noch dabei. Die stellten sie im Korridor ab, und während Madame Marcheix-Thoumyre sie gut bewirtete, öffneten andere die Aktentaschen und fotografierten die Dokumente darin.

wenn ich ihr sage wer ich bin dann liebt sie mich nicht mehr sie haben gegen die Deutschen gekämpft   Tante Geneviève war im KZ-Lager vielleicht hat sie dort meine Mama gesehen und ich hab nichts gesagt   aber Tantine und ihre Freundinnen haben gegen die Deutschen gekämpft! und wenn sie erfahren dass jetzt ein Deutscher   dass jetzt ich hier bei ihr bin   sie hassen die Deutschen   was die ihnen angetan haben   sie haben ja auch Andrés Eltern erschossen sogar seine Mama   ich?   ich kann es nicht sagen   aber meine Mama wenn sie doch noch lebt wo soll ich denn hin?   wenn sie wissen dass ich Deutscher bin schicken sie mich weg dann muss ich wieder ins Krankenhaus oder ins Heim   dann wollen sie mich nicht behalten   aber meine Mama lebt ja doch nicht mehr und mein Tata bestimmt auch nicht

Mano weinte bitterlich. Er lag oben im Bett und zog sich das Fell übers Gesicht, die Haare juckten ihn im Ohr und an der Nase und klebten an seinen feuchten Wangen, aber er kümmerte sich nicht darum.

> und wenn sie doch noch leben und ich nichts sage?   aber ich kann nichts sagen sie jagen mich fort   ich finde meine Eltern nicht wahrscheinlich sind sie beide tot   dann bleib ich lieber hier bei Tantine ist ja doch keiner mehr daheim   alle tot   da bleib ich bei Tantine oder bei Paul   und wenn sie doch leben?   und traurig sind?   weil sie denken ich bin tot?   weil ihr einziger Sohn verloren ist?

Beim Gedanken an den Schmerz seiner Eltern über seinen Tod fing er an zu schreien. Er schrie nach seiner Mama, weinte und schluchzte. Tantine kam angelaufen: »Mein Liebling, was ist?« Und sie blieb bei ihm und tröstete ihn, bis er sich beruhigt hatte.

Wenn die Freundinnen im Salon zusammensaßen, sprachen sie sehr oft vom Krieg und der Besatzung durch die Deutschen. Gerade anderthalb Jahre war das vorbei. Vor gut acht Monaten war Mano mit Élise nach Frankreich gekommen. Sehr genau hörte er zu, wenn sie über General de Gaulle sprachen, den Onkel von Geneviève, der nach dem Einmarsch der Deutschen nach England geflüchtet war und dort über den Rundfunk die Franzosen beschwor, Widerstand zu leisten gegen die Besatzer und gegen die neue französische Regierung, die alles machte, was die Deutschen wollten. Sie sprachen auch davon, wie viele Franzosen das gutgeheißen hatten.
Widerstand war seit dieser Ansprache das Wort für alle, die nicht mit den Deutschen zusammenarbeiten wollten, »résistance«, und

so nannten sie dann auch den Kampf gegen die Besatzer. Das erklärte Tantine ihm, als sie bemerkte, wie Mano versuchte, alles genau zu verstehen. Sie selbst hatte während des Krieges eine Zeit lang den Schwager und die Schwester von General de Gaulle versteckt, bis die beiden fliehen und schließlich nach England gelangen konnten. Wo sie versteckt waren, wollte Mano wissen.
»Hier in diesem Haus?«
Aber darauf antwortete sie ihm nicht. Sie schüttelte nur lächelnd den Kopf, und Mano dachte an den Gang im Keller neben der Garage. Am nächsten Tag erkundete er den Gang und entdeckte, dass er eine Sackgasse war. Am Ende befand sich eine niedrige Metalltür, die Concièrge sagte, die sei abgeschlossen und führe in den Fahrstuhlschacht.
Auch Lucie Aubrac, die Frau mit der spitzen Nase und den braunen Locken, war für Mano interessant. Sie hatte richtig mit Waffen gekämpft, für ihren Mann, um ihn aus dem Gefängnis zu befreien. Meistens sagte Mano nichts, wenn die Erwachsenen sprachen, denn er wollte nicht riskieren, weggeschickt zu werden. Jetzt aber wollte er wissen, ob Madame Aubracs Mann im Gefängnis gesessen hatte, weil er falsch war.
»Ja und nein«, sagte Tantine. »Er war zwar Jude, aber das war nicht der Grund für seine Verhaftung. Er war im Widerstand.«
Dreimal hatte Madame Aubrac ihn aus verschiedenen Gefängnissen befreit. Die anderen Frauen fragten, wie das noch mal genau gewesen war, ob sie es nicht noch mal erzählen könne, und als sie zu berichten begann, geschah, was Mano befürchtet hatte: Er wurde in sein Zimmer geschickt. Es war schon spät. Brav ging er die Treppe hinauf, aber er ließ die Tür zu seinem Zimmer halb offen und kroch auf allen vieren gleich wieder hinaus. Verborgen von der Balustrade saß er oben neben der Treppe und lauschte.

Das erste Mal hatte Lucie ihn nicht direkt befreit, sondern ihm Zivilkleidung in das Militärkrankenhaus geschmuggelt, wo er gleichzeitig behandelt wurde und gefangen war. Er zog die Kleidung an, kletterte unbemerkt von den Wachen über die Krankenhausmauer und floh nach Paris.
Danach sprachen die Frauen über andere Sachen, die Mano nicht genau verstand. Sie rauchten, Antoinette brachte aus der Küche Gebäck und Wein, und Mano nickte auf dem Fußboden ein. Aber immer wieder riss er sich aus dem Schlaf, weil er nicht verpassen wollte, wenn Madame Aubrac weitererzählte.
Drei Jahre später wurde ihr Mann wieder verhaftet. Die französische Miliz wusste nicht, wer er war, weil er unter falschem Namen lebte. Madame Aubrac ging zum Staatsanwalt und drohte ihm, er werde den Abend nicht erleben, wenn ihr Mann am geforderten Tag nicht freigelassen würde. Der Staatsanwalt unterschrieb die Entlassungspapiere, aber nur wenig mehr als einen Monat war ihr Mann frei, dann fiel er in Lyon der deutschen Geheimpolizei in die Hände. Madame Aubrac, die ihr zweites Kind erwartete, ging zum Gestapochef und bat darum, ihren Verlobten in Haft heiraten zu dürfen, damit das Kind nicht unehelich auf die Welt kam. Der Gestapochef erlaubte, dass ihr Mann sie sehen konnte, und tatsächlich wurde er eine Woche später zum Besuchstermin gebracht. Als er danach in einem bewachten Lastwagen ins Gefängnis zurückgefahren wurde, fuhr seine Frau mit anderen im Auto nebenher, und sie erschossen den Fahrer und den Beifahrer. Als der Laster stehen blieb, erschossen sie auch die Soldaten, die von der Ladefläche sprangen. Madame Aubracs Mann wurde dabei verwundet. Sie brachten ihn schnell in ihr Versteck, wo er gesund gepflegt wurde. Das war Madame Aubracs Geschichte.

Sie hatte sie gerade zu Ende erzählt, als Mano plötzlich Schritte näher kommen hörte. So schnell und leise er konnte, kroch er in sein Zimmer, schlüpfte unter das Fell und schloss die Augen. Tantine war ihm dicht auf den Fersen, aber sie betrat das Zimmer erst, als er schon lag. Mano spürte den Luftzug, als sie das Fell anhob, und ihren Atem, während sie ihm ins Gesicht blickte, aber sie sagte nichts. Sie löschte nur das Licht, lehnte die Tür an und ging wieder zu ihren Gästen.

> Tantine und Lucie waren nie verhaftet sie hatten Glück Geneviève ist erwischt worden beim Nachrichtenschmuggeln und nach Ravensbrück gekommen   von uns hat niemand was getan und wir kamen trotzdem ins Lager sogar die Kinder   es wäre doch gut wenn unsere Leute auch gekämpft hätten   ich dachte kämpfen geht nicht dann sind alle gleich tot   aber wenn man erst mal im Lager ist da hat man nicht kämpfen können   wir sind ja so schon gestorben am Hunger und allem   vorher hätte man kämpfen müssen   aber die Kinder bei Monsieur Maret waren trotzdem fast alle ganz allein   ihre Eltern waren tot weil sie kämpfen wollten   so wie ich verstanden habe waren sie auch Partisanen

Auch der Mann, den Madame Marcheix-Thoumyre im Krieg versteckt hatte, Jacques Vendroux, kam zu Besuch. Er war sehr groß und immer sehr lustig und freundlich mit Mano und fragte, was er am Tag alles gemacht hatte. Er nahm ihn auf den Schoß, brachte ihm Schokolade mit, und auch wenn Mano schon schlafen gehen sollte, rief er ihn zurück, wenn es noch etwas zum Naschen gab. Er war Abgeordneter im Parlament, und wenn er da war, musste Mano manchmal auch tagsüber in sein Zimmer. Er versuchte zu lauschen, aber er verstand die komplizierten Wörter nicht, die sie benutzten, und sie sprachen auch zu leise. Es ging um Politik. Auch Madame Aubrac arbeitete in der Regierung. Wie Mano verstanden hatte, kümmerte sie sich darum, dass überall im Land die Minen aus der Kriegszeit entschärft und geräumt wurden.

Einmal mussten Antoinette und die Köchin alles putzen und besonderes Essen vorbereiten. Den ganzen Vormittag arbeiteten sie, bis die Gäste kamen. Zuletzt traf ein älterer Herr in Uniform ein, die Brust voller Orden, ein Beret auf dem Kopf, ein Offizier, den alle Gäste aus der Partisanenzeit kannten. Sie erhoben sich zu seinen Ehren, und auch Tantine legte, wie die anderen, die rechte Hand zum militärischen Gruß an die Stirn. Tantine geleitete ihn zum festlich gedeckten Tisch. Mano durfte an diesem Abend dabeibleiben und wurde vorgestellt: »Das ist Mano, er wohnt momentan bei mir. Er hat drei Konzentrationslager überlebt und teilweise sein Gedächtnis verloren.«

»Oh, le pauvre chéri!«, sagten die Gäste und lächelten ihm zu. Manche beobachteten ihn während des Essens immer wieder mit verstohlenen Blicken. Sie genossen, was aufgetragen wurde, unterhielten sich und lachten viel. Aber Mano konnte ihre Gespräche nicht gut verstehen. Als es schon spät geworden war und der Mann in Uniform aufstand, erhoben sich alle am Tisch und ließen ihm den Vortritt. Zum Verabschieden musste Mano immer mit an die Tür, diesmal aber ging er auch mit hinaus. Madame Marcheix-Thoumyre hatte den Hausmeister angerufen, der hatte die Chauffeure benachrichtigt, und die hatten die Limousinen vorgefahren. Als die Gäste aus der Glastür traten, brauchten sie nur die drei Marmorstufen hinab- und in ihre Fahrzeuge einzusteigen, die Türen wurden ihnen aufgehalten. Madame Marcheix-Thoumyre und Mano winkten ihnen nach.

Jeden Sonntag kam Onkel Félix. Er holte Mano früh am Morgen aus der Rue de Longchamps ab und stieg mit ihm an der Station Porte de Neuilly in die Métrolinie 1. Dann fuhren sie quer durch die Stadt bis nach Pantin und gingen dort spazieren. Sie besuchten Tante Lucienne und Onkel André oder andere von Félix' fünf Geschwistern oder seine Mutter. Sie gingen am Kanal spazieren oder fuhren zu einem anderen Fluss, der Marne, und machten ihren Spaziergang dort. Félix wollte immer spazieren gehen, wollte raus an die Luft, weil er die ganze Woche als Schmied in der Fabrik arbeitete.

Auch Félix hielt Mano immer fest an der Hand, so wie alle Erwachsenen. Sonst konnte es noch immer passieren, dass Mano plötzlich auf die Straße sprang, weil er jemand Bekannten zu sehen glaubte, oder weil er plötzlich missgestimmt war und einfach wegging. Dann hatten sie ihn meistens an einer Straßenecke sitzend gefunden – wenn er nicht schon auf dem Heimweg war. Mano wollte immer bei den Fouquets bleiben, aber er sah ja, dass sie nicht so viel hatten wie Madame Marcheix-Thoumyre, nicht so viel zum Essen und nicht so viel Platz. Dass es für sie und auch für ihn bei Tantine bequemer war in einem eigenen Bett. Und er mochte Tantine auch, sie war gut zu ihm.

An das Schlafen im Bett hatte er sich inzwischen gewöhnt, er wachte morgens nicht mehr auf dem Fußboden auf. Trotzdem wollte er gern bei den Fouquets bleiben, er konnte sich mit Paul jetzt auf Französisch unterhalten, sie konnten sich sogar Witze erzählen. Er verstand die Geschichten von Onkel Félix und wurde immer besser im Mühlespielen. Wenn Félix verlor, ließ er vor Ärger den Kopf so tief hängen, dass er fast unter dem Tisch versank, und jedes Mal kniff er Mano dabei in den Oberschenkel und lachte. Mano wusste schon, was kommen würde, wenn er es schaffte, gegen Félix zu gewinnen. Dann rückte er schnell den Stuhl vom

Tisch, aber Félix kniff ihn doch. Einmal krabbelte er sogar unter dem Tisch hindurch hinterher, als Mano zu flüchten versuchte, und kniff ihn doch ins Bein. Da konnten sie sich kaum halten vor Lachen.

Félix Fouquet | War ja selbstverständlich, dass wir den Jungen aufnehmen. Er wollte nie allein sein und nicht in der Kammer schlafen, immer mit Paul in einem Bett. Mein Sohn war es schon gewöhnt, in die winzige Kammer zu ziehen und sein Zimmer herzugeben, im Krieg musste er das zwei Jahre lang immer wieder machen, als wir die Leute versteckt haben, die den Brief bekommen hatten und zur Zwangsarbeit nach Deutschland geholt werden sollten. Sie mussten dann sofort von zu Hause weg und wohnten zwei, drei Wochen in Pauls Zimmer, bis wir ein Versteck irgendwo auf dem Land für sie hatten. Dann haben wir sie nachts fortgebracht, die Leute von unserer kleinen Gruppe. Manche konnten wir auch nach England schaffen. Es war nicht immer leicht, sie zu ernähren, aber wir bekamen Hilfe vom Netz, und zum Glück hatten wir auch den Garten. Niemand aus dem Haus hat je Verdacht geschöpft, oder vielleicht wussten sie es auch, jedenfalls hat uns niemals jemand verraten. Uns kannten alle, ich bin in derselben Straße, in der wir heute noch wohnen, aufgewachsen, im Haus gegenüber. Nicht mal eine Straße weiter bin ich in meinem ganzen Leben gekommen. Meine drei Schwestern Jeanne, Marthe und Lucienne und meine Mutter leben auch in der Nähe, wir halten sehr eng zusammen. Mein Vater war Kupferschmied, und wir lebten sehr bescheiden in der kleinen Wohnung. Dass uns die Deutschen noch mal angreifen würden, konnten wir kaum glauben. Ich habe meine beiden Brüder im 14/18-Krieg wegen der Boches verloren, und das war ein Meer von Tränen, ich war dann der einzige Junge in der Familie. Sie starben kurz hintereinander, ich stand mit fünfzehn am Ende der Schmiedelehre und fing als Arbeiter in der Metallfirma mit zwölf Beschäftigten an. Wir machten Gieß-, Schmiede- und Pressarbeiten, die Arbeit schützte mich vor den Deutschen im nächsten Krieg, ich wurde in der Fabrik gebraucht, weil wir Autoteile für die Boches herstellten. Ich habe nicht gern für sie gearbeitet, sie waren brutal, und was hatten sie in unserem Land zu schaffen? Den Jungen muss man aufheitern, wer weiß, was er hat erleiden müssen, er soll nicht daran denken, nicht daran erinnert werden, man muss ihm das Lachen wiedergeben, dann ist alles leichter zu ertragen. Ich war ja Wettkampfrichter und Vorsitzender des Schwimmvereins, da konnten wir den Jungen auch gut mitnehmen. Pantin ist wie ein Dorf für mich, ich habe hier alle Kinder groß werden sehen, ich habe seit meinem dreizehnten Lebensjahr in derselben Fabrik gearbeitet. Wir haben den Jungen gern aufgenommen, für ihn war Platz in unseren Herzen. Nur, er brauchte richtige Betreuung, dafür hatten wir die Mittel nicht. Aber geliebt haben wir ihn. Er konnte so schön lachen. |

Pierre und Paulette Chassagny, die Mano adoptieren wollten, machten mit Mano und Tantine und Freunden lange Ausflüge auf der Seine auf ihrer großen Segelyacht. Mano saß immer neben Pierre Chassagny und wollte helfen, das Boot zu steuern.
»Ich bin der Kapitän«, sagte er. »Nicht Sie.«
Pierre Chassagny setzte ihm den Kapitänshut auf und ließ ihn das Steuerrad drehen, wenn sie mit Motorkraft fuhren, aber er blieb immer an seiner Seite. Segelte die Yacht, musste Mano genau tun, was Pierre Chassagny sagte, und auch alle anderen hielten sich an seine Kommandos. Er sagte ihnen, wo sie sitzen, wo sie ein Seil lösen und wieder befestigen sollten und wann sie die Köpfe einziehen sollten, bevor das große Segel herumschlug. Dann war er allein der Kapitän. Manchmal legten sie nach zwei, drei Stunden an einer Mole an, vertäuten die Yacht und gingen einen Weg durch ein Wäldchen die Uferböschung hinauf, bis sie zu einer Gartenwirtschaft kamen. Dort setzten sie sich zum Essen, und Geld spielte keine Rolle. Wenn Mano das Essen nicht schmeckte, durfte er es stehen lassen. Sie bestellten ihm ein anderes, neues Gericht, und das fast noch unberührte trug der Kellner weg.
»Was willst du denn mal werden?«, fragte ihn Pierre Chassagny.
»Kapitän. Oder Soldat. Oder Max Schmeling«, sagte Mano. »Oder alles drei zusammen: Kapitän, Soldat und Max Schmeling.«
»Kapitän und Soldat zusammen, das geht.« Der Gedanke gefiel Pierre Chassagny.
Paulette Chassagny war eine der engsten Freundinnen von Madame Marcheix-Thoumyre, die beiden sahen sich fast täglich, entweder zu Hause oder im Büro, denn sie beide hatten zusammen den Hilfsdienst für Verschleppte gegründet und »Freie Französinnen« genannt.

Lange hatte sich Tantine um Karten für »Samson und Dalila« bemüht, und eines Abends war es so weit. Sie zog ein strahlend blaues Kleid an, ihre Tochter und ihr Schwiegersohn, Huguette und Daniel, warteten im Salon. Mano trug seinen Anzug mit den kurzen Hosen. Er wollte gern lange Hosen haben wie die Männer, aber in seinem Alter trugen alle Jungen noch kurze, dazu ein weißes Hemd und einen Schlips. Sie hatten ein Taxi bestellt, es wartete schon unten und fuhr sie zum großen Opernhaus. Mano sah einen steinernen Adler mit ausgebreiteten Schwingen auf einer Kugel hoch oben auf einer Säule, ehe das Taxi direkt vor dem Haupteingang hielt.
»Das ist ja ein Schloss«, sagte Mano, und als er eintrat, rief er: »Das ist ein richtiger Palast!«
»Es war früher auch das Theater des Königs und seines Hofs«, sagte Huguette. Sie sah ihrer Mutter sehr ähnlich, schlank, klein, mit freundlichen blauen Augen und weizenblonden Haaren.
Etwas Prächtigeres als allein schon das Treppenhaus hatte Mano noch nie gesehen. Rechts und links der großen Freitreppe befanden sich vier lebensgroße Frauenfiguren, zwei saßen auf einem Sockel, zwei standen, und alle hielten große Leuchter in den Händen, die mit unzähligen Lampen den Raum erhellten. Mano schaffte es nicht, auch nur die Lampen im Treppenhaus zu zählen.
Zuerst gaben sie ihre Mäntel der Garderobenfrau, die sie aufhängte und ihnen ein Metallplättchen mit einer Nummer dafür gab.
»Warst du schon einmal im Theater?«, fragte Daniel.
Mano schüttelte den Kopf. »Noch nie. Nur ein paarmal im Kino mit den Fouquets.«
»Komm, ich zeig dir was!«
Daniel ging mit ihm eine Seitentreppe hinab, und zwischen zwei reich verzierten Säulen am Fuß der Treppe öffnete sich eine

Grotte mit einem Wasserbecken. Darin saß auf einem Sockel eine schwarze Marmorfigur, eine halb nackte Frau, die zur Treppe hinschaute. Mano wollte loslaufen, denn hinter jeder Säule, in jedem Winkel schienen neue Überraschungen zu warten, aber Daniel rief ihn zurück, und sie gingen wieder zu den Frauen hinauf.

»Wenn wir uns verlieren, treffen wir uns an der Garderobe wieder«, sagte Tantine. Sie nahm Mano an der Hand, der vor Staunen gar nichts mehr sagte und immer nur schaute. Der Boden des riesigen Foyers bestand aus einem Holzmosaik, auf turmhohen Doppelsäulen standen Frauenfiguren und schauten auf die Besucher herab, und von der mit Bildern von Menschen und Fabelwesen ausgemalten Decke hingen Leuchter, die mindestens so groß wie Mano waren. Sie betraten den ovalen Theatersaal, und wieder staunte Mano über die Pracht. An den Wänden entlang saßen die Leute in Logen, vier Ränge hoch ging der Zuschauerraum. Sie hatten Plätze im Parkett. Sie setzten sich in die mit bordeauxrotem Samt bezogenen Sitze, weich wie Sessel, und warteten auf den Beginn der Vorstellung. Hin und wieder mussten sie noch aufstehen, um jemanden durch die Reihe zu lassen, bald war jeder Sitz besetzt.

»Tantine?«, flüsterte Mano.

»Oui, mon chéri?«

»Mein Vater hat beim Zirkus gearbeitet. Da war es auch sehr schön.«

»Ach ja?«

»Ja.«

Zu Anfang, als die Musiker in den Orchestergraben kamen und ihre Instrumente stimmten, als der Dirigent erschien und sich verbeugte und der Vorhang sich hob, als die Musik einsetzte und die ersten Sänger auf die Bühne traten, da saß Mano noch mit offenen Augen gerade auf der Kante seines Sitzes. Tantine hatte ihm von Samson erzählt, dem großen starken Mann mit den langen Haaren, der seine sagenhafte Kraft verliert, wenn man ihm die Haare schneidet. Die Geschichte hatte ihn interessiert, aber jetzt rutschte er immer tiefer in den Sitz. Es wurde wunderschön gesungen, aber Mano verstand nicht, was. Sängerinnen und Sänger kamen und gingen, Tantine, Huguette und Daniel verfolgten aufmerksam, was auf der Bühne geschah, und sahen nicht, dass Mano sich davonschlich.

Erst als der Vorhang sich zur Pause senkte, bemerkten sie Manos Fehlen. Es war schier unmöglich, das ganze Haus abzusuchen. Überall standen und saßen elegante Menschen, zwischen und vor den Säulen, auf den vielen kleinen Balkons und auf den Sesseln an jedem Säulensockel. Immer wieder durchstreiften die drei das Foyer, schauten bei den Garderoben – von Mano keine Spur. Schließlich fragte Madame Marcheix-Thoumyre die Garderobenfrau, ob sie einen hübschen Jungen mit kurzen Hosen und Seitenscheitel gesehen habe, etwa elf Jahre alt.

»Nein«, sagte die. »Und wenn ich ihn sehen sollte?«

»Dann versuchen Sie ihn bitte hierzubehalten, damit er nicht noch einmal verschwindet.«

Sie suchten weiter, gingen auch einmal zur Grotte, treppauf, treppab, und kamen wieder zurück zur Garderobe. Und wieder fragte Madame Marcheix-Thoumyre die Frau. Aber die lachte nur: »Versteckt hab ich Ihren Jungen hier nicht, und abgegeben wurde er auch nicht.«

Nur zum Spaß fuhr sie mit der Hand die Mäntel entlang, sodass sie sich leicht verschoben. Da sah Madame Marcheix-Thoumyre einen Fuß.

»Tun Sie mir den Gefallen und schauen einmal da hinten unter den Mänteln nach.«

Die Frau lachte. »Wenn Sie unbedingt möchten …«

Mano lag in der dunkelsten Ecke auf dem Boden, mit dem Rücken zur Wand, und schlief.
»Mon Dieu, davon habe ich nichts gemerkt«, sagte die Garderobenfrau kopfschüttelnd. »So was ist mir hier noch nie passiert.«
Madame Marcheix-Thoumyre weckte Mano und zog ihn aus seinem Versteck.
»Mon Dieu, Mano, du darfst nicht einfach weggehen. Tu das nie mehr! Du hast mir einen solchen Schrecken eingejagt. Wir haben dich überall gesucht.«
Tantine sprach erregt und hastig, denn es klingelte schon zum wiederholten Mal zum Ende der Pause. Fast alle Leute waren wieder in den Zuschauerraum zurückgekehrt.
»Ich war so müde, und ich hab nichts verstanden«, sagte Mano leise. »Excusez-moi!«
»Mon Dieu, bin ich froh, dass wir dich wiederhaben.«
Sie eilten auf ihre Plätze, die Musiker waren schon da, und sogleich begann der zweite Teil der Vorstellung. Mano erwachte vom Schlussapplaus auf dem Boden zwischen den Stuhlreihen, dicht neben Tantines Beinen. Diesmal brauchten sie ihn nicht zu suchen.

wenn Mama und Tata und mein Papo sehen könnten wie gut es mir hier geht   meine Mama mein Tata könnt ihr mich sehen?   vom Himmel?   wie sie für mich sorgen und mich mögen?   dass ich schöne Anziehsachen habe außer die kurzen Hosen?   dass ich immer genug zu essen bekomme und was ich will?   und sogar in die Opéra mitgehe?   ihr seid tot aber macht euch keine Sorgen

Trotzdem weinte er in der Nacht, als er allein in seinem Bett lag. Er weinte, bis Tantine kam, ihm die Tränen von den Wangen wischte und ihm erlaubte, in ihrem Bett zu schlafen. Da beruhigte

er sich und schlief bald ein. Am nächsten Morgen fragte Tantine ihn nach dem Zirkus, in dem sein Vater gearbeitet hatte.
»Der war in München«, sagte Mano.
»Und wie hieß der Zirkus?«
Mano dachte nach und schwieg.

Manchmal schickte Tantine ihn jetzt zur Apotheke oder bat ihn, ihr Zigaretten zu kaufen. Er kannte die unendlich lange Rue de Longchamps schon gut, und der alte Monsieur im Tabakladen schenkte Mano jedes Mal einen Lutscher, wenn er kam. An der spitzen Ecke war ein Schuhgeschäft, da sah Tantine ein Paar weiße Schuhe für ihn. Mano gefielen sie auch, und Tantine kaufte sie ihm für seine nächste Reise, weiche, schneeweiße Schuhe. Mano bedankte sich bei ihr, umarmte sie und schaute bei fast jedem Schritt auf die neuen Schuhe an seinen Füßen, und wenn er sie nicht selbst bewunderte, schaute er, ob die Passanten es taten. Er ging wie auf weißen Wolken nach Hause.

Ein paar Tage durfte Mano bei den Fouquets in Pantin bleiben. Alles dort war ihm vertraut. Er half Tante Fifine beim Essenmachen, ging auf den Hof oder die Straße, er kannte ja die Kinder aus dem Haus, er wartete viel auf Paul und besuchte mit ihm die schöne Tante Lucienne und Onkel André.
Dann kam ein Anruf von Madame Marcheix-Thoumyre, und Tante Fifine wurde in das Blumengeschäft geholt. Madame Marcheix-Thoumyre ließ fragen, ob es möglich sei, Mano binnen zwei Stunden nach Paris zu bringen, und Tante Fifine hatte zugesagt.
»Paul, du musst mit Mano fahren. Sie erwartet euch beim Radiosender France Inter.«
Da zogen sie sich um und machten sich auf den Weg. Der Pförtner meldete sie an, und sie wurden von Madame Marcheix-Thoumyre

und einem jungen Journalisten abgeholt, Georges de Caunes. Paul sah ihn ehrfürchtig an, denn er hatte ihn schon oft im Radio gehört. Madame Marcheix-Thoumyre stellte ihm Paul und Mano vor und bedankte sich bei Paul, dass er Mano gebracht habe.
»Wieso nur gebracht?«, wollte Georges de Caunes wissen. Wenn Paul schon hier sei, könne er auch gleich mit ins Studio und in die Sendung kommen.

Sie warteten im Kontrollraum, bis die laufende Sendung vorbei war. Von einer Schallplatte wurde Musik gespielt, dann kam die Moderatorin aus dem Studio, und Georges de Caunes konnte mit seinen Gästen hinein. Jeder musste ein paar Worte sagen, damit die Mikrofone richtig eingestellt werden konnten, ein gelbes Lämpchen blinkte, dann leuchtete ein rotes auf, und Georges de Caunes begrüßte die Hörer zur Sendung »Ce soir en France«. Er begrüßte auch die Studiogäste und lächelte Mano dabei an. Danach wurde Musik gespielt. »Gleich erzählen wir ihnen alles«, sagte der Journalist und zwinkerte Mano zu.
Zuerst erzählte er, wie Madeleine Marcheix-Thoumyre sich für die nach Deutschland Verschleppten engagierte. Er fragte sie nach ihrem Leben und nach der Arbeit ihres Hilfsdienstes, und sie berichtete. Ein Beispiel, wo sie helfen konnten, sei Mano, der ganz allein nach Frankreich gekommen war, erzählte sie, und der Journalist nutzte die Gelegenheit, Paul ins Gespräch zu bringen, den Sohn der großartigen Familie, die den Jungen aufgenommen hatte. Wie die ersten Wochen und Monate mit Mano denn gewesen seien, sollte er den Zuhörern erzählen.
»Am Anfang konnte er kein Wort Französisch, aber er hat es schnell gelernt«, sagte Paul. »Und jetzt ist er mein kleiner Bruder geworden.«

»Also, kleiner Bruder«, wandte sich Georges de Caunes an Mano. »Wie geht es dir? Wie war das mit dem Französischlernen?«
Der Journalist war so freundlich und aufmerksam, dass er Mano alle Scheu nahm. Am Ende nannte Mano sogar selbst die Namen der KZs, in denen er gewesen war, und die Nummer, die er auf dem Arm trug. Die Zuhörer draußen sollten alles über ihn erfahren, das war der Zweck der Sendung. Vielleicht meldete sich jemand, der Hinweise auf seine Familie, seine Angehörigen geben konnte. Nach der Sendung durften sie noch bleiben, und Georges de Caunes führte sie überall herum. Vom Toningenieur ließ er jedem eine Kopie der Sendung auf einer dünnen Wachsschallplatte aufnehmen. Er legte die empfindlichen Folien in Schachteln und beschriftete sie. »Wenn du mit der Schule fertig bist, kommst du und arbeitest hier«, sagte er zu Paul. »Wir brauchen Techniker, die hier alles reparieren können.«
Als sie schon gehen wollten, fand er noch heraus, dass Mano gern einen Hund gehabt hätte.
»Da haben wir etwas gemeinsam«, sagte er lächelnd. »Aber ich glaube, wir müssen beide erst mal erwachsen werden, damit wir uns richtig um ein Haustier kümmern können, nicht wahr?«
Und Mano lächelte auch.

Tantine, Jean Michel und Mano in seinen weißen Schuhen fuhren in den Frühling, mit dem Auto immer nach Süden bis kurz vor Marseille, in das Land von Olivenbäumen, leuchtenden Ginstersträuchern und Weinbergen. Tantine und Jean Michel steuerten abwechselnd das Auto, Mano durfte mit vorne sitzen, und nach einer Fahrt von fast einem kompletten Tag erreichten sie ein aus Natursteinen gebautes Haus auf einer Hügelkuppe am Rande eines Dorfes. Ein alter Bekannter Tantines und seine Familie erwarteten sie schon. Der kleine drahtige Mann war älter als Tantine und hatte im Krieg als Partisan im Widerstand gekämpft. Er war ein Anführer gewesen, ein Kommandant. Stundenlang sprachen sie von Leuten, die nicht da waren, was der heute tat, wo die heutzutage lebte, wer aus der Gefangenschaft zurückgekehrt war und von wem man nie wieder etwas gehört hatte, wer von den ehemaligen Kollaborateuren und wer von den Partisanen heute auf welchem Posten saß. Mano setzte sich draußen auf ein Bänkchen aus einem Wurzelbrett und zwei Steinen und schaute in den vom Sonnenuntergang in allen Farben von Hellgrün bis Dunkelrot gefärbten Himmel.

fast ein Jahr muss es sein   als ich mit Élise ankam war auch Frühling   dann bin ich ein Jahr schon hier   mich sucht niemand weil es niemanden mehr gibt   und wo sollten sie mich suchen?   in einem fremden Land?   im Westen geht die Sonne unter   wo liegt wohl München?

Drei Tage blieben sie bei Tantines Freunden, und die Erwachsenen sprachen viel über Politik, aßen viel, tranken Wein und gingen spazieren. Einmal fuhren alle zusammen nach Marseille, und als sie am Hafen standen und auf das Meer in die Ferne blickten, sagte Tantine: »Das ist das Mittelmeer. Auf der anderen Seite ist Afrika. Von hier haben in der Kriegszeit viele Schiffe mit Flüchtlingen aus Deutschland abgelegt.«

»Und in welcher Richtung ist …«

Mano stockte und setzte noch einmal an: »Und in welcher Richtung ist Paris?«

»Hinter uns.«

»Und in welcher Richtung ist Italien?«

Sie zeigte nach links.

»Richtung Osten.«

»Und in welcher Richtung ist … Deutschland?«
Sie zeigte schräg hinter sich nach links.
»Im Nordosten.«
»Und München?«
»Von hier aus auch im Nordosten …« Sie legte ihm den Arm um die Schultern.
Am Kai lagen Fischkutter und etwas weiter entfernt riesige Frachtschiffe.
»Waren hier auch die Deutschen?«
»Nein, hier war der Krieg nicht.«
Mano war erstaunt, er dachte, der Krieg sei überall auf der Welt gewesen. »Warum nicht?«, fragte er.
»Weil die Deutschen die Gegend hier nicht besetzen konnten.«
Das freute Mano.
»Kannst du dich an noch etwas erinnern?«, fragte Tantine.
Mano sah sie verwundert an und schüttelte den Kopf.

ach das ist ja diese Stadt   deshalb fragt sie mich   Élise stammt doch von hier   bei der Registrierung hat sie gesagt ich kenne Manos Familie aus Marseille   er ist ein jüdisches Kind das seine Sprache verlernt hat   vielleicht ist Élise hier   bei ihr weiß ich ja dass sie noch lebt   aber nein   wenn wir sie jetzt treffen fragt Tantine nach meiner Familie   wir dürfen sie nicht wiedersehen

Mano sah sich nach allen Seiten um, nervös sah er allen Frauen, die vorbeigingen, ins Gesicht. Aber keine war Élise.
Eine Woche blieben sie, dann fuhren sie in den Norden zurück, und Mano wohnte noch ein paar Tage bei Tante Fifine.

Wer weiss etwas von unserem Sohn
Hoellenreiner, Franz-Josef
geb. 19.10.1933 in Hagen/Westf.
==================================
H. wurde bei der Raeumung Sachsenhausens
in Marsch gesetzt. Er konnte unterwegs
nicht mehr weitermarschieren und setzte sich
auf einen Traktor zu franzoes. entlassenen
Kriegsgefangenen. - Seit diesem Zeitpunkt
fehlt jede weitere Nachricht von ihm.
Die Eltern.
==================================
Wer etwas darueber weiss, wird gebeten, sich
an K.J.-Armin, Muenchen, Hohenschwangaustr. 4
zu wenden

An die K.Z.-Betreuungsstelle Muenchen,
Goethestr.

Bitte um Aushang dieser Zeilen!

Z 3526 (Auschwitz)
9.III.46

Wenn Tantine nicht arbeitete, unternahm sie mit Mano manchmal kleine Reisen. Einmal besuchten sie Freunde auf einem Gutshof vielleicht hundert Kilometer von Paris und blieben über Nacht. Mano ging dort nur zum Schlafen und zum Essen ins Herrenhaus, sonst stromerte er draußen herum und beobachtete die Knechte und Mägde bei der Arbeit und die Tiere, die frei

zwischen den reetgedeckten Ställen und Scheunen herumliefen: Hühner, Katzen, ein Hund, sogar die Schweine, und dazwischen schnatterten Enten. Schwere, kräftige Pferde, deren Schweife abgeschnitten waren, grasten auf der Weide, nur die Kühe waren an Eisenstäben, die in der Erde steckten, festgebunden. Sie konnten nur in Reichweite des Stricks grasen. Mano war immer hinter den Katzen und Hunden her, und erwischte er sie, ließ er sie nicht mehr aus und streichelte sie, bis sie davonliefen. Jean-Marie, ein gedrungener, braun gebrannter Mann mit scharfen Falten um die Augen war der Hauptknecht. Er nahm Mano in jeden Winkel des Hofes mit und zeigte ihm alles. Im Stall waren frisch geborene Ferkel, die noch bei der Mutter tranken, denen guckte Mano lange zu.
Jean-Marie zeigte ihm auch das kleine Backhaus. Darin wurde der Teig vorbereitet, im Backofen brannte ein Holzfeuer, und mit Holzbrettern an langen Stangen wurden die Brote auf den heißen Stein geschoben.
In der Scheune kletterte Mano auf die Leiter, die über die Kutschen hinweg auf den Heuboden führte, bestimmt zehn Meter war sie lang.
»Unterm Dach wohnt eine weiße Eule, guck mal, ob du sie sehen kannst!«, rief Jean-Marie hinauf, aber Mano entdeckte sie nicht. Dafür fand er auf dem Heuboden eine große weiße Feder mit zwei hellbraunen Punkten.
Mano fragte Jean-Marie, ob er nicht auch die Kühe freilassen könne.
»Nein. Sie sollen alles abfressen, nicht nur da, wo es ihnen besonders schmeckt.«
»Aber wenn sie dann immer noch Hunger haben, können sie nicht davon.«
»Weißt du, Kleiner, die Kühe fressen fast ununterbrochen. Wenn sie mal Pause machen und wiederkäuen, ist es auch gut. Und weil

sie nicht so viel herumlaufen können, werden sie auch nicht gleich wieder hungrig. Außerdem saufen sie sich so nicht dauernd die Mägen voll. Weil sie nicht zum Wasser können, wann sie wollen, verstehst du? Aber wenn sie ihr Stück abgegrast haben, steck ich die Stangen um, keine Sorge. Sie kriegen genug.«

Ein Karren mit einer Deichsel bestand nur aus einem Kasten auf zwei Rädern und vorne dem Bock für Jean-Marie. Ein Pferd wurde davorgespannt und über ein Brett ein Schwein in den Kasten getrieben und weggebracht.

Als Tantine Mano zum Essen rief, kam er aus irgendeinem Winkel des Hofes angerannt und freute sich. Er war hungrig. Im Esszimmer war eine lange Tafel für die ganze Familie aufgebaut. Tantine nannte den Hausherrn nur »Capitaine«, Hauptmann, sie kannten sich auch aus der Partisanenzeit. Der Capitaine hatte bei einer heimlichen Sprengung eine Hand verloren, und Mano beobachtete, wie er trotzdem ganz fein mit der Gabel aß. Nur sein Fleisch konnte er nicht selbst schneiden, das machte seine Frau für ihn. Hier gab es kein Baguette, sondern große runde, flache Weißbrote aus dem Steinofen, den Jean-Marie ihm gezeigt hatte.

Mano schmeckte alles, was es dort gab, und weil Tantine ihn immer fest im Blick hatte, bemühte er sich, nicht so schnell zu essen. Die Unterhaltung bei Tisch ging um die Zeit, als sie in der Résistance kämpften, und um die Politik heute, wofür sie da kämpften und was sie erreichen wollten. Mitten hinein sagte Mano einmal: »Sales boches! Je n'aime pas les Allemands. Ich mag die Deutschen nicht.«

Die Erwachsenen lachten und nickten ihm zu.

»Wir auch nicht«, sagte der Hausherr lächelnd. »Aber jetzt ist der Krieg ja zum Glück vorbei.«

Sie sprachen darüber, dass General de Gaulle der Meinung war, man müsse den Deutschen die Freundschaft anbieten und die

Feindschaft ein für alle Mal begraben, damit es zwischen den beiden Nationen keinen Krieg mehr gab.

»Die Deutschen sind Schweine«, sagte Mano, aber diesmal stimmte ihm niemand mehr zu.

Als die Erwachsenen Mano fragten, ob es ihm hier gefiel, sagte er: »Ja, sehr gut. Aber mir gefällt nicht, dass die Kühe festgebunden sind wie Gefangene. Kann man sie nicht freilassen?«

Die Erwachsenen strichen ihm lächelnd übers Haar. Sie fanden es niedlich, dass er sich um die Kühe Gedanken machte.

»Bleib bei uns, du liebst die Tiere«, sagte der Hausherr. »Du kannst hier alles über die Bewirtschaftung eines Hofes lernen.«

Mano sah ihn ungläubig an.

»Wirklich, ich meine es ernst. Sieh mal, ich hab nur noch eine Hand, du könntest meine rechte Hand werden.« Und lachend fügte er hinzu: »Und jeden Tag so ein leckeres Brot essen.«

»Möchtest du?«, fragte Tantine.

Mano rückte ein Stück näher an sie heran, sein Gesicht war ernst.

»Nein, ich will immer nur bei dir bleiben. Oder bei Paul. Aber wir könnten doch ein Pferd kaufen, bei dir im Park ist ja genug Platz, da könnte es wohnen. Einen Rappen.«

Madame Marcheix-Thoumyre schüttelte lachend den Kopf.

»Das geht leider nicht, dann könnten wir nie verreisen.«

Nach dem Hauptgang und vor dem Käse boten sich die Erwachsenen gegenseitig Zigaretten an, aber Tantine merkte, dass Mano nicht mehr still sitzen konnte, und erlaubte ihm, hinauszugehen. Erst zum Nachtisch rief sie ihn wieder herein. Da sprachen die Erwachsenen gerade über die vielen deutschen Kriegsgefangenen, die jetzt als Landarbeiter auf den Höfen mitarbeiten mussten. Als Soldaten hätten sie zerstört, jetzt müssten sie arbeiten und wiederaufbauen.

Am nächsten Tag fuhren sie mit dem Capitaine und einem Militärpolizisten zu einem anderen Bauernhof, dort kamen zwei Deutsche aus dem Stall und sprachen Deutsch mit Mano, aber er antwortete nicht und tat so, als würde er nichts verstehen. Er wollte nicht mit ihnen sprechen. Erst als sie ihm den Stall und die Tiere darin zeigten, hörte er ihnen zu. Die beiden Deutschen waren desertiert, hatten sich versteckt und nach Kriegsende französische Frauen geheiratet. Der Polizist und der Capitaine wollten kontrollieren, ob sie vielleicht bei der SS gewesen waren und Mano sie schon mal irgendwo gesehen hatte. Sie schauten nach, ob die beiden das Zeichen der SS unter dem Arm hatten, und als nichts zu sehen war, ließen sie sie wieder ihre Arbeit machen.

Die Chassagnys machten Zukunftspläne für Mano. In ihrer Wohnung hatten sie ihm ein Kinderzimmer eingerichtet, und er hatte auch schon mal dort übernachtet. Die Wohnung war noch größer als die Tantines, im Salon standen vergoldete Sessel und elegante Sofas. Mit den Adoptiveltern würde er auch eine Oma bekommen, die mit in der Avenue Madrid wohnte, das war gleich bei Tantine um die Ecke, das fand Mano das Beste an der Sache.
Monsieur Chassagny hatte sich über Manos Berufswünsche Kapitän und Soldat Gedanken gemacht und stellte sich vor, dass Mano einmal zur See fahren würde. In Le Havre sollte er später die Kadettenschule besuchen und dann die Offizierslaufbahn bei der Marine einschlagen. Zuvor aber sollte er einen guten Schulabschluss erreichen, damit er nicht als Matrose endete – er wäre schließlich ein Sohn aus guter Familie.
Mithilfe von Tantines Bruder in Le Havre fanden sie ein kinderloses Lehrerehepaar, das bereit war, Mano aufzunehmen und für seine Bildung zu sorgen. In den Schulferien sollte er immer zu Tantine und den Chassagnys kommen.

»Und Tante Fifine? Und Paul?«, fragte Mano.
»Zu ihnen gehst du natürlich auch, du kannst sie wiedersehen, wann immer du möchtest.«
Das versprach Tantine.
Auch diesmal wollte Mano nicht fort, er wollte nicht in diese Schule, aber auch diesmal blieb ihm nichts anderes übrig, als sich zu fügen.

Als Mano abgeholt wurde, umarmte er Tantine und weinte.
»Ich komme dich besuchen«, sagte sie. »Ich hole dich wieder, du wirst sehen, es ist nur für die Schulzeit, in allen Ferien holen wir dich zu uns.«
Pierre und Paulette Chassagny brachten Mano mit dem Auto aus Paris fort. Am Steuer ein Chauffeur, Monsieur Chassagny saß neben ihm, Madame Chassagny mit Mano hinten. Mano war schweigsam und antwortete nur knapp, wenn er etwas gefragt wurde. Schließlich schwiegen sie alle, bis sie in eine völlig zerstörte Stadt hineinfuhren. Die Straßen waren vom Schutt geräumt, und überall wurde gebaut.
»Was ist denn hier passiert?«, fragte Mano erschrocken.
»Le Havre ist bombardiert worden.«
»Ist denn hier noch Krieg?«
»Nein, nein, mon petit, aber zerstören geht schnell. Der Aufbau dauert lange.«
An einer Straßenecke hielt der Fahrer vor einem intakten Haus mit einem Bistro. Sie stiegen aus und gingen hinein. An einem Tisch saß ein Paar, der Mann mit der dunklen Haartolle sah älter aus als die kleine Frau neben ihm. Sie erhoben sich, als die Chassagnys mit Mano eintraten. Es waren Madame und Monsieur Chevrier, das Lehrerehepaar, von dem Tantine gesprochen hatte. Mano blickte sie nicht direkt an, er beobachtete sie nur

unauffällig aus den Augenwinkeln. Als die Chassagnys sich niederließen und ihm seinen Platz zeigten, setzte er sich gehorsam mit an den Tisch. Die Erwachsenen fragten sich gegenseitig nach ihrem Befinden, und auch Mano wurde gefragt, dann erzählten die Chassagnys alles, was sie von Mano wussten. Mano trank eine Limonade und schaute aus dem Fenster. Dann ging plötzlich alles ganz schnell. Die Chassagnys verabschiedeten sich, und Mano stand mit den Chevriers und seinem Koffer allein in dem Bistro an der Straßenecke. Gleich gegenüber sah er eine heil gebliebene Kirche. Mano war genauso groß wie Madame Chevrier.

Der Weg war nicht weit in die Rue du Docteur Cousture No 46. Hier stand noch eine Häuserzeile unversehrt. Es lag doch nicht alles in Trümmern in dieser Stadt. Am Himmel rasten die Wolken, und in der Luft lag das Geschrei von großen weißen Vögeln mit Flügeln wie Messerklingen, mit denen sie offenbar gegen den stärksten Wind anfliegen konnten.
»Ce sont des mouettes.«
Madame Chevrier hatte bemerkt, wie Mano den Möwen nachschaute.
Durch eine hohe schmale Holztür betraten sie das Wohnhaus und bogen gleich rechts in die Parterrewohnung der Chevriers.
»Bienvenue chez nous!«
Monsieur Chevrier stellte Manos Koffer ab, und sie hängten ihre Mäntel auf. Rechts und links der Eingangstür befanden sich deckenhohe schmale Spiegel. Mano sah sein ernstes Gesicht von schwarzen Rosenranken mit roten Blüten umfasst. Dahinter öffnete Madame Chevrier die Tür zu einem Zimmer. Das Erste, worauf Manos Blick fiel, war wieder ein Spiegel, groß wie ein Fenster, eingerahmt von hölzernen Säulen auf einem Kamin aus weißem Marmor. Zu beiden Seiten des Kamins waren Schränke einge-

baut, das ganze Zimmer, die Schränke und der Kaminaufbau leuchteten türkis.
»Das ist dein Zimmer.«
Ein Bett und ein Nachttischchen standen noch darin, damit war das Zimmer auch fast schon voll. Vom Fenster konnte man in einen schmalen, von einer Mauer begrenzten Garten blicken. Im Zimmer gegenüber, auf der anderen Seite des Flurs, gab es auch einen Kamin mit einem großen hohen Spiegel, den Reliefs von unbekleideten grazilen Frauen einrahmten. Das war das Elternschlafzimmer. Auf dem Kamin stand ein Hochzeitsfoto in einem verzierten Messingrahmen. Die Türen weiter hinten im Flur führten zur Küche, zum Bad und zum Wohnzimmer. Von der Küche gelangte man durch eine Glastür in den kleinen Garten. Mano warf nur kurze Blicke in die Räume. Es waren die Zimmer von fremden Menschen.
»Viens!«, sagte Madame Chevrier. »Setzen wir uns!«
Mit flinken Schritten trippelte sie voran, in die Küche, wo sie sich alle an den mit Brandflecken übersäten runden Eichentisch setzten. Sofort sprang Madame Chevrier wieder auf und entzündete den Gasofen, denn es war kalt in der Wohnung. An die Wand über dem Spülbecken waren Bretter geschraubt, auf denen Gläser, Tassen, Teller und Töpfe standen. Monsieur Chevrier zündete sich eine Zigarette an und begann zu sprechen.
»Also, Mano, wir freuen uns sehr, dass wir dich aufnehmen können, und hoffen, dass du dich bei uns wohlfühlen wirst. Du sollst dich hier ganz zu Hause fühlen, und wir möchten für dich wie Eltern sein. Die Herrschaften Chassagny haben dich uns anvertraut, weil wir dich beim Lernen unterstützen können, und ich bin mir sicher, mit unserer Hilfe kannst du bald ein guter Schüler sein. Du brauchst noch nicht gleich zur Schule zu gehen, jetzt sind erst einmal Osterferien, und wir wollen diese Zeit nutzen, um

uns näher kennenzulernen und damit du dich einleben kannst. Einverstanden?«
Nach dieser Ansprache trat Stille ein, Monsieur und Madame Chevrier schauten ihn erwartungsvoll an. Schließlich nickte Mano.
»Bestimmt wirst du in der Schule schnell Freunde finden, auch hier in der Gegend wohnen einige Jungen in deinem Alter«, sagte Madame Chevrier.
Mano schwieg.
»Bon«, sagte sie nach einem weiteren Augenblick des Schweigens, dann erhob sie sich, und Mano erhob sich auch. Sie wollte den Tisch für das Abendessen decken, und Mano sollte die Tischdecke auflegen, die sie schon vorbereitet hatte.
Vor dem Essen griffen die Chevriers nach Manos Händen. Sie hielten sich alle an den Händen und sagten ein kurzes Gebet: »Wir danken Gott, dass wir jeden Tag zu essen haben, Amen. Bon appetit!« Zuerst gab es Salat, danach Kartoffeln, Pommes frites, und Fisch. Mano nahm schnell zwei, drei Kartoffelstücke mit den Fingern und steckte sie in den Mund, danach wollte er dann mit Messer und Gabel essen, wie Tantine es ihm beigebracht hatte. Er schnitt in den Fisch, aber gleich hatte er Gräten im Mund und musste sie mit den Fingern herausziehen. Er spähte nach den beiden Erwachsenen, aber Madame Chevrier beobachtete ihn nur still. Erst als er das Besteck beiseitelegen wollte, zeigte sie ihm, wie man einen Fisch zerteilt, ohne dass die Gräten überall stecken bleiben. Erst vom Rücken bis zur Mitte einschneiden, dann die Hälften vorsichtig auseinanderklappen und die Mittelgräte vom Schwanz her abheben. Manos Fisch noch von den Gräten zu befreien, war aber selbst für sie ein schwieriges Unterfangen.
Nach dem Essen musste Mano sich die Füße und den Hals waschen und die Zähne putzen, dann ging es zum ersten Mal ins neue Bett. Madame Chevrier kam und betete mit ihm, dann machte

sie das Licht aus, die Tür blieb angelehnt. Mano war allein. Er zählte die kleinen Glasscheiben in der Tür – es waren achtzehn.

in einem fremden Haus in einer fremden Stadt bei fremden Leuten in einem fremden Land   warum bin ich schon wieder wo ich nicht sein will?   ohne meine Mama ohne meinen Tata   warum nicht bei Tante Fifine oder Madame Maxdex oder den Chassagnys?   warum haben sie mich hier abgegeben ich hätte doch auch in Paris was lernen können   sie wollen mich doch nicht haben niemand will mich behalten   und ich hab niemanden mehr

Madame Chevrier musste ihn weinen gehört haben, denn sie kam und strich ihm über die Schulter.
»Was ist denn? Qu'est-ce qu'il y a?«
Mano drehte sich von ihr weg und zog die Decke übers Gesicht. Sie schob sie wieder weg.
»Weine nicht, am ersten Tag fühlst du dich noch fremd, aber bald wirst du dich hier eingelebt haben.«
Dann las sie ihm noch eine Geschichte aus einem dicken Märchenbuch vor, damit konnte sie ihn ablenken und beruhigen. Bevor sie hinausging, gab sie ihm einen Kuss auf die Stirn.

Am nächsten Morgen erkundete Mano die Wohnung, die voller alter Möbel war, Erbstücke von Madame Chevriers Großvater, der sie selbst gebaut hatte.
Der schmale Garten war zerzaust vom Winterwind, am Mäuerchen zum Nachbargrundstück befand sich ein kleiner Brunnen mit Wasserspeier, aus einem Röhrchen im Mund eines bärtigen Gesichts plätscherte Wasser in ein Becken.
Nach dem Frühstück zeigten die Chevriers ihm das Meer.

»Weil es gerade da ist«, sagten sie, und das verstand Mano nicht. Wo sollte es sonst sein, es war ja ganz nah, ein paar Minuten zu Fuß, und schon von der Straßenecke aus konnte man es sehen. Groß und weit war es, so viel Wasser in ständiger Bewegung, mit immerzu wechselnden Farben.
»Gibt es dahinter noch etwas?«
Es waren die ersten Worte, die Mano sagte.
»Wenn man mit dem Schiff von hier aus immer geradeaus fährt, kommt man nach England«, sagte Monsieur Chevrier. »Wir werden mit der Fähre einen Ausflug nach Caen machen. Wenn der Wind nicht mehr so kalt ist.«
Es wehte ein heftiger Wind, und wieder bewunderte Mano die Flugkünste der Möwen. Er lauschte ihrem wilden Geschrei, das manchmal klang, als würden kleine Hunde bellen. Sie stritten sich um jeden Bissen. Immer jagten sie hinter der her, die gerade etwas zu fressen hatte. Wenn eine ein ergattertes Stück Brot oder Fisch nicht schnell genug schluckte, hatte sie Pech gehabt. Dann jagten es ihr die anderen ab.
»Das kenne ich«, sagte Mano leise für sich, und als Monsieur Chevrier nachfragte, weil er es nicht verstanden hatte, schüttelte Mano nur den Kopf.
»Ich hab nichts gesagt.«

Madame Chevrier ging immer mit kurzen trippelnden Schritten. Sie war schmal und zierlich und hatte ihre Augen überall. Alles tat sie schnell, und manchmal fiel ihr etwas auf den Boden, ging dabei etwas zu Bruch. Monsieur Chevrier hustete und rauchte viel. Qualmte keine Zigarette zwischen seinen Fingern oder Lippen, dann auf dem Esstisch. Die Brandflecken darauf gab es überall dort, wo Monsieur Chevrier eine brennende Zigarette hingelegt und vergessen hatte. In einer Nische des Wohnzimmers stand ein Klavier aus braunem Holz mit vier Kerzenhaltern aus Messing, und überall an den Wänden hingen Bilder, ein Stillleben mit Blumen, ein Aquarell aus Caen mit dem weißen Elternhaus von Madame Chevrier, ein Ölbild von einer goldgelben Landschaft, windstill, mit einem steinigen Wasserlauf, im Hintergrund Berge und herbstlich bunte Bäume. Mano klimperte leise auf dem Klavier, schlug die Tasten vorsichtig mit dem Zeigefinger an. Als Madame Chevrier es hörte, kam sie, setzte sich neben ihn und erklärte ihm, wie er die zehn Finger aufsetzen sollte. Man dürfe gar nicht erst anfangen, mit nur ein oder zwei Fingern zu spielen, die weißen Tasten seien die Grundtöne, sagte sie. Es war wie Unterricht, und Mano verging die Lust am Klimpern.

Das Essen stand schon auf dem Tisch, Mano war sehr hungrig. Er wollte sich setzen, aber er durfte nicht, bevor er sich nicht die Hände gewaschen hatte. Es fiel ihm schwer, sich vom Tisch zu entfernen, denn die Chevriers saßen bereits. Es gab auch keine Köchin, die aus der Küche hätte nachreichen können.
Aber sie warteten auf ihn, beteten mit ihm, erst dann ging es los. Er musste gerade sitzen und langsam essen. Immer wieder: »Sitz gerade, iss langsam, doucement!«
Zu jedem Essen tranken die beiden eine Flasche Wein, und auch Mano bekam einen Schluck ins Wasser. Nach dem Essen sitzen zu bleiben, bis alle fertig waren, war hier kein Problem für ihn. Madame Chevrier aß selbst sehr schnell und konnte es kaum erwarten, bis auch Monsieur Chevrier fertig war. Sie fand immer einen Vorwand, um aufzuspringen und etwas zur Spüle zu bringen oder von dort zu holen.

Am Sonntag brachte Madame Chevrier Mano zur Messe in die katholische Kirche gegenüber dem Bistro. Sie kannte viele Leute dort, und alle wunderten sich, sie zu sehen, weil jedermann wusste, dass sie protestantisch war. Sie zeigte Mano einen Platz weit vorn, wo er sitzen sollte, sie selbst blieb hinten bei der Tür und wartete. Wenn die Leute sich zum Beten erhoben, stand sie mit auf, aber sie betete weder, noch sang sie mit.
Mano machte zwischen all den fremden Leuten, was er am Besten konnte: Tun, was alle tun, nicht auffallen und am Ende schnell verschwinden, Richtung Ausgang, wo Madame Chevrier auf ihn wartete.

Tantine war am Telefon.
»Wie geht es dir, mon petit chéri?«
Mano sagte, er wäre lieber bei ihr. Warum er bei fremden Menschen leben müsse? Er wurde traurig, sie tröstete ihn am Telefon und versicherte ihm, wie lieb sie ihn habe. Dann wollte sie noch mit Monsieur Chevrier sprechen. Mindestens zweimal in der Woche rief sie an und erkundigte sich, wie es Mano ging und was er machte.
Und immer nannte sie ihn ihren kleinen Liebling – petit chéri.

Als sie das nächste Mal zum Meer gingen, war es weg. Wohin konnte so viel Wasser ablaufen? Und dann sollte es ja auch wiederkommen. Woher? Das verstand Mano nicht. Beim ersten Mal hatte Monsieur Chevrier gesagt: »Weil es gerade da ist.«
Jetzt war es weg, und zum Vorschein gekommen waren Berge von Schrott, die sonst unter Wasser lagen, ausgebombte Panzer, zerstörte Lastwagen und andere Fahrzeuge und Flugzeugteile. Weiße Möwen ließen sich auf den schwarzen, feuchten Trümmern nieder, kreisten über dem Watt und suchten nach Futter,

versammelten sich wieder auf dem Kriegsgerät.
»Geh da niemals hin«, sagte Madame Chevrier zu Mano.
Sie standen am Strand, hinter ihnen die Trümmer der Stadt. Die ersten Häuser, die noch intakt und bewohnbar waren, waren die Häuser der Rue du Docteur Cousture, wo sie wohnten.
»Da können noch Munition oder Sprengsätze sein, da kann noch was explodieren. Nicht mal in die Nähe sollst du gehen.«
Die Chevriers und Mano gingen dem Meer hinterher, auf dem sandigen Meeresboden blubberte es aus kleinen Löchern. Mano trat auf eines davon und bohrte mit dem Finger hinein, aber er fand nichts.
»Wo Löcher sind, haben sich Wattwürmer eingegraben. Und Krebse.«
Die Wörter verstand Mano nicht, und Monsieur Chevrier zeigte ihm einen Wurm mit dem Finger und einen Krebs mit beiden Händen, die er zu Scheren formte. Möwen spazierten herum und suchten nach Essbarem. Weit gingen die drei auf das Watt hinaus, bis zum Horizont war nur Sand und Schrott. Hinter sich sahen sie das Panorama der Ruinenstadt und weit entfernt die Kräne des Hafens.
»Nachher zeigen wir dir, wie das Meer zurückkommt. Dann darfst du niemals, hörst du, *niemals* hier im Watt sein!«

Wie sie es versprochen hatten, gingen sie ein paar Stunden später extra noch einmal mit ihm zum Strand, um ihm die Flut zu zeigen. Doch diesmal blieben sie oben auf der Straße. Madame Chevrier ließ Manos Hand nicht los, während sie warteten. Zuerst sah Mano in der Ferne nur ein Glitzern, dann sah er die Wellen anrollen, das Wasser springen. Er sah das Meer näher kommen.
»Das Wasser steigt einen Meter pro Sekunde«, erklärte Monsieur Chevrier, »dem kannst du nicht entkommen. Also denk nicht, du

kannst die Flut überlisten. Im Meer sind schon viele Menschen gestorben. Das Meer ist wunderschön, manchmal ist es glatt und friedlich, es gibt uns zu essen, aber es ist auch sehr gefährlich.«
Er zeigte ihm das Brett, wo die genauen Zeiten von Ebbe und Flut für jeden Tag angeschrieben wurden, und erklärte ihm, dass er auch niemals in die Priele, die Wassergräben im Wattenmeer, steigen dürfe. Auch wenn sie von Weitem wie Pfützen aussähen.
»Das sind die Wasserläufe, durch die bei Ebbe das Wasser abfließt und bei Flut das Wasser zurückkommt. Wenn sich das Wasser aus den Prielen noch zurückzieht, kommt aber schon die Flut zurück und füllt sie wieder auf. Gegen die Wechselströmung, die da entsteht, kommt niemand an.«
Mano verstand das alles nicht genau. Warum das Meer sich überhaupt für Stunden zurückzog, wollte er wissen. Wegen der Anziehung des Mondes, erklärte ihm Monsieur Chevrier. Da stellte Mano sich vor, wie der Mond das Wasser hochzog wie ein Bettlaken und es irgendwann wieder fallen ließ. Was Mano aber verstanden hatte, war, wie gewaltig das Meer und wie klein ein Mensch dagegen war. Er würde vorsichtig sein.

Als sie zu Hause in den Hausflur traten, begegnete ihnen im Treppenhaus ein dicker, bunt gefleckter Kater. Er lief ein Stück die Treppe hinauf und spähte durch die Stäbe des Geländers. Mano blieb am Fuß der Treppe stehen, streckte vorsichtig die Hand aus und lockte das Tier. Mit vorgestrecktem Kopf strich es auf leisen Pfoten um die Geländerstäbe, Stufe um Stufe stieg es hinab und hatte neugierig schnuppernd fast schon die Hand des Jungen erreicht, da ertönte von oben eine laute Frauenstimme. »Boulliton, viens! Viens-là!«
Der dicke Kater spitzte die Ohren und ging weiter auf Mano zu, die Chevriers waren schon in der Wohnung.

»Boulliton, viens!« Eine junge, schwarzhaarige Frau kam die Treppe herab und fragte Mano, was er mit ihrem Kater zu schaffen habe, er solle ihn nicht anfassen. Dann hielt sie inne und sagte: »Bonjour, ich bin Madame Troussier. Und du bist sicher der Junge, den die Herrschaften Chevrier aufgenommen haben. Wie heißt du denn?«
»André.«
»Bonjour, André, enchantée.«
Mit diesen Worten schnappte sie sich Boulliton, ließ Mano stehen und trug den Kater nach oben.
Wann immer Mano Boulliton draußen sah, streichelte er ihn und spielte mit ihm. Bis die eifersüchtige Madame Troussier es ihm zum zweiten Mal verbot. Sie war mit einem älteren zittrigen Mann verheiratet, und der fette Kater war wie ihr Kind, das in der Wohnung bleiben sollte und manchmal entwischte. Von da an streichelte Mano das Tier nur noch heimlich.

Madame Chevrier war ständig besorgt um Manos Sauberkeit. Jedes Mal, wenn er von der Straße kam, musste er sich als Erstes die Hände waschen, und vor jedem Essen sowieso. Sie kontrollierte täglich seine Fingernägel, und jeden Abend musste er sich die Füße waschen, sie vergaß es nie. Wenn Mano einmal in der Woche badete, seifte Madame Chevrier ihn ein. Er genierte sich und sagte, er könne es allein, aber sie schüttelte energisch den Kopf, sie wollte das Waschen überwachen.

Monsieur Chevrier kaufte Mano Gummistiefel, wie er selbst welche hatte, zusammen gingen sie bei einsetzender Ebbe zum Meer. Monsieur Chevrier hatte einen Kescher dabei und zeigte Mano, wie man im knöcheltiefen Wasser Krebse fing, die mit der Strömung fortgezogen wurden. Mano spürte die Kraft der Strömung, die ihm die Füße wegziehen wollte, obwohl das Wasser schon so niedrig war.

»Bevor das Wasser ganz weg ist, musst du sie fangen, denn danach graben sie sich ganz schnell tief in den Sand ein und warten auf die Flut.«

Mano fing rotbraune Krebse und orangefarbene mit schwarzen Scheren.

»Die heißen Taschenkrebse. Die kleinen lässt du schwimmen, da ist kaum was dran.«

Die gefangenen Krebse öffneten und schlossen im Kescher ihre Scheren, als wollten sie gegeneinander kämpfen, und einmal zog Monsieur Chevrier einen blauen Krebs heraus und warf ihn zurück ins Wasser.

»Die sind giftig, die kannst du gleich freilassen.«

Monsieur Chevrier staunte, wie schnell der Junge das Krebsefangen beherrschte, wie geschickt er darin war. Sie mussten sich beeilen, die Krebse verschwanden schon im Sand.

Zu Hause leerten sie den Kescher aus, einige Krebse hatten sich im Netz verfangen und verloren beim Entheddern ein Bein. Manche wollten noch kämpfen und hielten die Scheren drohend erhoben. Mano tippte eine an, und im Nu hatte der Krebs zugeschnappt und hing an Manos Finger fest. Mano wollte den Krebs abschütteln, und als das nicht ging, haute er ihn auf den Tisch, da fiel dem Krebs die Schere ab. Mano war erschrocken.

»Das macht ihnen nichts«, sagte Monsieur Chevrier. »Im Meer, wenn andere Krebse oder Fisch nach ihnen schnappen, lösen sich auch das Bein oder die Schere vom Körper. So entkommen die Krebse ihren Feinden. Beides wächst nach.«

»Dem hier wächst auch die Schere nach?«

»Ja, wenn wir ihn nicht essen würden, würde sie ihm nachwachsen.«

»Dann essen wir ihn nicht.«
»Doch, doch, sie sind eine Delikatesse, du wirst sehen. Wir haben sie ja gefangen, um sie zu essen.«
»Das ist gemein.«
»Die Krebse fressen sich sogar gegenseitig. Findest du das auch gemein?«
»Aber dann gibt es bald keine Krebse mehr.«
Mano dachte an die Männer, die er mit Pferden ins abfließende Wasser hatte reiten sehen. Mit großen zwischen ihnen gespannten Netzen hatten sie die Krebse gefangen.
»Ein einziges Krebsweibchen legt Millionen von Eiern, keine Sorge«, sagte Monsieur Chevrier.
Madame Chevrier kochte die Krebse in heißer Bouillon, dann lagen drei davon auf Manos Teller. Gottes Segen, guten Appetit – und dann?
Madame Chevrier zeigte es ihm: mit dem Nussknacker die Scheren aufknacken, das Stück Fleisch mit der Gabel rauspulen und essen, dann den Körper aufbrechen. Es war wenig dran und schmeckte nach Meerwasser. Monsieur Chevrier liebte Krebse. Mano schmeckten sie auch, und er genoss es, mit den Fingern zu essen.
La mer, le soleil, la lune, les étrilles – das waren Manos neue Wörter an diesem Tag.

Im Haus nebenan, im Garten hinter der niedrigen Mauer mit dem Wasserspeier, wohnte ein Mädchen. Erst sah Mano es nur manchmal, wenn er mit den Chevriers auf der Straße ging. Als er sie dann eines Spätnachmittags im Garten hörte, stieg er auf den Rand des Wasserbeckens und schaute über die Mauer. Sie hüpfte mit einem Springseil und rief ihn lächelnd zu sich hinüber. Mano kletterte über die Mauer. Das Mädchen hieß Yvonne und konnte

herrlich schnell das Seil am Boden drehen und Mano zum Springen bringen.
Mano schaute oft nach ihr, wenn er nicht allein sein wollte, und manchmal kletterte sie auch zu ihm herüber. Sie wohnte von klein auf im Nachbarhaus und kannte auch Boulliton.
»Frag mal Madame Troussier, wie es dem dicken Bouillon geht, dann ärgert sie sich«, sagte Yvonne und kicherte.
»Ist sie eine Ungarin?«, fragte er, aber das wusste Yvonne nicht.

Monsieur Chevrier musste Mano immerzu etwas erklären, zum Beispiel die Verkehrsregeln für den Bürgersteig.
»Wenn dir jemand entgegenkommt und älter ist als du, dann musst du ausweichen und der Person den Vortritt lassen. Und wenn jemand Älterem etwas auf den Boden fällt, sollst du dich schnell bücken und es aufheben.«

Einmal in der Woche kam eine Putzfrau, und ab und zu die Nähfrau, Madame Chatelain. Die saß dann ein paar Stunden in der Küche an der Tür zum Garten, die Brille auf der Nase, und stopfte Strümpfe, flickte Bettwäsche und Handtücher oder besserte Nähte aus. Mano fädelte ihr manchmal den Faden ein und schaute ihr beim Nähen zu.

Abends nach dem Essen setzte sich Mano manchmal draußen auf das Fenstersims, ließ die Beine baumeln und schaute in den Himmel. Nach Einbruch der Dunkelheit rief Madame Chevrier ihn herein, und oft setzten sie sich dann alle zusammen ins Wohnzimmer. Madame Chevrier las etwas auf Französisch vor – Märchen, Geschichten. Deutsch sprachen die Chevriers nie mit dem Jungen, obwohl sie es konnten. So hatten die Chevriers es in Manos Beisein mit den Chassagnys besprochen.

Mano war nicht gern allein, besonders nicht am Abend. Und überhaupt nicht, wenn er schlafen sollte. Jede halbe Stunde kam Madame Chevrier nach ihm schauen.

»Ferme tes yeux, fais dos-dos. Schlaf.«

Wenn er an seine Eltern dachte und weinte und Madame Chevrier es hörte, kam sie gleich.

»Was hast du?«

»Meine Mama. Ich will meine Mama wiederhaben.«

Dann tröstete ihn Madame Chevrier, erzählte ihm etwas von früher, zum Beispiel von ihrem Großvater, der auf Pferde gewettet und manchmal viel Geld verloren hatte. Wenn Mano sich beruhigt hatte, küsste sie ihn und ging hinaus. Manchmal stellte er sich auch schlafend, wenn sie kam, damit sie nicht mit ihm schimpfte. Das Einschlafen war immer das Schwerste.

Auch Monsieur Chevrier schlich sich oft noch einmal ins Zimmer, nur um Mano schlafen zu sehen. Er war leise, aber Mano hörte ihn trotzdem. Meistens lag er noch wach und tat nur so, als ob er schliefe. In der Dunkelheit tauchten dann die Barackenwände auf. Da waren immer Geräusche gewesen. Von Hunderten Menschen in den Buchsen, die jammerten und stöhnten. Die Kinder weinten vor Hunger, und manche redeten im Schlaf. Manche flüsterten miteinander, und andere stritten sich um den Platz. Nie war es dort ganz still gewesen.

Darmstadt, den 17.III.1946

An die Suchstelle der UNNRA,
Arolsen b. Kassel

Vermisst wird:
Hoellenreiner, Franz-Josef, geb. 19.10.1933 in Hagen/Westf.
H. wurde bei der Raeumung Sachsenhausen (K.Z.) in Marsch gesetzt. Er konnte unterwegs nicht mehr marschieren und setzte sich auf einen Traktor, auf dem franzoesische Kriegsgefangene heimfuhren. - Seit diesem Zeitpunkt fehlt jede Spur von ihm.
Seine auf dem linken Arm taetowierte K.Z. No. ist: Z 35 26

Im Auftrage der Eltern bitte ich Sie, Ihr Moeglichstes zu veranlassen.
Nachricht bitte an:
Karl Jochheim-Armin
136 Muenchen
Hohenschwangaustr. 4 / I

mit bestem Dank
Ihr K. Jochheim-Armin

Bevor die Schule begann, zeigten die Chevriers Mano fast die ganze Stadt. Bald hatte er alle unversehrten Kirchen gesehen. Sie zeigten ihm auch das große Backsteinhaus, das beim Hafen um eine ganze Straßenecke herumging. Die Mannschaften von Schiffen aus der ganzen Welt hatten früher dort gewohnt, bis ihre Ladung gelöscht war. In dem Gebäude gab es Platz für 250 Seeleute,

drei Speisesäle, Studier- und Spielräume, ein Arztzimmer, eine Kapelle und eine Bar.
»Das Haus haben sich im Krieg die Deutschen unter den Nagel gerissen«, sagte Monsieur Chevrier abfällig.
»Ich mag auch keine Deutschen«, sagte Mano schnell.
Monsieur Chevrier lächelte.
»Ich auch nicht.«
Vor dem Gebäude standen Militärfahrzeuge, meistens Jeeps.
»Jetzt sind die Amerikaner drin, aber wenn sie abziehen, wird das Haus sicher wieder für die Matrosen genutzt.«
Mano hatte sich daran gewöhnt, dass man hier zu jeder Zeit die Möwen schreien hörte. Er war viel am Meer spazieren gegangen. Er hatte Kriegsschrott aus den Wellen ragen sehen, er konnte Krebse fangen und wusste, wie man sie aß, und sonntags wurde er inzwischen allein zur Messe geschickt. Madame Chevrier kontrollierte nicht, ob er auch wirklich hinging. Hauptsache, er kam pünktlich zurück, das war ihr wichtig. Sie schaute immer auf die Uhr, wenn er kam. Kam er spät, musste er sich entschuldigen und den Grund für die Verspätung nennen.
Frühes Aufstehen hatten die Chevriers Mano auch schon beigebracht, damit es ihm, wenn die Schule begann, nicht so schwerfiel. Und abends musste er um acht ins Bett. Er lernte einfache Lieder auf dem Klavier spielen, und sie nannten ihn neuerdings nur noch André, damit er sich daran gewöhnte. Zu Monsieur Chevrier sollte er »Parrain« sagen, das war nicht wie Vater, aber fast. Es hieß Pate. Und »Marraine« zu Madame Chevrier.
»Du bist jetzt hier zu Hause, jetzt kennen wir uns schon ein bisschen, und du sollst dich hier richtig zu Hause fühlen. Du brauchst nicht mehr ›Monsieur‹ und ›Madame‹ zu sagen.«
Mano richtete sich danach.

Auguste Chevrier | Ich wollte unbedingt einen Sohn. Odile hatte zwei Fehlgeburten, und wir waren sehr traurig, dass wir keine Kinder bekommen konnten. Ich war schon achtundvierzig Jahre alt, und als wir gefragt wurden, ob wir einen Jungen aufnehmen würden, überlegten wir nicht lange. Die Chassagnys gaben uns also André in Pflege, wir sollten ihm helfen, den verpassten Schulstoff aufzuholen und zu lernen, vor allem natürlich lesen und schreiben. Sie unterstützten uns und schickten regelmäßig Unterhaltsgeld für ihn, damit kamen wir gut aus. Man musste ihm vieles erst beibringen, zum Beispiel dass man sich vor dem Essen die Hände wäscht, dass man Bitte und Danke sagt, dass man ausweicht, wenn einem auf der Straße jemand entgegenkommt. Wenn ich daran denke, was der Junge durchgemacht haben musste, dann verabscheue ich die Deutschen. Obwohl ich ein bisschen Deutsch spreche, sprach ich mit ihm nur Französisch. Nur wenn es gar nicht anders ging, benutzte ich ein deutsches Wort. Deutsch hatte ich in der Schule und später bei der Arbeit gelernt. Für eine französische Elektromechanik-Firma hatte ich vor dem Krieg in der Schweiz und in Mannheim gearbeitet. In Nancy habe ich dann Elektrotechnik studiert, meine Frau studierte auch dort, Chemie. Meine Eltern waren beide Lehrer in Tours. Vielleicht hat es mir deshalb immer Spaß gemacht, anderen etwas beizubringen. Aber ich bin nicht so streng, wie meine Eltern waren, ich bin Sozialist. Was die anderen wollen, zählt auch. Wenn ich mit meiner Lunge das Rentenalter erreiche, hole ich mir drei, vier Kinder an unseren runden Wohnzimmertisch und gebe ihnen Mathematikunterricht. Ich mag die Mathematik, ich mag auch die Fotografie und die Berge. Ich hoffe, ich konnte dem Jungen auch die Liebe zur großen Musik weitergeben, Beethoven, Mozart, Berlioz, Debussy.

Vielleicht könnten wir ihm noch ein paar gute Kindheitsjahre geben, dachten wir. Und ihm so viel wie möglich beibringen, damit er ein gutes Fundament für das spätere Leben hat. Ich war ja als Kind viel krank, immer wegen der Lunge, und musste ins Sanatorium, ich wusste, dass es nicht leicht ist, sich allein an einem fremden Ort einzuleben. In allen Ferien wurde ich in die frische Bergluft geschickt oder wanderte mit meinen Eltern in den Bergen. Ich war aber nicht so sportlich wie André, dazu reichte meine Puste nicht. Wenn man sportlich ist, findet man unter Jungen leichter Freunde. Ich bin froh, dass der Junge bei uns so gute Fortschritte gemacht und sogar Freunde gefunden hat. Vielleicht war er ja auch ein bisschen glücklich bei uns. Mit uns. |

Die Nachhilfelehrerin Simone sollte Mano schon vor Schulbeginn unterrichten. Sie war Studentin der Pädagogik und brachte Mano ein Schulbuch für die erste Klasse mit. Die Chevriers hatten ihr gesagt, dass der Junge überhaupt nicht lesen könne. Aber er erinnerte sich an manche Buchstaben, wahrscheinlich war er doch eine Zeit lang zur Schule gegangen. Das A erkannte er. Mademoiselle Simone ließ ihn das A schreiben und fragte ihn nach Wörtern, die mit A begannen.
»Arbeitskommando«, sagte Mano, dann zuckte er die Schultern. Ein französisches Wort fiel ihm nicht ein.
»Doch, Avre.«
Da musste Simone ihm erklären, dass zwar nur das A ausgesprochen, das Wort aber »Havre« geschrieben wurde. In der französischen Schrift gebe es viele solche Buchstaben, die man gar nicht aussprach.
»Aber André fängt mit A an«, sagte Simone.
»Das hört sich anders an«, sagte Mano.
Daran hatte sie nicht gedacht, und wieder musste sie erklären: Der nachfolgende Buchstabe konnte im Französischen den Klang des vorhergehenden verändern.
»Das lerne ich sowieso nie.«
»Doch, doch, du wirst sehen.«
Dann ließ sie ihn seinen Namen schreiben. André Mannot. Plötzlich hatte sein Name zwei N und ein T dazu bekommen, sie hatte ihn so geschrieben, wie sie dachte. Mano gefielen die beiden zusätzlichen Buchstaben. André Mannot, schrieb er immer wieder, bis die Schrift auf der Linie blieb und die Stunde um war.
»Mannot, wo kommt der Name her?«
»Aus Ungarn. Mano kommt von Emmanuel«, sagte er.
Von nun an kam Simone zweimal wöchentlich. An den Tagen dazwischen übte Marraine mit ihm.

Am ersten Schultag frühstückten sie alle drei zusammen früh um sieben, dann gingen sie los. Mano mit Parrain, Marraine arbeitete in einer anderen Schule. Parrain brachte Mano zu seiner neuen Schule und stellte ihn dem Direktor vor. Dann musste er weiter, zur Arbeit. Der Klassenlehrer holte Mano ab und nahm ihn mit zum Unterricht. Alle Kinder schauten ihn neugierig an. In der Pause fragten ihn die Jungen, wo er herkomme.
»Aus Paris«, sagte er da.
»Bist du mit deinen Eltern hierhergezogen? Nach Le Havre?«, fragten sie ungläubig.
Schon die Frage war so kompliziert, dass Mano ins Stottern geriet. Die Kinder merkten, dass er nicht perfekt Französisch sprach. Und dass er die Frage nach den Eltern nicht beantwortete.

Der Unterricht war mühsam, aber gleich am ersten Tag fand er einen Freund, Pierre, der in der Pause mit ihm spielte. Nach einer Woche lud Pierre Mano zu sich nach Hause ein. Mano musste beim Mittagessen die Chevriers um Erlaubnis fragen und bekam sie nicht, weil gleich nach der Schule Simone kommen würde. Da ging er nach der Schule einfach doch mit zu Pierre. Es war das erste Mal, dass ihn jemand eingeladen hatte. Pierre wohnte nicht weit von den Chevriers in der Straße, die den Kirchplatz querte. Kaum hatte Mano dort durch ein Brettertor den Hof betreten, hatte ihn Parrain auch schon am Kragen. Pierre sagte brav »Bonjour, Monsieur«, wie es sich gehörte, und Parrain nahm Mano mit nach Hause.
»Das geht nicht, André. Das Lernen kommt zuerst, und wenn du fertig bist, kannst du spielen gehen, wenn es noch nicht zu spät ist.«
Die Chevriers waren streng. Jeden Tag überwachte Marraine die Hausaufgaben, und bevor er sie nicht erledigt hatte, durfte er

nichts anderes machen. Niemals ließ sie es gelten, wenn er sagte: »Ich hab jetzt keine Lust.« Nur wenn er nervös wurde und nicht mehr still sitzen konnte, wenn er nicht mehr zuhörte, mit den Füßen scharrte und gleich laut werden würde, merkte es Parrain und sagte: »Aus, hören wir auf!«
Mit Mademoiselle Simone ging es an diesem Nachmittag weiter im Alphabet, und weil Mano nur Pierre im Sinn hatte und dass er mit ihm spielen wollte, kamen sie nur langsam voran. Bis L wie Laurent, laver, la lune waren sie gekommen, da klingelte es an der Tür. Pierre und ein anderer Junge standen draußen und fragten: »Darf André zum Spielen rauskommen?«
Marraine zögerte, dann sagte sie Ja. Da ließ Mano Simone einfach sitzen und flitzte zur Tür. Schnell schlüpfte er in die Schuhe und wollte raus. Aber Marraine hielt ihn zurück. Sie hielt ihm seine Jacke hin und sagte ihm, wann er wieder da sein sollte. Eine halbe Stunde erlaubte sie. Sie gingen nicht weit, sie blieben vor dem Haus auf der Straße und spielten Fangen und Versteck.

Mano wollte draußen nicht mehr an der Hand gehen, aber Marraine ließ ihn nur selten los. Denn ein paarmal war er schon verschwunden, einfach stehen geblieben oder hingegangen, wo er etwas Interessantes sah. Einmal hatte sie ihn so auf dem Markt verloren und eine Viertelstunde suchen müssen. Die Chassagnys hatten sie gewarnt, man müsse auf ihn aufpassen. Mano zog seine Hand weg, aber immer wieder griff sie danach und hielt sie fest.

Einmal in der Woche gab Marraine Mano Klavierunterricht. Sie spielte und sang ihm vor. Er musste mitsingen: »Au clair de la lune …« Und er sollte nachspielen, was sie spielte, die Unterarme waagerecht zur Tastatur, die Ellbogen immer angewinkelt halten, die Finger rund, nicht flach, und die linke Hand musste etwas anderes spielen als die rechte. Marraine wurde schnell ungeduldig. »Nicht so!«, sagte sie wieder und wieder und jedes Mal ein bisschen lauter, bei jedem falschen Ton. Manchmal legte sie seufzend ihre Hände über die von Mano und führte sie über die Tasten. Anfangs rannte Mano nach dem Klavierspielen in den Garten und trat gegen die Mauer. Doch mit der Zeit gewöhnte er sich daran. Manchmal machte es ihm sogar Spaß. Nach »Au clair de la lune« lernte er »Sur le pont d'Avignon« und danach noch andere Lieder. Nur mit den Zeigefingern allein durfte er nie spielen.

Odile Chevrier | Ich weiß nicht, weshalb ich so nervös war, aber wenn jemand etwas nicht begreifen will, dann kann ich es einfach nicht ertragen. Bei André sah man genau, wenn er beim Lernen nervös wurde. Erst schaute er sich um und nicht ins Buch oder Heft, dann ruckelte er von einer Pobacke auf die andere und rieb sich die Augen, dann wurde er unwirsch und schaute weg, wenn man mit ihm sprach. Da war es dann besser aufzuhören, bevor er wütend wurde und aufsprang und manchmal sogar etwas auf den Boden schleuderte. Dann hatte es keinen Sinn. Ich kannte das ja von mir, und hinterher tat es mir leid. Deswegen hat Auguste das Lernen mit André übernommen. Heute bin ich älter, ich habe gelernt, mich zu beherrschen. Als ich jünger war, wurde ich aus der Chemiefabrik entlassen, weil ich so nervös war. Und später als Chemielehrerin wieder. Meine Ungeduld war nicht angenehm für die Schülerinnen und Schüler. Danach arbeitete ich allein im Schullabor, verwaltete die Materialien und bereitete die Experimente für den Chemieunterricht vor. Ich hatte keinen direkten Schülerkontakt mehr, und das war gut. Nur zu Hause gab ich gelegentlich noch Nachhilfestunden und verdiente etwas dazu. Ich war vierzehn, da wurde mein Vater Generalleutnant im ersten Krieg, und ich habe ihn nie wiedergesehen. Er ist in Saloniki an einer Krankheit gestorben. Dank der staatlichen Waisenrente konnte ich dann studieren. Meine Mutter hätte mir das nicht ermöglichen können, obwohl ich das einzige Kind war. Geboren bin ich in Caen, aber als ich klein war, sind wir oft von Garnison zu Garnison in immer andere Städte umgezogen. Jedes Mal musste ich neue Freundinnen finden und meine Mutter eine neue evangelische Kirche. André hatte ja auch schon viel zu viele Stationen hinter sich. Bei uns kann er bleiben, so lange er möchte, dachten wir, wir wollen für ihn da sein mit allem, was wir haben und schätzen. Früher habe ich viel gemalt und Klavier gespielt, auch Auguste liebt die große Musik. Als wir heirateten, setzten wir einen Ehevertrag auf, darin steht, dass im Fall einer Trennung das Klavier in meinem Besitz verbleiben soll. Ich wünschte mir sehr, dass André auch zur Musik kommt. Ich hatte immer von einem Familienleben mit Kindern geträumt und davon, wie wir dann alle zusammen musizieren. Meine Mutter träumte auch von einem Familienleben, denn ihr Vater war wenig zu Hause. Er baute Möbel. Und in der freien Zeit wettete er auf Pferde und spielte in Casinos. Manchmal gewann er viel, dann kaufte er Häuser in Caen, und wenn er verlor, verkaufte er welche. Als er starb, bekamen meine Mutter und ihre beiden Geschwister jeder eins. Während des Krieges wohnten Auguste und ich bei ihr. Oft guckte André mir in der Küche beim Kochen zu, das gefiel mir sehr, es beruhigte, es war wie richtiges Familienleben.

Muenchen, den 21. Maerz 1946
Johann Hoellenreiner
Muenchen
Deisenhofenerstr. 48/II

An das Hauptquartier der UNRRA
Arolsen bei Kassel
APO 757

Betrifft: Suche nach einem ehem. KZ-Haeftling

Ich suche hiermit meinen am 19.10.1933 in Hagen/Westfalen geborenen, zuletzt wohnhaft in Muenchen 9, Deisenhofener-str. 48, gewesenen Sohn Franz-Josef HOELLENREINER!
Mein Sohn wurde im Jahre 1943 aus rassischen Gruenden mit mir zusammen verhaftet. Ich war mit ihm bis zum Mai zusammen in den KZ's Auschwitz, Ravensbrueck und zuletzt in Sachsenhausen bei Oranienburg. Ich sah ihn zuletzt in Sachsenhausen im April. Ich wurden damals nach Bergenfelsen gebracht, waehrend mein Kind noch im Lager Sachsenhausen verblieb. Wie ich von Verwandten hoerte, wurden die Kinder einige Tage vor der Befreiung durch die Amerikaner unter Begleitung der SS auf den Marsch in Richtung Neustadt-Cleve/Mecklenburg gesetzt. Unterwegs erfolgte die Befreiung der KZ'ler. Mein Kind konnte nicht mehr laufen und wurde von einem Trecker (Bulldog), der von Zivilfranzosen gefuehrt wurde, in Richtung Neustadt-Cleve mitgenommen. Von dort an fehlt jede Spur von ihm. Auch war er damals nicht mehr mit

meinen zu Fuss nach Neustadt laufenden Verwandten zusammengetroffen.

Ich moechte herzlichst bitten, Nachforschungen nach meinem Kind anzustellen.
Weitere Personenbeschreibung: KZ-Nummer 3526 auf dem linken Unterarm eintaetowiert. Schmaechtig, dunkelblond. Schlechte Zaehne. Kleine Narbe ueber dem linken Ohr. Spricht Deutsch. Aussprache schlecht durch Anstossen. Leicht erregbar.

Hochachtungsvoll!
Johann Hoellenreiner

In der Schule war Mano oft müde, weil er noch nicht alles verstand, weil es so viel zum Lernen gab und weil er abends so schwer einschlief und die Nacht dadurch so kurz war. Oft hatte er Kopfschmerzen, aber nie in den Pausen. Nach der Schule warteten die Hausaufgaben und der Nachhilfeunterricht von Parrain oder Simone. Wenn Parrain sagte: »Setz dich an den Tisch und fang an«, setzte er sich und schaute in den Garten. Manchmal schloss er die Augen und schlief fast im Sitzen ein.

ich bin müde   das macht mich alles müde   dauernd die Hände die Füße waschen   pünktlich sein   lernen   das Gelump   brauch ich nicht zum Leben   sie sollen froh sein dass sie leben   reicht doch   leben   und frei sein   und zu essen haben   und nicht allein sein   man muss nur zusehen dass einen keiner kommandiert   sag immer ja und mach es dann wie du meinst   sag nichts von dir   so hats der Papo immer gesagt   die müssen deinen Namen nicht kennen geht keinen was an wer wir sind   Essen hat uns gefehlt   und Freiheit   nicht Füße waschen

Er presste die Lippen zusammen, saß gehorsam am Tisch und starrte in sein Heft, aber schrieb nichts. Er sollte die Buchstaben üben, damit er sie flüssig schreiben konnte, das P wie Paul. Parrain, pause, Pierre, paradis. Pantin, Paris …

Es kam selten vor, aber heute war Mano nach der Schule allein zu Hause. Er strich durch die Wohnung und blieb mal am Kamin, mal vor dem Spiegel stehen. Er blickte sich in die Augen, eine ganze Weile, als wollte er zu sich selbst sprechen. Als hätte er zwei widerstreitende Stimmen in sich, so änderten sich dabei sein Gesichtsausdruck und die Körperhaltung, mal gestrafft und entschlossen, dann wieder mit hängenden Schultern. Einen Moment später war eine Entscheidung getroffen. Mano griff nach der Handtasche von Marraine, nahm sich einen Geldschein aus ihrem Portemonnaie, holte seine Jacke und ging aus dem Haus. Draußen ging er zügig um die Ecke zur Hauptstraße, weg vom Meer, durch die von Schutt und Ruinen zerbombter Häuser gesäumten Straßen, auf dem schnellsten Weg zum Bahnhof, einem Gebäude mit einer großen Halle und noch zerstörtem Dach, ohne Fensterscheiben. Am Schalter fragte er nach dem Zug nach Paris und hatte Glück: Der nächste ging in zehn Minuten. Er kaufte sich eine Fahrkarte und stieg in den Zug, der schon bereitstand, setzte sich neben eine ältere Frau und lächelte, als der Zug anfuhr und die Stadt verließ.
Der Schaffner schöpfte keinen Verdacht und auch die alte Frau nicht, obwohl er keinen Koffer, nicht mal eine Tasche bei sich hatte. Mano sah aus dem Fenster, es wurde Frühling, die Knos-

pen an den Bäumen sprangen auf, die hellgrünen Blätter würden sich bald entfalten. Schon lag dieses Helle wie ein Flaum über der Landschaft, gelbe und weiße Blüten, Gräser, die durch die Erde brachen, Büsche in zartem Grün. An jedem Bahnhof wurde Mano unruhig. Er horchte auf die Ansagen, versuchte die Schilder zu entziffern und lehnte sich erst beruhigt zurück, wenn er nichts von Paris hörte oder las.
Als er am Bahnhof Saint Lazare ankam, stand Madame Marcheix-Thoumyre auf dem Bahnsteig und entdeckte ihn sofort. Sie umarmte und küsste ihn, und bevor sie etwas fragen oder schimpfen konnte, polterte Mano los: »Die Chevriers sind schmutzig und haben Läuse, ich kann da nicht bleiben, sonst kriege ich auch Läuse.«
Tantine sah Mano mit ihren klaren blauen Augen an und wartete. Dann sagte sie: »Mano … was redest du da?«
Er wollte weiterschimpfen, doch dann stockte er.
»Ich will nicht bei ihnen bleiben. Ich will bei dir wohnen. Und nicht immer nur lernen, lernen, lernen.«
Da nahm Madame Marcheix-Thoumyre ihn stumm bei der Hand, brachte ihn zum Auto und fuhr mit ihm nach Hause. Sie gab dem Hausmeister den Schlüssel, damit er das Auto in die Garage fuhr, ging in die Wohnung und ans Telefon. Mano folgte ihr.
»Bonjour, Monsieur Chevrier. C'est Madame Marcheix-Thoumyre. Oui, er war in dem Zug. Er ist wohlbehalten angekommen und jetzt bei mir.«
Sie sprach noch länger mit ihm, dann legte sie auf. Mano war nach oben in sein Zimmer gegangen, und erst, als sie ihn rief, kam er die Treppe zum Salon herab.
»Du darfst zwei Wochen bei mir bleiben und dich ein bisschen ausruhen, dann bringe ich dich zurück nach Le Havre, und du gehst wieder in die Schule.«
Mano nickte.

»Und jetzt rufst du bei Madame und Monsieur Chevrier an und entschuldigst dich für die Sorgen, die du ihnen bereitet hast.«

Die beiden hatten Mano überall gesucht: am Meer, auf dem Kirchplatz, bei seinem Freund Pierre. Dann erst hatte Monsieur Chevrier die Idee, zum Bahnhof zu gehen und zu fragen, ob da ein Junge allein in einen Zug gestiegen sei.

Mano hatte einen Kloß im Hals, als er Parrains Stimme hörte. »Excusez-moi, ich wollte nicht, dass ihr euch Sorgen macht«, sagte er.

»André«, sagte Monsieur Chevrier. »Wir hatten Angst, dir könnte etwas zugestoßen sein. Nie wieder darfst du einfach verschwinden, hörst du?«

Mano versprach es und entschuldigte sich, wie Tantine ihm aufgetragen hatte, dann verabschiedeten sie sich, und er legte erleichtert auf.

»Vielleicht weißt du es nicht, aber sie beide haben dich sehr gern«, sagte Tantine.

Am nächsten Morgen weckte ihn die Sonne. Er war froh, dass er nicht in die Schule zu gehen brauchte.

Die Chassagnys und Madame Marcheix-Thoumyre gingen mit Mano in den Zirkus Medrane auf dem Montmartre. Vielleicht würde Mano da noch etwas zu seinem Vater einfallen.

Mano mochte die Pferdedressur am liebsten. Die zwölf Pferde waren prächtig geschmückt, mit einem hohen Kopfbusch aus roten und weißen Federn und Bändern in der Mähne und im Schweif. Sie galoppierten durch die Manege, und eine junge Frau machte Kunststücke auf ihrem Rücken. Mano hielt den Atem an. Es gab Trapezkünstler, Hochseilartisten, Akrobaten und einen dummen August, dann wurde die Raubtiernummer angekündigt. In der Pause wurde ein Käfig aus Eisenstangen dafür aufgebaut, mit einem vergitterten Gang, der in die Manege führten. Als alle wieder auf ihren Plätzen saßen, hörte man schon das Knurren und Fauchen der Raubkatzen. Zur Musik der Zirkuskapelle wurde die Sperre gehoben, vier Löwen und zwei Tiger strichen auf leisen Pfoten in die Manege und setzten sich auf die für sie gedachten Podeste. Erst als sie saßen, kam der Dompteur in den Käfig, groß gewachsen, kräftig, mit hohen Wangenknochen, schwarzen Haaren und schmalen Augen.

»Der sieht aus wie mein Papa«, rief Mano und erschrak, als er merkte, wie die Leute sich nach ihm umdrehten.

»So sieht dein Papa aus?«, fragte Tantine.

»Ja, so ähnlich. Und er hat auch mal beim Zirkus gearbeitet.«

»Ich weiß, in München, du hast es mir erzählt. Weißt du noch, wie der Zirkus hieß?«

Mano zögerte, dann sagte er: »Zirkus Krone.« Und schnell hinterher: »Aber mein Papa kommt von Ungarn.«

Tantine legte den Arm um Mano. Der Dompteur ließ die Löwen von einem Podest zum anderen springen, und ein Tiger sprang durch einen brennenden Reifen. Dann mussten sich die Löwen dicht nebeneinanderstellen, und der andere Tiger sprang über sie hinweg. Wenn ein Tier fauchte, schlug der Dompteur ihm sachte mit dem Stock aufs Maul.

»Findest du immer noch, er sieht deinem Papa ähnlich?«, wollte Monsieur Chassagny wissen.

Mano nickte, ohne den Blick von dem Dompteur zu wenden. Die Bögen der Zirkusgeiger zitterten auf den Saiten, als der jetzt seinen Kopf in das Maul eines Löwen steckte. Mano hielt wieder den Atem an. Ganz langsam zog der Dompteur den Kopf wieder heraus und verbeugte sich vor dem applaudierenden Publikum. Dann trieb er die Raubtiere in ihren Gang zurück und verbeugte sich wieder. Die Zuschauer klatschten begeistert.

»Woran erinnerst du dich noch, was hat dein Papa im Zirkus gemacht?«, fragte Tantine, als die Vorstellung zu Ende war.
»Artist«, sagte Mano. »Und mein Papo auch.«
»Dein Papo?«
Mano biss sich auf die Lippen. »Mein Großvater. Papo heißt auf Ungarisch Opa.«
Tantine wartete, ob er noch etwas sagen würde.
»Da waren Elefanten, riesig große Elefanten«, sagte Mano. »Ich hab gesehen, wie sie mit ihrem Rüssel das Heu genommen und gefressen haben.«
Mehr erzählte er nicht. Aber für Madame Marcheix-Thoumyre waren es neue Anhaltspunkte.
Am Wochenende holte Onkel Félix Mano ab, und er war glücklich, dass er wieder bei Paul und seinen Eltern wohnen durfte. Unterdessen rief Tantine die Chevriers an und bat, Mano noch ein paar Tage behalten zu dürfen, auch die Chassagnys bäten darum, denn man wolle ihn zur Hochzeit ihrer gemeinsamen Freundin Geneviève de Gaulle mitnehmen. Das konnte Monsieur Chevrier ihr nicht abschlagen.
Für die Hochzeit wurde Mano neu eingekleidet, er bekam einen Anzug, ein weißes Hemd, neue Schuhe und sogar einen eigenen Schlips. Bisher hatte er nur immer den von Paul getragen. Zum Friseur brachte ihn Tantine noch, dann setzten sie sich mit den Einkäufen in ein kleines Café.
»Ich will am liebsten immer bei dir bleiben«, sagte Mano.
»Du kannst in den Ferien zu mir kommen oder mal für ein Wochenende, aber solange Schule ist, bist du bei den Chevriers gut aufgehoben. Sie möchten, dass etwas aus dir wird. Vielleicht gehst du eines Tages auf die Kadettenschule, so wie Monsieur Chassagny es sich wünscht.«

»Ich will aber lieber bei dir bleiben. Oder bei Paul«, erwiderte Mano, und Tantine: »Mon petit chéri, du wirst noch oft zu mir kommen. Und zu Tante Fifine auch.«
»Ja. Sie schreibt mir auch immer Briefe.«
Über die Champs-Élisées fuhren sie zurück nach Neuilly.

Ein Chauffeur in schwarzem Anzug trug zwei braune Lederkoffer voran, die Sonne ging gerade auf, und die Vögel zwitscherten im ersten Tageslicht. Mano rieb sich die Augen, während der Chauffeur ihnen die Türen des großen schwarzen Citroën öffnete, der vor dem Haus stand. Dann stiegen sie ein: Tantine, Jean Michel und er. Im Wagen saßen schon zwei Frauen und ein Mann, Freunde von Tantine.
»Bonjour, mon petit«, sagten sie zu Mano. »Freust du dich, dass wir verreisen?«
»Oui«, sagte Mano lächelnd. »Dann muss ich nicht in die Schule.«
»Willst du später auch mal heiraten?«, fragten sie, und Mano lachte.
Dann hatte der Chauffeur die Koffer verstaut, und sie fuhren los. Es ging immer nach Südosten, und die ganze Fahrt über schien dem Chauffeur die Sonne ins Gesicht. Er setzte eine Schirmmütze auf und zog sie tief in die Stirn. Vor den Autofenstern wechselte die Landschaft, mal war sie flach, mal hügelig und mal bewaldet, dann wieder fuhren sie durch bestellte Felder, die schon von einem grünen Schimmer überzogen waren. Viele Bäume standen bereits in voller Blüte. Mano lehnte seinen Kopf an Tantines Schulter und nickte immer wieder ein.
»Jetzt bist du schon ein ganzes Jahr in Frankreich«, sagte sie. »Und so viele Menschen haben dich gern.«
»Ich hab dich auch gern«, sagte er, und sie strich ihm über die Wange.

Sie hielten unterwegs, um Mittag zu essen, und wenn Mano sagte, er müsse raus, machten sie kurz Rast. Es ging Berge hinauf und wieder hinab. Über den Himmel zogen weiße Wolken, aber unten auf der Erde ging kaum ein Hauch, an den Bäumen bewegte sich kein Blatt. Sie umfuhren den Zipfel der Schweiz, der nach Frankreich hineinragt. Genevièves Vater lebte in Genf, aber die Hochzeit wurde nah der Grenze auf der französischen Seite gefeiert, in Bossey. So konnten alle geladenen Gäste dabei sein, auch die, die wie Mano keinen Pass hatten und keine Grenze überschreiten durften.

In Bossey wurden sie schon erwartet. Der Wagen hielt vor einer großen Villa. Mano bekam ein eigenes Zimmer. Viele Leute, auch Genevièves Onkel, General de Gaulle, waren schon eingetroffen. Mano erkannte den schlanken Mann mit der großen Nase sofort, auch wenn er nicht in Uniform war wie meistens auf den Fotos in Tantines Zeitung. Er überragte alle.

Am nächsten Morgen erklärten zwei Frauen den Kindern ihre Aufgabe bei der Hochzeit. Ein kleiner Junge, Mano, drei jüngere und vier ältere Mädchen wurden vor der Kirche versammelt.

»Wenn das Brautpaar kommt, steht ihr schon am Portal, Mano, eins der jüngeren und zwei der älteren Mädchen links, die anderen Mädchen rechts, vier auf jeder Seite! Ihr werft die Blütenblätter und das Konfetti und ruft: ›Ein glückliches langes Leben!‹ Sobald das Paar die Kirchenschwelle überschritten hat, reiht ihr euch hinter ihm ein, erst die vier Jüngeren, dahinter die vier Älteren.« Ganz genau wurde ihnen alles erklärt, und sie mussten es zweimal ohne Blüten und ohne Brautpaar üben.

Der kleine Junge hatte eine andere Aufgabe: Er musste beim Auszug des Brautpaars ganz allein vorangehen, die Bibel tragen und das Brautpaar durchs Spalier der Menschen aus der Kirche führen.

Am nächsten Morgen kleideten sie sich gleich nach dem Frühstück an. Die Mädchen trugen schneeweiße Kleider mit Puffärmeln, weiße Schuhe und weiße Blumen oder Schleifen im Haar. Mano zog den neuen dunkelblauen Anzug mit weißem Hemd und Schlips und die neuen schwarzen Lederschuhe an. Tantine kam, er musste sich im Kreis drehen, und sie fand, er sah sehr gut aus. Er lachte. Sie band ihm den Schlips noch einmal neu, dann zog sie ihm den Scheitel nach und kämmte ihm die Haare glatt. Sie trug ein Kleid in der Farbe ihrer Augen und einen kleinen blauen Hut mit einer aprikosenfarbenen Feder. Mano sagte, sie sehe auch sehr gut aus, darüber lachten sie beide.
Die Kinder machten alles richtig. Während der Messe saßen sie in der dritten Reihe hinter den Familienangehörigen. Geneviève und ihr Bräutigam Bernard standen vor dem Pfarrer und sprachen ihm nach. Kurz vor dem Ende der Zeremonie holte eine Tante die Kinder und geleitete sie zum Kirchenportal, und als die Orgel erklang und das Brautpaar hinter dem aufgeregten, ganz in Weiß gekleideten Jungen mit der Bibel nach draußen schritt, standen sie bereit. Sie warfen das Konfetti und die Blüten, riefen die Glückwünsche und folgten dem Paar langsam die Stufen hinab. Als sie für den Fotografen auf der Treppe stehen bleiben mussten, sah sich Mano die vielen großen neuen Autos an, die auf dem Platz auf die Festgesellschaft warteten.
Das große Festessen dauerte fünf Stunden. Dafür hatte sich das Richtig-essen-Lernen gelohnt. Mano ließ die linke Hand auf dem Tisch liegen, wenn er mit der rechten löffelte, und hielt nicht den Suppenteller damit fest. Wenn er sie benutzte, dann nahm er sich damit ein Stück Brot. »Der Teller wandert nicht fort«, hatte Tantine immer gesagt, »du musst ihn nicht festhalten.« Auch mit Messer und Gabel hantierte er geschickt. Bald schaute Tantine nicht mal mehr zu ihm her.

Geneviève ging zwischendurch herum und redete strahlend mit ihren Gästen. Auch zu den Kindern kam sie an den Tisch und fragte, ob es ihnen gut gehe. »Mon petit camarade«, sagte sie zu Mano. »Mein kleiner Kamerad, ich freue mich, dass du hier bist. Jetzt fängt ein anderes Leben an.«

Danach musste Mano wieder nach Le Havre zu den Chevriers zurück, wieder in die Schule und mit Parrain lernen.

drei Zuhause und keins   alle wollen mich haben   nur keiner
will mich behalten   wenn ich nicht so Angst hätt   dann geh
ich eben in die Schule   Pierre ist ja auch da

Inzwischen durfte er viele Wege allein gehen, er kannte sich schon gut aus. Aber doch wusste er einmal nicht mehr, wo er war. Straßen über Straßen und überall Trümmer, Baustellen – er irrte herum und wollte niemanden fragen. Dann setzte er sich auf einen Schutthaufen und dachte nach. Den Bahnhof musste er finden oder den Hafen, das Meer, dann fand er auch nach Hause. Wieder irrte er herum, setzte sich woanders auf die Trümmersteine, und da fand ihn Parrain. Alle hatten sich große Sorgen gemacht.

Er sollte Fifine eine Postkarte schreiben, und das machte er gern. Er suchte die schönste Karte aus, die mit dem großen Postschiff, das er im Hafen gesehen hatte, *Paquebot ILE DE FRANCE*.

Le Havre le 26 Mai 1946
Chère Tante Fifine
Je ne veux pas laisser passer la fête des Mamans sans te remercier de tous les bons soins que tu m'as donnés depuis mon arrivee en France Je pense toujours bien a vous tous
Bon baisers.
Mannot

Le Havre der 26 Mai 1946
Liebe Tante Fifine
Ich will den Muttertag nicht vergehen lassen ohne dir zu danken dass du dich so gut um mich gekümmert hast seit meiner Ankunft in Frankreich Ich denke immer gern an euch alle und umarme euch.
Mannot

Immer wenn Mano gut gelernt und in der Schule eine gute Note bekommen hatte, schenkte Parrain ihm Briefmarken. Manche mussten erst abgelöst werden, sie klebten noch auf dem Papier eines Briefumschlags. Dann legte Mano das ausgerissene Stück Papier mit der Marke in eine Schüssel mit kaltem Wasser, bis sich der Kleber gelöst hatte und die Briefmarken und das Papier getrennt im Wasser schwammen. Er fischte die Marken vorsichtig heraus, legte sie zwischen zwei Blätter Löschpapier und beschwerte sie mit einem Buch, damit die Marken beim Trocknen glatt wurden und flach.
Parrain saß beim Einsortieren der Briefmarken oft neben Mano und half ihm beim Lesen der Aufschriften, erklärte ihm, aus welchen Ländern die Marken stammten.
»Magyar posta, weißt du, welches Land das ist?«
Mano schüttelte den Kopf.

»Ungarn. Und das hier?«
Mano las noch einmal ganz langsam Magyar, wie um es sich einzuprägen. Magyar posta.
Es gab Marken der französischen Kolonien in Afrika, Südamerika oder im Pazifik, und Parrain zeigte Mano im Atlas, wo auf der Erde sie sich befanden. Dabei erklärte er Mano auch, wie man einen Ort auf einer Karte finden konnte, wenn im alphabetischen Verzeichnis zum Beispiel hinter Le Havre 48 E 3 stand.
»Und das ist alles Frankreich?«, fragte Mano.
Er entdeckte Paris und wollte wissen, wo Deutschland und wo Ungarn lag. Dann plötzlich las er »München« und sah den roten Fleck, der die Stadt markierte. Er deckte ihn wie aus Versehen mit den Fingern zu, dann mit der ganzen Hand und fragte auch nichts mehr. Als Parrain die Deutschlandkarte aufschlug, winkte er ab. »Ich will von Deutschland nichts wissen.«
»Nicht?«, fragte Parrain lächelnd.
Mano schüttelte den Kopf und sah, wie Parrain sich freute.

Nie ließ Marraine abends das Gebet aus. Manchmal wollte Mano nicht mitbeten, dann presste er die Lippen aufeinander, legte sich hin und drehte sich von ihr weg. »Im Lager drin«, sagte er einmal, »haben die Kinder immer gebetet: Lieber Gott, hilf uns doch, wir haben Hunger. Einmal hat es geschneit, da haben die Menschen gesagt, der Gott kommt und schickt uns lauter Sterne. Tag und Nacht haben sie gebetet. Und es hat nichts geholfen.« Wenn Mano nicht abends betete, betete Marraine für ihn mit.

Mano und Pierre wurden richtige Freunde. Pierre war ein stiller, zurückhaltender Junge, aber Mano konnte ihn zum Lachen bringen, mit verdrehten Worten, wenn er Faxen machte oder wie ein Boxer um ihn herumtänzelte und provozieren wollte. Aber von

einem Augenblick zum anderen konnte Manos Stimmung umschlagen. Eben war er noch lustig und wagemutig, ein richtiger Draufgänger, der die Straßen erkunden wollte und in den Ruinen Sachen suchte, und plötzlich sah er ernst oder sogar tieftraurig aus, wurde still und wollte nicht mehr spielen. Pierre beobachtete das verwirrt und verstummte dann auch, nie drängte er ihn zum Weiterspielen in einem solchen Moment.
Oft trafen sich die Jungen zu mehreren mit ihren Briefmarkenalben und tauschten Doppelte. Oder Mano, Pierre, Christian und andere standen auf dem Platz vor der Kirche herum und wussten nicht, was sie machen sollten. Einen Ball hatten sie nicht, kein Geld für Süßigkeiten und keine Lust nach Hause zu gehen. Sie rangelten und redeten darüber, was sie tun könnten, über die Lehrer, die nächsten Ferien, die Krebse und Krabben, wer wie viele gefangen hatte. Sie überlegten, wo man in den Ruinen vielleicht noch etwas finden oder erkunden könnte, sprachen über die Panzer im Meer, dass sich Muscheln daran festgesetzt hatten und Krabben zwischen den Kettengliedern wohnten. Dann fiel Christians Blick auf die Nummer auf Manos Arm.
»Hat es wehgetan, als sie tätowiert wurde?«
Mano schüttelte den Kopf, und die Jungen sahen ihn an, auf seinen Arm, und schwiegen, als wäre er ein Wesen aus einer fremden Welt.
»Darf ich mal anfassen?«
Mano hob den Arm, und Christian strich darüber. Man spürte nur Haut, sonst nichts.
»Warum haben die Deutschen das getan?«
»Statt Namen. Alle Gefangenen hatten eine tätowiert.«
»Statt Namen?«
»Ich war eben Nummer fünfunddreißigsechsundzwanzig.«

Wieder schauten die Jungen stumm auf Manos Arm. Heute war es warm. Sonst trug er meistens lange Ärmel, sodass man die Nummer nicht sehen konnte. In der Schule hatte Mano anfangs nur langärmelige Hemden getragen, erst im Sportunterricht hatten alle die Nummer gesehen. Manche hatten gefragt, was das sei, was die Nummer bedeute, und als er sagte, die hätten ihm die Deutschen im Konzentrationslager eintätowiert, fragten sie nicht weiter. Nur manchmal schaute noch jemand verstohlen darauf, und nur noch selten fragte jemand: »Wie war es denn da im Konzentrationslager?«
»Schlecht«, sagte Mano nur, und bald fragte niemand mehr. Vielleicht hatten manche auch den Eltern von ihm erzählt, so wie Pierre, und die Erwachsenen hatten ihnen erklärt, was die Konzentrationslager für schreckliche Orte gewesen waren. Man wusste inzwischen viel von dem, was in diesen Lagern geschehen war, seit einem Jahr stand immer wieder etwas darüber in den Zeitungen, und jedes Mal waren es schrecklichere Dinge. Man konnte nur ahnen, wie fürchterlich es gewesen sein musste. Und man konnte es kaum glauben. Manche Eltern sagten vielleicht auch wie Pierres Mutter: »Ein Wunder, dass der Junge überhaupt noch lebt.« Dass man nicht mehr leben könnte, wenn man noch ein Kind war und erst angefangen hatte zu leben, daran hatte noch keines der Kinder gedacht. Dieser André war für sie wie ein seltsames Wunder.
Heute auf dem Kirchplatz aber war die Stimmung anders. Ein kräftiger Junge war gekommen, den sie sonst einfach stehen ließen, wenn er mitspielen wollte, denn er suchte immer nur Streit. Jetzt sagte er: »Warum haben die dich eingesperrt, das verstehe ich nicht, du bist doch selbst ein Boche.«
»Hör auf!«, sagte Pierre.
»Ich bin kein dreckiger Boche«, rief Mano.

»Das sagen doch alle, dass die Chevriers einen Deutschen haben.« Der Junge schaute in die Runde, aber niemand hatte Lust auf einen Streit. »… so einen richtigen dreckigen Deutschen.«
»Halt dein Maul!«
Mano stieß ihn von sich.
»Sale cochon«, sagte der Junge wie nebenbei, als wäre es eine Feststellung und keine Beleidigung.
»Halt dein Maul, sonst kriegst du eins drauf!«
»Sale cochon«, sagte der Junge wieder. »Komm doch, sale cochon, wenn du was willst, sale cochon!«
»Sei still!«, sagte Pierre. »Hör auf und hau ab!«
Mano stieß den Jungen noch einmal, aber der ließ nicht nach. Immer wieder rief er »sale cochon«, Pierre versuchte vergeblich, ihn zum Schweigen zu bringen. Der Junge beschimpfte Mano, sah ihn mit höhnischem Grinsen an, triumphierte, dass es ihm so leicht gelang, Mano zu provozieren.
Mano schlug mit beiden Fäusten zu. Der Junge wehrte sich, immer noch grinsend, aber je mehr er sich wehrte, desto wütender und heftiger schlug Mano zu. Schließlich packte er ihn, sie fielen, aber Mano war schneller wieder auf den Beinen und trat den Jungen in die Seite. Immer wieder trat er zu. Bald versuchte der andere nur noch, sein Gesicht und seinen Bauch zu schützen.
»André, lass ihn! Hör auf, André!« Pierre versuchte, Mano wegzuziehen, aber der schüttelte Pierre ab und trat weiter.
»Arrête, André! Bist du wahnsinnig?« Es war Marraine, die plötzlich da war, ihn von dem Jungen wegzog und ihn mit eisernem Griff zur Ruhe bringen wollte. »Du gehst nach Hause, sofort.« Aber sie war viel zu schwach für ihn. Mano wischte ihre kleinen Hände weg und trat dem Jungen noch einmal gegen das Schienbein. Dann rannte er davon.

»André! Sofort nach Hause!«, rief Marraine ihm hinterher. Sie schaute mit funkelndem Blick die anderen Jungen an, einen nach dem anderen, dann schüttelte sie den Kopf und ging.
Mano rannte zum Meer. Er setzte sich auf ein Stück übrig gebliebene Hauswand und warf mit Sand nach den Möwen. Sein Zorn war schnell verraucht. Als er nach Hause kam, war auch Marraine noch nicht lange da.

Beim Abendbrot musste Mano berichten, wie alles angefangen hatte, ganz genau. Am Ende sagte Parrain: »Wenn jemand dich beschimpft, kommst du und sagst es uns. Und jetzt versprich, dass du dich nicht mehr prügelst.«
Mano nickte.
»Sag es«, sagte Parrain. »Ich will mich nicht mehr prügeln.«
»Ich will mich nicht mehr prügeln«, sagte Mano.
Das war das einzige Mal, dass Marraine so wütend geworden war.
Später am Abend kam ein Anruf von Tantine.
»Comment ça va, mon petit chéri?«
»Ça va.«
Mano war kurz angebunden und reichte den Hörer weiter an Parrain.

Madeleine Marcheix-Thoumyre erfuhr bei ihrer täglichen Arbeit, was in den deutschen Lagern geschehen war. Jeder, der bei ihr um Hilfe ersuchte, hatte etwas zu erzählen, manchmal nur eine einzige Begebenheit, manchmal mehr. Aber keiner der Zurückgekehrten brachte es über sich, ausführlich über sein Schicksal zu berichten. Es war, als starrten sie auf die eben vergangene Zeit in ihrem Leben und könnten nicht begreifen, dass sie dabei gewesen waren, dass dies alles wirklich geschehen war. So erklärte

es Madame Marcheix-Thoumyre einmal ihrer Freundin Paulette Chassagny.
Nicht alle, die verschleppt worden waren, trugen eine tätowierte Nummer auf dem Arm. Madame Marcheix-Thoumyre versuchte herauszufinden, warum das so war, und fragte die ehemaligen Gefangenen danach. Manche vermuteten, nur in Auschwitz habe man die Häftlinge tätowiert, niemand wusste, was das Z bedeutete, andere meinten, nur Häftlinge, an denen medizinische Experimente durchgeführt wurden, hätten eine Nummer bekommen. Als sie das öfter hörte, erschrak sie. Am Abend nach der Rauferei sprach sie mit den Chevriers darüber.
»Irgend so ein Dummkopf hat ihn einen Deutschen geschimpft«, berichtete Monsieur Chevrier. »Aber im Großen und Ganzen ist er schon viel ruhiger geworden. Er hat jetzt Freunde gefunden.«
Madame Marcheix-Thoumyre erzählte von ihrer Vermutung, der Junge könne Opfer medizinischer Experimente gewesen sein.
»Auf jeden Fall wird es wichtig sein, ihn regelmäßig ärztlich untersuchen zu lassen. Falls es irgendwelche Spätfolgen gibt.«
»Er ist manchmal schwierig«, sagte Monsieur Chevrier. »Wir sind geduldig und freundlich, aber man muss ihm auch einmal sagen, was er tun soll und was nicht. Das verträgt er nicht gut, dann wird er ungeduldig. Er kann sich nicht lange konzentrieren. Das Lernen strengt ihn an.«
Vor dem Schlafengehen legte Parrain noch eine Schallplatte auf, Musik von Wagner, Lohengrin.
Mano schlummerte auf dem Sofa ein.

Pierre | Wir wohnten in Le Havre in der Rue D'Alma, nicht weit vom Meer und nicht weit von der Rue du Docteur Cousture, wo André wohnte. Mein Vater und mein Großvater waren Hochseefischer und manchmal ein halbes Jahr auf dem Meer. Wir haben jeden Tag für sie gebetet, besonders meine Mutter betete zur heiligen Maria um Schutz für ihre Männer auf See. Sie hatte André sehr gern, er konnte jederzeit zu uns kommen, und meine Mutter hat sich auch Jahre später noch an ihn erinnert. Auch haben wir immer an ihn gedacht, wenn etwas aus der Zeit des Zweiten Weltkriegs im Fernsehen gezeigt wurde. André war oft und sehr gern bei uns. Meine Mutter hat ihn in die Familie aufgenommen wie einen eigenen Sohn. Sie mochte Kinder, und ich glaube, André war lieber bei uns als zu Hause beim Ehepaar Chevrier. Er durfte bei uns mitessen, mein großer Bruder, der auch André hieß, ging mit uns Krebse fangen, er sollte auf uns aufpassen, falls wir nicht auf das Meer achten, dass wir nicht in einen Priel fallen oder zu den Panzern gehen. André war mein Freund, und obwohl ich ein bisschen älter bin als er, kam ich mir im Vergleich zu ihm naiv vor. Er war gezeichnet. Gegen ihn waren wir alle naiv und unwissend. Ich habe ihn in der Schule kennengelernt, er wohnte nicht weit von uns. Wir haben zusammen draußen gespielt, bei uns im Hof oder auf dem Kirchplatz. André ging nicht sehr gern in die Schule – er konnte nicht gut still sitzen, vor allem nicht in geschlossenen Räumen. Ich ging auch nicht gern in die Schule, und mit Erlaubnis meiner Eltern habe ich sie später abgebrochen und die Kunstschule in Le Havre besucht, um malen und zeichnen zu lernen.
André mochte unsere kleine Schwester Marinette sehr. Er hat viel mit ihr gespielt und gelacht. Er hat sie zum Lachen gebracht. Er hat ihre Puppe sprechen lassen. Vielleicht hat Marinette ihn an seine kleine Schwester erinnert, die er das letzte Mal in Ravensbrück

gesehen hat, als er von ihr und seiner Mutter getrennt wurde. Wir hatten den Krieg, die Besatzung und die Bombardierung erlebt, aber wir waren noch Kinder. Er nicht, nicht mehr. Er war nicht wie wir, er hatte etwas gesehen und erlebt, das wir nicht einmal denken konnten. Mit großer Scheu habe ich immer wieder auf die Nummer auf seinem linken Arm geschaut. André war gezeichnet, nicht nur durch diese Nummer. Wir fühlten uns, ja, ich sage es noch einmal: naiv in seiner Gegenwart. Ahnungslos. Wir waren ahnungslos. |

Zwei französische Offiziere kamen in einem offenen Jeep, um Mano abzuholen. Die Sache war mit den Chevriers verabredet, Madame Marcheix-Thoumyre hatte sie veranlasst. Es war ein strahlender sonniger Tag, Mano hatte für heute schulfrei bekommen und freute sich darüber. Er stieg hinten zu dem Soldaten mit der Waffe, die Offiziere mit den weißen Armbinden, auf denen Police Militaire stand, saßen vorn. Einer fuhr. Mano wusste nicht, wo es hinging. Ein bisschen unheimlich war ihm, aber Angst hatte er nicht. Er wusste, weshalb sie ihn geholt hatten, und sie würden ihn wieder nach Hause bringen. Sie fuhren aus der Stadt, fuhren lange über weites flaches Land mit Kuhweiden bis zu einem großen umzäunten Gelände und durch ein bewachtes Tor hinein.
Es war ein Lager. Hunderte von Männern saßen in langen Reihen auf der Erde. Als die drei Uniformierten und Mano aus dem Jeep ausstiegen, blies ein Wachsoldat in seine Trillerpfeife, und die Männer mussten aufstehen. Viele trugen noch Wehrmachtsuniformen, aber ohne Abzeichen. Die französischen Offiziere nahmen Mano in die Mitte. Langsam gingen sie mit ihm die Reihen der deutschen Kriegsgefangenen ab. Mano sollte sich alle genau ansehen und sagen, ob er einen von ihnen kenne. Zuvor war ihm erklärt worden, die ehemaligen Soldaten würden irgendwann freigelassen, aber es hätten sich auch SS-Männer unter ihnen versteckt, die wolle man finden und vor ein Gericht stellen. Niemand wusste, ob die Männer bei der Registrierung ihre richtigen Namen gesagt hatten, und selbst wenn, konnten die Militärbehörden nicht wissen, wer von ihnen in Wirklichkeit ein SS-Mann war.
Immer wieder fragten die Offiziere: »Was ist mit dem?«, und zeigten auf einen der Männer. Dann schaute Mano ihn an und schüttelte den Kopf. Immer wieder fragten sie: »Der? – Der? – Der?«
Mano zeigte nur auf einen Einzigen, den hatte er schon mal gesehen, früher. Die Offiziere gingen zu ihm, hoben seinen linken

Arm und schauten darunter. Mano hatte sich nicht geirrt: Sie entdeckten die kleine Tätowierung mit der Blutgruppe, die alle SS-Männer hatten. Der Soldat legte dem Mann Handschellen an, und sie nahmen ihn mit, während sie weiter die Reihen abschritten. Aber Mano zeigte auf keinen mehr, er erkannte keinen von ihnen. Der SS-Mann ohne Uniform und Waffe ging neben Mano, der keine Angst vor ihm hatte und doch ein paar Schritte Abstand hielt. Als Mano alle Männer gesehen hatte, drehten sie um und stiegen wieder in den Jeep, Mano mit dem Soldaten und dem SS-Mann hinten. Der blieb in Handschellen und sagte während der ganzen Fahrt kein einziges Wort. Die Offiziere brachten erst Mano nach Hause, dann fuhr der Jeep mit dem Gefangenen weiter.
Noch mehrmals holte die Militärpolizei Mano ab und brachte ihn in Kriegsgefangenenlager, auch in den Hafen von Le Havre, wo viele von ihnen arbeiteten, aber er konnte keinen SS-Mann mehr identifizieren.

Parrain war geduldiger mit dem Jungen als Marraine. Er diktierte ihm Texte, erklärte ihm die Mathematik und ließ ihn rechnen. Mano fiel das Stillsitzen schwer, immer wieder sprang er auf, dann hielt Parrain hielt ihn am Arm fest und sagte: »Komm, die eine Aufgabe, die schaffst du noch.«
Mano lernte, dass es besser war zu fragen: »Darf ich jetzt aufstehen?«
Wollte er nicht mehr lernen, antwortete er auf jede von Parrains Fragen nur noch: »Darf ich jetzt aufstehen?«
Und wenn er die Erlaubnis nicht bekam, schaute er aus dem Fenster und wartete. Manchmal wurde Mano wütend und rief: »Lass mich in Ruhe!« Oder er sprang auf und rief: »Ich will nicht mehr. Wozu brauche ich das, ich habe alles schon gesagt – ich stehe jetzt auf.«
Dann sagte Parrain: »Gut. Machen wir Schluss für heute.«

Aber die Abende im dunklen Zimmer … Auch wenn die Sonne noch nicht untergegangen war, musste er um acht ins Bett. Der fadendünne Lichtschein, der durch die Ritzen des Fensterladens drang, verblasste allmählich, aber Mano konnte nicht schlafen. Unter der Bettdecke wurde es immer heißer, er deckte sich auf, bis es zu kühl war oder Marraine kam und ihn wieder zudeckte. Musik wehte aus dem Wohnzimmer herüber. Dann saß Parrain auf dem Sofa, rauchte und hustete und hörte mit geschlossenen Augen seine Platten. Mano wollte die Augen nicht zumachen.

der Mann der nicht mehr Kraft hatte aufzustehen und Hitler war schon tot wir haben es von den Leuten in einem dieser Dörfer gehört durch die wir gekommen sind   Hitler war tot aber wir durften unsere Freude nicht zeigen   an dem Tag ist der junge SS dem Mann über den Kopf gefahren und hat gegrinst dabei

Mano weinte wieder. In letzter Zeit hatte er sich manchmal angestrengt und Tränen herausgepresst, damit Marraine ihn trösten kam. Eigentlich hatte er keine Tränen mehr, außer wenn er plötzlich zweifelte, ob seine Mama und sein Tata wirklich tot waren. Falls sie lebten, konnte er nicht bei ihnen sein, weil er niemals würde sagen können, wer er ist.

weil sie mir dann vielleicht was antun   oder mich verjagen   Élise hat mich gewarnt   sie hat es gewusst   Parrain mag die Deutschen nicht niemand mag sie   wenn sie erfahren dass ich ein Deutscher bin will mich niemand mehr haben   dann gibt es nirgendwo mehr ein Zuhause   nicht hier nicht bei Tantine auch nicht nicht bei Onkel Félix und Tante Fifine   meine Mama ist sowieso tot ich hab niemand mehr   aber wenn mein Tata noch lebt dann weint er um mich

Das wurde nun zu Manos größtem Schmerz, dass die, die er tot glaubte, leben könnten und ihn, Mano, für tot halten. Dass sie um ihn trauern könnten. Er konnte den Gedanken nicht ertragen, seinen Eltern einen solchen Schmerz zuzufügen.

> wenn sie wissen dass ich ein Deutscher bin komme ich wieder in ein Lager   in so ein Kriegsgefangenenlager wo ich den SS gefunden habe   dann muss ich zum Arbeitskommando aber ich will nie mehr gefangen sein   hier bin ich wenigstens frei   sie haben mich lieb aber ich bin auch gleichzeitig wie gefangen

»Weine nicht, André«, sagte Marraine, wenn sie ihn trösten kam. »Wir sind für dich da. Weine nicht, du bist nicht allein. Du bist hier zu Hause.«
Immer küsste sie ihn auf die Stirn, bevor sie das Zimmer verließ. Wenn sie abends nicht zu Hause war, wollte Mano nicht weinen, und dann weinte er auch nicht.

»Wenn du dich an noch etwas erinnerst, mon petit chéri, dann ruf mich gleich an oder sag es Parrain«, sagte Tantine am Telefon. »Wir bekommen jetzt viele Anfragen von Leuten, die Familienmitglieder suchen.« Tantine konnte nicht sehen, wie Mano den Mund öffnete, als wollte er etwas sagen. Aber er konnte es nicht, kein Wort brachte er über die Lippen.

> sprich nicht Deutsch sag kein Wort sie wollen keine Deutschen   wenn sie erfahren dass du Deutscher bist darfst du nicht mit   ich darf nichts sagen   ich will auch nicht mehr

Schule bis fünf Uhr, dann Hausaufgaben, Klavier üben, essen, schlafen. Oder Hausaufgaben, Nachhilfeunterricht, essen, schlafen. Mittwochnachmittags war schulfrei, da kam die Nachhilfelehrerin. Mano konnte jetzt alle Buchstaben, lesen und schreiben. Aber die Rechtschreibung musste er noch üben. Wenn Mano Hausaufgaben machte, saß selten noch jemand neben ihm. Dann kritzelte er manchmal auf dem Löschpapier herum, einmal schrieb er immer wieder seinen Namen: André Mannot … André Mannot … André Mannot … André … Mannot … Mano … Mano … Höllenreiner … Johann Höllenreiner …

Das Blatt war fast vollgeschrieben, als Parrain kam, um nach ihm zu sehen. Mano versuchte erst gar nicht, es unter einem Heft zu verstecken.

»Wer ist das, Höllenreiner?«, fragte Parrain.

Mano schluckte, dann holte er tief Luft und sagte: »Der Name ist mir eingefallen, das ist ein Pferdehändler, ein Freund von meinem Papa.«

»Wo?«

Mano zuckte die Schultern.

Tantine war am Telefon.

»Mano, mon petit chéri, wie geht es dir?«

Nur sie und die Fouquets nannten ihn noch Mano. Der Name war ein ferner Klang aus der Erinnerung geworden, aus der Zeit der Nummer und einer Zeit davor, die er nur ahnte, an die er sich aber nicht erinnerte. Er hatte sich daran gewöhnt, André gerufen zu werden.

Nur Madame Carron, Pierres Mutter, hatte er erzählt, dass sein Vorname Mano war, früher. Mehr nicht, und sie hatte auch nicht gefragt. Sooft er konnte, saß er bei Madame Carron in der Küche und spielte mit Pierre oder Marinette. Er musste nur immer pünktlich zu Hause sein.

Auch Hausaufgaben machten sie zusammen. Pierres Mutter hatte die Chevriers gefragt, ob Mano nicht ab und zu mit Pierre zusammen lernen könne. Marraine und Parrain hatten es erlaubt, aber am Abend wollten sie die Aufgaben sehen. War ein Fehler darin, musste er ihn vor dem Schlafengehen noch verbessern. Er sollte immer alles richtig haben.

Einmal saßen Pierre und Mano im Hof und sprachen über ihre Träume. Pierre wollte einmal ein bekannter Bildermaler werden. Mano wusste noch nicht. Nur dass er eines Tages so ein schönes großes Auto wie Madame Marcheix-Thoumyre besitzen wollte. Und sonst?

»Mal sehen«, sagte er. »Was kommt, kommt. In den Ferien fahre ich zu Paul und seinen Eltern.«

Weiter als bis zu den nahen Sommerferien konnte er sich die Zukunft nicht vorstellen.

Auch Pierres Mutter fragte ihn einmal, was er werden wolle. »Soldat«, sagte er. »Oder Kapitän. Oder Max Schmeling.«

Soldat fand Madame Carron nicht gut, viel zu gefährlich. Aber Mano gefielen das Singen und Marschieren und die schönen Uniformen. Sie saßen am Küchentisch.

»Mein Papa war bei den Soldaten, und morgens bei Sonnenaufgang mussten sie losmarschieren, da bin ich im Schlafanzug auf die Straße gelaufen und hab ihm gewinkt und salutiert, wie sie vorbeigekommen sind. Stehen bleiben durfte er nicht, aber ich wollte ihn wenigstens sehen. Ich wollte immer machen, was mein Papa macht.«

»Und wo war das?«, fragte Madame Carron.

»Weiß nicht«, sagte Mano. »In den Bergen.«

»Das Soldatenleben ist trotzdem zu gefährlich«, sagte Madame Carron. »Werd lieber Kapitän, da kannst du auch eine schöne Uniform tragen.«

»Und du musst nicht damit durch den Dreck«, sagte André, Pierres großer Bruder. »Haben wir nicht noch meinen Matrosenanzug, Maman? Den können wir André doch schenken.«

Madame Carron war einverstanden und suchte den Matrosenanzug heraus.

»Von André für André«, sagte sie, und Mano freute sich sehr.

Als er mit dem Matrosenanzug in die Schule kam, sagten die anderen in der Klasse: »Oh la la, so schick, hast du heute Geburtstag? – Nein? – Wann denn?«

Mano wusste seinen Geburtstag nicht, das konnten die Kinder gar nicht fassen.

Den Matrosenanzug trug er fortan nur sonntags, wenn er mit den Chevriers einen Ausflug machte. Er wollte ihn beim Spielen nicht schmutzig machen.

Weil Mano beim Fischessen immer mit den Gräten kämpfte, bestellte Marraine bei einer Händlerin einen besonderen Fisch fast ohne Gräten. Davon gab es nur wenige, und sie waren teurer als die anderen, aber für Marraine wurde immer einer reserviert. Mano ging gern mit ihr zum großen Fischmarkt. Und schaute ihr gern beim Kochen zu. Sie legte den langen Fisch in eine Bratform mit Öl, Essig, Zwiebeln, Salz und Pfeffer, kochte alles kurz auf und drehte den Fisch nur einmal um. Beim Zusehen schon leckte Mano sich die Lippen, freute sich auf das weiße, würzige Fleisch des Fisches und die Soße. Alle drei tunkten ihr Brot direkt in die Soße in der Bratform, und niemand schimpfte, wenn etwas auf die Tischdecke kleckerte. Mano schmeckte fast alles, was Marraine kochte, sie war eine Meisterköchin, und Mano sag-

te es ihr. Wenn er mal etwas nicht mochte, musste er es trotzdem essen. Aber dann gab es noch Nachspeise, Karamellcreme, Schokoladenpudding oder Kuchen.
Jeden Tag freute er sich auf das Essen. Aber nicht auf das Geradesitzen. Parrain wollte ihn gerade wie die Stuhllehne und duldete nicht die Ellenbogen auf dem Tisch. Aber beim Tunken achtete niemand auf Manieren.

An einem Sonntag, als tagsüber Flut und das Meer glatt war, fuhren sie mit der Fähre von Le Havre nach Caen. Mano im Matrosenanzug stand die ganze Fahrt an der Reling und beobachtete die Möwen, die mit der Fähre bis aufs offene Meer hinausflogen.
»Der Turm da hinten ist der Glockenturm der Werftarbeiter«, sagte Parrain. »Das Gebäude auf dem Hügel mit dem hohen Turm, das ist Saint-Joseph. Als die Kirche zu Anfang des Jahrhunderts gebaut wurde, wollte der Architekt den Turm hundertsieben Meter hoch haben. Er sollte das erste Bauwerk sein, das Schiffsreisende aus den USA von der Küste und der Stadt sahen.« Parrain hatte immer etwas zu erklären.
Mano schaute auf die Wellen, die das Schiff machte, und in den Schaum des von der Schiffsschraube verwirbelten Wassers. Er spähte zum Horizont und wollte der Erste sein, der wieder Land sah.
An der Anlegestelle wurden sie von Marraines Mutter erwartet. Sie gingen ein Stück landeinwärts an vom Seewind zerzausten, schiefen Bäumen vorbei, bis sie zu einer windgeschützten Stelle kamen. Dort packten Marraine und ihre Mutter Baguette und Käse aus. Viele Familien picknickten hier am Strand oder im Wald. Mano spazierte umher und schaute, was sie zu essen hatten, dann setzte er sich zu den anderen auf die Decke und beobachtete die Seevögel.

Marraines Mutter fragte, wie es dem Jungen gehe. »Est-il de bonne humeur?«
Mano schaute sie prüfend an. Auch andere Leute hatten das schon gefragt. Ja, sagten Parrain und Marraine dann. »Oui, il est de bonne humeur.« Mano blickte sie jedes Mal erschrocken an, als wartete er, was nun geschehen würde. Aber dann redeten sie weiter, über seine Fortschritte in der Schule und darüber, was er noch lernen müsse. Alle waren sehr freundlich zu ihm und schienen erfreut über die Antwort von Parrain und Marraine.

> ich bin humeur   de bonne humeur   was heißt das bloß?   ich glaub das heißt Zigeuner   sie fragen ob ich ein Zigeuner bin und Parrain sagt Ja   es macht keinem was aus wenn er Ja sagt   ist vielleicht nicht so schlimm wie Deutscher sein

Nach dem Picknick gingen sie noch ein bisschen spazieren. Sehr lange konnten sie nicht bleiben, denn noch vor Einsetzen der Ebbe fuhr die Fähre zurück nach Le Havre.

Manchmal saß Mano auf der Küchentreppe, schaute in den Garten und war ganz ruhig. Dann kletterte manchmal Yvonne von nebenan über die Mauer und setzte sich zu ihm. Sie begannen Schiffchen zu bauen, die sie im Wasserbecken treiben ließen. Erst aus gefaltetem Papier, dann aus einem Holzstück mit Strohhalmen, dann aus geflochtenem Gras. Die Schiffchen übernachteten im Wasserbecken, und am Morgen vor der Schule schaute Mano schnell hinaus, ob sie noch auf dem Wasser lagen oder untergegangen waren.

In der Küche hatte Parrain einen Gezeitenkalender, und bei Ebbe durfte Mano zum Krebsefangen. Aber niemals allein, Pierre und

sein großer Bruder waren immer dabei. Manchmal gingen sie schon morgens um sechs, noch vor der Schule. André hatte den Auftrag, auf die Jüngeren aufzupassen.
Mano mochte das Wattenmeer. Es gab dort immer etwas zu finden, Dinge, die angespült und vom Meer zurückgelassen worden waren, meistens nur Bretter, Wurzeln oder Äste, aber manchmal auch etwas, das wahrscheinlich Seeleute verloren hatten. Einmal fand Mano einen Rasierpinsel und nahm ihn mit. Sie suchten besondere gedrehte Schneckenmuscheln, und Mano sammelte fingerdicke Wattwürmer für Parrain, der damit bei Flut vom Hafenquai aus angelte.

An einem sonnenhellen Samstag holte Parrain eine Schachtel aus festem braunen Leder mit einem Tragriemen aus dem Schrank.
»Zieht euch schön an, heute machen wir Fotos«, sagte er. Dann wühlte er nach dem Stativ, staubte alles ab und öffnete schließlich die lederne Schachtel.
»Lies mal!«, sagte er zu Mano.
In dem mit schwarzem Samt ausgeschlagenen Deckel stand in goldener Schrift: Photo-Haus F.A. Sasse Ww. Dresden-A. Prager Str. 31.
Mano verstand nicht.
»Den Apparat habe ich mir gekauft, als ich in Deutschland gearbeitet habe. Damit kann man Fotos auf Glasplatten machen.«
Der Fotoapparat war mit schwarzem Leder überzogen, ein Kasten mit zwei silbernen Knöpfen. Parrain verlängerte die Beine des Stativs, stellte es vor sich auf den Boden und schraubte den schweren Kasten darauf. Als er auf einen der silbernen Knöpfe drückte, klappte eine Seite auf. Zum Vorschein kam ein glänzendes rundes Glas, das Objektiv, erklärte Parrain. Auf der Innenseite des Deckels befanden sich Metallschienen, silberne Schalter und

kleine runde Gläser, es war wie ein Wunderwerk, das noch wunderbarer wurde, als Parrain zwei Metallhebel zusammendrückte und das Objektiv herauszog. Wie eine Ziehharmonika entfaltete sich ein schwarzer Ledertunnel. Dann öffnete Parrain die Klappe auf der anderen Seite des Kastens und entfaltete einen viereckigen Tunnel aus schwarzem Stoff, das Guckloch. Dahinter befand sich ein dickes Glas, wie ein Vergrößerungsglas, so groß wie der ganze Apparat hoch und breit war. Parrain breitete ein schwarzes Tuch über den Fotoapparat und stellte ihn draußen im Garten auf. Dann bückte er sich und steckte den Kopf unter das Tuch.
»André, stell dich bitte mal an die Tür!«
Er schaute und verrückte den Apparat ein Stück.
»Komm näher, André! Mehr zum Fenster. Noch ein Stück. Halt!«
Parrain kam blinzelnd unter dem Tuch hervor.
»So geht es. Ich zieh mich nur noch schnell um. Ist Marraine schon fertig?« Er klang ein bisschen aufgeregt. »Wir wollen doch ein Foto von unserem André haben.«
Als Parrain seinen schönen Anzug angezogen hatte, steckte er den Kopf unter das schwarze Tuch und dirigierte Mano und Marraine noch ein bisschen. Nach links, nach rechts, dann war er endlich zufrieden. Er drehte an einem Rädchen und erklärte, damit stelle er die Schärfe ein.
»Bleibt so, es geht gleich los!«
Er nahm das Tuch vom Apparat, klappte das Guckloch zu und zog es mit dem Vergrößerungsglas, durch das er geschaut hatte, heraus. Stattdessen setzte er ein Metalletui ein.
»Da ist jetzt das Fotoglas drin«, sagte er, dann zog er den metallenen Schutz der Fotoplatte hoch. »Seid ihr bereit? Stillhalten!«
Er drückte einen kleinen Hebel, dann kam er angerannt. Er stellte sich neben Marraine und legte eine Hand auf ihre Schulter.
»Gleich kommt ein Vögelchen raus!«, rief er, und sie mussten

lachen. Ein, zwei Sekunden tickte es leise am Apparat, dann machte es klack.
»So, jetzt sind wir auf der Glasplatte.«
Parrain hob den Metallschutz zurück in den Apparat, zog die Metallhülle mitsamt der belichteten Fotoplatte wieder heraus und steckte eine neue in den Apparat.
»Wir machen noch ein Foto«, sagte er. »Steht ihr noch an der richtigen Stelle?«
»Ich will als Max Schmeling fotografiert werden«, rief Mano.
Wieder drückte Parrain den Hebel und kam schnell gerannt. Mano hob seine Fäuste und boxte in die Luft. Mit dem Klack schnellte der Hebel zurück.
»Eine Platte habe ich noch. Was für ein Foto machen wir?«, fragte Parrain.
»Ich auf deinen Schultern«, rief Mano, und Parrain war einverstanden.
Diesmal sollte Marraine den Auslöser drücken.
»Mal sehen, ob ich stark genug bin, Max Schmeling zu schultern«, sagte Parrain und ging in die Hocke. Aber als Mano auf seinen Schultern saß, kam er kaum wieder hoch. Sie mussten sich gemeinsam am Fensterladen hochziehen.
»Stillhalten, Max-André!«, rief Parrain lachend, und als er nicht mehr schwankte, drückte Marraine schnell auf den Auslöser.
»Hoffentlich ist es was geworden«, sagte Parrain, als er Mano abgesetzt hatte. »Am Montag bringe ich die Platten zum Fotografen und lasse sie entwickeln.«
Mano verstand nicht, wie ein Foto auf einer Glasplatte in dem Metalletui sein sollte. Aber Parrain zeigte ihm eine schon entwickelte Glasscheibe, auf der ein Foto im Negativ zu sehen war, da sah er, dass es möglich war.
Die Fotos gelangen perfekt. Familie Chevrier im Garten, Familie Chevrier mit Mano als lachender Boxer, Parrain lächelnd mit dem

langbeinigen Jungen auf den Schultern, als sei es eine Leichtigkeit für ihn.

Die Sommerferien rückten näher, und Mano zählte die Tage. Er wartete auf Paul, der ihn abholen sollte. Als Mano sein erstes Zeugnis nach Hause brachte, lobten ihn die Chevriers. Er war gut mitgekommen und hatte ordentlich schreiben gelernt, sodass er die Klasse nicht zu wiederholen brauchte. Zur Belohnung bekam er einen ganzen Satz Briefmarken für sein Album.

Wenige Tage später holten Parrain und Mano Paul vom Bahnhof ab. Parrain nahm ihm seinen Koffer ab, und Paul legte den Arm um Manos Schulter, als sie nach Hause gingen. Mano trug seinen Matrosenanzug.

Bei den Chevriers zu Hause aber saß Paul nur steif und gerade, so gerade, wie Mano beim Essen immer sitzen sollte. Er war schweigsam und schien verlegen. Als sie ihn fragten, wie es seinen Eltern gehe, was sein Vater arbeite und wie sein Zeugnis ausgefallen sei, antwortete er. Dann erlosch das Gespräch. Erst als Mano wissen wollte, ob sie ein neues Kaninchen im Bad hätten – nein – und was die Freunde im Schwimmverein machten, ob Paul wieder einen Wettkampf gewonnen habe, wurde er munter.

»Noch nicht«, sagte er lachend. »Aber bald.«

Er sollte fünf Tage in Le Havre bleiben, aber abends in seinem Zimmer bettelte Mano: »Können wir nicht gleich morgen fahren? Du kannst dir ja immer noch die Stadt angucken, wenn du mich zurückbringst – bitte!«

Paul lachte. »Es ist aber verabredet, dass ich bleibe. Und es wäre unhöflich, wenn ich nur kommen würde, um dich mitzunehmen.«

Beim Frühstück aber erzählte er den Chevriers, dass er leider nur bis morgen bleiben könne, ein wichtiger regionaler Schwimm-

wettkampf stehe an. Die Chevriers waren ein bisschen enttäuscht, aber sie konnten nichts dagegen sagen.
Sie nutzten den Tag, um Paul so viel wie möglich von Le Havre zu zeigen, noch am Abend gingen Mano, Pierre und André mit Paul Krebse fischen. Spät, im letzten Licht des Tages setzte die Ebbe ein. Mano fand einen leeren Krebspanzer und dachte, der Krebs darin sei gestorben.
»Nein«, sagte der große André. »Der hat nur seinen Panzer abgeworfen. Wenn die Krebse wachsen, wächst der Panzer nicht mit, deshalb häuten sie sich einmal im Jahr. Sie lösen sich vom Panzer, kriechen rückwärts hinaus, und den neuen Panzer haben sie darunter schon zusammengefaltet am Körper. Der ist noch ganz weich, aber wenn er sich entfaltet hat, wird er in vier, fünf Stunden hart.«
Mano und Paul schauten sich den leeren Panzer an.
»So einen könnte ich auch gebrauchen«, sagte Mano. »Und wenn er mir zu eng wird, werf ich ihn ab.«
André lachte. »Paaren können sich die Krebse nur, wenn das Weibchen gerade keinen Panzer hat.«
Die Jungen kicherten. »Wenn das Weibchen nackt ist, meinst du?«
»Ja. Und das sind sie nur vier Stunden im Jahr. Deshalb trägt das Männchen das Weibchen manchmal ein paar Tage herum, damit es den richtigen Augenblick nicht verpasst.«
Die Jungen stellten sich das mit Mädchen vor und krümmten sich vor Lachen.

Am nächsten Morgen brachten Marraine und Parrain die Jungen zum Zug. In Manos Koffer waren außer seinen Kleidern Schulbücher und Aufgabenhefte, die Parrain ihm eingepackt hatte. Mano sollte in den Ferien lernen, damit er nichts vergaß und noch ein bisschen aufholte, denn nach den Ferien sollte er aufs Gymnasium wechseln. Paul versprach, ihn dazu anzuhalten und ihm zu helfen. Sie umarmten einander, und die Jungen stiegen fröhlich in den Zug. Sie winkten aus dem Fenster, bis der Zug den Bahnhof verlassen hatte.

In Pantin aus der Métro zu steigen, war für Mano wie nach Hause kommen. Tante Fifine und Onkel Félix umarmten und küssten ihn. Gleich spielten sie eine Runde Mühle, und Mano verlor gegen Onkel Félix, aber nur knapp.

»Nächste Woche gewinne ich gegen dich«, sagte er, »das versprech ich dir.«

Tante Fifine stellte tausend Fragen, und Mano erzählte von seinen Freunden, von Parrain und Marraine, vom Meer, der Schule und seinem ersten Zeugnis. Stundenlang saßen sie zusammen, auch Tante Fifines Nichte Margot aus dem Elsass war dabei, die ihre Schulferien für einen Parisbesuch nutzte. Irgendwie würden sie schon alle in die kleine Wohnung passen. Abends ging Mano mit Paul ins Schwimmbad. Paul wollte für den Wettkampf trainieren, und Mano probierte, ob er überhaupt noch schwimmen konnte, aber nur dort, wo er noch den Boden des Beckens berührte. »Il est de bonne humeur«, hörte er Tante Fifine später am Abend sagen.

Tante Fifine zeigte Margot Paris, und Mano war immer dabei. Sie besuchten Napoleons Grab unter der Kuppel des Invalidendoms, und Mano war beeindruckt von der Vorstellung, dass da einer begraben lag, der so berühmt war, dass alle Kinder in der Schule etwas über ihn lernen mussten. Mano konnte die ganze Geschichte aufsagen, über die Feldzüge und Kriege, Napoleons Aufenthalt auf der Insel Elba bis zu seiner Verbannung und seinem Tod. Er fragte Tante Fifine, warum ein Mann, der immer nur Kriege angefangen hatte, so verehrt werde. »Vielleicht bewundern die Leute genau das?«, sagte sie nachdenklich. Sie unterhielten sich noch länger darüber, bei Geschichte passte Mano in der Schule immer auf. Er kannte auch die ganze Geschichte von General de Gaulle und der Exilregierung.

Auch das Pantheon besuchten sie, den riesigen Bau mit der hohen Kuppel, in dem Philosophen und Schriftsteller begraben waren, Voltaire, Rousseau, Hugo, Zola und viele andere.

»Die kommen in der Schule alle noch dran, und bald wirst du ihre Bücher lesen können«, sagte Tante Fifine.

Sie fuhren auf den Eiffelturm und schauten über die Dächer der Stadt. Tante Fifine fotografierte ihn mit Margot und dem Turm im Hintergrund. Mano erzählte ihr von Parrains Fotoapparat.

»Bekomme ich auch Abzüge von den Fotos?«, fragte Tante Fifine, und Mano versprach, Parrain zu fragen.

Von Parrain kam ein Brief mit einem Geschenk für Mano, und Tante Fifine antwortete noch am selben Tag. Sie wollten Mano mit ins Elsass nehmen, aber nur, wenn die Chevriers es erlaubten.

Pantin, le 27 Juillet

Chère Madame cher Monsieur
in Eile dieser kurze Brief um Ihnen zu sagen, dass André heute Morgen seine Schokolade bekommen hat, er wird Ihnen in seinem nächsten Brief danken. Ich habe von Madame Marcheix erfahren, dass Sie André am 20. August wieder zu sich nehmen, wir wollen nicht den Aufenthalt von André ausdehnen, denn ich weiß sehr gut, dass er für seine Bildung nicht in besseren Händen als in Ihren sein kann. Wir haben ihm noch nichts von unserer Absicht gesagt, ihn mit in das Elsass zu nehmen und

er wird also nicht enttäuscht sein. Wir warten also auf Ihre Antwort und ich entschuldige mich für die Unannehmlichkeiten.
Heute Nachmittag ist André mit Paul und Onkel André rausgegangen um ein Briefmarkenalbum zu kaufen, er beschäftigt sich gut mit seiner Sammlung und angesichts der Hitze, die wir hier haben, möchte er nicht raus.
Er ist damit zufrieden abends mit Paul ins Schwimmbad zu gehen und macht Fortschritte im Schwimmen.
Herzliche Grüße und eine Umarmung von André,
J. Fouquet

Vier Tage später kam die Antwort von Parrain, und Tante Fifine schrieb gleich zurück.

Pantin, le 31. Juillet

Chère Madame cher Monsieur
Habe Ihren Brief erhalten und wir danken Ihnen für die Erlaubnis André in das Elsass mitzunehmen.
Wie Sie möchten wird André am 25. zurückkehren und Sie können ihn am 26. August wieder zu sich nehmen.
Wir haben mit ihm nicht über unsere Pläne gesprochen, bevor Ihre Antwort da war. Ich habe ihn den Brief von Monsieur Chevrier an ihn lesen lassen, dass er in das Elsass fahren wird, Tränen sind ihm gekullert, aber er tat so, als ob er etwas im Auge hätte. Er freut sich sehr und hat uns versprochen seine Aufgaben gewissenhafter zu machen. Paul wird ihn im Elsass dazu anhalten, denn in den letzten Tagen hat er seine Aufgaben ein bisschen schleifen lassen.
Am Montag besuche ich Mme Marcheix, sie ist mit ihm zu einer Untersuchung gegangen. Alles ist in Ordnung bis auf

die Mandeln. Sie sind sehr groß und könnten Schwierigkeiten machen. Heute morgen, Mittwoch, habe ich Mano noch einmal hingebracht und er wurde in meiner Anwesenheit untersucht. Mme Marcheix kümmert sich heute Nachmittag um die Brille, bei einem anderen Termin um seine Karte als Verfolgter. Morgen früh wird sie ihn von ihrem Schwiegersohn, einem Chirurgen, Spezialist für den Hals in einem Kinderkrankenhaus operieren lassen. Sie behält ihn einen Tag bei sich und wird mich anrufen um mir zu sagen, wie es ihm geht.
Er wird bis zu unserer Abfahrt wohlauf sein denn bei unserer Rückkehr hätten wir keine Zeit gehabt. Es ist besser es in Paris machen zu lassen, vor allem mit den Empfehlungen von Mme Marcheix, als Ihnen diese Sorge in Le Havre zu lassen. Mme Marcheix wird Sie in allen Angelegenheiten auf dem Laufenden halten. André war nicht erfreut über diesen so schnell entschiedenen Eingriff, aber tröstet sich, dass bald Dienstag ist und wir losfahren.
Mein Mann und mein Sohn und ich grüßen Sie herzlich,
J. Fouquet

Jeudi matin
Monsieur
da mein Brief diesen Morgen nicht losgeschickt wurde, kann ich sofort für Sie da sein am 29. Also können wir bei der Rückkehr von André in Ruhe einen Termin verabreden. Da Sie so freundlich sind, ihn uns zu lassen.
Ihre Ferien rücken näher und wir wünschen Ihnen gute Erholung, wohl verdient nach einem Jahr der Arbeit und der Sorgen. Ich füge hier unsere Adresse im Elsass bei:
Fouquet chez Mes Fuchs
1 Rue des Prés à Ingersheim

près de Colmar (Haut-Rhine)
André hat die Karte an Mme Grandval nicht geschrieben aber wird es tun sobald er wieder zu Hause ist.
Mit herzlichen Grüßen
J. Fouquet

PS: Mme Marcheix hat gerade angerufen um zu sagen, dass André am Freitag operiert werden wird. Er bleibt heute bei ihr weil sie ihn auf die Operation vorbereitet.

Auch Madame Marcheix-Thoumyre schrieb an Monsieur Chevrier.

1. August 1946
Cher Monsieur, als Ihr erster Brief kam, hatte ich Mano noch nicht gesehen, Mme Fouquet hatte mehrmals bei mir angerufen und mich nicht erreicht. Aber inzwischen habe ich Kontakt aufgenommen und seitdem den Kleinen bei mir. Deshalb ist Ihr 2. Brief gestern Abend gekommen, bevor ich überhaupt den vorigen beantwortet habe. Ich wollte Ihnen genau die Ergebnisse meiner Bemühungen berichten können.
Zur Frage der Gesundheit zuallererst. Ich habe ihn also sehr ernsthaft untersuchen lassen. Wegen seiner geschwollenen Drüsen nichts zu befürchten, er ist in guter Verfassung, allerdings müsste man das regelmäßig weiterverfolgen, denn nach unseren Erkundigungen seit einem Jahr, habe ich erfahren, dass seine tätowierte Nummer bedeutet, dass er zu denjenigen gehört, mit denen experimentiert wurde!! Armer Kleiner!
Die Ärzte sind ziemlich überzeugt, falls er einen Rückschlag erleiden würde, hätte er ihn schon gehabt. Aber zur Vorsicht

kann man mit einer Verzögerung von bis zu 2 Jahren rechnen um eine Garantie für die Zukunft zu haben. Allerdings wurde bei ihm bei der Untersuchung festgestellt, dass er infolge einer beginnenden Halsentzündung stark geschwollene Mandeln hat, die man dringend bald herausnehmen sollte. Morgen früh wird man bei ihm diesen kleinen Eingriff machen, was ihn nicht gerade erfreut, aber ich werde ihn 2 bis 3 Tage bei mir behalten um ihn gut zu pflegen bevor ich ihn Mme Fouquet wiedergebe. So wird er mehr von seinem Aufenthalt im Elsass haben. Ich werde Ihnen morgen Abend Bescheid sagen, um Sie zu beruhigen.
Bleibt eine letzte Sache die er im September angehen müsste. Das ist eine sehr leichte Verkrümmung der Wirbelsäule mit Muskelschwäche des Schlüsselbeins, das liegt an der Sägearbeit, die er in der Deportation machen musste, diese ist in der Zeit des Wachstums durch Krankengymnastik einfach auszugleichen. Man muss darauf achten, bei einem Mann wäre das nicht so wichtig. Was seine Augenuntersuchung betrifft, werde ich ihm eine Brille machen lassen, die er in den nächsten 6 Monaten immer tragen sollte, dann sollte man ihn noch einmal untersuchen. Der Arzt meint, dass mit der Zeit eine Verbesserung der Sicht eintreten wird.
Ich habe mit ihm außerdem noch einiges andere unternommen. Die Botschaft von Ungarn beschäftigt sich mit ihm, Monsieur Tanel, Direktor der internationalen Zirkusse, hat ihn gesehen, er wird in München vor Ort nachfragen.
Ich habe ihn auch in Amerika für eine Patenschaft angemeldet. Sehr bald müssten Sie für ihn regelmäßig Pakete erhalten.
Die Deportierten-Papiere sind in Ordnung gebracht, er ist eingeschrieben bei der Vereinigung der Ehemaligen von Auschwitz, da er die Nummer trägt, und in Le Havre wird

Herr Louis Eudier, der Vorsitzende, 91, rue François Arago, Sie deshalb als Vertreter der Vereinigung für das Departement Seine Inférieure besuchen und Sie können dann einen Termin für September festlegen. Die Vereinigung hier hat ihm 1000,- Francs gegeben, die er quittiert hat.
Während seines Aufenthalts bei mir war keine Zeit zum Lernen, weil alle diese Wege uns sehr beansprucht haben wie Sie sich denken können. Aber haben Sie keine Angst, cher Monsieur, die Fouquets werden ihn das in den Ferien schnell aufholen lassen. Ich möchte auf keinen Fall, dass Ihre Zuneigung zu diesem Kind überdeckt wird von der Zärtlichkeit, die er hier oder bei den Fouquets empfängt. Der beste Teil kommt zu Ihnen beiden zurück, Sie sind seine Eltern und wir vervollständigen seine Familie nur. Auch wenn er sich sehr freut nach Paris zu kommen, glauben Sie nicht, dass das der Verehrung schaden könnte, die er für Sie hat. Weder Mme Fouquet noch ich selbst könnten verhindern, mit ihm immerzu von Ihnen zu sprechen und in ihm die Verehrung, die er Ihnen schuldet, wachzuhalten. Sie wissen, wie sehr Kinder die Veränderung lieben und, wie Sie mir ja auch sehr vorsichtig sagten, es war in unserer Kindheit immer schön zur Großmutter zu gehen. Wir würden das sehr gern noch weiter tun, wenn das Leben uns unsere Vorfahren unser ganzes Leben lang lassen würde.
Hier also, cher Monsieur, ein ziemlich langer Brief, etwas in Eile geschrieben, immer hin- und hergeworfen von all denen, die Unterstützung brauchen. Michel trägt mir auf, Ihnen herzliche Grüße zu übermitteln und ich füge meine für Ihren Haushalt an.
Mad. Marcheix-Thoumyre

Auf keinen Fall wollte Mano ins Krankenhaus, er sträubte sich dagegen. Zum x-ten Mal versprach ihm Tantine, dass sie ihn kei-

nen Augenblick allein lassen würde. Und dass kein Fremder etwas mit ihm tue. Ihr Schwiegersohn selbst würde die Mandeln entfernen, den kenne Mano ja, und anschließend würde sie Mano sofort mit nach Hause nehmen, er müsse keine drei Stunden im Krankenhaus bleiben. Schließlich gab Mano nach.
Als er aus der Narkose erwachte, rief er: »Mama!«, und Tantine war da und hielt seine Hand, strich ihm über den Kopf. Wenig später wurden sie mit einem Krankenwagen nach Hause gebracht. Mano legte sich gleich oben in sein Bett und bekam ein Eisstückchen zum Lutschen. Am Nachmittag kam Daniel, der Arzt, untersuchte ihn und war zufrieden. Tantine hatte Wort gehalten. »In zwei Tagen bist du wieder munter«, sagte Daniel. »Dann kannst du deine Ferien genießen.«

Mit der Eisenbahn fuhren die Fouquets, Margot und Mano nach Colmar. Von da ging es nach Ingersheim in die Ferien. In Ingersheim war Tante Fifine geboren, dort und in der Umgebung lebte fast die ganze Verwandtschaft, Geschwister, Cousins, Cousinen, Neffen, Nichten. Mano wurde einer Menge Menschen vorgestellt, und alle sprachen Deutsch mit dem Akzent des Elsässer Dialekts, so wie Tante Fifine. Wenn sie untereinander Elsässisch sprachen, musste Mano sich anstrengen, um etwas zu verstehen. Für Onkel Félix und Paul wurde alles übersetzt. Und manchmal auch für Mano. Sie wohnten in dem Haus, das ihnen Fifines Schwester für die Ferien überlassen hatte. Es war hoch und schmal und besaß drei Stockwerke. Im Erdgeschoss und im zweiten Stock waren ein Zimmer und eine Kammer, im ersten Stock befand sich die Küche.

Gleich am nächsten Tag war Mano verschwunden, und alle suchten ihn. Auf der Straße, in der Kirche und bei den Gärten. Sie

riefen seinen Namen. Nichts. Bis Tante Fifine auf die Idee kam, die Nachbarn auf der anderen Seite der Rue Jeanne d'Arc zu fragen.
»Nein, der Junge ist nicht hier«, sagte die Frau. »Aber kommen Sie doch einen Moment herein.«
Tante Fifine fand Mano, wie er im Pferdestall mit einer jungen Katze spielte. Die Nachbarin staunte, sie hatte den Jungen nicht kommen sehen. Er hatte sich schon mit ihren Töchtern Bernadette und Odile angefreundet.
Mano verschwand noch öfter, aber jetzt wusste Fifine, wo sie ihn finden konnte. Entweder streichelte er das Pferd, den Hund oder eine der Katzen der Nachbarn, oder er stand bei den Ställen und beobachtete die Schweine und Hühner.
Beinahe täglich unternahmen die Fouquets etwas mit der großen Verwandtschaft. Sie wanderten durch die Weinberge oder besuchten Freunde, fuhren nach Straßburg und besichtigten das große Münster, fuhren nach Colmar und spazierten dort durch die Straßen. Sie stellten einen langen Esstisch in den Garten, damit sie alle zusammen draußen essen konnten. Tante Fifine wollte von allen Neuigkeiten hören: wer welchen Beruf lernte, wer geheiratet hatte, wo es ein neues Baby gab. Auch über den Krieg wurde gesprochen. Die Elsässer Männer hatten erst in der französischen Armee gekämpft, und als die Deutschen das Elsass besetzten, zwang man sie, in der deutschen Armee den Krieg in Osteuropa mitzumachen. Zum Glück war Tante Fifines Neffe damals noch zu jung gewesen. Tante Fifine war das erste Mal seit dem Einmarsch der Deutschen wieder bei ihren Verwandten.
Sie tauschten Kindheitserinnerungen aus, erzählten sich lustige Geschichten, Fifines Nichte Germaine führte die Elsässer Tracht vor, in der sie bei der Festprozession zum Kriegsende gehen wollte. Tante Fifine nutzte die Gelegenheit zum Fotografieren: alle zusammen mit Germaine und ihrer Mutter, dann Paul und

Germaine, Paul und Mano, noch einmal alle, dann alle mit Fifine. Mano war vom ersten Tag an als neuer Cousin in die Familie aufgenommen worden und immer in Gesellschaft von Cousinen oder den Nachbarsmädchen. Er war neu, sah gut aus, fanden die Mädchen, und erzählte interessante Dinge von Le Havre und vom Meer. Er sprach anders deutsch als sie, aber alle verstanden ihn gut, er machte Witze, spielte gern, er war beliebt.

Vom Bahnhof Turckheim fuhren sie mit dem Zug in die Vogesen, bis zur Endstation Metzeral. Sie waren mehrere Familien, an die zwanzig Personen, die meisten ungefähr in Pauls Alter. Von der Endstation wanderten sie zum kleinen Stausee Schiessrothried. Es war ein fröhliches Gehen, sie neckten einander, scherzten und sangen Lieder, die alle kannten. In einer kleinen Herberge am See übernachteten sie. Am Abend entzündeten sie ein Feuer, grillten ihr Essen, Frösche quakten. Am nächsten Tag schwammen sie, machten noch einen Spaziergang, und am späten Nachmittag wanderten sie zum Bahnhof zurück. Während der Rückfahrt saßen alle müde im Zug und dösten. Mano lehnte den Kopf gegen Germaines Schulter und nickte ein. Als die Abendsonne schräg durchs Zugfenster fiel, öffnete er die Augen, seufzte wohlig und sagte zufrieden: »Je sais comment on fait l'amour.«
Germaine lachte laut auf. »Dann ist alles gut, dann kannst du ja in Ruhe erwachsen werden.«
Mano lächelte und schloss wieder die Augen, den Kopf in Germaines Halskuhle geschmiegt.

Es war die Zeit der Weinernte. Die vier Nichten Germaine, Sisine, Mariette und Nenette und ihr Bruder Marcel, Paul, Tante Fifine, Onkel Félix und Mano gingen in den großen Garten der Familie Fuchs, der gleich hinter Ingersheim begann und sich weit in die Ebene erstreckte. Sie schulterten jeder eine geflochtene Kiepe, bekamen eine Schere und fingen an, die Trauben von den Reben zu schneiden. Sisine zeigte Mano, welche Trauben er noch dranlassen sollte. Die abgeschnittenen Trauben legte er in die Kiepe. Alle lachten und scherzten bei der Arbeit. Mano gab als Erster auf, schüttete die Trauben in einen großen hölzernen Bottich, stellte die Kiepe ab, legte die Schere daneben und setzte sich in den Schatten eines Baumes. Als er merkte, dass es ein Mirabellenbaum war, kletterte er in die Krone hinauf. Die Mirabellen waren saftig und süß, und niemand bemerkte ihn. Als Sisine und Mariette zum Wagen kamen und ihre Kiepen ausleerten, wunderten sie sich, woher die feuchten Mirabellenkerne geflogen kamen. Sie entdeckten den Jungen im Baum, der nach ihnen spuckte, duckten sich und warfen Kerne zurück. Mano blieb so lange oben sitzen, bis es Zeit fürs Picknick war. Der erste Bottich war schon bis zum Rand mit Trauben gefüllt. Mano hielt sich den Bauch.

»Ich kann nicht mehr«, stöhnte er. »Ich habe zu viel Mirabellen gegessen.«

Alle lachten über ihn, umso mehr, als er jetzt noch mitaß. Dann wurde der Blechkuchen angeschnitten. Wer die eingebackene Münze erwischte, musste eine Pantomime vorspielen, und die anderen sollten raten, was es war. Es erwischte Germaine. Sie spielte, sie würde sich davonschleichen, sich verstecken, etwas pflücken und essen, eine Katze anlocken, und alle versuchten zu raten, wen oder was sie darstellte. Sie rieten immer falsch. Bis sie spielte, sie würde die anderen bespucken und sich schnell verstecken, da rief Sisine: »Das soll Mano sein.«

Germaine spielte noch weiter, wie Mano seine neue Brille aufsetzte, sie schnell wieder abnahm und sagte: »Ein Mann mit Brille – mein letzter Wille.«

Alle lachten schallend.

Eines Sonntags fuhren sie mit dem Autobus zur Wallfahrtskapelle Drei Ähren: Tante Fifine, Onkel Félix, Mano und Paul und die Cousinen Mariette und Sisine. In Serpentinen ging es durch Weinberge und Winzerdörfer bergauf, oben säumte nur noch Wald die Straße. Hinter dem Dorf Niedermorschwihr hielt der Autobus vor der Kapelle. Tante Fifine erzählte Mano von der Geschichte dieses Ortes: Vor vielen Jahrhunderten hatte hier an einer Eiche eine Tonfigur der heiligen Mutter Maria gehangen. Da war ein Schmied mit seinem Esel vorbeigekommen, und Maria war ihm erschienen, in einer Hand hatte sie drei Ähren, in der anderen einen Eiszapfen gehalten. Seitdem, seit 1491, sei der Ort ein Wallfahrtsort, und irgendwann habe man die Figur von der Eiche genommen und in eine eigens dafür gebaute Kapelle versetzt.
Sie betraten die alte Kapelle und setzten sich in die ersten beiden Reihen, Mano ganz vorn zwischen Paul und Tante Fifine, neben ihr Félix und hinter ihnen die Cousinen. In das Altarbild eingebaut, stand unter einer hohen Krone und zwischen zwei Engeln die kleine bemalte Muttergottesfigur. Sie hielt den Leichnam ihres Sohnes auf ihrem Schoß, und über ihre Wangen rollten dicke Tränen. Hinter der Figur schwebte ein goldener Strahlenkranz. Die Kapelle füllte sich mit Menschen, dann trat aus einer Seitentür ein Priester, schwenkte Weihrauch und hielt die Messe auf Französisch. Doch plötzlich:
»Vater unser, der du bist im Himmel, geheiligt werde dein Name. Dein Reich komme. Dein Wille geschehe, wie im Himmel so auf Erden. Unser tägliches Brot gib uns heute …«

was ist das jetzt?   wo bin ich?   ist das Deutschland?

Mano brach der Schweiß aus, er schluchzte auf und lief weinend aus der Kapelle ins Sonnenlicht. Nur einen Augenblick später war

Paul da und legte ihm den Arm um die Schultern. Auch Tante Fifine kam, gefolgt von Mariette, Sisine und Onkel Félix. Mano bedeckte mit den Händen sein Gesicht, alle standen um ihn herum und wollten ihn trösten. Tante Fifine umarmte ihn.
»Was ist denn, mein armer Liebling?«, fragte sie. »Du bist ja ganz heiß.«
»Ich hab's verstanden und … ich kenne es.«
»Es war auf Deutsch.«
»Aber wo bin ich denn?«, fragte Mano.
»In Frankreich.«
»Vater unser … Das kenne ich. Ich glaub, ich hab's in der Schule gelernt.«
Mano weinte wieder. Er hielt sich den Kopf.
»Ich weiß jetzt alles«, sagt er. »Ich hab so Kopfschmerzen.«
Tante Fifine nahm ihn an der Hand und zog ihn von der Kapelle fort. Drinnen war die Messe noch nicht zu Ende.
»Du bist also früher auch in die Schule gegangen?«
Mano nickte.
»Tante«, sagte er. »Johann Fischer.«
»Wer ist das?«
»So heißt mein Papa. In München – da haben wir gewohnt.«
Tante Fifine blieb stehen und sah Mano in die Augen. »So heißt dein Papa?«
»Ja«, sagte Mano und zuckte die Schultern, als sei er sich doch nicht sicher.
Tante Fifine nahm Mano fest an die Hand und fragte, ob er sich den Namen jetzt merken könne. Dann würde sie ihn später aufschreiben.
Mano nickte.
Die Familie spazierte zum Hotel nicht weit von der Kapelle, wo Nenette, die Schwester der Cousinen, als Zimmermädchen arbei-

tete. Nenette war ganz in Weiß gekleidet. Tante Fifine wollte ein Foto von ihnen allen, und Onkel Félix fotografierte. Aber Mano war in Gedanken woanders.

> ich muss es sagen   sie leben vielleicht noch   ich hab ihn nicht verraten   es ist ja nicht sein richtiger Name   wir sind Ungarn   so hat Tata es mir beigebracht als ich klein war   dass ich immer sagen soll wir sind Ungarn und arbeiten für einen Zirkus mit Pferden   in Ungarn haben wir eine Puszta gehabt   so hat ers mir erklärt   damit niemand was gegen uns sagt   so hat Papo es schon ihm erklärt   damit niemand weiß was wir sind und was Schlechtes denkt

Erst später, beim Picknick, gelang es Félix, Mano mit kleinen Scherzen aus seinen Gedanken zu reißen.

Mit dem Eintreffen eines Telegramms waren die Ferien jäh zu Ende:

Kommt zurück. Maman heute verschieden. Lucienne

Noch am selben Tag packten sie die Koffer. Auch Mano suchte seine Sachen zusammen, und die Nachbarn brachten sie mit dem Pferdewagen zum Bahnhof. Sie nahmen den nächsten Zug nach Paris.
Félix' Mutter lag aufgebahrt in ihrer Wohnung, die ganze Familie und viele Bekannte waren versammelt.
Bevor der Sarg über dem Leichnam geschlossen und zum Friedhof von Pantin gebracht wurde, gingen alle der Reihe nach zu ihr und küssten sie zum Abschied auf die Wangen und die Stirn. Mano erschauerte bei jedem Kuss und hielt sich so weit wie mög-

lich von der Toten entfernt. Erst als alle sich verabschiedet hatten, straffte er sich, machte ein paar schnelle Schritte zum Sarg und küsste die Tote mit fest geschlossenen Lippen flüchtig auf die kalte Stirn. Die Verwandtschaft war zu Tränen gerührt, dass auch der Junge sie zum Abschied geküsst hatte, der Junge von Fifine, von dem man kaum etwas wusste. Der kleine Liebling, ach, und jetzt weinte er auch. Die Tanten legten abwechselnd ihre Arme um seine Schultern, trösteten ihn und weinten selbst.

> ich hab Angst vor dem Geist der Toten aber ich hab sie berührt hab ja schon viele Tote berührt   ich musste sie auf den Karren werfen   die in der Nacht gestorben waren   so viele Tote   in der Nacht sterben die meisten und am Morgen werden sie rausgezogen an den Köpfen und an den Füßen   am Morgen werden sie alle auf einen Haufen geworfen   auch wenn ich die Toten gekannt hab ich hab trotzdem nicht mehr weinen können   wir haben uns von den Toten nie verabschieden können   unsere Leute wurden nicht begraben   hätten wir uns Arme und Beine ausreißen können und sie wären nachgewachsen wie bei den Krebsen dann hätten wir es gemacht   damit wir nicht arbeiten müssen nicht die Toten anfassen und auf den Karren werfen jeden Morgen   und wenn auch Babys dabei sind oder mein Onkel meine Cousine   irgendwann kann man nicht mehr weinen

Ein langer Trauerzug folgte dem Sarg zum Friedhof, die halbe Stadt schien dabei zu sein. Nach dem Begräbnis sprachen die Leute davon, was Félix' Mutter im Leben geleistet hatte. Zwei Kriege hatte sie überstanden und es immer allen leichter gemacht mit ihrem Witz.

Tante Fifine benachrichtigte Madame Marcheix-Thoumyre, dass Mano sich erinnert habe. Einen Namen und eine Stadt habe er genannt: Johann Fischer und München.

Madame Marcheix-Thoumyre holte Mano für ein paar Tage zu sich, sie wollte hören, woran er sich noch erinnerte. Er erzählte ihr, wie ihm bei dem deutschen Gebet in der Kapelle plötzlich ganz heiß geworden war.

»Da bin ich wach geworden, und ich hab meine Eltern wieder vor mir gesehen. Mit einem Schlag war alles da. Vorher, wenn ich nachdenken wollte, war in meinem Kopf immer alles im Nebel, da ging es nicht.«

»Gut, mon petit chéri«, sagte Madame Marcheix-Thoumyre. »Jetzt kann ich wieder etwas unternehmen. Ich werde nach Deutschland fahren und mich umhören, nach den Menschen suchen, die du mir nennst.«

Erst zögerte Mano, dann fragte er: »Fährst du auch nach München?«

Und als sie nickte, sagte er mit fester Stimme: »Die Höllenreiner-Brüder musst du suchen. In der Deisenhofener Straße. Sie sind Pferdehändler.«

Vor ihrer Reise wollte Madame Marcheix-Thoumyre Mano noch von Experten untersuchen lassen. Sie erhoffe sich weitere Anhaltspunkte, was sein Alter und seine Herkunft betraf, erklärte sie ihm. Sie ließ zwei Professoren von der Universität kommen, zwei Spezialisten, wie sie sagte, und Mano vermied es, die beiden auch nur anzusehen. Er wurde auf sein Zimmer geschickt, und die Männer folgten ihm mit einer großen Ledertasche. Oben an der Treppe blieb Mano stehen und rief: »Tantine!«

Da sah sie sein fahles Gesicht und kam schnell herauf. Im Zimmer ließ sie ihn aber doch mit den Männern allein.

»Keine Angst, wir untersuchen dich nur«, sagte einer, aber Mano zeigte keine Regung, sagte kein Wort. Er sollte sich ausziehen. Dann vermaßen sie ihn von Kopf bis Fuß und schrieben alles auf: seine Körpergröße, die Länge der Füße, der Hände, der Arme, der Beine, den Kopfumfang und den Augenabstand. Die Knie waren ihnen besonders wichtig. Am Stand des Wachstums der Knieknorpel könne man das Alter eines Heranwachsenden einschätzen, sagten sie. Mano spannte die Knie so fest an, wie er konnte, damit sie nicht zitterten, und einer der Männer sagte: »Sei ganz ruhig, entspann dich, keine Angst, wir untersuchen dich nur.«
Das hatten die Ärzte im Krankenhaus auch gesagt, bevor sie ihn auf dem Stuhl festschnallten.
»Atme einmal tief ein und aus.«
Einer hörte mit einem Stethoskop seine Lunge ab und prüfte seine Reflexe.
»Und du weißt nicht mehr, wo du herkommst?«
»Non, Monsieur.«
»Erinnerst du dich an die Landschaft?«
»Non, Monsieur.«
Mano schüttelte zur Bekräftigung seinen Kopf.
Der andere holte eine Spritze aus der Tasche, und Manos linker Arm wurde abgebunden. Sie nahmen ihm Blut ab und steckten es in einem Glasröhrchen in die Tasche.
»Geh bitte einmal auf und ab!«
Mano musste zur Tür gehen, er ging verkrampft, von der Tür zum Fenster und dann wieder zur Tür, dabei schauten sie auf seine Füße und Beine. Dann durfte er sich wieder setzen.
»Sing doch mal ein Lied, das du von früher kennst.«
»Ich weiß kein Lied.«
»Dann sag etwas.«
»Was denn, Monsieur?«

»Sag einfach etwas in deiner Sprache. Wie du heißt, wo du jetzt bist … irgendetwas.«
Mano wurde rot. Dann schaute er starr auf einen Punkt vor seinen Füßen und sprach sehr schnell. Er sagte Wörter und Silben in einer Sprache, die nicht Deutsch und nicht Französisch war. Vielleicht war es überhaupt keine Sprache, in jedem Fall waren die Wörter den Männern fremd.
»Was ist das für eine Sprache?«, fragte der eine, und der andere sagte: »So eine Sprache habe ich noch nie gehört.«
»Ich weiß nicht, Monsieur.«
Mano zuckte die Schultern und hielt still.
Schließlich vermuteten die beiden, es könnte ein ungarischer Dialekt sein. Dann musste Mano nur noch still sitzen, und sie fotografierten ihn von vorn und von der Seite. Madame Marcheix-Thoumyre erklärten die Professoren, der Junge sei etwa zwölf Jahre alt.
»Alles Weitere werden wir auswerten und Ihnen das Gutachten baldmöglichst zukommen lassen.«
Es kam schon am nächsten Abend mit der Post. Nach der Untersuchung und den Analysen der Blutgruppe sei man zu dem Schluss gekommen, dass der Junge ungarischer Transsilvaner sei.

> sie haben nicht gemerkt dass es ein bisschen Romanes und sonst nur so ausgedachte Wörter waren   sie haben nicht gemerkt dass ich Deutscher bin   wenn irgendwie mal was ist mit Polizei oder die Leute fragen neugierig dann sagen wir nicht wer wir sind dann sagen wir immer wir stammen von Ungarn und sind mit dem Zirkus nach Deutschland gekommen

Parrain und Marraine holten Mano in Paris ab. Sie besuchten eine Operette und fuhren mit dem Zug nach Hause nach Le

Havre. Mano freute sich, die Chevriers wiederzusehen. Er erzählte vom Elsass, der Weinlese, dem Wanderausflug in den Vogesen. Auch von der Kapelle erzählte er und dass Madame Marcheix-Thoumyre nach Deutschland fahren und suchen und vielleicht jemanden von seiner Familie finden würde. Als er merkte, wie ernst sie plötzlich wurden, sagte er schnell: »Ich will nie mehr nach Deutschland.«
Parrain und Marraine sahen sich an und lächelten.

Dann begann der Alltag wieder, die Schule, das Lernen, die Klavierstunden, aber auch die freie Zeit mit den Freunden, das Herumstreunen am Meer und in der Stadt, die Spiele auf dem Platz oder im Hof, die Zeit bei Pierres Mutter in der Küche. Neu war die Gymnastik einmal in der Woche, die Mano wegen seiner Wirbelsäule machen sollte. Eine junge Frau holte ihn ab und ließ ihn in einer kleinen Turnhalle Übungen machen. Er musste die Sprossenwand hochklettern und von oben auf eine Matte springen. Das machte Spaß, auch weil er die junge Frau nett und schön fand. Er schwärmte für sie.
Er kannte sich aus in Le Havre, und er verirrte sich nicht mehr.

Eines Abends ging Parrain mit Mano am Meer spazieren. Er hielt ihn an der Hand.
»Jetzt ist Madame Maxdex vielleicht schon in Deutschland«, sagte Mano. »Vielleicht findet sie jemand.«
»Ich hoffe, du bleibst bei uns«, erwiderte Parrain ein paar Schritte weiter leise.
»Ich will von den Deutschen überhaupt nichts mehr wissen. Sales Allemands!«
»Wir würden uns sehr freuen, wenn du bei uns bleibst. Wir haben dich sehr lieb.«

»Ihr seid ja jetzt meine Eltern.«
Die Wellen brandeten ans Ufer, Algen trieben darauf, und die Möwen stürzten immer wieder hinab und schnappten sich kleine Fische. Parrain und Mano gingen nach Hause.
Das Telefon klingelte, Pierre und Paulette Chassagny waren am Apparat. Sie hatten alle Papiere vorbereitet, um Mano als Kind annehmen zu können, und warteten nur auf die nächsten Ferien, auf seinen nächsten Besuch bei ihnen in Neuilly, um mit ihm nach Paris zum Notar zu gehen und ihn als ihren Sohn André Chassagny zu adoptieren.

wenn sie mich als Kind annehmen komme ich nie mehr aus Frankreich fort   dann kommt mein Name weg   Mano ist dann ganz weg   aber die Nummer   durch die könnten sie mich noch finden

FRANÇAISES LIBRES
153, Faubourg St. Honoré, Paris - 8e
(SIÈGE PROVISOIRE)
Téléphone: Élysées 49-43

Paris le 2 Octobre 1946

Monsieur le Colonel de SORBACH
Chef de la Liaison Française à MUNICH
près du Gouvernement Américain
MUNICH.

Colonel,
unsere Delegierte des Hilfsdienstes fuer die Verschleppten ist soeben aus Wurttemberg

zurueckgekehrt. Der Generalgouverneur Monsieur WIDEMER hat uns Ihre Adresse gegeben mit der Hoffnung, dass Sie so freundlich sein wuerden, sich fuer einen unserer Faelle, der uns besonders am Herzen liegt, zu interessieren.
Es handelt sich um einen Jungen von etwa 12 Jahren, der zur Zeit der Befreiung aus dem Lager Auschwitz entflohen ist, da er nicht von den Russen aufgegriffen werden wollte und mit Haeftlingen des Stalag 6 B nach Frankreich kam.
Dieses Kind sprach kein Wort Franzoesisch und konnte uns nur sagen, dass es Mannot heisst, was auf Ungarisch Emmanuel bedeutet, es erinnert sich an nichts anderes.
Es konnte sich an Jahre der Hoelle, die es im Konzentrationslager verbracht hat, erinnern, und dass sein Vater, seine Mutter, seine Schwaegerin und seine kleine Schwester, nach Folter in diesem Lager lebendig verbrannt wurden und er allein auf der Welt zurueck geblieben ist.
Wir haben ihn seit 18 Monaten ganz ihn unserer Verantwortung, haben ihn nun in Le Havre in einer Lehrerfamilie platziert, die sich bemueht, ihm Franzoesisch beizubringen und ihn den verlorenen Lernstoff aufholen zu lassen. In dieser Umgebung kehrt seine Erinnerung allmaehlich zurueck. Er hat uns anvertraut, dass er in Muenchen lebte, sein Vater angestellt und wahrscheinlich Direktor des Zirkus Krone war und sich Johann Fischer nannte.
Wir haben an Herrn Krone geschrieben, der vorgibt diesen frueheren Angestellten nicht zu kennen. Damals

hatten wir allerdings nicht den exakten Namen des
Vaters, den uns der Junge erst jetzt nannte.
Wir waeren Ihnen sehr zu Dank verpflichtet, wenn
Sie die noetigen Schritte unternehmen wuerden um
zu versuchen die Spur dieser Familie zu finden, denn
wir denken, dass dieses Kind Interessen zu vertreten
haette, die wahrscheinlich im Widerspruch mit denen
von Herrn Krone stehen.
Dieser Junge hat sich auch an die Namen zweier
Freunde seiner Eltern erinnert, die Pferdehaendler in
Muenchen im Stadtteil Giesing sind, es handelt sich um
die Brueder Hoellenreiner. Ich bitte Sie so freundlich
zu sein, alle noetigen Recherchen durchzufuehren,
denn wir sind ueberzeugt, dass der Zirkus Krone
kein Interesse hat ein Mitglied der Familie
wiederzuerkennen.
Dieses Kind erfreut sich vollkommener Gesundheit,
trotz der Qualen, die es im Lager ausgestanden hat.
Ich stehe Ihnen fuer alle Fragen, die Sie vielleicht
noch haben, jederzeit zur Verfuegung.
Hochachtungsvoll,
Fuer die Delegierte
Die Sekretaerin

Unterschrift

Besuch für Mano hatte sich angekündigt, der Vorsitzende der Ehemaligen von Auschwitz, Louis Eudier. Die Chevriers ließen ihn mit dem Jungen allein im Wohnzimmer. Er stellte sich vor und sagte:

»Es ist gut, dass du bei uns eingeschrieben bist. Du bist eines unserer jüngsten Mitglieder. Wir ehemaligen Häftlinge von Auschwitz haben etwas gesehen und erlebt, das wir anderen nur schwer mitteilen können, weil sie es sich nicht vorstellen können.«
»Waren Sie auch in Auschwitz?«
Mano konnte sich nicht vorstellen, dass es noch andere wie ihn gab. Er hatte noch nicht an diese Möglichkeit gedacht. Frauen, die aus Ravensbrück befreit worden waren, kannte er. Aber Auschwitz? Monsieur Eudier nickte, löste den Manschettenknopf vom linken Ärmel und zog ihn hoch, bis die Nummer zum Vorschein kam: 45523. Auch Mano zog seinen Ärmel hoch, und sie blickten still auf die Nummer des jeweils anderen.
»Wir haben keine Wahl, als mit diesen Erinnerungen zu leben«, sagte Monsieur Eudier und senkte den Blick. Dann fragte er: »Wie geht es dir hier?«
Mano zuckte die Schultern und räusperte sich. Er hatte einen Kloß im Hals.
»Mein Junge, die Zeit kommt nicht wieder. Es ist vorbei, und wir sind frei. Auch wenn ich jetzt hier bei dir sitze und du wegen mir an Auschwitz denkst. Wir sind in Le Havre im Haus der Chevriers im Herbst 1946, über ein Jahr nach unserer Befreiung, Hitler ist tot, es gibt keine Nazis mehr an der Macht, keinen Krieg, es ist Frieden, und Frankreich ist frei. Draußen ist es noch warm, und du gehst in die Schule. Hast du Freunde gefunden?«
So kamen sie allmählich ins Gespräch, Mano erzählte ihm von Pierre und Marinette, vom Krebsefangen, von Paul, Tante Fifine und Onkel Félix, wie schön die Ferien gewesen waren, und von Madame Marcheix-Thoumyre. Monsieur Eudier kannte sie.
»Da hast du Glück, dass du an diese großartige Frau geraten bist. Sie arbeitet unermüdlich und kann Himmel und Erde bewegen, wenn sie für ihre Schützlinge etwas erreichen möchte.«

Dann sprachen sie doch von Auschwitz. In welchen Lagerabschnitten sie waren, was für Arbeit sie dort hatten machen müssen.
Schließlich versprach Monsieur Eudier, er werde Mano wieder besuchen, vielleicht einmal im Monat oder sogar öfter.
»Aber André – wann immer du mit mir sprechen möchtest, ruf mich an. Wenn du mich brauchst, sag es mir.«
»Ich heiße eigentlich Mano.«
»Soll ich dich so nennen?«
»Meine Leute haben mich Manelo genannt.«
Mehr konnte Mano nicht sagen. Er schluckte und biss die Zähne zusammen, um die Tränen zu unterdrücken, sie hinunterzuschlucken, und es war, als weinte er nach innen. Monsieur Eudier legte ihm die Hand auf die Schulter.
»Weine ruhig. Es ist ja zum Weinen.«
Er hatte feuchte Augen, aber auch er versuchte sich zu beherrschen. »Nennen Sie mich André.«
Als Monsieur Eudier gegangen war, setzte Mano sich draußen auf die Fensterbank zur Küche und schaute in das Blütenmeer im Garten. Er sah die leuchtend orangenen Blüten der Kapuzinerkresse und beobachtete, wie die Ameisen ihre schwarzen Blattlauskolonien unter deren großen runden Blättern pflegten. Parrain hatte ihm erklärt, dass sich die Ameisen Blattläuse wie Haustiere hielten und sich von ihnen ernährten. Sie verteidigten sie sogar gegen Marienkäfer. Wenn niemand da war, der ihn trösten konnte, war Mano am liebsten draußen. Das Meer, die Natur und Tiere beruhigten ihn.

MISSION FRANÇAISE DE LIAISON
Office of Military
Governmentfor Bavaria
Der. E - 201, APO 170 US-Army
Ref No 4839/ OMGB

Munich, le 11 Octobre 1946

Le Lt-Colonel P. SORBAC
M.F.L., M.G. for Bavaria

an:
Mr. BAILLY
Director of child
Research
Work UNRRA Team
Munich-Geiselgasteig
Geiselgasteigerstr. 37

B E G L E I T S C H R E I B E N

EMPFAENGER	Anzahl	BEMERKUNGEN
Brief der Freien Franzoesinnen PARIS vom 2. Oktober 1946 betreffend die Suche nach der Familie eines Jungen genannt MANNOT, der dem Lager AUSCHWITZ entkommen ist und sich zur Zeit in Frankreich befindet.	3	Ich waere Ihnen dankbar fuer die Durchfuehrung dieser Suche und bitte um Mitteilung der Ergebnisse.

P. Sorbac

Ein Brief von Tante Fifine kam, und Mano sollte ihn gleich beantworten.
»Lauf zum Zeitungsladen und kauf eine Postkarte und eine Briefmarke dafür«, sagte Parrain.
Er gab Mano ein paar Centimes, und Mano lief los und suchte eine Karte mit dem großen Denkmal für die Toten aus. Das Denkmal war aus Beton und fast so hoch wie das Haus, in dem er wohnte.
Zu Hause klebte er zuerst die Briefmarke auf, dann musste er mit Lineal und Bleistift Linien ziehen, damit er nicht krumm schrieb. Dann schrieb er Ort und Datum. Parrain saß die ganze Zeit neben ihm und half bei der Rechtschreibung.

Le Havre 19 Octobre
Chère Tante Fifine
Merci de ta bonne lettre et de tes bon souhaits J'essaie de bien travailler Mais l'orthographe est bien difficile. Mais nous faisons des dictées avec parrain
Bons baisers à toi a Paul et a Oncle Felix
André Mannot

Le Havre 19 Oktober
Liebe Tante Fifine
Danke für deinen lieben Brief und deine guten Wünsche Ich versuche gut zu lernen Aber die Rechtschreibung ist sehr schwer. Aber wir machen Diktate mit Parrain Ich umarme dich und Paul und Onkel Felix
André Mannot

Erst hatte er nur »Mannot« schreiben wollen, aber Parrain hatte auf »André« bestanden. Dann war er zufrieden, außer dass Mano mit der Umarmung das Adressfeld vollgeschrieben hatte und kein Platz mehr für die Adresse war. Deshalb musste er die Karte in einen Umschlag stecken und eine neue Briefmarke kaufen. Mano klebte die Marke gleich im Zeitungsladen auf und warf den Brief in den roten Postkasten. Dann stand er noch ein wenig mit Christian herum, der neben der Kirche wohnte, und als er nach Hause kam, wurde es schon dunkel.

Regelmäßig kam nun Monsieur Eudier, um mit Mano zu sprechen. Wie geht es dir? Kannst du besser einschlafen? Was machst du am liebsten? Was hat du als kleines Kind gern gespielt? Er fragte auch nach Manos Träumen. Er ließ ihn erzählen, und Mano erzählte gern, denn Monsieur Eudier hörte in aller Ruhe zu. Manchmal erzählte er auch selbst etwas. Am meisten interessierte sich Mano für Monsieur Eudiers Zeit im Untergrund. Nach dessen Besuchen kam Mano Parrain und Marraine viel ruhiger vor. Richtig unruhig und nervös wurde Mano nur noch, wenn er etwas tun sollte und nicht wollte.

Von Madame Marcheix-Thoumyre kam ein Brief an Monsieur Chevrier:

23.10.1946

Cher Monsieur,
nach meiner Rückkehr aus Deutschland habe ich Ihre und Mannots Nachricht bekommen und bin froh, dass er sein Schuljahr gut begonnen zu haben scheint, in der Hoffnung, dass er es seither so fortsetzen konnte. Vielleicht hilft ihm seine neue Brille und macht ihm die Aufgabe leichter.
Eben von der Reise zurückgekehrt hat mich ein schrecklicher Kummer davon abgehalten Ihnen zu schreiben denn ich weiß,

dass Ihr Kleiner auch sehr traurig sein wird. Mme Chassagny und ihr Mann sind an Bord ihres Segelboots mit einem Dampfer zusammengestoßen und gestorben.
Mit ihr habe ich die Hilfsorganisation für die Deportierten gegründet, wir haben jeden Tag zusammen gearbeitet. Ich bin wie zerstört durch diese Trauer. Sie war eine Schwester für mich.
Jean Michel war mir in dieser schweren Zeit eine treue Unterstützung.
Tausend sehr herzliche Sachen für Ihren Haushalt von
Mad. Marcheix-Thoumyre

Für Mano war auch ein Brief im Umschlag:

23.Okt.1946

Mein kleiner Liebling,
seit dem 14. Sept. konnte ich Dir meinen Kummer nicht schreiben, weil ich wusste, dass ich Dir dann auch den Tod von Herrn und Frau Chassagny sagen muss. Du müsstest einen Beileidsbrief an Frau Chassagny, die Mutter, schreiben, die mit ihren Kindern in der 11 bis, Ave. Madrid in Neuilly lebte, sie wird berührt sein, wenn Du ihr damit Deine Zuneigung zeigst. Auf ihre Grabsteine habe ich für Dich Blumen gelegt.
Ich habe mehrere Briefe aus München erhalten, von Herrn Krone der sich nicht erinnert, Deinen Papa gekannt zu haben, die Hälfte vom Zirkus ist durch Bomben zerstört worden, sie haben ihre Bücher nicht mehr. Er denkt, dass Dein Papa eher beim Zirkus Fischer war, an den ich geschrieben habe. Was die Brüder Höllenreiner angeht, ist der Brief zurückgekommen mit der Aufschrift Unbekannt, nachdem in verschiedenen Vierteln

von München gesucht wurde.
Ich umarme Dich zärtlich,
Tantine

Mano blickte wie betäubt auf den Brief. Parrain hatte ihn vorgelesen, weil Mano Tantines Handschrift nicht so gut entziffern konnte. Marraine wollte den Jungen trösten und war verwirrt, dass er nichts sagte und auch nicht weinte. Erst am nächsten Tag beim Essen sprach Parrain aus, was in der Luft lag:
»Dann adoptieren wir ihn, dann behalten wir ihn hier. Dann bleibst du unser Sohn.«
Seine Augen glänzten, und er lächelte. Marraine nickte.
»Ich will sowieso nichts mit Deutschland zu tun haben«, sagte Mano.

> ich mach die Stimmung gut wenn ich das sage   dann sind sie weiter gut zu mir   die Brüder Höllenreiner unbekannt   dann lebt niemand mehr?   dann haben die Deutschen doch alle meine Leute umgebracht

Schon Anfang November kam Tantine nach Le Havre, um Mano und die Chevriers zu besuchen. Sie war immer noch sehr traurig über den Verlust ihrer Freunde, und auch Mano wurde traurig, als sie von ihnen sprach.
Sie berichtete von den Briefen, die sie nach Deutschland geschickt hatte. Auf einige stand die Antwort noch aus.
»Ist es denn überhaupt noch nötig weiterzusuchen?«, fragte Marraine.
»Natürlich. Falls der Junge noch Verwandte hat, soll er es erfahren. Er braucht Gewissheit«, antwortete Tantine.

Und dann sagte sie, weshalb sie eigentlich gekommen war. Nach dem Tod ihrer Freunde, die Mano adoptieren wollten, habe sie viel nachgedacht, nun wolle sie den Wunsch der Freunde zu ihrem eigenen machen. Sie selbst wolle Mano adoptieren, zumal sie ihrer Freundin versprochen habe, sich um Mano zu kümmern, falls ihr je etwas zustoßen sollte.

Parrain und Marraine starrten sie entgeistert an. Dann sagte Parrain: »Der Junge ist unser Sohn.«

Sie schickten Mano hinaus und sprachen mit gedämpften Stimmen, schließlich stritten sie sich. So lange sie auch miteinander redeten, sie fanden keine Lösung. Der Junge sei bei ihnen zu Hause, und dies bleibe sein Zuhause, sagte Parrain.

Am Ende kamen sie überein, die Ergebnisse der Suche in München abzuwarten und dann Mano selbst zu fragen, was ihm am liebsten war. Das alles hatte Mano durch die geschlossene Tür gehört. Danach gab es Kuchen, Tantine erkundigte sich nach seinen Fortschritten in der Schule, und Parrain antwortete, er mache sich sehr gut.

Bald darauf stand Tantine auf. Sie bedankte sich bei den Chevriers, dass sie sich so gut um den Jungen kümmerten, sie selbst werde in Le Havre noch ihren Bruder besuchen, und am nächsten Morgen reise sie nach Paris zurück. Sie verabschiedete sich und ging.

CHILD SEARCH AND REGISTRATION
UNRRA AREA TEAM 1072
Munich - Solln
11 Hofbrunnstr.

HISTORY OF MANOT HOLLENREINER, known
as Concentration Camp Registration Number: Z-3526

Ende Oktober 1946 schickte uns Lieut. Col. P. Sorbac, Chef der Franzoesischen Verbindungsmission, O.M.G.B., einen Brief der Vereinigung zur Unterstuetzung von Verschleppten FREIE FRANZOESINNEN.
In diesem Brief bat uns Mrs. MARCHEIX-THOUMYRE nach der Familie eines Jungen genannt Manot, etwa 12 Jahre alt, zu suchen. Die Information, die sie uns gab, war sehr knapp weil der Junge an teilweisem Gedaechtnisverlust litt und keine weiteren wesentlichen Informationen geben konnte. Als er aus dem Konzentrationslager kam, war er aus Deutschland von franzoesischen Kriegsgefangenen mitgenommen worden. Er sagte, seine Eltern haetten beim Zirkus Krone in Muenchen gearbeitet, und dass zwei Freunde seines Vaters namens HOLLENREINER, Pferdehaendler, vor seiner Verhaftung auch in Muenchen lebten. Dass er mit seiner Familie im Konzentrationslager Auschwitz gefangen war. Dass seine Eltern und Schwester nach Folter verbrannt wurden.
Nachdem wir diese Informationen erhalten hatten, begannen wir sofort zu suchen.
Miss Tatiana ALBOVA, Interviewer der Child Search and Registration, UNRRA Area Team 1071, wurde dieser

Auftrag gegeben und sie nahm Kontakt mit dem Zirkus Krone auf und dann mit einem alten Mann namens HOLLENREINER, der den Verlust eines seiner Enkelsoehne namens MANOT erwaehnte. Miss ALBOVA bat darum mit den Eltern des verloren gegangenen Kindes in Kontakt gebracht zu werden.

Mr. und Mrs. Johannes HOLLENREINER, von denen wir annahmen, sie koennten die Eltern von MANOT sein, wurden ausfuehrlich befragt. Die Details, die sie nannten, stimmten mit denen im aus Frankreich erhaltenen Brief ueberein, so dass fuer uns kein Zweifel mehr war, dass wir die Eltern von MANOT vor uns hatten.

Hier die kurze Geschichte, wie sie uns Mr. Johannes HOLLENREINER berichtete:

Johann HOLLENREINER, ungarischer Zigeuner, Grossvater von Manot, der mit seiner ganzen Familie in einem Zirkus in Ungarn arbeitete, kam mit diesem Zirkus 1912-1913 zu einer Tournee nach Deutschland. Die Geschaefte gingen so gut, dass er bald einen eigenen kleinen Zirkus in Muenchen gruenden konnte. Von hier aus gab der Zirkus Vorstellungen in deutschen Staedten als auch in Staedten verschiedener europaeischer Laender. Der alte Ungar brachte seinem Sohn Johannes bei Geige zu spielen und die Pferde zu dressieren. Als Johannes herangewachsen war, heiratete er Margarete FISCHER, ebenfalls eine ungarische Zigeunerin. Aus dieser Verbindung wurde ihnen, waehrend sie auf der Reise waren, am 19.X.1933 in Hagen ein Sohn geboren und MANOT genannt.

Als Manot drei Jahre alt war, wurden die Eltern beim Zirkus Krone in Muenchen unter Vertrag genommen und blieben eine Saison. Der kleine Manot war sehr beeindruckt von den Elefanten, die in der Zirkusmanege auftraten. Auf den Reisen in den folgenden Jahren sprach er oft von diesem wunderbaren Zirkus mit den Elefanten und bat seinen Vater ihm von damals zu erzaehlen. Viele Jahre lebten die HOLLENREINER ihr Nomadenleben. 1936 wurde MANOT's Schwester LILI geboren. Die Familie lebte zufrieden und ohne Sorgen. MANOT wuchs heran, und von den Tieren angezogen, verbrachte er Stunden in den Zirkusstaellen und bewunderte die Pferde. Er war auch sehr musikalisch und sein Vater wollte ihm das Geige spielen beibringen, als die Nazi-Gesetze, die die Verfolgung von Zigeunern befahlen, in Kraft traten ...

Anfang Maerz 1942 wurde die gesamte Habe von Johannes HOLLENREINER konfisziert und er wurde zur selben Zeit mit seiner Frau, beiden Kindern und anderen Familienmitgliedern in ein Konzentrationslager in Auschwitz gebracht. Sie blieben bis September 1943 unter den schlimmsten Bedingungen und wurden in das Konzentrationslager Ravensbrueck ueberfuehrt, wo sie bis Mai 1945 blieben.

Viele der Zigeuner, die mit ihnen dort waren, starben an Erschoepfung, Hunger, schlechter Behandlung oder wurden ermordet und in Gruppen verbrannt. Anfang Mai 1945 lebten Johannes HOLLENREINER, seine Frau und beide Kinder noch. Sie wurden ins Konzentrationslager Sachsenhausen transportiert und dort wurde MANOT, unfaehig noch zu gehen, seine Nerven waren in einem furchtbaren Zustand, von seinen Eltern und seiner Schwester getrennt und kam auf einen Transport in ein

Konzentrationslager in Neustadtkleve. Er wurde von der russischen Armee befreit und von franzoesischen Kriegsgefangenen, die glaubten, dass die Eltern des Jungen vernichtet worden waren, nach Frankreich gebracht. Mr. und Mrs. HOLLENREINER erfuhren dies von ihren Neffen, die mit Manot im Lager Neustadtkleve waren und nach der Befreiung nach Muenchen kamen um nach dem Rest ihrer Familie zu suchen.
Mr. HOLLENREINER konnte uns auch berichten, dass sein Sohn eine Taetowierung auf seinem linken Arm traegt: die Nummer Z - 3526, die ihm bei der Einlieferung in Auschwitz gegeben wurde.
Als wir ziemlich sicher waren, dass wir uns in der Gegenwart des Vaters und der Mutter von MANOT befanden, teilten wir ihnen mit, dass ihr Sohn sich in Frankreich befindet, in Le Havre, gesund und in der Pflege einer Familie, die ihn als ihren Sohn betrachten. Mrs. HOLLENREINER, ueberwaeltigt ihren Sohn wiedersehen zu koennen, den sie tot glaubte, bedraengte uns, ihn vor Weihnachten zu ihr zu bringen. Wir riefen sofort die Organisation Hilfsdienst fuer Verschleppte FREIE FRANZOESINNEN in Paris an und gaben ihnen die Nachricht, und gleichzeitig baten wir das UNRRA Hauptquartier um die notwendigen Anweisungen um das Kind aus Frankreich zu holen und zu seinen Eltern zu bringen.

Jean L. Bailly
Commandant
UNRRA Area Team 1071

3. Dezember
Madame Delegierte
fuer die Verschleppten
FREIE FRANZOESINNEN
153, Faubourg St. Honoré
Paris 8eme

Suche nach der Familie des
jungen Mano, ungarischer Nationalitaet

Nach Erhalt Ihres Briefes vom 2. Oktober 1946 habe ich sogleich die Angaben, die Sie mir gesandt haben, an Herrn Jean BAILLY, Direktor der Kindersuchabteilung der UNRRA (Area Child Searching Team No 1071, District 5, US Zone) weitergeleitet.
Herr Jean BAILLY war waehrend des ganzen Krieges Leutnant, der Franzoesischen Mission der Einheit zugeordnet, unter meinem Kommando.
Infolge der Untersuchung, der sich Herr J. BAILLY widmete, wurde die Familie des jungen Manot mit Sicherheit gefunden.
Sein Vater Johannes HOLLENREINER, ungarischer Nationalitaet, wohnt zur Zeit mit seiner Frau und der jungen Schwester von Manot in MUENCHEN-Giesing, Deisenhofenerstrasse 79.
Er hatte wirklich, wie sich Manot erinnert, frueher fuer den Zirkus KRONE gearbeitet und ist jetzt Zirkusartist und erfreut sich gewisser Mittel.
Selbstverstaendlich wuenscht die Familie, hocherfreut, sehnlichst den jungen Manot so schnell als moeglich wiederzusehen und Herr J. BAILLY hat vorgeschlagen

sich mit den noetigen Papieren ausgestattet in Frankreich einzufinden um ihn abzuholen.
Ich waere Ihnen daher sehr verbunden ihm zu helfen nach den besten Moeglichkeiten und so schnell wie moeglich seine Aufgabe zu erfuellen.
Im Namen der Familie von Manot danke ich Ihnen von ganzem Herzen fuer die Pflege, die Sie dem Jungen so liebevoll haben zukommen lassen.
Ich versichere Sie, Madame, meines tiefsten Respektes.

P. Sorbac
Republique Francaise - Gouvernement Militaire de Bavière

Muenchen - Giesing
Deisenhofenerstrasse 79
3. Dezember 1946

Wir Unterzeichneten, Johannes und Margarethe HOLLEN-REINER, bestaetigen hiermit, dass wir die Eltern des

Manot HOLLENREINER,
geboren: 19.X.1933
in: Hagen, Westfalen, Deutschland,

sind.
Im Mai 1945 wurde oben genannter Manot HOLLENREINER, von uns, seinen Eltern im KZ-Lager Sachsenhausen, getrennt. Auf Anordnung der SS wurde er mit einem Transport nach dem KZ-Lager Neustadtkleve, Mecklenburg, ueberfuehrt. Spaeter aber hoerten wir durch unsere Neffen, die in demselben KZ-Lager waren wie unser Sohn Manot HOLLENREINER, dass Letzterer nach der Befreiung durch franzoesische Leute nach Frankreich gebracht wurde, weil sie glaubten, Manot's Eltern seien tot. In dieser Zeit war Manot in einem sehr schlechten Gesundheitszustand.
So weit wir wissen, soll unser Sohn Manot HOLLENREINER in Le Havre, Frankreich wohnen und wir moechten, dass er nach Muenchen zurueckgebracht wird.
Sie werden hierdurch ermaechtigt, Manot HOLLENREINER dem Ueberbringer dieses Schreibens, Herrn Jean L. Bailly, commandant UNRRA Area Team 1071, zu uebergeben, der ihn zu uns nach Muenchen bringen wird.

Gezeichnet: Vater: Johann Hoellenreiner

Johannes HOLLENREINER

Mutter: x x x ____

Margarete HOLLENREINER

Zeugen der obigen Unterschriften:

1. Renée A. Trill

UNRRA Child Searching team 567

2. Klemsgat Ferd. Sich. Kom.

3. Brandstetter Johann

Die Echtheit der Unterschrift des Herrn Hoellenreiner wird hiermit bestaetigt:

Muenchen, den 4.12.1946
Stadtrat der Landeshauptstadt Muenchen
Polizeipraesidium
Polizeiamt Ost
i.A. Dobry

Die Ehefrau des H. Hoellenreiner ist des Schreibens unkundig und hat durch 3 Kreuze ihre Unterschrift bestaetigt.
i.A. Dobry

Es war die Zeit der Stürme, die das stahlgraue Meer aufwühlten und die Wellen mit hohen Schaumkronen an Land schlagen ließen. Bei den Chevriers klingelte das Telefon, und Parrain führte ein langes Gespräch. Er war sehr ernst.
»Wo?«, hörte Mano ihn fragen. »Wie kann man beweisen, dass sie es sind?«

Dann wurde er selbst ans Telefon gerufen, und Tantine sagte: »Mon petit chéri j'ai reçu les bonnes nouvelles que tes parents sont vivants. Ils ont été trouvés à Munich.«
Mano schwieg.

meine Eltern leben und man hat sie in München gefunden? und wenn sie es nicht sind? und ich muss wohin wo alles fremd ist?

»Sie wollen, dass du so schnell wie möglich zu ihnen gebracht wirst. Sie waren außer sich vor Freude, als sie die Bestätigung erhielten, dass du in Frankreich lebst und es dir gut geht.«
Mano brachte kein Wort heraus.
»Deine Schwester Lili lebt auch.«
Mano reichte den Hörer an Parrain zurück.

Tagelang gab es nun Telefongespräche zwischen den Erwachsenen, und eines Abends fragte Parrain: »André, willst du nicht lieber bei uns bleiben?«
Als Mano nicht antwortete, besprach er alles mit seiner Frau. Dass man ihnen den Jungen nicht einfach wieder wegnehmen könne, dass noch nichts bewiesen sei, nur weil der Mann die Nummer auf dem Arm des Jungen genannt hatte, man müsse dem Jungen Fotos vorlegen und beobachten, ob er sie zweifelsfrei wiedererkenne, auch die Handschriften von Vater und Sohn müsse man vergleichen, um herauszufinden, ob da eine Ähnlichkeit sei.
Mano wurde sehr schweigsam.
Am liebsten war er in diesen Tagen mit seinen Freunden auf dem Fußballplatz. Und am allerliebsten war er bei Pierre. Madame Carron erzählte er, was geschehen war:
»Ich muss bald weg. Meine Eltern sind gefunden worden.«
»Was? Wirklich? So ein Glück! Ich bin froh für dich.«

Sie küsste und umarmte ihn.
»Natürlich werden wir dich sehr vermissen, du bist uns ans Herz gewachsen. Aber bald kannst du bei deiner Familie sein, das ist wunderbar, und wenn du groß bist, kommst du uns besuchen.«
Mano versprach es und lächelte. Madame Carrons Freude schien gar nicht enden zu wollen. Immer wieder sagte sie: »Ich freue mich so für dich. Ich bin so froh, dass du Maman und Papa wiederhaben wirst. Freust du dich?«
Mano zuckte die Schultern.
»Ich dachte die ganze Zeit, sie sind tot«, sagte er.

also muss ich wieder fort   und wenn ich sie nicht erkenne?   ich weiß gar nicht mehr wie sie aussehen

Auch Tantine und die Fouquets freuten sich, das sagten sie Mano am Telefon. Nur die Chevriers waren hin- und hergerissen.
»Willst du nicht lieber bei uns bleiben, André?«, fragte Parrain ein ums andere Mal.
»Doch«, sagte Mano.
»Dann sag, wenn sie kommen und dir die Fotos zeigen, dass sie nicht deine Eltern sind.«
Mano nickte.

Dann ging alles schnell. Manos Koffer wurde gepackt. Die Briefmarkensammlung kam hinein, der Mitgliedsausweis der Ehemaligen von Auschwitz, ein besonders großer Krebspanzer, den ihm Pierre schenkte, seine Kleider, der Matrosenanzug mit den kurzen Hosen und Abzüge der Fotos, die Parrain im sommerlichen Garten geknipst hatte.
Am Bahnhof wischte sich Marraine die Tränen aus den Augenwinkeln. Sie musste in Le Havre bleiben, weil sie sich nicht

freinehmen konnte, Parrain würde Mano allein nach Paris bringen. Pierre war mit seiner Mutter und den Geschwistern da, und alle weinten, Mano auch. Alle umarmten ihn, Marraine besonders fest, dann stieg er mit Parrain in den Zug. Mano winkte aus dem Fenster, und der Zug fuhr ab – weg von Marraine, der Rue du Docteur Cousture, den Spielen, der Schule, dem Meer, den Möwen, allen seinen Freunden. Aber wohin?

ich weiß nicht mehr wie sie aussehen   ich weiß gar nichts   gar nichts   ist mir alles egal   ich will nirgendswohin   nirgendswo sein   ich weiß gar nichts

In Paris erwarteten sie Tantine und ein freundlicher französischer Offizier aus München, Monsieur Jean Bailly. Die Eltern hatten ihm Fotos mitgegeben, und er erkannte Mano sofort. Sie versammelten sich im Büro des Hilfsdienstes: Parrain, Mano, Monsieur Bailly, Madame Marcheix-Thoumyre, und Tante Fifine war auch gekommen. Monsieur Bailly legte die Fotos vor Mano auf den Tisch, und ihm schossen die Tränen in die Augen. Er erkannte seine Eltern. Er unterdrückte die Tränen mit aller Macht. Die Erwachsenen beobachteten ihn, ließen ihm Zeit. Dann fragte Monsieur Bailly nach den Lagern, in denen Mano gewesen war, nach seinem Großvater, den Eltern, der Schwester und fand, dass alles genau zusammenpasste mit dem, was die Eltern ihm erzählt hatten.
»Man muss vorsichtig sein. Es gibt verzweifelte Menschen, die ihr Kind verloren haben und auch ein anderes nehmen würden«, sagte Monsieur Bailly mit einem Blick auf Monsieur Chevrier. »Aber hier ist der Fall eindeutig.«
Er zog eine vorbereitete Erklärung aus seiner Aktenmappe, die alle außer Mano unterschreiben mussten:

Ich, Jean L. Bailly, Kommandant des Area Child Searching Team 1071-UNRRA, District V, US. Zone, bestaetige mit meiner Unterschrift, dass MANOT HOLLENREINER, geboren am 19. Oktober 1933 in Hagen, Westfalen, Deutschland, mir heute von Madame Madeleine MARCHEIX-THOUMYRE, Direktorin des Hilfsdienstes fuer Deportierte der Freien Franzoesinnen, 34 bis, rue de Longchamps, Neuilly-sur-Seine, Frankreich anvertraut wurde um ihn nach Muenchen zu begleiten, wo er seinen Eltern, Johannes und Margarete HOLLENREINER, 79 Deisenhofener Strasse, Giesing, Muenchen, Deutschland, uebergeben wird.

Ich entbinde hiermit Madame Madeleine MARCHEIX-THOUMYRE vom heutigen Tag an von jeder Verantwortung dem Kind Manot HOLLENREINER gegenueber.

Die Delegierte fuer die Deportierten
Mad. Marcheix-Thoumyre

Sein Pate
Chevrier

J. Fouquet

Jean L. Bailly
Commandant
Aerea Team 1071
II Hofbrunnstrasse
SOLLN-MUNICH
APO 757 US Zone
GERMANY

Madame Marcheix-Thoumyre lud alle zum Essen ein, aber die Stimmung war gedrückt, weil alle wussten, dass ihre Wege sich bald trennen würden. Jean Bailly bat um Verständnis, dass er nicht gleich losfahren könne, er brauche noch zwei Tage in Paris, um einiges bei den Behörden zu klären. Es gehe um andere Kinder. Die Abfahrt würde sich also verzögern.
Parrain wäre gern bei Manos Abfahrt dabei gewesen, aber er konnte nicht so lange bleiben, deshalb brachten sie ihn am Nachmittag zum Zug. Ein Journalist, den Madame Marcheix-Thoumyre dazugebeten hatte, begleitete sie und fragte, wie es Mano in Frankreich ergangen sei. Parrain erzählte ihm, er gebe den Jungen ungern weg, er sei inzwischen wie ein eigener Sohn. Er umarmte Mano und weinte, und auch Mano fing zu schluchzen an. Erst nach einer Weile fassten sie sich beide wieder.
»Versprich mir, dass du uns schreibst«, sagte Parrain. »Und in den Ferien musst du uns in Le Havre besuchen.«
Das versprach Mano, und Parrain wischte sich die Tränen von den Wangen. Bevor er in den Zug stieg, küsste er Mano noch einmal.
»Au revoir, Parrain! Au revoir!«
Der Zug fuhr ab, und der Journalist fotografierte Mano mit verweintem Gesicht.

Tante Fifine und Madame Marcheix-Thoumyre verabredeten, dass Mano an den zwei verbleibenden Tagen erst bei den Fouquets und dann bei Madame Marcheix-Thoumyre übernachten sollte. Dort würde ihn dann der Offizier abholen.
Mit Tante Fifine besuchte Mano Tante Lucienne und Onkel André, er spielte noch einmal Mühle mit Onkel Félix, scherzte mit Paul und bekam den letzten Gutenachtkuss von Tante Fifine. Noch einmal streichelte sie ihm über den Kopf und erzählte ihm eine kurze Geschichte, damit er müde wurde.

»Mano, ich habe dich sehr, sehr lieb. Du wirst uns allen fehlen. Aber ich freue mich auch sehr für dich. Und ich hoffe, dass du glücklich wirst.«

Am nächsten Morgen fuhr sie mit Mano in die Stadt. Sie bummelten durch die Straßen, und Tante Fifine schenkte ihm eine Schneekugel mit einem kleinen Eiffelturm darin. Dann brachte sie ihn ins Büro des Hilfsdienstes zu Madame Marcheix-Thoumyre.

Tantine ging mit Mano Geschenke für die Familie kaufen: für seine Mutter Parfüm und einen Lippenstift, für seinen Vater Rasierwasser und für Lili eine Puppe und ein weißes Holzhündchen auf einem kleinen Sockel, das in sich zusammenfiel, wenn man unten in den Sockel hineindrückte, und sich wieder aufrichtete, wenn man losließ. Außerdem kauften sie Schokolade und Pralinen für alle.

Am Abend versammelten sich alle bei Tantine: Tante Fifine, Paul, Onkel Félix, Tante Lucienne und Onkel André, Jean Bailly und der Journalist, der schon am Bahnhof gewesen war und einen längeren Bericht über Mano schreiben wollte. Sie sprachen lange über Mano, erinnerten sich zusammen, wie es zu Anfang mit ihm war, wie er erst wieder essen lernen musste, wie er schwankend ging, weil er geschwollene Füße und Beine hatte, und wie fröhlich er später war, als er sich erholt hatte und immer weniger an das Vergangene dachte. Sie tauschten all die schönen Erinnerungen aus, und es wurde ein lustiger Abend. Aber auch ein wehmütiger.

Onkel Félix gab ihm zum Abschied die Boxhandschuhe mit.

»Hoffentlich sehen wir uns in unserem Leben einmal wieder«, sagte Paul.

»Ganz bestimmt«, erwiderte Mano. »Ich will ja sowieso gar nicht weg von euch.«

In der Morgendämmerung kamen Monsieur Jean Bailly und ein Soldat mit einem Jeep. Mit dabei war die füllige Amerikanerin, die Mano schon als Gast von Tantine kannte, Thérèse Bonney, eine Kriegsberichterstatterin, und wieder der Journalist. Tante Fifine hatte die erste Métro genommen, um ihn noch einmal zu sehen. Vor eineinhalb Jahren hatte sie den Jungen mit nach Hause genommen. Alle küssten ihn und wünschten ihm Glück, alle freuten sich für ihn und lächelten, aber alle weinten auch, sogar die Köchin und die Hausangestellte.

Im Jeep saß Mano mit der Amerikanerin und dem Journalisten hinten, Monsieur Bailly saß vorn und der Soldat am Steuer. Als sie losfuhren, aus dem Garten hinaus, standen Tantine und Tante Fifine auf der Marmortreppe und winkten. Der Jeep bog auf die Straße, und die beiden Frauen blieben zurück, verschwanden aus Manos Blick.

Sie fuhren nach Osten, Richtung Ingersheim, wo die Ferien mit Paul und seinen Cousinen so schön gewesen waren. Sie entfernten sich immer weiter von Le Havre, Pantin, Neuilly und Paris. Ab und zu machten sie eine Pause, aßen und tranken, der Soldat und Monsieur Bailly wechselten sich mit dem Fahren ab. Die Fahrt ging über Straßburg, und der Journalist und die Amerikanerin hatten längst aufgehört, Mano auszufragen. Es wurde dunkel, Mano schloss die Augen.

ich sehe sie vielleicht nie im Leben wieder   nie mehr   jetzt bringen sie mich von Frankreich weg nach Deutschland   ich will überhaupt nicht weg von Frankreich   und wenn da noch die SS ist die Nazis und es für uns doch noch gefährlich ist?   aber Monsieur Bailly ist bei mir und man merkt doch dass Frieden ist in Frankreich war ich sicher die Franzosen haben mich gerettet nach dem Todesmarsch wie wir da entkommen sind   wir haben uns immer weiter geschleppt   der Hitler war schon tot und sie haben uns trotzdem nicht gehen lassen   wir waren nur noch wenig Kinder   alle nur noch Haut und Knochen   viele von uns sind liegen geblieben   nur noch wie schlafende Automaten konnten wir vorwärts- schlurfen   keine Kraft hatten wir mehr die Füße zu heben   dann mussten wir anhalten irgendwo   wieder im Wald sandiger Boden   sie haben Stacheldraht um uns herumgerollt und wir waren eingesperrt   die SS-Männer sind immer weniger geworden   jede Nacht sind welche abgehauen   es haben welche im Fahrzeug geschlafen und keiner hat uns mehr bewacht   aber der Stacheldraht   jetzt müssen wir fort hat einer gesagt die bringen uns hier alle um   mit den bloßen Händen haben wir unter dem Stacheldraht ein Loch gegraben   kommen wir da durch? wir sind dünn   flach auf dem Boden drunter durchschieben nicht hängen bleiben sieben Jungen   wir haben es geschafft

die anderen hatten nicht mehr die Kraft   war ihnen egal ob sie sterben   sie konnten nicht   wir sind im Dunkeln davon und so schnell gegangen so weit wie wir konnten   haben uns fallen lassen um ein bisschen auszuruhen   auf einmal hinter uns ein Krachen eine Explosion   jetzt haben sie sie alle umgebracht die Kinder die zurückgeblieben sind bestimmt haben die SS-Männer eine Handgranate reingeschmissen damit sie die Kinder los sind und selbst abhauen können

im Morgengrauen sind wir weiter   wir müssen weiter weg!   und plötzlich zwischen den Bäumen wir haben sie nicht rechtzeitig gesehen vor uns drei SS-Männer die haben sich gestreifte Häftlingskleider angezogen und ihre Uniformen weggeschmissen einer hat noch die SS-Uniform angehabt und schon die Stiefel ausgezogen grad hat er sich die Hose aufgeknöpft   neben ihm haben die Häftlingskleider gelegen   wir haben sie angestarrt

und sie haben gegrinst   wir schnell weg alles nur in Sekunden
der Älteste von uns sagt lauft zickzack lauft zick zack damit sie uns
nicht treffen   wir sind gerannt und haben uns nicht umgedreht
kein Schuss ist gefallen   im Schutz der Bäume haben wir uns
nach ihnen umgedreht sie haben sich nicht um uns gekümmert
sie haben sich so sicher gefühlt   wir hätten sie sogar umbringen
können
eine Richtung haben wir nicht gewusst dann war auf einmal eine
gepflasterte Straße   plötzlich so ein Pfeifen aus allen Richtungen
Schüsse und Explosionen   und auf einmal SS-Männer vor uns
mit gezogenen Waffen   los! schreit der Offizier in den Graben!
also in den tiefen Wassergraben bis zum Hals im eiskalten Wasser
ein Summen ist in der Luft über uns und ich ruf Bienen! und heb
die Arme hoch   Arme runter! knurrt der SS-Mann und stößt mir
die Pistole an die Schläfe wenn du das noch einmal machst knalle
ich dich ab   mach das nicht mehr sagt mein Cousin das sind
keine Bienen das sind die Kugeln aus den Gewehren die durch die
Luft sausen   wir stehen bis zum Hals im Wasser es ist eisig kalt
ich weiß nicht ob ich noch stehe ich spür nichts mehr aber ich geh
nicht unter das Wasser bleibt immer am Hals   die SS-Männer
schießen immer noch zurück der Offizier will nicht aufgeben   ein
Mann nach dem anderen wird getroffen   sie schießen   Kugeln
fliegen   wir versuchen Abstand zu ihnen zu halten ducken uns an
den Rand   sie wollen raus und schießen und sie sterben alle
dann ist es still
wir kriechen aus dem Wasser   ich kann meine Arme und Beine
kaum bewegen sie sind ganz steif vor Kälte   ich kann nicht mehr
wir bleiben alle liegen   wir können nichts mehr   die Russen
kommen aus der Deckung auf uns zu   Panzer rumpeln   die
russischen Soldaten sind fröhlich und wir wollen nach Hause

Mit dem Jeep kamen sie nach München. Auch hier lag Schutt seitlich der Straßen aufgehäuft, waren viele Häuser ausgebrannt und nur noch Ruinen. Aber alles sah sanft und weich aus, die Steine, die Trümmer, die ganze Stadt war schneebedeckt. Die Soldaten, die Amerikanerin und der französische Journalist waren nach achtzehn Stunden Fahrt müde und erschöpft am Ziel, im Haus der UNRRA, wo Monsieur Bailly sein Büro hatte. Als Erstes organisierte er für alle etwas zu essen, dunkles Brot mit Leberwurst. Mano aß und schaute nach jedem Bissen auf seine Scheibe Brot. Sie mussten noch warten, bis es Tag wurde. Mano schlief auf einem Sofa ein. Beim ersten Tageslicht schickte Monsieur Bailly einen Boten mit einem Brief für die Eltern los.

CHILD SEARCH AND REGISTRATION
UNRRA AREA TEAM 1071

13. Dezember 1946

Herrn und Frau
Johannes HOLLENREINER
Muenchen-Giesing
Deisenhofenerstr. 79

Sehr geehrte Frau Hollenreiner,
sehr geehrter Herr Hollenreiner -
Es waere mir lieb, wenn Sie heute, den 13. Dezember 1946 in meinem Bureau vorbeikommen koennten, um Ihren Sohn in Empfang zu nehmen. Ausserdem moechte ich Ihnen von seinem Leben in Frankreich erzaehlen; wie er dort aufgehoben war und betreut wurde.

Mit freundlichen Gruessen
J. Bailly

Sie warteten. Bis sich die Tür öffnete und erst ein Soldat kam. Dann kamen Tata und Mama. Mano brachte kein einziges Wort raus.
Mama und Tata umarmten ihn gleichzeitig, drückten ihn und ließen ihn die ganze knappe Stunde nicht los, die ihnen Monsieur Bailly von Frankreich erzählte und wie es Mano dort ergangen war. An welchen Orten er gewesen war, bei welchen Menschen, dass er monatlich ärztlich untersucht worden sei, weil man befürchtete, er sei im KZ-Lager Versuchen unterzogen worden. Dass Mano auch im Krankenhaus zu einer Untersuchung gewesen sei mit dem Ergebnis, dass Mano unter dem Einfluss eines schweren Nervenschocks gestanden habe. Dass Madame Marcheix-Thoumyre überall Nachforschungen angestellt habe, bei den Ehemaligen von Auschwitz, dem Dienst für Verschleppte, der Nationalen Sicherheit, der Ungarischen Gesandtschaft, der Gesellschaft für ungarische Künstler aus Budapest, der UNRRA, der Gesellschaft für Internationale Zirkusse und dem Zirkus Krone. Dass Mano bei den Chevriers wie ein eigener Sohn gepflegt und geliebt worden sei und Madame Marcheix-Thoumyre ihm einen Brief mitgegeben habe. Er las ihn vor:

Im Augenblick, da Manot uns verlässt, möchte ich zunächst seine Eltern zu den zahlreichen und guten Qualitäten, die ihr Sohn besitzt, beglückwünschen. Unsere Aufgabe ihm gegenüber ist immer belohnt worden, da er uns während der 20 Monate seines Aufenthaltes in Frankreich nur zufriedengestellt hat. Sie können überzeugt sein, dass er von allen drei Familien,

die sich hauptsächlich mit ihm beschäftigt haben wie ein richtiger Sohn behandelt wurde, d.h. die Familien Fouquet in Pantin und Chevrier in Le Havre und durch mich selbst. Sein Leben wäre vollkommen glücklich gewesen, wenn er nicht die dauernde Sorge um die Seinen gehabt hätte. Seit seiner Ankunft in Frankreich sind Nachforschungen nach seiner Familie angestellt worden und dieser Ausdauer haben wir es heute zu verdanken, dass wir ihn mit tief empfundener Freude zu den Seinen senden können. Darf ich Ihnen sagen, dass uns – obgleich wir Ihr Glück vollauf teilen – der Gedanke, ihn lange nicht wiederzusehen, sehr traurig macht.
Ich möchte Ihnen noch sagen, wie glücklich unser französisches Herz heute ist, durch Manots Rückkehr seinen Angehörigen ein grosses Glück zu bescheren und bitte Sie, an meine Treue und Zärtlichkeit für Ihren geliebten Sohn zu glauben, der – hoffe ich – von Zeit und Zeit schreiben wird.
Seien Sie nun alle glücklich.
Es lebe Ungarn, es lebe Frankreich!!!
Mad. Marcheix-Thoumyre
Herr Bailly, der Ihnen Manot zurückbringt, wird Ihnen alle Einzelheiten seines Lebens erzählen und Ihnen sein Geld und seine Dokumente übergeben.

CHILD SEARCH AND REGISTRATION
UNRRA AREA TEAM 1071
Munich - Solln
11 Hofbrunnstr. 13. Dezember 1946

Ich, Unterzeichneter, Johannes HOLLENREINER, wohnhaft Muenchen-Giesing, Deisenhofenerstr. 79, bestaetige hiermit, heute meinen Sohn

Manot HOLLENREINER
geboren: 19.X.1933 in: Hagen, Westfalen

von Herrn Jean L. Bailly, Commandant UNRRA Area Team 1071, in Empfang genommen zu haben.
Johann Hoellenreiner

Thérèse Bonney
U.S. war correspondant

Roger Bachet
correspondant français

Monsieur Bailly fuhr die Familie mit dem Jeep nach Giesing. Zu Hause wartete Lili schon und sprang Mano entgegen und fiel ihm um den Hals. Die Geschenke für sie packte Mano als erste aus.

Gleich am folgenden Tag kam der erste deutsche Reporter, ein Fotograf. Mano und seine Familie sollten zusammen die Fotos betrachten, die Mano aus Frankreich mitgebracht hatte, und das Briefmarkenalbum. Mano sollte seiner Mutter Lippenstift auftragen, mit seiner Schwester mit den Geschenken spielen, zum Spaß mit seinem Vater boxen, Vater und Sohn sollten ihre Arme mit den Nummern nebeneinanderhalten, der Vater sollte den Sohn auf die Schultern nehmen, genau wie Parrain es für das Foto in Frankreich getan hatte. Das alles wurde fotografiert.

Auch Monsieur Bailly kam, um zu sehen, wie es Mano ging, und war froh zu sehen, wie er fröhlich drauflosredete in einer gemischten Sprache. Mano konnte nicht mehr gut Deutsch.

Mama verwöhnte Mano und der Tata auch. Sie brachten das beste Essen, küssten und umarmten ihn immer wieder, streichelten ihn und sahen ihn an, als könnten sie nicht fassen, dass er echt und wirklich da war. Mano blieb die ersten Tage in der Wohung und spielte viel mit seiner Schwester. Rief er sie, sagte er: »Viens!« Wollte er etwas essen, sagte er: »Je veux manger.« Bald kamen die Verwandten, um ihn zu begrüßen, und alle betrachteten ihn wie eine Erscheinung. Fragten sie ihn etwas, dann antwortete er auf Französisch. Erst, als er die anderen Kinder sah, seine Cousins Manfred und Hugo, da freute er sich und wurde munter. Er ging mit ihnen los, in den Schnee, er erkannte die Straßen wieder, und sie brachten ihn zu den Pferden von Onkel Konrad. Auch das Haus, in dem Hugo und Manfred wohnten, erkannte er wieder. Von nun an war er fast jeden Tag mit den anderen Kindern bei den Pferden, er putzte und streichelte sie. Die Pferde verstanden ihn auch, wenn er Französisch sprach. Irgendwann kam der Fotograf noch einmal und fotografierte Mano beim Reiten.

FRANÇAISES LIBRES
153, Faubourg St. Honoré, Paris - 8e
(SIÈGE PROVISOIRE)
Téléphone: Élysées 49-43

le 15 déc.

Cher Monsieur Chevrier
Leutnant Bailly hat mich gestern Abend aus Muenchen angerufen um mir zu sagen, wie beruehrend die Begegnung von Manot mit seiner Familie war. Er wird Ihnen einen langen Brief mit den Einzelheiten ueber Ihren Adoptivsohn schreiben. Diese Familie will unbedingt mit einer Gruppe von 12 wunderbaren Artisten nach Frankreich kommen. Wir werden versuchen hier einen Vertrag fuer sie zu bekommen. Manot wird bald in die Schule gehen. Eine Assistentin der UNRRA soll ihm Franzoesischstunden geben.
Ich denke, Sie haben den Artikel in der L'Aube gelesen. Liberation Soir soll in diesen Tagen auch einen veroeffentlichen, ebenso l'Epoque und Carrefour.
Haben Manots kleine Kameraden ihn am Mittwoch Abend im Radio sprechen hoeren?
Mit all meiner Dankbarkeit
und mit guten Erinnerungen
an Ihren Haushalt
Mad. Marcheix-Thoumyre

Eine Woche nach seiner Ankunft richteten Manos Eltern zusammen mit der UNRRA ein Fest aus, um sich zu bedanken. Am Nachmittag trafen die Gäste in der Villa in Grünwald ein, die das amerikanische Militär bezogen hatte. Viele Leute waren da: Offiziere in Uniformen, Männer und Frauen, UNRRA-Mitarbeiter, Monsieur Bailly, die Kriegsberichterstatterin, der französische Journalist, Frau Albova, die als Erste mit den Eltern gesprochen hatte, Franzosen und Amerikaner, die Sinti-Kapelle, die später spielen würde, viele Reporter und, von Leibwächtern umgeben, General Eisenhower. Ein großer, eleganter Mann mit runden Augen unter leicht herabhängenden Lidern, weißen Augenbrauen und einer Glatze. Er fragte Mano lächelnd, ob es ihm gut gehe, jemand übersetzte, und er zog Mano auf seinen Schoß und ließ sich von Monsieur Bailly genau berichten, wie der Junge wiedergefunden wurde. Dann hielt er eine kurze Ansprache, begrüßte die Gäste, Mano, seine Eltern und die Familienangehörigen, bedankte sich für den Einsatz des Area Teams 1071 und lud alle ein, zum Fest zu bleiben. Es gab Getränke, und das Buffet wurde aufgebaut. Die Frauen in Uniformen zogen sich zurück und erschienen in dunkelblauen Abendkleidern wieder. Auch General Eisenhower wechselte die Uniform gegen einen Anzug und blieb noch, bis die Kapelle zu spielen begann. Mit Kontrabass, Geige, Gitarre und Schlagzeug machten sie Musik, und Manos Cousine Reili tanzte im glitzernden Kostüm einen indischen Tanz. Im begeisterten Beifall tanzte sie hinaus, um gleich darauf in einem anderen Kostüm einen neuen Tanz vorzuführen. Das Buffet wurde eröffnet, und alle wollten mit Mano reden. Er durfte Champagner trinken und stieß mit allen an. Auch der Fotoreporter war dabei, und wenige Tage später erschien seine Reportage in einer Zeitschrift: *Nummer Z-3526 kehrt zurück.*

Nur General Eisenhower konnte nicht lange bleiben, alle anderen feierten bis in die Morgenstunden.

Lili | Als mein Bruder wiederkam, war ich zehn, und er konnte nicht mit uns reden, er sprach Französisch, immer oui oui, immer halb Deutsch, halb Französisch. Heut noch sagen manche »der Franzos«, wenn sie von ihm sprechen. Meine Eltern haben ihn gehätschelt, immer nur Mano, Mano. Alle haben ihn geküsst. Er durfte alles tun, sie haben ihn nicht geschimpft, ein paar Wochen lang nicht, bis sie sich halt gewöhnt haben, dass er wieder da war. Wir haben in einem Block in der Deisenhofener Straße gewohnt im ersten Stock, wo die Mama eine SS-Frau, eine Nazifamilie, rausgeschmissen hat, und wir sind da eingezogen.
Ich war acht, als ich mit meiner Mama aus dem Lager kam. Dann kamen später auch zwei Cousins zurück und noch später der Vater. Die Eltern haben natürlich gefragt, wo der Mano ist. Die Cousins sagten, dass sie ihn bei Franzosen auf einen Wagen raufgelegt haben und dann nicht so schnell hinterherkamen. Es gab Straßensperren mit Kontrollen, das waren die Zonengrenzen, da konnten sie nicht mit den Franzosen aus der sowjetischen Zone raus und in die britische, und so hatten sie den Mano verloren. Die Eltern haben oft geweint. Immer wieder hat der Vater geschimpft: Ihr habt meinen Sohn im Stich gelassen. Immer wieder, immer wieder haben sie auf die Cousins geschimpft, weil die ihn zurückgelassen haben. Eineinhalb Jahre lang. Der Vater und auch die Mama haben überall gefragt, es ist überall rumgegangen, alle Sinti wussten, dass der Mano nicht da war.
Als der Mano wieder da war, hat er von den Eltern aus natürlich alles machen dürfen. Ich weiß noch, da waren wir oben in der Wohnung, und es hat geschneit. Dann hab ich Schneebälle machen müssen, ihm raufbringen, und er hat sie den Leuten auf den Kopf geschmissen, den Deutschen. Und die haben immer raufgeschimpft. Die Eltern waren nicht zu Hause. Dann wollte ich nicht mehr und hab's meinem Vater gesagt, als er kam.

Da hat er nicht geschimpft, aber gesagt: »Lass das, warum schickst du das Kind?«

Eine Woche nachdem der Mano wieder da war, war die große Feier, ach, das war schön. Das war alles fremd. Da kannten wir noch keine Bananen oder Bonbons oder so verschiedene Sachen. Alles haben die da gehabt. Ein großes Buffet! Das viele Essen, was man sich denken kann, war da drauf. Und die Amerikanerinnen, das waren so schöne Frauen. Wie die Augen waren, so waren die Pelzmäntel, ganz reiche Menschen. Die Pelzmäntel waren dort gelegen, daran kann ich mich noch erinnern, in einem extra Zimmer, ein ganzer Berg. Die haben sie alle auf den Boden geschmissen. Die Mama hat uns gesagt, das sind Pelze, wir haben das damals noch nicht gewusst. Die Mama hat von der Schneiderin für sich und für mich ein Kleid aus reiner Seide machen lassen. Das ist, als wenn ich es heute anhätte: Schwarz, und da war das Plissee so modern und unten der Volant in Gelb und oben gelb, das war dazumal modern. Die Mama hat das gleiche angehabt. Die haben die ganze Nacht bis in der Früh um vier getanzt, und wir Kinder sind dann halt so umeinandergehüpft. Wie halt Kinder so umherspringen.

Eine Woche später gab es wegen dem Mano noch mal ein Fest für die Sinti im Deutschen Theater. Da sind immer viele Feste gefeiert worden, bei jeder Kleinigkeit ist eine Feier gemacht worden. Die Eltern sind auch oft ins Lokal *Blaue Kugel* gegangen, da gab es jede Woche eine andere Kapelle, da sind sie hin und haben gefeiert. Jeden Tag haben sie ausgenützt. Nur gegessen und getrunken und … die sind halt wieder neu geboren gewesen. |

Mano war verwirrt. Der Gedanke, dass er Tante Fifine, Onkel Félix und Paul, Tantine, Parrain und Marraine, Pierre und seine Familie vielleicht nie in seinem Leben wiedersehen würde, machte ihn traurig. Er war nun zu Hause bei seinen Eltern, seiner Schwester, die er tot geglaubt hatte, und bei seinen Cousins, aber er hatte Heimweh nach Frankreich, nach allen Menschen dort. Er sagte es seinen Eltern: »Ich will mit euch wieder nach Frankreich. Wir können doch dahin ziehen. Die Franzosen waren alle gut zu mir. Die Gutheit fehlt mir.« Und Tata versprach, mit Monsieur Bailly zu reden, ob sie eine Reiseerlaubnis bekommen könnten.

Als Mano einmal Lili zusammen mit einem kleinen Jungen bei Hugo neben dem Kartoffelschuppen stehen sah, lief er hin, gab dem Jungen eine Ohrfeige und sagte: »Laisse-la tranquille!« Der Junge war verdutzt und schaute böse.
»Der hat gar nichts gemacht«, sagte Lili. Da gab Mano auch ihr eine Ohrfeige und ging weg. Wütend lief Lili um die Ecke in die Tegernseer Landstraße und schlug ihren Kopf gegen eine Hauswand, bis sie eine große Beule an der Stirn hatte. Kleine Steinchen vom Putz steckten darin. Die Eltern fragten, woher sie die Beule habe, da sagte sie:
»Der Mano hat mich gehauen wegen dem kleinen Bub da!«
»Der Bub hat sie geärgert«, sagte Mano. »Ich hab ihr nur …«
Lilis Augen blitzten erfreut, als Mano zum ersten Mal richtig ausgeschimpft wurde.
»Wie kannst du deine Schwester hauen! Schau mal ihren Kopf an!«
»Das war ich nicht.«
Lili rief: »Doch, du warst es!« Tränen liefen ihr über die Wangen. Die Eltern schüttelten den Kopf über Mano. Erst am nächsten Tag

sagte Lili ihnen, dass sie sich die Beule selbst zugefügt hatte. Wieder schüttelten die Eltern den Kopf, aber diesmal lachten sie dabei.

Pantin, le 10.1.47

Cher Monsieur Bailly,
seit einem Monat, seitdem Mano uns verlassen hat, haben wir nichts von ihm gehört, bis durch Ihre Telefonanrufe bei Madame Marcheix, von denen sie uns berichtete.
Mano fehlt uns sehr und von ihm zu hören würde uns die Trennung von ihm erleichtern.
Ich lege diesem Brief einen an Mano und zwei Fotos von Mano und meinem Sohn bei, er wartet sicher darauf. Würden Sie so freundlich sein, ihm diese zukommen zu lassen?
Wir sind froh, dass Mano sich in seinem neuen Leben gut zurechtfindet und hoffen, dass es seinen Eltern gelingen wird nach Frankreich zu kommen, damit wir sie kennenlernen und vor allem unseren lieben Mano wiedersehen können, der uns sehr fehlt.
Er war immer so froh bei uns und ich bin sicher, dass er uns nicht vergessen wird.

Mit herzlichem Dank und freundlichen Grüßen, auch von meinem Mann und meinem Sohn,
J. Fouquet
35, rue du Pré St. Gervais
Pantin, Seine

L. Bailly
Commandant UNRRA
Area Team 1071
U.S.Zone, APO 757

Muenchen, den 11. Januar 1947

Herrn Johann HOLLENREINER
Muenchen - Giesing
Deisenhofenerstr. 84

Lieber Herr Hollenreiner,
Ich schicke Ihnen einliegend einen Brief von Herrn CHEVRIER an Manot. Herr CHEVRIER waere sehr gluecklich, wenn Sie ihm Photographien Ihrer Familie und hauptsaechlich Ihres Sohnes senden wuerden. Ausserdem bittet er mich, Ihnen mitzuteilen, dass Manot ihm unbedingt schreiben soll. Da es Ihrem Sohn selbst schwerfaellt zu schreiben, wollen Sie ihn bitte dazu anhalten, durch einen Dritten in Deutsch zu schreiben, da Herr Chevrier diese Sprache vollkommen beherrscht. Damit die Briefe schnell ankommen, bitte ich Sie, mir dieselben an die oben angegebene Adresse zu senden, damit ich sie nach Frankreich weiterleiten kann.

Mit freundlichen Gruessen
Jean L. Bailly

München, den 14.1.47

Liebe Tante!
Habe Deinen lieben Brief erhalten und habe mich sehr darüber gefreut. Das Essen ist nicht besonders gut in Frankreich war es natürlich besser als in Deutschland. Meiner Schwester geht es sehr gut. Über die Bilder die Du mir geschickt hast habe ich mich sehr gefreut. Nun schliesse ich und grüße Dich herzlichst
Dein Manot
Viele Grüße auch an Paul und Felix und an die gute Tante Madame Maxdex Einen Extragruss an Madame Lucienne.

München, den 14.1.47

Lieber Herr Chevrier!
Im Auftrag von Mano übersende ich Ihnen folgende Zeilen. Habe mit großer Freude Ihren lieben Brief erhalten und sage Ihnen herzlichen Dank dafür. Leider konnte ich Ihnen nicht eher schreiben, da ich krank war anscheinend vom Klimawechsel oder der etwas gesunkenen Ernährungsweise. Allerdings haben meine Eltern bereits zweimal geschrieben zwar nicht über die UNRRA, sondern über die reguläre Post. Die Briefe werden daher etwas verspätet eingetroffen sein. Ich hoffe dass sie inzwischen in Ihrem Besitze sind. Ich bin zur Zeit wieder körperlich vollkommen auf der Höhe und hoffe dass bei Ihnen das Selbe der Fall ist. Anbei übersende ich Ihnen noch zum Andenken ein Bild von Mutti meiner kleinen Schwester und mir. Zum Schluss danke ich Ihnen nochmals für alles Gute dass Sie an mir getan haben und grüsse Sie

Herzlichst Ihr
Manot Höllenreiner
Recht herzliche Grüsse an alle die mir gut waren!

München den 31.1.47

Lieber Herr Chevrier!
Heute habe ich wieder einen Brief von Ihnen erhalten. Wie mir scheint hat Sie noch kein Brief von mir erreicht. Ich schrieb schon mehrmals über die UNRRA sowie über die Deutsche Post. Ihre Fragen über Manot hat Manot in beiliegendem Brief selbst beantwortet. Selbstverständlich bekommt Mano Privat Nachhilfestunden. Wenn es uns möglich ist werden wir im Laufe des Jahres eine Tournée durch Frankreich machen und wenn es Ihnen angenehm ist, Sie besuchen.
Nun schliesse ich und grüsse Sie einstweilen
Herzlichst
J. Höllenreiner nebst Frau und Kindern
Auf ein baldiges Wiedersehen.
Manot

München, den 31.1.47

Meine lieben Freunde!
Habe Euren Fragebrief erhalten und möchte Euch nun antworten.
Ich bin kerngesund!
Ich habe sehr viele Spielgenossen!
Ich gehe täglich in die Schule!

Als Knabe habe ich natürlich einen Lehrer!
Mit meinem Lehrer stehe ich auf gutem Fusse!
Französisch lerne ich natürlich weiter!
Im Rechnen vervollkommne ich mich ebenfalls!
Die Stadt München ist schwer beschädigt!
Neue Briefmarken konnte ich bis heute noch nicht erreichen.
An die kleinen französischen Geschichten erinnere ich mich noch sehr gut und spreche sehr oft mit meiner kleinen Schwester darüber.
Ins Kino komme ich nur selten.
Zur Zeit ist es sehr kalt bis zu 30 Grad unter Null.
Madame Fouquet habe ich schon geschrieben.
Mit meinen Vettern lebe ich gut zusammen.
Meine Mutter kocht mir auch öfters Bratkartoffeln!
Nun wisst ihr so ziemlich alles von mir und ich will für heute schliessen. Seid nochmals herzlich gegrüsst von
Eurem
Euch stets dankbaren
Mano

DEUTSCHES ROTES KREUZ

Einstellung des Suchauftrages
ausgestellt am 22.4.47

Hoellenreiner, Franz-Josef, geb. am 19.10. 33 in Hagen i. Westf.
Muenchen 9, Deisenhofenerstr. 48

das Kind ist in Frankreich gefunden worden

Frueher gesucht von:
Hoellenreiner, Johann, geb. am 27.5.09

Abschrift in Kartei
Alle Angaben mit Schreibmaschine oder mit Tinte in Druckbuchstaben schreiben.

Bildlegenden

Bild 1: Mano im Sommer 1934, etwa acht Monate alt.

Bild 2: Der siebenjährige Mano mit seiner fünfjährigen Schwester Josefine, genannt Lili, 1941.

Bild 3: Mano, Mutter Margarethe und Lili, 1941.

Bild 4: Manos Vater Johann Baptist Höllenreiner in Wehrmachtsuniform, 1941.

Bild 5: Sommer 1945 in Pantin. André Knepper (Pauls Onkel), Mano mit Fernglas und Paul.

Bild 6: Mano (hinter dem Bräutigam) bei der Hochzeit von Geneviève de Gaulle mit Bernard Anthonioz im Mai 1946. Mit im Brautzug (Bildmitte oben in Uniform) der Onkel der Braut: General Charles de Gaulle.

Bild 7: Mano mit der tätowierten Nummer Z- 3526. Vermutlich ließ Madame Marcheix-Thoumyre das Foto im Winter 1945 für die Suche nach Manos Familie machen.

Bild 8: Mano mit seinen Pflegeeltern Odile und Auguste Chevrier im Garten des Hauses Rue du Docteur Cousture 46 in Le Havre, Sommer 1946.

Bild 9: Paul Fouquet und seine Cousine Margot mit Mano in Paris, Sommer 1946.

Bild 10: September 1946. Mano wurde von zwei Professoren untersucht und fotografiert, um Hinweise auf seine Herkunft zu erhalten.

Bild 11: August 1946, nach dem Besuch der Kapelle Drei Ähren im Elsass.
Von links nach rechts vorn: Mano, aufgewühlt von der Erinnerung, Joséphine Fouquet (Tante Fifine), Nenette und Mariette.
Hinten: Paul und Sisine.

Bild 12: Madame Madeleine Marcheix-Thoumyre, 1946.

Bild 13: Nachricht an die Eltern Höllenreiner vom Oktober 1946, wonach noch keine Spur von Mano gefunden worden ist.

Bild 14: Dezember 1946. Manos Vater bestätigt, seinen Sohn in Empfang genommen zu haben.

Bild 15: Mano mit seiner Schwester Lili in München, Dezember 1946.

Bild 16: Mano mit seinem Vater in München, Dezember 1946.

Bilder 17 u. 18: Zwei Tage nach Manos Ankunft bei seiner Familie, Dezember 1946.

Bild 19: Abschied aus Frankreich. Artikel vom 13. Dezember 1946 auf der Titelseite der L'Aube.

Bild 20: Fotoreportage aus der Zeitschrift Heute vom 15.1.1947.

Bild 21: Mano mit Leutnant Jean L. Bailly beim Fest anlässlich seiner Rückkehr nach München. Im Hintergrund sitzend Manos Mutter. München, 21.12.1946.

Bild 22: Wiedersehen nach sechzig Jahren: Paul Fouquet und Mano Höllenreiner im Haus der Cousine Germaine. Ingersheim, Elsass, im September 2007. Der Kontakt zwischen den Familien war bald nach Manos Heimkehr abgerissen und kam erst bei den Recherchen für dieses Buch wieder zustande. Paul und Mano brauchten die Hilfe einer Dolmetscherin, denn von Manos Französisch waren nur noch Bruchstücke übrig. Von nun an wollen sie die Verbindung nie wieder abreißen lassen. Seine Mutter wäre überglücklich, wenn sie davon wüsste, sagt Paul. Fifine habe Mano nie vergessen.

Bildnachweis

Bilder 1, 2, 3, 4, 7: Mano Höllenreiner; Bilder 5, 8, 9, 10, 11, 12 sowie Einband: Paul Fouquet; Bild 6 aus: Caroline Glorion, Geneviève de Gaulle Anthonioz, édition Plon, Paris 1997; Bilder 15, 16, 17, 18, 21: Fotoarchiv O. Schmidt; Bild 22: Anja Tuckermann. Die Dokumente auf den Bildern 13 und 14 stammen aus der Kindersuchakte HOLLENREINER FRANZ-MANOT beim Internationalen Suchdienst, Bad Arolsen. Der Zeitungsausschnitt auf Bild 19 befindet sich im Besitz von Edgar Chevrier, der auf Bild 20 im Besitz Mano Höllenreiners.

Die Entstehung des Buches haben freundlich und tatkräftig unterstützt:

Françoise & Edgar Chevrier; Paul Fouquet und Familie; Germaine Muller und Familie

Stadtarchiv Neuilly-sur-Seine; Stadtarchiv Pantin; Stadtarchiv Dieppe; Stadtarchiv Le Havre; Archives de l'Assistance Publique – Hôpiteaux de Paris, Paris – Pascal Huchet; Internationaler Suchdienst Bad Arolsen; Archiv Mahn- und Gedenkstätte Ravensbrück; Archiv Gedenkstätte Sachsenhausen; Museum des Todesmarsches im Belower Wald; UN Archives and Records Management Section, New York

Isolina de Sousa, Rue de Longchamps, Neuilly-sur-Seine; Karin Rudnicki, Rue de Longchamps, Neuilly-sur-Seine; Seth Josel; Bettina Überlein; Guntram Weber; Annie Varnier & Denise Dablin aus Cernay-la-Ville; Pierre Carron

Mano & Else Höllenreiner; Carol Höllenreiner; Lili Höllenreiner; Hugo Höllenreiner; Silvana Lauenburger

VIELEN HERZLICHEN DANK!

Die Arbeit an diesem Buch wurde gefördert durch Stipendien der Stiftung Preußische Seehandlung Berlin und des Kulturreferats München, das einen Arbeitsaufenthalt in der Villa Waldberta ermöglichte.

Impressum

Umschlaggestaltung und Satz: DS Grafikdesign, Berlin
Druck: BookPress, Olsztyn

ISBN print: 978-3-943767-43-8
ISBN e-book: 978-3-943767-44-5

Files

Arolsen, den 1o.1o.1946.

C.6778

An Herrn

HELLENREINER Johann

in

Muenchen

Deisenhoferstr.48

Betrifft : Hellenreiner Franz - Josef, geb.19.1o.1933
in Hagen / Westf.

Bezug: Ihr Schreiben vom 21.3.1946 an uns .

Mit Bezug auf Ihr Schreiben teilen wir Ihnen mit, dass unsere Bemuehungen, Ihren Sohn zu finden, vorlaufig erfolglos blieben . Wir versichern Sie aber, dass wir weiter alles unternehmen werden, um Ihr Kind ausfindig zu machen und werden Ihnen zu gegebener Zeit Nachricht geben .

J.R.BOWRING
Colonel
Director, Central Tracing Bureau.

Ra.

F 27

CHILD SEARCH AND REGISTRATION

UNRRA AREA TEAM 1071

Munich - Solln
11 Hofbrunnstr.

13 Dezember 1946

Ich, Unterzeichneter, Johannes HÖLLENREINER, wohnhaft München-Giesing, Deisenhofenerstr. 79, bestätige hiermit, heute meinen Sohn

Manot HÖLLENREINER,

geboren: 19.X.1933, in: Hagen, Westfalen

von Herrn Jean L. BAILLY, Commandant UNRRA Area Team 1071 , in Empfang genommen zu haben.

Johann Höllenreiner

Thérèse Bonney,
U.S. War Correspondent

Roger Banke
correspondant français

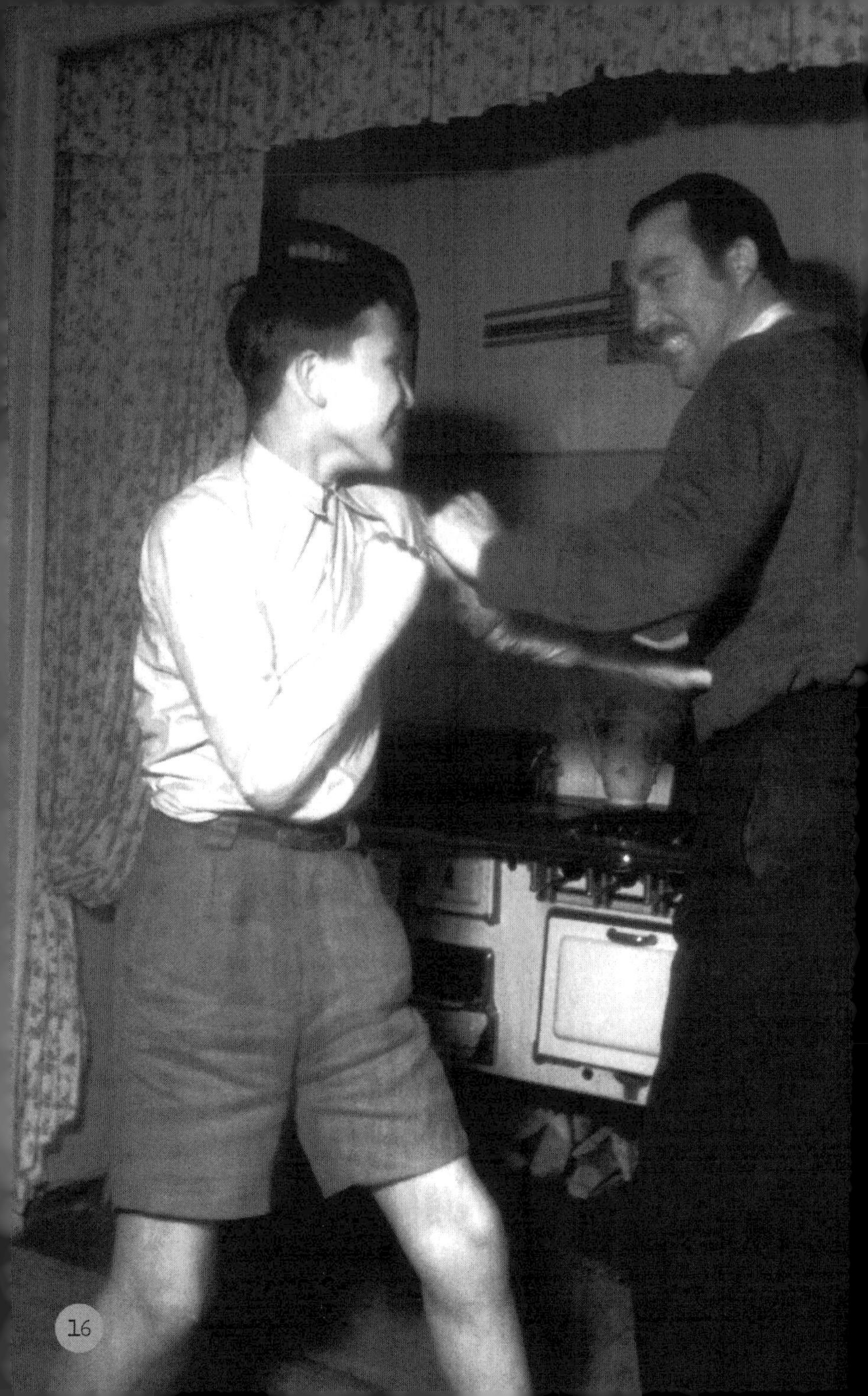

l'aube

Fondateur : Francisque GAY — Rédacteur en chef : Louis TERRENOIRE

LE N° 4 fr. ★ RÉDACTION — IMPRIMERIE, 100, RUE DE RICHELIEU, TÉL. : ANJ. 86-20 ★ ADMINISTRATION — ABONNEMENTS — PUBLICITÉ, 46, AVENUE DE L'OPÉRA, PARIS (2e). — TÉLÉPHONE : OPE. 89-21 et la suite ★ VENDREDI 13 DÉCEMBRE

INZIÈME JOUR
RISE MINISTÉRIELLE

M. Léon Blum, investi par 575 voi[x]

[Réus]sira-t-il à constituer un gouvernement *qui soit le reflet de cet accord général* des partis sur son nom ?

" Nos conditions ne seront pas partisanes. Elles tiendront compte uniquement des grands intérêts nationaux "

A DÉCLARÉ MAURICE SCHUMANN apportant l'adhésion du M.R.P. à la candidature du leader socialiste

NOUS avons, depuis hier, un nouveau chef de gouvernement. 575 suffrages, soit 265 de plus qu'il n'en fallait pour obtenir la majorité constitutionnelle requise, se sont portés sur M. Léon Blum. C'est un très grand succès que la personnalité et le prestige de l'ancien président du Conseil suffisent à expliquer et à justifier.

La candidature Léon Blum avait surgi hier en fin de matinée, alors que les présidents de groupe se trouvaient réunis dans le cabinet de M. Vincent Auriol. C'est M. André Le Troquer qui la présenta à ses collègues en faisant état d'une communication téléphonique qu'il venait de recevoir et par laquelle M. Léon Blum l'informait qu'il acceptait de se laisser porter à la présidence à condition, toutefois, qu'un « accord général » se réalisât sur son nom.

PAS DE DÉVALUATION

Le Fonds monétaire international accepterait l'actuelle parité du franc

Près de 11 milliards de nouveaux billets

LA CRISE DU CHARBO[N] devant le conseil des ministre[s]

MOINS DE GA[Z] *dès dimanche*

MOINS DE TRAINS *du 10 janvier au 27 mars*

MOINS D'ÉLECTRICITÉ *à partir du 6 janvier*

Si l'appel du gouvernement aux mineurs est entendu

LES USINES NON PRIORITAIRES NE FERMERONT QUE TROIS JOURS

LE Conseil éclair et restreint qui s'est tenu hier matin à l'hôtel Matignon, sous la présidence de Georges Bidault, a eu pour unique objet l'étude de la situation charbonnière et l'examen des mesures à prendre pour combler un déficit qui s'élève à 1.600.000 tonnes par rapport aux prévisions à la date du 31 décembre.

François de Menthon a, en effet, indiqué à ses collègues que si les exportations de charbon américain ont pu être reprises depuis deux jours à la suite des demandes faites par le ministère des Affaires étrangères, leur montant, ...

LES QUAT[RE] ont fixé l'ordre du jo[ur] de la Confére[nce] de Mosco[u]

Les suppléants se réun[iront] à partir du 14 ... à Londres

Les premières consultations

Tandis qu'à Hambourg sont jugés les tortionnaires de Ravensbrück

CE GARÇONNET DE TREIZE ANS

qui gravit le calvaire des camps *et survécut aux chambres d'expériences*

retrouve à Munich

SES PARENTS QUI NE L'ATTENDAIENT PLUS

CE garçonnet a une histoire : la plus pathétique des odyssées couronnée par la plus imprévue des apothéoses. A neuf ans, il gravissait déjà le calvaire des camps de la mort, d'Auschwitz à Ravensbrück. Miraculeusement rendu à la vie, après avoir subi le martyre de la chambre d'expériences, cet adolescent est rendu aujourd'hui à ses parents, contre toute espérance.

Aujourd'hui, une maman et un papa exultent de joie en serrant dans leurs bras celui qu'ils n'attendaient plus depuis deux ans. De son côté, le fils pleura de joie en étreignant ses parents, qu'il imaginait réduits en cendre par les bourreaux nazis.

Un enfant ? Non

Une bête traquée

Deux années de vaines démarches

ARRESTATION DE VON STULPNAGEL qui exécuta les premiers otages

Les militaires de la 46-1 appartenant à des familles de sept enfants et plus vont être libérés

Au point du Jo[ur]

La milliardaire pa[...]

LE MAIRE DE ROME DÉMISSIONNE

EN TROISIÈME PAGE : La réception de Jean Tharaud sous la Coupole

EN TROISIÈME PAGE : Le compte rendu de la séance

Jean BENEDETTI

LE STATUT DES LOYERS SERA PROROGÉ

Mais une nouvelle législation doit intervenir prochainement

aubades

Leçon de grammaire. — *De gauche !* — *Zéro sur vingt*

NUMMER Z-3526 kehrt heim

Erinnerungsbild aus Frankreich: Der Zigeunerjunge Manol reitet auf den Schultern seines Pflegevaters.

Es geschah [illegible] der Weihnachtstage des Jahres 1946 [illegible] die ewige Botschaft des Friedens und der Freude sich an einem [illegible] Jungen erfüllte, der nach Jahren seine Eltern und Geschwister wiederfand und zu ihnen heimkehrte.

Im April 1945 entdeckten Franzosen aus dem Konzentrationslager [illegible] auf der Landstraße nach [illegible] einen verstörten [illegible] Zigeunerjungen. Er [illegible] Namen vergessen, seine Geschichte war in wenigen Sätzen erzählt. 1942 wurde er zusammen mit seinen Eltern und Verwandten verhaftet. Von den Eltern weggerissen, lernte der Knabe die Konzentrationslager [illegible], Auschwitz und Sachsenhausen kennen. Bei Annäherung der Russen wurde er mit [illegible] andern Kindern auf die Landstraße getrieben und ausgesetzt — ohne Schuhe und Strümpfe, im dünnen KZ-Anzug, Richtung Nordwesten. Von den anderen Kindern getrennt, durchhält [illegible] von Kälte, [illegible] lief der Knabe immer weiter. Mit den heimkehrenden Franzosen kam er nach Paris.

Das neue Leben war für Manol — so heißt der Junge — wie ein [illegible] — Kinderheim — dann Pflegeeltern, die den hilflosen, aufgeweckten Buben lieben lernten. [illegible] erwacht sein Gedächtnis wieder. Er erinnert sich, daß sein Vater Dompteur in einem Zirkus war, der [illegible], seine Mutter [illegible] daß er [illegible] sprach. Der Suchdienst der UNRRA nimmt sich seiner an. Briefe gehen hin und her — und eines Tages [illegible] am 13. Dezember 1946 [illegible] in München die Mitteilung, daß sein Sohn Manol [illegible] sei. Wenn noch Zweifel an der [illegible] des Buben bestanden hätten, so wären sie durch die [illegible] KZ-Nummern beseitigt worden: der Vater trug über dem Handgelenk die Nummer Z-[illegible], der Sohn Z-3526.

[illegible] Manol [illegible] wirklich zu Hause! Obwohl [illegible] er [illegible], aber er [illegible] noch mit aller Liebe an den Menschen, die ihn in den [illegible] anderthalb Jahren wie ihr eigenes Kind behandelt haben. Bei denen [illegible] seinen [illegible] wieder froh [illegible]. Sein junges Herz [illegible] Zeit [illegible] die letzte Wunde der Vergangenheit [illegible] hat, wird der kleine Zigeunerjunge Manol wieder ganz froh sein.

Wiedergefunden. — Dieselbe Szene — dies[e] München, auf den Schultern des wirklichen V[aters]

„Daran erkennt man sein Alter", erklärt sachverständig der Vetter — Manol ist wieder in die Welt zurückgekehrt, in der ein richtiger Zigeunerjunge aufwächst.

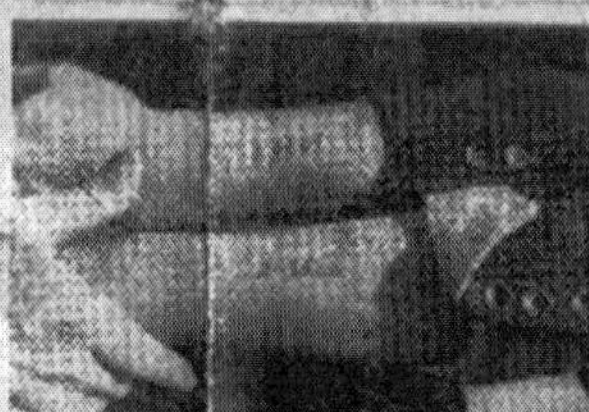

Oben der Arm des Vaters, darunter der des Sohnes — die fortlaufenden Häftlingsnummern, im Konzentrationslager eintätowiert, bewiesen die Verwandtschaft.

„Hast du das auch in Paris gelernt?" — Man[ol hat] seiner Mutter aus Frankreich Parfum und Rou[ge mit]gebracht und probiert den Lippenstift gleich sel[bst].

Sie danken — mit Musik. Die Sippe der Höllenreiners veranstaltete einen Zigeunermusikabend für den UNRRA-Suchdienst, dem die Auffindung Manols gelang.

Souvenirs — im engen Familienkreis betrachtet. Manols ganzer Stolz is[t seine] Briefmarkensammlung, deren Ergänzung seine Pflegeeltern übernommen [haben].